# 説経

人は神仏に
何を託そうとするのか

神戸女子大学古典芸能研究センター編

和泉書院

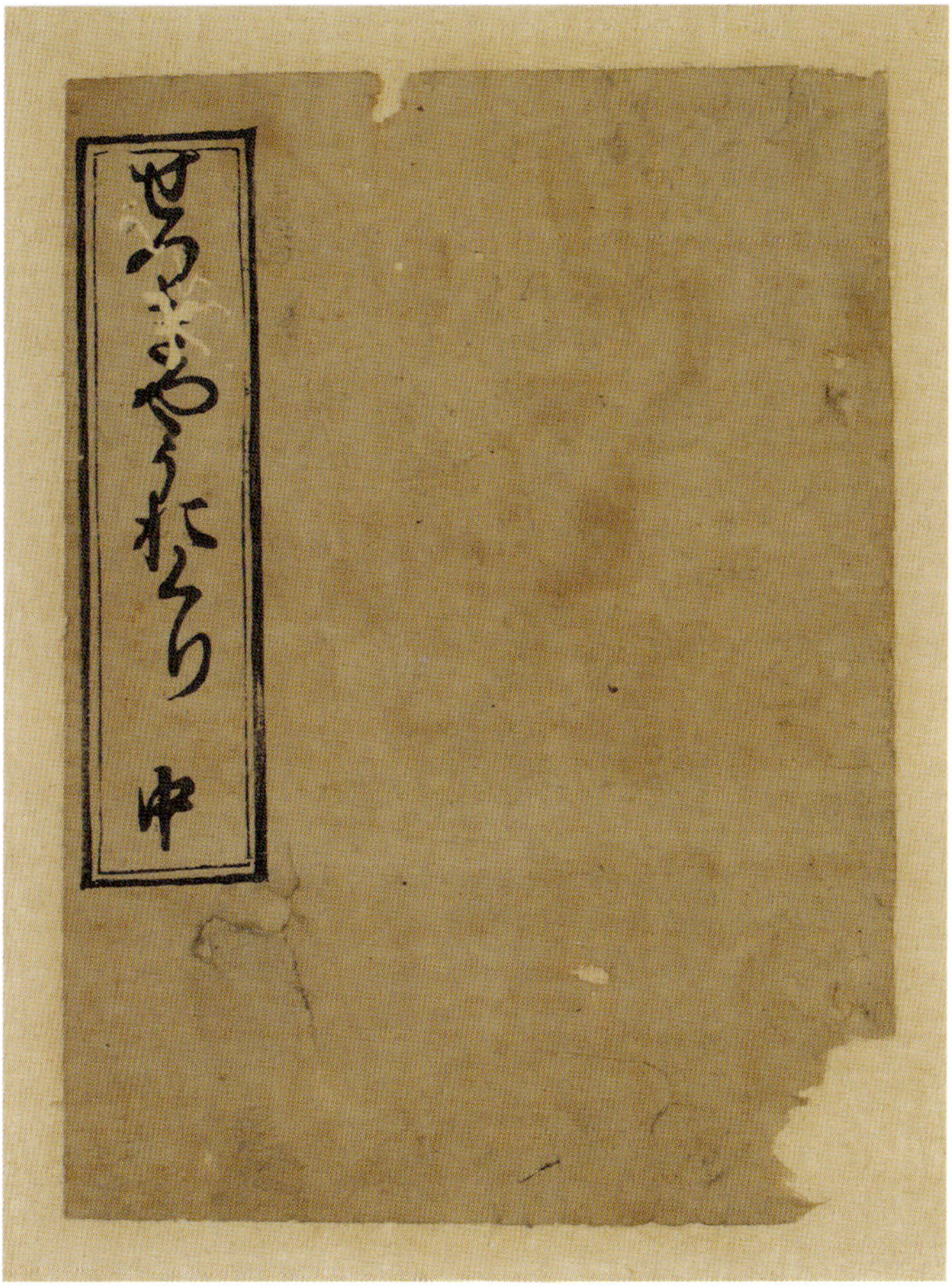


**志水文庫『せつきやうおくり』中巻　表紙**

題簽が直接印刷された扉風の元表紙。寛永中ごろのもの。

（神戸女子大学古典芸能研究センター所蔵）

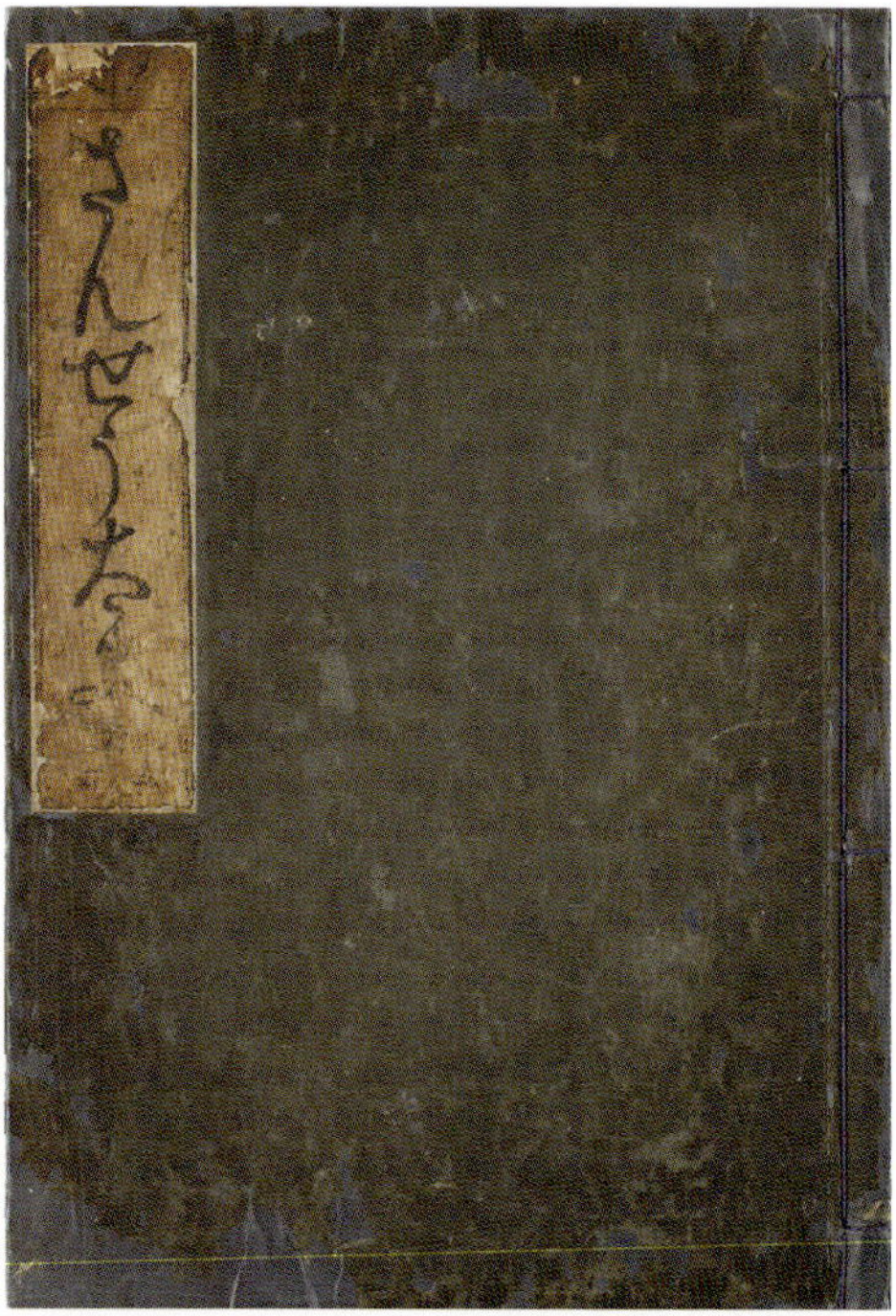

草子本『さんせう太夫物語』上巻　表紙

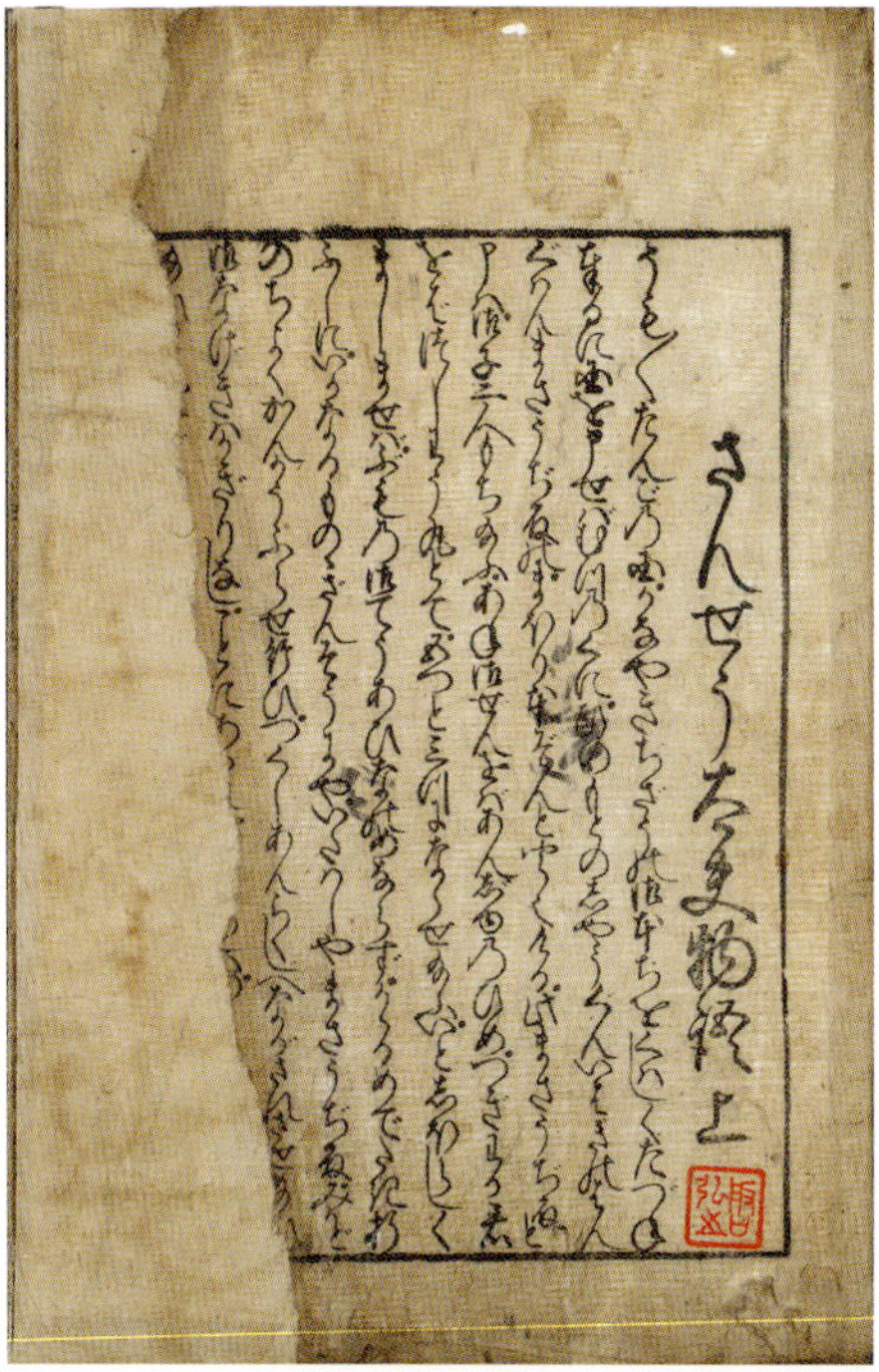


同右　巻頭

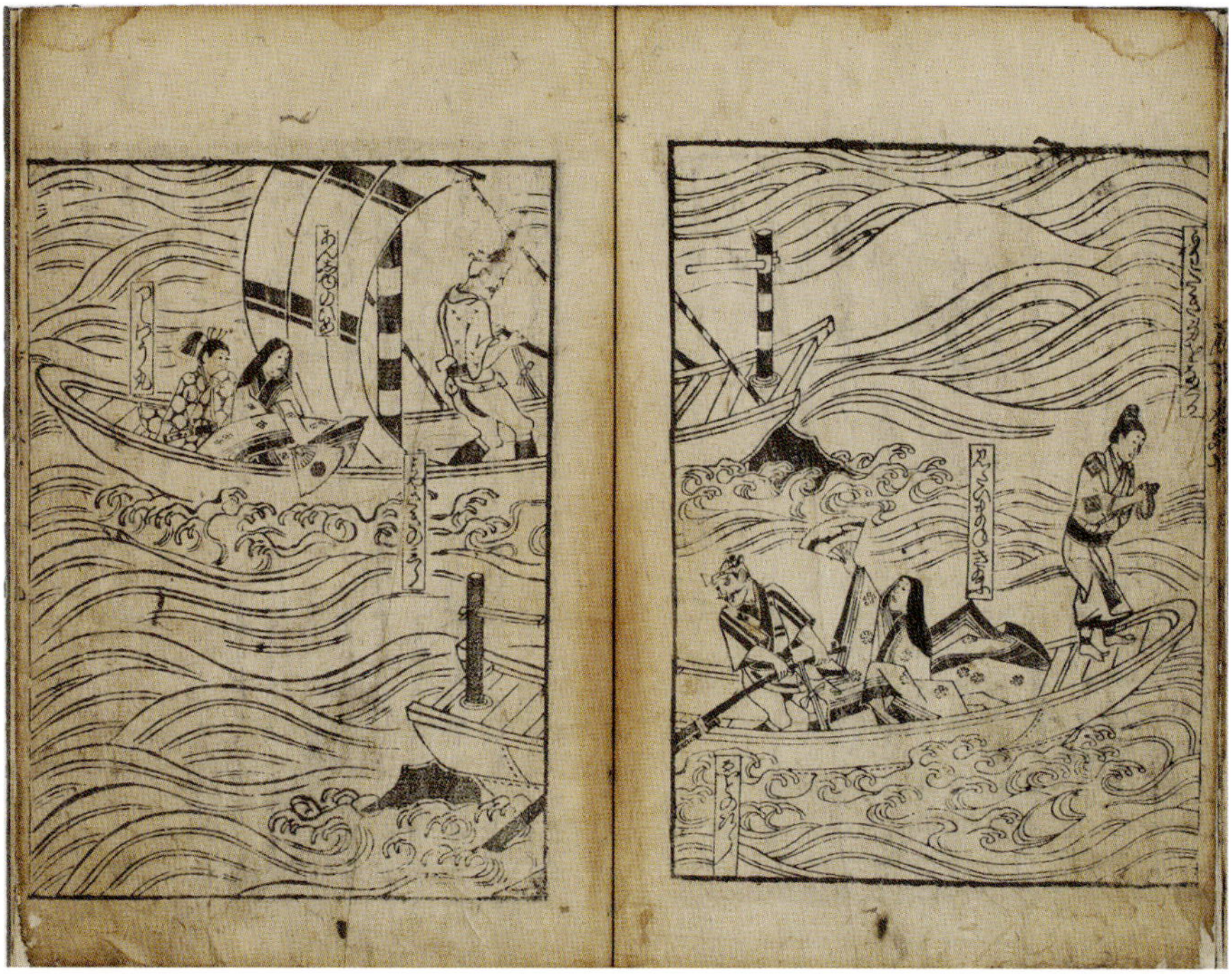

同上　第四・五図（８ウ・９オ）

（阪口弘之所蔵）

# 目次

序論

# 語り物としての説経
## ――栄華循環の神仏利生譚――

阪口弘之

説経は、仏縁讃嘆の語り物である。仏や神の本地譚として形を整え、神仏の由来を、その神仏がまだ人（凡夫）としてあった時代、想像を絶する程の苦難の人生を歩み、しかし最後には不思議な利生を得て、冒頭の神仏として祀られるという展開を典型とする。その他、本地譚ではないが、関連して、恩愛繋縛を放つ出家遁世譚、高僧伝なども、説経として扱われる。たじろぐことの無い禁欲的な信仰心、ひたすら一途な求道心を神仏の教えに叶うと讃嘆して、凡夫への仏縁とするのである。

本地譚で語られる凡夫は権力や富をほしいままにする貴人長者である。しかし、説経ではその人自身が主人公ではない。誰もが羨むばかりの栄華を誇る長者であるが、決まって子宝に恵まれない。そこで神仏に祈願して子を授かろうとする。申し子譚である。

長者夫婦に子がないのには、前世に恨みを買った悪業があり、その因果が報いての結果であるという。夢枕での告げである。その因果を越えて子を授けるには、夫婦どちらかの命と引き換えだという残酷な条件が持ち出されるが、夫婦はそれをも呑んで念願の子を得る。しかし、神仏の言に嘘はなく、やがて親が亡くなると、一家は没落、子は忽ち貧苦のどん底に追いやられる。物語は実質ここに始まり、子を主人公に流転境涯の哀話が次々と語られていくのである。説経はこのように長者一家の命の更新を懸けた二代に亘る物語としてある。子の暗澹たる境涯は、しばしば愛別離苦・漂泊流浪の物語とも呼ばれ、聴衆の涙を誘ってきた。しかし、子は最後には神仏のこれまた不思議な冥助を得て、再び栄華の家と富み栄える。最終段を「二度長者之段」と呼ぶテキストもある。このように説経は、一家没落のあと、子に拠る栄華復活という循環境涯の哀話を、神仏縁を讃嘆して、利生譚の成神成仏で結ぶのである。

親の突然の死は、栄華の一家を一転没落へと突き落とし、主人公は貧苦のどん底に追いやられる。申し子譚をもたぬ説経も同様である。親の流罪、突然の家族捨離から物語は始まるが、いずれの場合も子は不幸の境涯に追いやられる。そのどん底での愛別離苦・漂泊流浪の物語は余りにも痛ましいが、説経の本質はその哀話を語ることにあるのではなかろう。むしろ述べたい所は、その境涯からいかに主人公は救われたか、その救われ救う物語にあるように思う。信じる教義を織り交ぜての利生譚に説経の特色をみるべきで、哀話の根底に秘められた揺るぎのない宗教的主張こそ説経の何よりの特色である。説経で成立論が重要な意味をもつのもその点にあるし、その教義主張の有無こそが浄瑠璃との決定的な違いとしてある。

○

愛別離苦・漂泊流浪の物語は、説経の語り手達（説教者）の日常性をも塗りこめて、一層この物語を特色づけてきた。語り手達はいわれなき賤視に晒され、その芸能は「地べたの芸」とも呼ばれた。畳の上に上げてもらえなかった芸能である。物語主人公の艱難辛苦と、説教者の日常性を重ね合わせて、従前の説経論は多くその視座に出発している。説経の魅力が確かにそこから掘り起こされてきた。しかしながら、説経論が一様にそこから出発することにはやや疑問がある。

説経は、栄華復活の物語である。その循環境涯を二代に亘る哀話として説くのである。一門没落、家族離散は子に過酷な運命を背負わせる。しかし、説経では神仏が主人公の艱難辛苦に深く関与し、むしろ導くところさえある。

申し子譚そのものが神仏と人間との命の更新をかけたやりとりであることは、既に述べたが、主人公はいわば神仏のお告げ（指示・導き）のままに苦難の境涯に身をゆだねる。しんとく丸の袖乞や熊野をめざす流浪は、室木弥太郎氏も述べられるように、すべて清水観音のお告げに従ったものである。(1) 転々と売られゆく人身売買は、説経の中でもひときわ哀れさを誘うが、これとても「阿弥陀の胸割」や「まつら長者」に見る如く、神仏自身が人身売買の仲介役を果たしている。神仏が、主人公を愛別離苦・漂泊流浪へと積極的に導いているのである。しかし、その告げに従うことが幸せへの回帰に繋がるという。「をぐり」や「あいごの若」のように、時には人々を地獄にまでひきずり込んで、その段階でようやく神仏の利生が示される。かくして主人公は、昔の栄華を取り戻して、神仏に斎われる。辛苦のままに絶え果て、その哀れさ故に神仏に斎われたのではないのである。最後の最後に説かれる神仏の利生こそ、説経の説くところであり、なればこそ説経は富貴（蘇生）循環の物語というべきである。すべての者の投身譚で結ぶ「あいごの若」のような例外もあるにはあるが、本質的には祝福芸として位置づけられるのであろう。

○

説経は「街道を行く」語り物である。古い浄瑠璃も同じであるが、愛別離苦・漂泊流浪とは、主人公の道行くことに他ならない。道行文では「通らせ給ふはどこ〳〵ぞ」「先をいづくとお問ひ（お急ぎ）ある」といった慣用表現が執拗に繰り返され、その道行を積み重ねてあたかも作品全体が成り立っているといえるものさえある。「まつら長者」は奥州に買われゆくさよ姫の長旅を抜きにしては成り立たない。「かるかや」の絵入写本では、まだ見ぬ父を探しに高野の山坂を登る石堂丸の姿が、絵巻風に描述をみる。「しんとく丸」では、「夫の行方が尋ねたや」と、乙姫は恋人の行方を必死に追うが、「そのゆき方はなかりけり」「夫のゆき方更になし」と空しく慣用表現が繰り返されるばかりである。しかし、その道行くことを通路として、例えば乙姫は天王寺で感動的な対面を遂げた。物語は、このようにやがて「再会・蘇生」「再会・開眼」譚などで収斂をみる。救い救われる物語として完結するのである。

「道行く」物語、それは物語舞台が街道筋を次々と移動することを意味する。漂泊流浪を続ける主人公には、道行く先々で更なる過酷な運命が待ち受けている。「あらいたはしや」と、絶望感は生きる望みさえ絶つばかりであるが、しかし、そのどん詰まりの中で、懸命に救いの手を差し伸べる者が現われる。例えば、我が身もかつては同じ境遇にあった、だから命を繋げと説くのである。説経はそこを決して語り忘れない。その救いへの数々の思いが積み重ねられ、最後には不思議な利生を得て、主人公は再び富貴に栄えるのである。これが説経の典型的な語り構造である。説経はまさに、街道を行く主人公の痛ましいばかりの旅の中、救い救われる物語として語られる。

その場合に、救いの手が差し伸べられる街道筋の場（場所）は、次なる救い手へその思いがリレーされる地としてもある。裏返していえば、漂泊流浪の旅とは、救い手達が主人公に寄り添いながら救済の思いをリレーしていく旅とでも呼ぶべきなのかもしれない。しかも、そのリレー場所の多くは、当該物語を説き広めた人々の信仰拠点、例えば宗祖らの活動拠点として知られた聖俗寄集の地であることも留意される。道行く物語とは、その意味では、物語のいわば成立基盤を次々辿る旅でもあり、そこに当該物語を生み出した人々の深いメッセージが籠められているのである。

その救い手のリレーの様相を「さんせう太夫」の場合で辿ってみる。

「さんせう太夫」は、父の無実を晴らすべく陸奥から都をめざし、やがてめでたく惣領が本領を安堵する物語である。母と幼い姉弟（安寿・つし王）は乳母共々、都をめざすが、道中、人買いに騙され、母と別れた姉弟は、丹後のさんせう太夫の許で、過酷な仕打ちを受ける。しかし、数々の利生によってつし王の復活がなる。陸奥、直江津、丹後、七條朱雀権現堂、天王寺、都を結んで語られる利生復活の物語である。その際、「志田玉造の系図」と「膚の守りの地蔵菩薩」の二つが重要な意味をもつ。この二つを受け渡して、つし王復活への物語が進行する。やや、図式的に示せば、次のようになろう。

①母（うわたきを含め）→②姉→③国分寺のお聖→④おしやり大師→⑤梅津の院

この流れを、本文も混えてもう少し具体的にみてみる[2]。

①〈類船していた舟が遠ざかり行く海上で、母は〉「やあ〳〵いかに姉弟よ　さて売られたとよ買はれたとよ　命を惜へ姉弟よ　又も御世には出づまいか　姉が膚に掛けたるは地蔵菩薩でありけるが　自然姉弟が身の上に　自然大事があるならば　身代にもお立ちある地蔵菩薩でありけるぞ　よきに信じて掛けさいよ　又弟が膚に掛けたるは　志田玉造の系図の物　死して冥途へ行く折も　閻魔の前の土産にもなるとやれ　それ落とさいな　つし王丸」と　声の届く所では　とかくの御物語お申ある

②〈この母の思いを受け継いで、姉がつし王に逃亡を強制して〉「今日は膚の守の地蔵菩薩も御身にまいらする…落ちて行きてのその先で　在所があるならば　先づ寺を尋ねてに　出家をば頼まひよ　出家は頼みがいがあると聞く　もはや落ちよはや落ちよ

③〈姉の言葉通り、つし王は国分寺の聖に助けられる。聖は、つし王を七條朱雀権現堂まで送り届けて、その別れに際して〉「さて今度の命をば　此聖が助けたとおぼしめさるゝか　膚の守の地蔵菩薩のお助けあつて御座あるぞ　良きに信じてお掛けあれ

④〈朱雀権現堂から土車で天王寺まで引いてこられたつし王が、石の鳥居に取り付くと腰が立つ奇瑞が見られ、この天王寺でおしやり大師に見出される。「おしやり大師」は一舎利・二舎利と呼ばれる四天王寺寺僧の呼名で、ここに四天王寺の舎利信仰の反映が認められる[3]〉

⑤〈四天王寺で梅津の院の養子と成ったつし王は、その代官として御門の大番に上り、膚の守の志田玉造の系図

の巻物取り出し奏上して、本領安堵の綸旨を賜う〉

右は、海上で遠ざかり行く人買い船から、姉弟に懸命に呼びかけた母の思い（①傍線部）を救い手が順次受け継いで展開していることを示す。この間には、その他にも里の山人や海女、あるいは伊勢の小萩も姉弟に心を添わせて庇護者（救い手）と変わらぬ親切を尽すが、「志田玉造の系図」と「膚の守りの地蔵菩薩」の受け渡しという点で、右の図式に纏められよう。

このリレー方式が最も端的に語られるのが、「をぐり」である。

〈横山殿に毒殺された小栗は、上野が原に胸札を付けた餓鬼阿弥として蘇生する。これを見た藤沢の上人は小栗に〉餓鬼阿弥陀仏とお付けある　上人　胸札を御覧ずれば　閻魔大王様の自筆の御判をお据へある「この者を藤沢のお上人の　めいとう聖の一の御弟子に渡し申　熊野本宮湯の峯に御入れありて給はれや　熊野本宮湯の峯にお入れありて給はるものならば　浄土よりも　薬の湯を上げべき」と　閻魔大王様の自筆の御判据はり給ふ「あらありがたやの御事や」と　御上人も胸札に書き添へこそはなされける「この者を一引き引いたは千僧供養二引き引いたは万僧供養」と　書き添へをなされ　土車を作り　この餓鬼阿弥を乗せ申　女綱男綱を打つて付けお上人も車の手縄にすがりつき「ゑいさらゑい」とお引きある

このように、小栗を乗せた土車は、閻魔大王や藤沢の上人の教えに従い、街道筋を熊野湯の峯まで引かれる。長い道行である。この間、美濃青墓から大津関寺までは、妻の照手が恋しい夫の変わり果てた姿とも知らず、車を引く。説経を代表する道行文で、関寺玉屋で照手は思いのたけを書き添えして別れるが、その思いは更に天王寺、湯の峯へと引き継がれて、小栗は元の英雄として復活する。閻魔大王がいう「藤沢のお上人の　めいとう聖」は、時宗当麻道場二十七世の明堂智光（一四九九〜一五四九）を指す[4]。右の説経本文（宮内庁三の丸尚蔵館蔵）は、したがって十六世紀中頃の語り本文が採用をみていることになるが、この藤沢遊行寺はもとより、関寺近辺も湯の峯も時宗信仰の拠点

としてあった。(5) 時の上人名までをも持ち出し、そこを起点に餓鬼阿弥復活の思いが教団の活動拠点を繋いで語られているのである。

「さんせう太夫」の場合も、十三世紀末から十四世紀にかけての叡尊、忍性、宣基ら、律宗僧の教義や宗教活動が踏まえられている。国分寺の聖、四天王寺のおしやり大師は、右の高僧らを直接想起させるものであろう。更に、前掲③④⑤と続く展開は、まさしく律宗教団に記憶されるべき活動拠点を繋ぎ、彼らの教義に関わる利生の数々を示しているが如くである。救い救われて主人公の復活が成るこの物語の成立基盤がここに横たわりをみせているといえよう。乞食のつし王がおしやり大師や梅津の院に見出される四天王寺は、「世一の僧」として別当職に就任した叡尊、石の鳥居建立の忍性らの活動拠点として知られ、そこが復活の場として選ばれ、しかも同様の事由をもって、説経「しんとく丸」も成立をみているし、古くは舞曲「満仲」など、多田周辺の唱導とも関わりをみせるのである。

しかし、この「さんせう太夫」の成立基盤である四天王寺も、寛文七年板以下の説経浄瑠璃諸本では、③から直接清水寺へと場面が移り、物語成立時の天王寺へのこだわりは消え失せる。説経が、加除変更自在の、ある意味、融通無碍な語り物であったことを示す一例といえる。本領安堵を帝に奏上するのであれば、都の七條朱雀まで到着しているのであり、わざわざ天王寺を目指すこと自体が不自然である。しかし、その不自然さも承知で天王寺に舞台設定したところに、物語成立時には深い思いが籠められていたはずである。その成立基盤の重要性に後年の語り手達らは余りにも無頓着であったといえる。

説経の場合、物語の創り手、語り手を、ともすれば一体的に理解してきた傾向がある。物語伝承が時日をかけて醸成され、説経としての体裁を整えていく中で、語り手達の日常性も徐々に塗り籠められてきたというような理解が、これまでの説経論を支配してきた。民間伝承や、談義説法の場で教団に関わりなく汎用される経典説話から生まれた説経作品では、物語の創り手が特段意識される必要はなかろう。そうした作品も確かにあるが、しかし、本来、説経の生み出し手、語り手は峻別されるべきものである。

例えば「かるかや」は、「空海とその母の物語」ともいうべき内容であるが、説教者と高野山とは関係がない。説教者が高野に足を踏み入れたとは考え難い。法然や明遍らを信奉した念仏僧（高野聖）らが唱え始めた高野伝承が、街道筋で袖触れ合った説教者たちに渡り、語り広められたのであろう。その段階で、達者な語り手は、語り内容をも自家薬籠中の物として、自在に改変を加え、あたかも彼らの創作物といった印象さえ、聴衆に与え涙を誘ってきたのであろう。場に応じての臨機応変の語りは、同じく「かるかや」でいえば、「高野巻」が最古の絵入写本には見えないが、これは偶々そこが取り外された折の語り本文が採録されたに過ぎない。神降ろし、経尽しの大誓言も、あるいは道行さえも取り外し自在で、中には作品を跨いで語られるものもある。

右の事例だけではない。「をぐり」でいえば、前述の藤沢のお上人（本来は太空上人）が、当代の明堂智光に変えられて語られていたのもそうであろう。更には、本地語りに関わり、小栗・照手が、都の北野愛染明王結ぶの神、あるいは常陸の鳥羽田正八幡結ぶの神と祀られたと語り納める異本の存在も、語り手の所為である。粂汐里氏紹介の「しゆつせ物語」(6)（本書付録2参照）が梅津の院とつし王の対面を都北野に描くのも、前述の寛文七年板以降の語りが天王寺の件りを変更したのと同工で、その説経が語られた場を反映するものである。物語生成の場、語りの場は、本来、異なる場として認識されるべきであろう。

とはいえ、説経の場合は、物語の創り手と語り手の思いが分かちがたく重なり合う面が確かにある。「さんせう太夫」の利生復活譚で重要な鍵になるとした「志田玉造の系図」に象徴される「氏系図」をめぐる思いなどはその典型例であろう。母が遠ざかり行く海上から懸命に呼びかけた「志田玉造の系図」は、紛いもなく富貴復活（所領安堵）への決定的証拠となった。「さんせう太夫」では、膚の守りの系図と地蔵菩薩が救い手をリレーされて、物語が語り進められた。いわれなき差別に晒された説教者にとっても、自らが貴種の流れにあるという系図は辛い境涯を耐え忍ぶ唯一の心の支えであったに違いない。「関蟬丸神社文書」に拠れば、諸国の説教者が、太夫号の貰い受けを嘆願し、その際、こぞって「筋目正しき説教の家筋」であると誓約している。「筋目正しき」とは蟬丸宮（三井寺）が嫌う「不浄穢鋪職」役務には一切関わりをもたず、何代も続いてきた説教一筋の家の者であることを誓うものである。[7] 古き時代には、それこそ漂泊流浪にも似た境涯に身を任せ、説経の一節を語っては糊口を凌いできた人々である。その人々を蟬丸宮下賜の「御巻物抄」では、延喜第四宮蟬丸を供奉した師輔の末裔で、貴種の流れにあると教え説くのである。舞舞や説教の末裔を少なからず探訪された室木弥太郎氏に拠れば、これら芸能者の末裔には氏系図を今も大事に伝存している家が意外と少なくないという。「救い救われる物語」は、「御巻物抄」に縷縷述べられる説教者の「貴種出自」をめぐって、物語主人公に我が境涯を重ね合わせた語り手達も多かったのであろう。

○

説経は闇夜を行くが如き境涯に於いても、やがて一筋の光明が差し込むことを教え説く物語である。涙の裡に、栄華は循環する、その教えを「救い救われる」物語にして人々の心を虜とした。諸芸能の中でも最も賤しめられ、全盛期も短かったが、その社会的位相をこえて、近世にも入ると、謡本、浄瑠璃正本とほぼ踵を接するように、逸早く正本化も見ている。豪華な絵巻、奈良絵本、愛玩すべき絵入写本も浄瑠璃に匹敵するように制作をみた。大形の草子本への展開もあった。更に、芸能それ自体は滅んでも、他ジャンルに多くの影響を与え続けた。こういう語り物も珍しい。愛別離苦・漂泊流浪、更には恋慕愁嘆と、神仏は人間にさまざまな試練を課すが、信ずれば、やがて境涯は循環する。その揺るぎのない宗教的主張や教義に支えられた哀話として、その特有の口吻とも相俟って、時空を超えてなお人々の心に強く共鳴するのであろう。

注

（1）室木弥太郎氏、新潮日本古典集成『説経集』一九四頁頭注参照。

（2）引用本文は、新日本古典文学大系『古浄瑠璃　説経集』（信多純一・阪口弘之校注）に拠る。以下、同。

（3）阪口弘之「しんとく丸の成立基盤」（『説話論集』第十五集）、塚田孝氏『大阪の非人』（ちくま新書）参照。

（4）阪口弘之「説経「かるかや」と高野伝承」（『国語と国文学』平成六年十月号）参照。

（5）関寺周辺では「長安寺」が知られるが、湯の峯も、かっては時宗の拠点として信仰を集めた。成定晏子氏の御教示に拠る。

（6）粂汐里氏「『しゆつせ物語』解題・翻刻」（本書付録2）参照。

（7）塚田孝氏「説教者と身分的周縁」（本書第3章1節）、及び室木弥太郎・阪口弘之編『関蝉丸神社文書』参照。

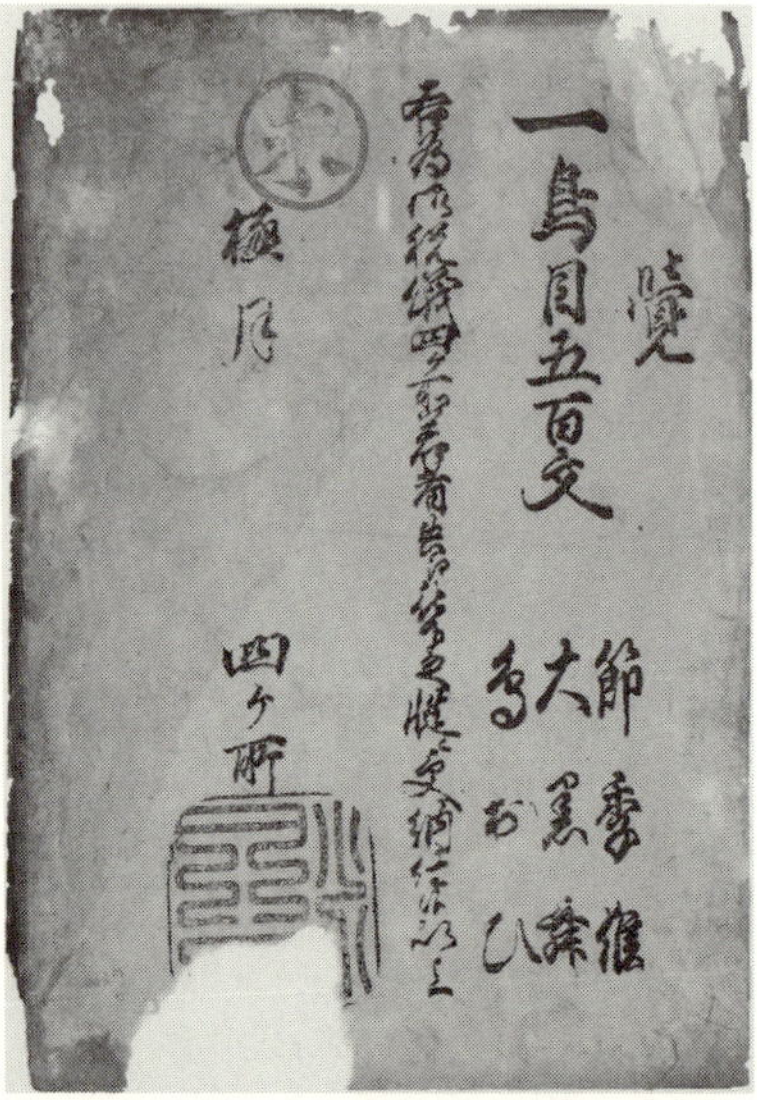

覚

一　鳥目五百文

四ケ所

『節季候等勧進許可証文』

『かるかや道心』（正徳二年六月江戸鶴屋板）

以上図版、阪口弘之所蔵

# 第1章　説経の成立

# 1節 説教から説経へ ――西大寺流律僧の説話世界を軸に――

小林直樹

## はじめに

説経という芸能は、一般に寺院説教に淵源するものと考えられている。この点について、たとえば秋谷治氏は次のように述べる。(1)

説経節は説経と書いて説教と書かないが、僧侶が説教を説いたように、仏教の法談・唱導から生じ、寺院の周辺で成立したというのが通説である。仏教の比喩や因縁話を物語化し芸能化したのが出発点であったろうが、その転化・物語化の過程は全く明らかでない。(傍点、原文のまま)

また、西田耕三氏によれば次のようである。(2)

説経は、中古以来の講経(経典講説)が、その場を寺院以外に拡げることによって語りの要素を強くし、さらにそれが遊芸化していったもの、と考えられている。しかしその道筋を具体的にたどることはほとんど不可能に近い。

このように、説教から説経へという「転化・物語化の過程は全く明らかでな」く、「その道筋を具体的にたどることはほとんど不可能に近い」とされているのであり、そうした困難を本稿の課題は背負うことになる。その「不可能に近い」ことを十分に自覚した上で、ここでは西大寺流律僧（叡尊教団）の説話世界に注目してみたい。それは説経の代表的作品中のいくつかに、西大寺流律僧の事績が深く刻まれていることがすでに明らかにされているからである。

西大寺流律僧と説経との浅からぬ関わりを初めて指摘したのは阪口弘之氏である。阪口氏はまず叡尊の弟子の忍性の事績と説経『しんとく丸』との関係に注目し、次のように述べている。(3)

……その忍性は師叡尊と共に、「非人」救済を目的とした社会救済事業に大いに貢献した律宗僧であった。例えば、「癩者」を中心とした「乞食」に対する「施行」を積極的に推進した彼の布教活動は、「しんとく丸」に於ける安倍野が原（四天王寺に隣接）の「施行」の場で、「のせの里」からさ迷い出た父信吉としんとく丸との出会いにみる如く、説経世界との重なりが注目される。説経が石の鳥居をめぐる奇瑞を盛んに説くことなどもあわせ、彼の宗教行動が説経作品世界にいかなる関りをもつのか、説経研究の一つの課題といってよいであろう。（傍点、原文のまま）

ここで触れられる四天王寺の石の鳥居は、永仁二年（一二九四）、四天王寺別当となった忍性によって造立されたものである。氏はまた「「しんとく丸」申し子譚で、御台の前生を「近江の国瀬田の唐橋の下に住む大蛇」とするのも、忍性の瀬田の唐橋架橋（修補）と関連があるかもしれない」と推測する。(4)

だが、説経との関連が認められるのは忍性の事績だけにとどまらない。阪口氏は後年、忍性の師叡尊も含め、この師弟の事績と『しんとく丸』との関わりをさらに詳細に追求している。(5) そこでは、しんとく丸が信貴山で修学するという設定に「忍性が幼時、信貴に登り、学問修行したという事実」との「重ね合わせ」を見、しんとく丸の四天王寺石の舞台での舞には「弘安八年（一二八五）、四天王寺別当に就任した「世一の僧」叡尊をまきこんだ「胡飲酒」相承一件」の「間接的な反映」を認めるほか、信吉長者の住む高安の地が叡尊再興の教興寺の所在地であることや、乙姫の住む和泉近木の荘も叡尊が菩薩十重戒を講じ高野僧らに授戒した地蔵堂を有する地であることなど、両者の足跡と作品との相関を明らかにする。

一方、阪口氏とは別に、歴史学の方面から松尾剛次氏も説経『さんせう太夫』と叡尊教団との関わりに注目し、作品に登場する丹後国分寺が西大寺流律僧の宣基らにより再興された事実や、先にも触れた四天王寺石の鳥居と忍性との関係などについて論及している。(6)

このように説経作品に叡尊教団の痕跡が刻まれていることは間違いなかろうが、それでは両者の交渉はどのように考えることができるのだろうか。阪口氏は作品の成立基盤と叡尊教団との接点について次のような見通しを示している。(7)

……これらの物語成長にかかわりをもった人々は、『しんとく丸』や『さんせう太夫』を例にいえば、四天王寺信仰圏、あるいは叡尊・忍性・宣基らの信奉者集団に繋がる人々であった。そのことが、これらの物語虚構の中核に宗教的トポスとしての四天王寺や、そこに発する確かな伝承的想像力を看て取ることを可能にしているのであろう。

そして、説経は「叡尊・忍性らの信仰圏」「に繋がった下級僧や説教の人々によって語り物としての体裁を整えたのであろう」と推測するのである。

阪口氏は説経テクストの分析から、その背後にある西大寺流律僧（叡尊教団）の宗教的営為を見出しており、その意味では、いわば「説経」から「説教」を照射しようとするアプローチに立つものであるといえよう。阪口氏の論を承け、本稿では、それとは逆に、西大寺流律僧の「説教」の分析から「説経」の世界を照らし出すべく考察を試みたいと思う。「不可能に近い」ことは承知の上で、阪口氏の論との円環を成すことを目指すものである。

## 一　叡尊の説教（一）――『興正菩薩御教誡聴聞集』――

西大寺流の祖、叡尊の説教はどのような特色をもつものだったのだろうか。まずは「興正菩薩叡尊の晩年の説教を、聴聞した弟子の一人が記録したものである」[8]『興正菩薩御教誡聴聞集』からうかがってみよう。そこで気になるのは、たとえば次のような譬喩の存在である。

縦ヒ我ヲコロシ打ツモノアリトモ、痛キ計ヲ忍テ、悪《ニク》ム心アルベカラズ。タトヘバ少《ヲサナ》キ子ノ手ヲノベテ母ヲ打ニ、コレヲヨロコブガ如シ。（「修行用心事」）

又少キモノ、有㆓恐怖等ノ難㆒時如ク㆑呼ブガ㆓父母ヲ㆒思召シテ観音ノ宝号ヲ唱ヘサセ給ヘ。（「持斎祈雨事」）

人ノ子ノヲトナシク成ヌレバ親ノ恩ヲ思知ガ如ク、明恵上人ハ恩徳ヲ思知リ御ス故、御歎深候。（「袈裟幷直突事」）

叡尊は説教をなすに際し、しばしば親子に関わる譬喩を用いていたとおぼしい。説教の合間に咄嗟に差し挟まれる譬喩に常用されるほど、親子関係は叡尊にとっての関心事であったのだろうか。そのことは、叡尊の自伝である『金剛仏子叡尊感身学生記』[9]（以下、『感身学生記』と略称）に、弟子とその母親に関する特徴的な記事が認められることともおそらく無関係ではないであろう。『感身学生記』の延応元年（一二三九）の条には、次のような忍性との出会いの挿話が記される。

九月八日、忍性（良観房）授㆓十重（飲酒）㆒。因勧㆓出家㆒、流㆑涙答曰、「某甲為㆓父母一男子㆒。故父母共崇異㆑他。就中母殊悲哀過㆓于常例㆒。母為㆑病侵、命迫㆓旦暮㆒、願㆑見㆓沙門形㆒。故俄剃㆑髪着㆓法衣㆒。弥悲㆓将来㆒、夏冬無㆑恃。而不㆑厭㆓穢土㆒、不㆑欣㆓浄土㆒。唯悲㆓忍性将来之憂苦㆒。而息絶魂去。於㆑是某甲齢十六歳、報恩謝徳無㆑力、抜苦与楽失㆑術。唯仰㆓本尊文殊威力㆒、当㆓十三年忌辰㆒、奉㆑図㆓七幀文殊㆒、安㆓置当国七宿㆒。毎月二十五日、一昼一夜不断令レ唱二文殊宝号一、以二所レ生功徳一、送二亡母之生所一、為二解脱之勝因一。果二此宿願一耳。当二出家学道一」（云云）。予語曰、「出家功徳広大無辺。不レ如二出家一。受二持仏禁戒一、以二所レ生功徳一、送二彼生所一、為二抜苦与楽之因一。財物不定、為二五主一奪、人命無常。寧可レ待二十三年一乎」。是時無二分明領状一退畢。

ここには、忍性の「母」の「常例」に「過」ぎた慈しみと、それに何とか「報恩謝徳」したいと願う忍性の思いの丈を吐露した言葉とが詳細に記し留められている。叡尊がこの挿話をこれだけ精細に書き残し得たのは、忍性の母への思いにことのほか強い感銘を受けたためにほかなるまい。さらに、『感身学生記』寛元元年（一二四三）の条には、長谷寺の善算という僧をめぐる以下のごとき記事も認められる。

二月、……廿五日、於二大路堂市庭一、遂二当宿等四箇宿文殊供養一。是日、長谷寺善算（泉寂房）聴二聞文殊供養縁起一、発二出家心一、於二十市道一随二其意趣一。廿九日、重遂二三輪宿文殊供養一。善算於二三輪河原一、対二悲母一告レ入二西大寺一。三月一日、入二当寺一。七月十五日、受二十戒一。十六日、受二苾蒭戒一。十八九両日、勧二化悲母一、令レ受二五戒一。殊説二飲酒過一。

この記事について、細川涼一氏は次のように述べている(10)。

叡尊は善算については、出家に際して二月二十九日に母に出家の意志を告げ、死の直前の七月十八日・十九日には母に勧めて五戒を受けしめたという、母との関係を示す逸話をその短い半年余りの記述の中に二度も記している。この善算に関する逸話は、日本の僧伝には、子の僧が母に手厚い孝養を尽くす、僧と母との密接な関係を示す逸話が少なくないという、大隅和雄氏の指摘（大隅和雄「仏教と女性」『歴史評論』三九五号、一九八三年）を凝縮された生涯の中に示した例とすることができよう。

「この善算に関する逸話」が「日本の僧伝に」「少なくない」「僧と母との密接な関係を示す」事例のひとつに数えられることは間違いなかろうが、ここではむしろ当該の「逸話をその短い半年余りの記述の中に二度も記している」叡尊の側に注目したい。先に挙げた忍性の例とあわせ考えるなら、叡尊には弟子の「悲母」への思いに鋭く共振する心が備わっていたものと見るべきであろう。

その心はどこから来るのであろうか。実は、叡尊自身の「悲母」は承元元年（一二〇七）、叡尊七歳の折に亡くなっている。

七歳九月十日、悲母三人少児置㆓懐内㆒逝去畢。予七歳、次五歳、次三歳也。（『感身学生記』）

松尾剛次氏が「この幼くして死別した母親への思いは強く、寛元三年（一二四五）九月の願文には、興法利生の功徳を母へ回向することを述べている」と指摘しているように[11]、叡尊自身「悲母」への思い入れは殊のほか強く、それが母親をめぐる弟子の行為に対する共感にも繋がっているものと推察されるのである。

ともあれ、本項冒頭で示した、叡尊が説教の折にさりげなく引く親子、母子に関わる譬喩の背後に、叡尊の「悲母」への意識が深く関与していることは十分に考えられよう。もとより、説教・唱導の世界では、父母とりわけ母への孝や恩愛の主題は伝統的に重視されるところであり[12]、決して叡尊の事例が特異であるというわけではない。しかしながら、叡尊自身、親子、母子の問題に間違いなく深い関心を寄せており、それが彼の説教にも反映していた可能性が多分にあるという点をここでは確認しておきたいと思う。

## 二　叡尊の説教（二）――『梵網経古迹記輔行文集』――

『感身学生記』や、弟子性海による叡尊関東下向時の記録である『関東往還記』[13]によれば、叡尊はしばしば道宣撰『四分律删繁補闕行事鈔』（以下、『行事鈔』と略称）と太賢述『梵網経古迹記』（以下、『古迹記』と略称）の講説を行っている。両書とも南都の律僧のもっとも重視した律疏であるが、叡尊にあっては『行事鈔』は律僧向けに、『古迹記』は俗人に対して講ぜられる傾向にあったとおぼしい[14]。そうした講説の様子を直接伝える資料は認められないものの、幸いにして『古迹記』には叡尊自身の手になる注釈書『梵網経古迹記輔行文集』（以下、『輔行文集』と略称）が残されている。そこから叡尊の説教をうかがうことは許されよう。

叡尊が親子や母子の問題に関心が深かったことはすでに触れたが、『梵網経』はその面でも叡尊との相性がよかったものと推察される。『梵網経』は中国撰述の経典であり、当然のことながら儒教道徳、とりわけ孝の思想が強調される傾向にあったからである。この点について、石田瑞麿氏は次のように述べている(15)。

> 梵網戒そのものとしては、端的に「慈悲」救済の菩薩精神を謳いあげている、そのことだけで、実は尽きているといえる。ただそれと同時に「孝順」が説かれた事実は忘れられないだろう。……戒を「孝」と名づけた点は、まぎれもなく儒教思想を導入したものである。しかもこの「孝順心」が佛教の「慈悲心」と并用されて、種々の戒条で強調されていることは、その根強さとともに、「梵網戒」の基調をなしたものとして、注目されねばならない。

『梵網経』の有する思想傾向は叡尊のそれと極めて親和性の高いものであったといえよう。その『梵網経』に新羅僧の太賢が注したものが『古迹記』である。叡尊がこれをもっぱら俗人に講じていたとすれば、その講説には因縁すなわち説話の類がさかんに用いられたのではないかと想像される。はたして叡尊の手になる『古迹記』の注釈書『輔行文集』には少なからぬ数の説話の引用が認められる。ここでは、中でももっとも長編に属し、かつ『梵網経』に相応しい精神を伝えるひとつの説話を紹介しよう。『輔行文集』巻八に収載される長寿王説話である。

> 疏如長寿王至為勇、彼経曰、仏告㆓諸比丘㆒、昔者有㆓菩薩㆒、為㆓大国王㆒。名曰㆓長寿㆒。王有㆓太子㆒。名曰㆓長生㆒。王以㆓正法㆒治㆑国。无㆓刀杖之悩㆒。不㆑加㆓吏民㆒。風雨時節、五穀豊饒。有㆓隣国王㆒。治行暴虐、不㆑修㆓正法㆒。国民貧困。謂㆓傍臣㆒曰、「我聞、長寿王国去㆑是不㆑遠。熾饒豊楽而无㆓兵革之備㆒。我欲㆓今往攻㆓奪其国㆒」㆒。（乃至）長寿王即召㆓群臣㆒而告㆑之曰、「子所㆓以来㆒者、貪㆓我国人民倉穀珍宝㆒耳。若与㆑其戦必傷㆓害吾民㆒。夫諍㆑国殺㆑民、吾

不レ為也」。〔乃至〕群臣不レ聴。留二王於宮一、乃自相与於レ外発レ兵。出二往界上一、逆而拒レ之。王告二太子長生一曰、「今群臣以レ我故欲レ逆二拒之一。夫両敵相向必有二缺傷一。今欲三与レ汝倶委レ国亡去二」。太子曰、「諾」。即父子踰レ城而出、幽二隠山間一。於レ是貪王遂入二其国一、募二求長寿王一。「金千斤銭千万、誰能得者」。長寿王、後日出二於道辺樹下一坐。有二遠方婆羅門一来、亦息二於樹下一。〔乃至〕婆羅門曰、「我遠方貧鄙道士。遥聞下此国長寿王好二喜布施一賑中極貧窮上。吾故遠来、欲二従乞丐用自生活一」。〔乃至〕於レ是王乃涕泣而曰、「我即是長寿王。有二他国王一前来攻レ我。我委レ国亡来隠二此間一。〔乃至〕我聞、新王募レ我甚重。卿可レ取二我頭一。往可レ得二重償一」。〔乃至〕婆羅門曰、「我不レ忍レ殺二大王一。大王、若有二弘慈之意一必欲二殞レ命以相恵施一者、但当二散レ手相随去一耳」。王即随去到二城門前一、而令レ縛レ之、以白二貪王一。王即酬二婆羅門金銭之賞一、遣令二還去一。貪王於レ是乃使レ人於二四街道頭一焼二殺長寿王一。〔乃至〕太子長生時出二道辺一。聴二聞人語一知下父為二貪王一所上レ得。〔乃至〕間二鬧人中一当二父前一住。父見二長生一恐二其瞋恚為レ父報上レ怨。父乃仰レ天歎息曰、「夫為二人子一欲レ為二至孝一。使二汝父楽レ死而不レ憂者、慎無三汝為報二父怨一。則汝父楽レ死而不レ憂也。若違二父言一而行レ殺二他人一者、即令三汝父死者有二余恨一」。〔乃至〕長生不レ忍レ視二其父死一。因還入レ山。長寿王遂就二焼死之誅一。長生久思念、「我父仁義深篤至レ死不レ転。〔乃至〕然我不レ能レ忍也。我不三出殺二此貪王一者、我終不三苟生二於世一矣」。遂出傭賃。〔乃至〕大臣因呼二長生一問レ之、「卿頗能作二飲食一不」。曰、「能作」。便使レ作二飲食一。飲食甚甘美。因以請レ王、往臨飲食。飲食甚美。王因問、「誰作二此食一者」。大臣対曰、「前賃得二一人一、能作二此食一」。王遂呼現二長生一、録将帰レ宮使レ作二飲食一。〔乃至〕後日問二長生一、「汝寧好二射猟一不」。対曰、「臣少小好レ猟」。王便勅レ外厳レ駕、因与二長生一共行遊猟。適入二山林一便見二走獣一、王与二長生一馳而逐レ之。転入二深山一、或失二道径一迷惑、三日不レ得レ出。遂至二飢困一。王下レ馬解レ剣授二長生一曰、「我甚疲極。汝坐レ我。欲下枕二汝膝一臥上」。長生言、「諾」。王便得レ臥。長生自念、「我前後以来求二索方便一、今日已得二我願一」。便抜レ剣欲レ殺二貪王一、念二我父臨レ死之時嘱レ我慇懃一。「奈何快二我愚意一而違二慈父之教一、非二孝子一也」。即内レ剣而止。王便驚寤告曰、「我夢見三長寿王子欲二来殺一レ我。々大驚怖。何以如レ此」。長生曰、「此山中有二強鬼神一。見二大王在一レ此故、来恐二怖大王一耳。臣自侍衛。王、但安臥无レ所二畏懼一也」。王即還臥。長生復抜レ剣欲レ殺レ之。重憶二父言一復止。王復驚寤、告二長生一言、「我夢見三長寿王子故欲二来殺一レ我。々大畏レ之。何以爾也」。長生曰、「是山神所為耳。王无レ所二畏懼一也」。王復還臥。長生復抜レ剣欲レ殺レ之。思二惟父言一復止。遂棄二剣於地一、无二復殺一レ王之意一。王復驚寤、告二長生一曰、「復夢見四長寿王子自言三原意不二復殺一レ我」。於レ是長生曰、「我即是長寿王太子長生也。我故実来、出欲下殺二大王一以報中父讐上耳。念下我父臨レ死之時慇懃嘱レ我不上レ欲レ使二我報一レ怨、而我愚癡故違二父之言一。詳思二父教慇懃一、不二敢違一レ之。是故今投二剣於地一以順二父言一。雖レ爾猶恐三後日迷惑失レ計而違二亡父教一。今故自覚。願大王、便誅二伐我身一早滅二其悪意一、可レ使二終始断絶一」。王乃自悔曰、「我為二凶逆一不レ別二善悪一。賢者父子行レ仁淳固、至レ死不レ転。而我貪酷、初不二覚知一。今日如レ是命属二子手一。子故懐レ仁而不二相害一。誠感二淳潤一。今欲レ還レ国。当レ従二何道一」。長生言、「我知二道径一。前故迷二惑大王一欲レ報二父讐一耳」。長生遂与レ王倶出二林外一。便見二群臣一散二満林際一。王便止坐施二設飲食一。王問二群臣一、「卿等寧識二長寿王子長生一不」。中有二不レ識者一。対曰、「不レ識」。中有二識者一。昔受二長生恩一。恐二王殺一レ之、亦言レ不レ識。王便指示言、「是即長生也」。王曰、「従二今日一始悟。自還二我故国一。願以二此国一還二付太子一。自レ今以後、卿為二是我弟一。若有二他国来相侵奪一、当二相救助一」。王遂引二率臣兵一帰二其本国一。々有二奇珍一更相貢遺。仏告二諸比丘一。時長寿王者我身是也。太子長生者阿難是。貪王者調達是。調達与レ我世世有レ怨。我雖下有二善意一向上レ之、故欲レ害レ我。阿難与レ之本无二悪意一。故至相見即有二和解之心一。菩薩求レ道勤苦如レ是。至レ見二賊害一无二怨恚之意一。自致レ得レ仏為二三界尊一。諸比丘歓喜為レ仏作レ礼。

（増補改訂日本大蔵経[16]第三七巻121下～124上）

長大な話であるが、ごく簡略に梗概を記せば次のようである。

仏は比丘たちにお話になった。「昔、長寿王という国王がいた。その王には長生という太子がいた。国には正しい法が行われ、人民の暮らしは豊かであった。一方、隣国の王は貪王といい、暴虐な政治を行い、人民は貧困にあえいでいた。貪王は豊かな隣国への侵略を企てる。そのとき長寿王は「交戦すれば必ず我が国民を傷つけることになる。国の争いのために国民を殺すのは私の本意ではない」と主張した。だが、臣下に聞き入れられず、やむなく長寿王は国を捨て、太子とともに山に逃れた。やがて貪王が入国し、長寿王には懸賞金が掛けられる。長寿王はたまたま山中で出会った貧しい婆羅門への施心から、自ら出頭して捕らわれ、貪王のために焼き殺される道を選ぶ。処刑の直前、群衆にまじって長寿王にまみえた長生は、父から自分が殺されても決して貪王に報復してはならぬと堅く命じられる。だが、父の死後、復讐の念に燃える長生は、素性を隠して巧みに貪王に接近しその信用を得ることに成功する。そしてついに、二人だけで山に猟に出かけるという絶好の復讐の機会に恵まれる。疲労した貪王が長生の膝を枕に寝入ったとき、長生は剣を抜いて父の敵を討とうとする。だが、その刹那、父の遺言が思い出され、どうしても貪王を殺すことができない。これを繰り返すこと三度、ついに長生は復讐を断念し、貪王に自らの正体を明かし、自身を殺すよう進言する。しかし、貪王は長生の振る舞いに強く感銘し、これまでの己の行為を恥じ、国を長生に譲ると、自らは本国へ帰っていった。その時の長寿王は私である。太子長生は阿難である。貪王は提婆達多である。」

人間の殺害（殺生）という行為をめぐって「孝順心」と「慈悲心」とが交錯する、まさに『梵網経』の精神を体現したような説話であるといえよう。ちなみに、『輔行文集』の当該部分に対応する『古迹記』巻下末の本文は次のようである。

言二以瞋報瞋等一者、如二長寿王経云一、以レ怨報レ怨怨終不レ滅。以レ徳報レ怨怨乃尽耳。是故菩薩不レ瞋為レ勇。

（大正新脩大蔵経巻第四〇巻712b）

右の引用のうち、傍線部が『梵網経』の本文である。そこに注した『古迹記』の「如二長寿王経云一」の文言に導かれて、叡尊は原典の『長寿王経』を参照し、一部節略しながら（本文中〔乃至〕と記されている箇所が省略部分）本話を引用したものと思われる。叡尊が俗人を対象に『古迹記』を講説した際、当話が実際に語られた可能性は十分にあろう。

長寿王の物語が内包する親子の問題、孝の問題、慈悲の問題はいずれも説経の主要なモチーフである。さらに、本話は釈迦の前生譚（本生譚）として語られるが、説経もまた神仏の前生譚の形式をとる。両者のこうした共通点には無視しがたいものがあろう。実際、『輔行文集』には長寿王の物語を含め、十話ほどの本生譚の引用が認められ、それらのうちには他にも孝順を説く内容のものを拾うことができる。『輔行文集』に本生譚が引かれる背景には、もちろん『古迹記』の本文がその引証を要求するという側面もあろうが、一方で釈迦の時代に回帰したいと願う律僧たちの本生譚への関心は高いものがあったと推察される。叡尊教団でこの手の本生譚がどれほど重視されていたかは、今後子細に検討する必要があろうが、『輔行文集』は建治二年（一二七六）に開版されており、おそらく西大寺流律僧の間では広く読まれたことであろう。たとえば叡尊没後、「永仁元年（一二九三）〜正安二年（一三〇〇）の間には撰述されていたものと思われる」(17)『八幡愚童訓（甲本）』(18)には、次のような長寿王説話の引用が認められる。

昔大国ニ大貪王ト云人アリ。其ノ隣国ノ長寿王ヲ誅戮ス。長寿王、其子長生太子ニ向テ云ク、「我敵ヲ討事ナカレ。以レ怨報ルニレ怨、々互無二絶事一。以レ恩ヲ報レ怨ニ、怨永尽ル也」トテ失給ケリ。長生太子、父ノ遺言ハ去事ナレ共、親敵ヲ不レ討シテハ生タル無トニ甲斐一思テ、身ヲ羸《ツカラ》シ種々ノ方便ヲ廻シテ、大貪王ニ取寄ツテ、一事以上命ニ不レ違、随逐給仕、人ニ過タリシカバ、如レ影召具、心安キ者ニコソ思ケル。或時、深山ニ入テ狩スルトテ、大貪王労《クタビレ》テ、長生ガ膝ヲ枕トシテ眠タリ。長生、此日来䚇《〔ネラヒ〕》ツル所ハ今成就スト悦テ、剣ヲ抜テ害セントスルガ、父ノ遺言思出テ剣ヲ収ヌ。王、寝覚テ云ク、「我レ夢ニ見ツル様ハ、長寿王ノ子ニ囚テ殺サレントシツ」ト云レケレバ、長生、「此所ノ山神忿タル歟。我角テアレバ可《キ》レ有二何事一。只能休給ヘ」ト云ヘバ、王、聽而又寝入ヌ。其時長生、剣ヲ抜持、既殺ントスルニ、猶父ノ遺言不レ忘、剣ヲ重収ヌ。王又驚テ、夢ノ様ヲ語事如レ前。返事不二相違一。仍重テ仮寐。長生雖二剣抜一猶恐《ル》二遺命一。王驚語事、相同ジ。爰長生ガ云ク、「我実ニ長寿大王ノ太子也。汝ガ為ニハ親ヲ討レテ不《ル》二憤《イキドヲリ》散一故ニ、日来伺討ントス。只今既得《リ》二其隙《ヲ》一。殺害セン事如レ思ナルベシト云ヘ共、父ノ遺言不レ忘シテ、剣ヲ収事三ヶ度也。今ハ我ヲ殺シ給ハントモ可レ任二王《ノ》意《ニ》一」トゾ顕シケル。大貪王其時、翻《シ》二邪見《ヲ》一起《テ》二善心《ヲ》一、「貪欲無道ノ故ニ、汝ガ父ヲ失ヒケリ。怨ヲバ恩ヲ以テ報ズル、真実ノ孝養ナルベシ。今日ヨリ後ハ長生ヲ国王トスベシ」トテ、我身ハ位ヲ去給フ。長生ハ今ノ釈尊、長寿王ハ浄飯王、大貪王ハ調達也。

『八幡愚童訓（甲本）』の撰者は「石清水八幡宮関係の僧侶」[19]と推定されるが、石清水祠官家の氏寺であった八幡大乗院は、文永四年（一二六七）には東大寺戒壇院円照系の律院となり、さらに弘安四年（一二八一）頃までに西大寺流の律院となっていた可能性が高いと指摘される[20]。つまり『八幡愚童訓（甲本）』は西大寺流律宗の文化圏で成立したと考えられるのである。すると、本書で長寿王説話が語られる背景に、該話が叡尊教団で重視されていた事情をうかがうこともできるのではなかろうか[21]。このように、叡尊教団で語られていたとおぼしい代表的説話には、後代の説経が内包する主要なモチーフがすでに含まれているのである。

## 三　叡尊の説教（三）——『四分律行事鈔資持記』——

次には、叡尊が『古迹記』と並んでさかんに講説を行った『行事鈔』について見ることにしよう。『古迹記』の場合と異なり、残念ながら叡尊は『行事鈔』の注釈書を残さなかった。だが、この時代の常として、叡尊は『行事鈔』を宋代南山律宗の注釈書、元照撰『四分律行事鈔資持記』（以下、『資持記』と略称）を用いて読み解いていたものと推察される[22]。『行事鈔』および『資持記』には説話的記事が散見されるが、先に見た叡尊の悲母思いの性向からすれば、たとえば『行事鈔』巻下三の一節「雑宝蔵、慈童女長者家貧独養二老母一現世得レ報縁、鸚鵡孝二養盲父母一得レ成二仏一縁」（大正蔵第四〇巻140ｃ）に注される『資持記』の以下の記事などは説教の際に必ずや取り上げられたに違いない(23)。

四中彼経第一云、仏言、我於二過去世時一、波羅奈国有二長者子一。名二慈童女一。父喪。売レ薪日得二両銭一、奉二養老母一。次得二四銭八銭十六銭一。後欲二入レ海採レ宝。母即抱捉。子掣レ手絶二母数根髪一。遂入レ海取レ宝。還発時、有二水陸二道一。即従二陸道一去。乃見レ有二城紺琉璃色一。有二四玉女一、擎二四如意珠一作レ楽来迎。四万歳中受二大快楽一。〔酬二上二銭一。〕次復前行見二頗梨城一。有二八玉女一、擎レ珠来迎。八万歳受レ楽。〔酬二上四銭一。〕復捨遠去至二白銀城一。十六玉女擎レ珠来迎。十六万歳受レ楽。〔酬二上八銭一。〕又復捨去至二黄金城一。有二三十二玉女一、擎レ珠来迎。三十二万歳受レ楽。〔酬二十六銭一。〕又復捨去遥見二鉄城一。心生二疑怪一遂入二鉄城一。有二一人一、頭戴二火輪一捨二著童女頭上一。〔酬レ損二母髪一。〕童女問二獄卒一言、「我戴二此輪一何時可レ脱」。答言、「世間有二人罪福如レ汝、然後可レ代」。又問、「今獄中頗有二受レ罪如レ我者一否」。答言、「不レ可二称計一」。聞已思惟、「願一切受苦者尽集二我身一」。作二是念一已、鉄輪堕レ地。獄卒以二鉄又（叉イ）一打レ頭、命終生二兜率天一。時慈童女者即我身是。当レ知、父母少作二不善一獲二大苦報一、少作二供養一得二無量福一。〔童女是長者名、非二女人一也。〕鸚鵡、彼云、過去雪山有二一鸚鵡一。父母都盲。時有二田主一。初種レ穀時願言、「与二衆生一共食」。鸚鵡子即常於レ田採取以供二父母一。田主按二行苗稼一、見下諸虫鳥剪二穀穂一処上、嗔恚便設レ網捕二鸚鵡子一。言、「田主先有二好心一。何見二網捕一。且田者如レ母。〔常生長故。〕種子如レ父。〔相継続故。〕実語如レ子。〔可二宝惜一故。〕田主如レ王、擁護由レ己。〔得二白（自イ）在一故。〕」。作二是語一已、田主歓喜問言、「汝取二此穀一何為」。答言、「有二盲父母一、願二以奉一レ之」。仏言、鸚鵡者我身是。田主者舎利弗是。盲父母者浄飯摩耶是。

（大正蔵第四〇巻408ａｂ）

まず、「彼経第一云」（傍線部）として『雑宝蔵経』巻一から「慈童女」の因縁を抄出する。その梗概は以下のようである。

仏がお話になった。「わが過去世のこと、波羅奈国の長者に慈童女という子がいた。父が亡くなった後は（家が零落したため）、慈童女が薪を売って老母を養った。薪を売って得る収入は次第に増えたが、慈童女はさらに海に船出して宝を得たいと思うに至った。老母は子と別れがたく思い、慈童女の身体を抱き留めて離すまいとしたが、慈童女は母親をふりほどこうとして、その髪の毛を何本か抜いてしまった。その後、慈童女はついに海に入って宝を取った。帰路、慈童女は陸路を辿るが、その間、「紺琉璃城」「頗梨城」「白銀城」「黄金城」が次々と現れ、それぞれの城で「玉女」たちから大変な歓待を受ける。実はそれらは薪を売って母を養ったことへの酬いとしての福であった。だが、慈童女はそれらを捨て去り（さらなる幸いを求めて）前進した。すると「鉄城」が出現、不審に思いながらも中に入ると、獄卒が現れ、慈童女は「火輪」を頭上に戴かされる。それは母の髪を損じた報いとしての苦であった。獄卒から自分と同様の苦を受けている者が獄中には無数にいると聞かされた慈童女は、一切の受苦よ我が身に集まれと念じる。すると、頭上の「火輪」が地に落ちた。（怒った）獄卒が鉄のさすまたで慈童女の頭を打つと、慈童女は命終し、兜率天に生まれた。その時の慈童女とは私のことだ。父母に対し少しでも不善をなせば大変な苦しみを受けることになるが、少しでも供養をすれば無量の福を得ることができるということを知らねばならない」。

つづいて、「彼云」（傍線部）として再び『雑宝蔵経』巻一から「鸚鵡」の因縁を抄出する。その梗概も次に示そう。

（仏がお話になった。）「過去世、雪山に一羽の鸚鵡がいた。その両親は盲目であった。一人の施心ある田主がいた。鸚鵡の子はその田に実る穀物を取って両親に供していた。ある日、田主は虫や鳥が田の穀物の穂を剪ってしまうのを見て怒り、田に網を設置した。（すると鸚鵡の子が網にかかった。）鸚鵡の子は田主に対し、あなたはもともと施しを好み物惜しみをしない人、（だから私はここに来ていたのに）どうして今、こんなことをするのかと言い、諄々と道理を説いた。すると田主は歓喜し、鸜鵒に穀物を取った理由を問う。鸜鵒は盲目の両親に供そうとしたのだと答えた。その時の鸜鵒は私である。田主は舎利弗、盲目の両親は浄飯王と摩耶夫人である」。

「慈童女」「鸜鵒」両因縁いずれも本生譚のかたちを取り、話の主題は親への孝養を説く点にある。叡尊は前項で見た『輔行文集』においては、『古迹記』に言及される経典の本文について逐一原典にあたった上で注釈を行っていた。『行事鈔』の講説を行う際にも、叡尊が原典を参照したことは大いにありえよう。叡尊が『資持記』の「彼経第一云」という出典注記に導かれて『雑宝蔵経』巻一の「慈童女縁」を参照したなら、そこにはさらに詳細な次のごとき親子のやりとりが語られている。周囲の勧めによって亡父同様に海に出て宝を取りたいと願う慈童女と、それを止めようとする老母の応酬である。

> 衆人見二其聡明福徳一、而勧レ之言、「汝父在時、常入レ海採レ宝。汝今何為不レ入レ海也」。聞二是語一已、而白レ母言、「我父在時、恒作二何業一」。母言、「汝父在時、入レ海取レ宝」。便白レ母言、「我父若当二入レ海採一レ宝、我今何故不二復入一レ海」。母見二其子慈仁孝順一、謂レ不レ能レ去、戯語レ之言、「汝亦可レ去」。得二母此語一謂、「呼已定」。便計二伴侶一、欲二入レ海去一。荘厳既竟、辞レ母欲レ去。母即語言、「我唯一子。当レ待二我死一。何由放レ汝」。児答レ母言、「先若不レ許、不二敢正意一。母已許レ我。那得二復遮一。望以二此身一立レ信而死。許レ他已定。不二復得一レ住」。母見二子意正一、前抱レ脚哭、而作二是言一、「不レ待二我死一、何由得レ去」。児便決レ意、自掣レ手出レ脚、絶二母数十根髪一。母畏二児得一レ罪、即放使レ去。
>
> （大正蔵第四巻450c 451a）

慈童女の「慈仁孝順」なることを信じるあまりに発した老母の「戯」れの一言、「汝もまた去るべし」が、親子の悲劇を生む。母親の許可が下りたと信じた慈童女が船出の準備を整え、別れの挨拶に及ぶや老母は動転する。「我が死を待たずして何に由りてか去ることを得ん」。慈童女の足を抱きかかえて懇願する老母を、子は意を決して振りほどく。老母の髪が抜ける。そのとき、老母は子が不孝の罪を負うことを恐れ、ついにその手を放すのであった。ここで語られる恩愛の別れの連綿たる情調は説経世界のそれに極めて近いものがあろう。

前項の考察とあわせ考えるなら、『行事鈔』や『古迹記』をめぐる説教で、叡尊が語ったと想像される物語には、親子、恩愛、孝、慈悲、離別、盲目、さらには前生譚など、説経ゆかりのモチーフが多分に含まれていることを確認することができるのである。

## 四　無住の説教――『沙石集』――

西大寺流と説教の関係を考える際、逸することのできない存在が無住であろう。無住は最晩年の著作『雑談集』[24]に「貧道、二十八歳ノ時、遁世ノ門ニ入テ、律学及ブ二六七年一」（巻三「乗戒緩急事」）と記すように、二十代後半から三十代半ばにかけて集中的に律を学んでいる。無住が律学を開始した二十八歳時は建長五年（一二五三）にあたるが、その前年、建長四年には叡尊の弟子の忍性が関東に下り、十二月には常陸国三村寺に入っている[25]。当時、常陸在住の無住が西大寺流の教線に触れたことは間違いなく、「二十九歳、実道坊上人ニ止観聞レ之」（同「愚老述懐」）と名前の挙がる「実道坊上人」も常陸出身の西大寺流律僧、実道房源海と推定されている[26]。その後、無住は南都で本格的な律の修学に入ったものと思われるが、弘長二年（一二六二）の叡尊関東下向時には、尾張長母寺において叡尊と接触をもっており[27]（『関東往還記』）、少なくともこの頃までは西大寺流との関係を維持していたのであろう。

『沙石集』は八十代まで執筆活動をつづけた無住五十代の作だけに、前半生の律修学時代の投影が比較的濃厚に認められる作品である[28]。したがって、本書を通して西大寺流の説教の実態をある程度うかがうことも許されるのではなかろうか。その意味では、『沙石集』[29]巻七第一〇条「祈請して母の生所を知る事」などは注目すべき説話のひとつである。かなり長い話ゆえ、ここでは梗概によって示そう。

京都に貧しい母と娘がいた。やがて都での生活が立ちゆかなくなり、二人は越後国に下って、辛うじて生計を立てていた。娘は京都出身の念仏者を夫にもっていたが、念仏者は娘に京都に帰ることを勧める。娘は母と離れることを歎いて断ったが、念仏者は母を説得、娘は母からも上京を強く勧められ、結局、泣く泣く別れを惜しみながら京に上る。その後、母との音信は途絶えたが、娘は清水寺に参詣し、母の安否を祈る。すると、夢に観音から「お前の母は別れの悲しさから病となり、ほどなく亡くなって、いまは栗毛斑の牝馬に転生し、京の某宿所にいる」と告げられた。夢覚め、娘が早速その宿所を訪ねると、馬は昨日、鎌倉に向かって出発したところだという。娘から事情を聞いた宿所の主人が馬を連れ帰るよう使者を遣わすと、「江州四十九院と云ふ宿」で追いついたが、馬は急な病で死んでしまう。そこで使者は手ぶらで帰るよりはと馬の頭を切断して宿所に持ち帰る。娘は馬の頭を抱いて声も惜しまず泣いた。そして頭を持ち帰ると墓を立てて供養を行った。

注意されるのは、本話の後に次のような『梵網経』の引用が認められることである。

梵網経に云はく、「一切の男子は是我が父なり。一切の女人は是我が母なり。我れ生々に是に随ひて、生を受けずと云ふ事なし。故に六道の衆生は皆是我が母なり。しかるを殺して食するは我が父母を殺し食するなり」と説けり。

これとあわせて気になるのは、本話に「江州四十九院と云ふ宿」が登場する点である。京から鎌倉に下っていった馬を使者が追いかけ、ようやく追いついた場所が「江州四十九院」、しかし馬はそこで忽然と死んでしまう。一見、物語の展開上はどこの宿でもよさそうにみえる地が、どうして「江州四十九院」として語られるのか。

「江州四十九院」とは現在の滋賀県犬上郡豊郷町四十九院の地である。「四十九院」といえば、一般には畿内にあった行基建立の四十九院が思い起こされよう。だが、実は、江州にも四十九院の伝承はあった。『沙石集』より時代が下るが、室町前期成立の『三国伝記』(30)巻二第一二話「行基菩薩事 明日本霊鷲山也」には次のように記されている。

其ノ後、行基菩薩近江国ニ止住シテ、寺塔ヲ建立有キ。湖水ノ〔東〕岸ニ平流山有リ。元ハ天竺霊鷲山ノ一岳ニテ有ケルガ、仏法東漸ノ理ニ依テ、大蛇ノ背ノ上ニ乗ジテ月氏ヨリ日域ニ化来セリ。……因レテ之ニ、行基四十九ヶ〔所〕ノ伽藍ヲ建立有ニ、当山ヲ奥ノ院トシテ奥山寺ト名付テ説法利生有ケルニ、……誠ニ貴キ霊場也。

これによれば、行基は晩年、近江国に住み、そこに「四十九ヶ〔所〕ノ伽藍」すなわち四十九院を建立した。琵琶湖東岸に位置する平流山はその奥の院にあたるという。すると、『沙石集』が伝える「江州四十九院と云ふ宿」が含意するものも、あるいは行基の記憶と結びつくものだったのではなかろうか。叡尊・忍性の師弟は、文殊信仰を背景に、行基追慕の念が深かったとされる(31)。ここで、話末に『梵網経』の引用が認められることともあわせ考えるなら、『沙石集』の本話が西大寺流ゆかりの説話だった可能性が浮上してくるように思われるのである。そして、本話の有する、親子、孝養、清水観音、馬、といった要素がやはり説経世界に馴染みのものであることが想起されるであろう。

つづいて『沙石集』からもう一話、本話の直前に位置する巻七第九条「身を売りて母を養ひたる事」を見ておこう。

去文永年中に、炎干、日久くして、国に飢饉夥しく聞こえし中にも、美濃・尾張、殊に餓死せしかば、多く他国へぞ落ち行きける。

美濃国に貧しき母子有りけり。本より便りなき上、かかる世にあひて、餓ゑ死にすべかりければ、忽ちに心憂き事を見んも、口惜しくて、「身を売りて、母を助けん」と思ひて、母にこの様を云ひければ、ただ一人持ちたる子なりける上、孝養の志も有りければ、離れん事悲しく覚えて、「死ぬとも同じ所にて、手をもとらへ、頭をも並べてこそ死なめ。いく程あるまじき世に、生きながら離れんも、口惜しき事なり」とて、母、ふつと許さざりけれども、若し命あらば、自ら廻り逢ふ事も有りなん。忽ちに餓ゑ死なん事も、さすがに悲しく覚えて、母は制しけれども、身を売りて、代はりを母に与へて、泣く泣く別れて、東の方へ下りける。

三河国、矢作の宿に、相知りたる者の語りしは、「商人の、人をあまた具して下りける中に、若き男の、人目もつつまず、声を立てて泣くありけり。人あやしみて、『何ゆゑに、さしも泣くぞ』と、云ひければ、『美濃国の者にて侍るが、母を助けんが為に、身を売りて、東の方へ、いづくに留まるべしともなく、下り侍るなり。母の、余りに別れを悲しみ、悶え焦がれ候ひつるが、日を数へてこそ思ひ起こすらめ。命あらば廻り逢ふ事もありなんとこしらへ置きつれども、また二度、母の姿を見ずして、東の奥、いかなる山の末、野の末にか、さすらひ行きて、夕の煙と上り、朝の露と消えて、また母を見ずしてや止みなん』と口説きたてて、事の子細を委しく語りて、声も惜しまず泣きければ、見聞く旅人も、宿の者も、袖をうるほしけり」と語りし。

至孝の志まめやかに、昔に恥ぢず有り難く覚えて、返々哀れにこそ侍りしか。

本話はまとまった人買い伝承としてはもっとも古いもののひとつに数えられるであろう。中ほどに「三河国、矢作の宿に、相知りたる者の語りしは」とあって、無住は知り合いの者から直接聞いた話として紹介している。だが、説話の後半部が無住の知人の視点で語られるのに対し、前半部は全知の視点から語られるというように、構成に工夫が凝らされており、そこからは本話がかなり語り込まれた形跡がうかがえる。そして、ここで語られる親子の別れの哀切な情感はやはり説経のそれと極めて近似するものであるといえよう。

本話の一件が生起したとされる「文永年中」（一二六四〜七五年）には、無住もすでに西大寺流からは離れていたとおぼしいが、それでもかつて西大寺流と密接に関わった無住がこの手の説話を採取し、西大寺流ゆかりの説話と並べて語っている点は、やはり注目せざるをえない。『沙石集』にはこのほかにも、舎利信仰、聖徳太子信仰、地蔵信仰など、西大寺流に関わる話柄の説話が多い。これらの中には、無住が律僧だった時代に入手した西大寺流ゆかりの説話が含まれている可能性がなお十分に存していているといえよう。

## おわりに

本稿では、西大寺流の祖叡尊が『古迹記』および『行事鈔』の講説に際して用いたとおぼしい説話と、西大寺流に接点を有した経歴をもつ無住の『沙石集』の説話を通して、西大寺流律僧の説話世界の一端をうかがい、それが後の説経の世界と極めて親和性の高いものであることを指摘してきた。

ただし、叡尊時代の「説教」と後代の「説経」とでは、両者の性格に歴然とした差異が認められる点にも留意しておく必要があろう。それは、たとえば二項で取り上げた、『梵網経』の精神を体現したかのごとき長寿王説話を見れば明らかである。そこでは、慈悲心に基づき恩愛に纏わる復讐心を放棄することが何よりも肝要であると説かれていた。その精神は『さんせう太夫』の結末において、さんせう太夫と息子三郎を鋸引きに、山岡太夫を柴漬けに処するという「説経」の必罰の姿勢の対極に位置するものであるといえよう。むしろこの点では、森鷗外版の『山椒大夫』のほうが西大寺流の精神に近いとさえいえるのである。

だが、そうした点も、叡尊の没後には、西大寺流内部においていささか変化を生じた可能性がある。現に長寿王説話も『八幡愚童訓（甲本）』においては、その機能に本来のものとは異なる面が認められることを吉原健雄氏が指摘している。[32] 氏は「長寿王物語の引用は、『八幡愚童訓』の作者が戒律に関わる一定の知識をふまえていたことを示す」ものだが、「殺生否定・戦闘抑止といった戒律思想の受容・実践とは正反対に」「長寿王物語の内容を実質的に捨象したうえで、八幡の殺生を高揚しているのである」と論じている。これを長寿王説話が形骸化しつつも、なお西大寺流で語りつづけられている現象と捉えるならば、本稿冒頭に示した阪口氏の仮説、[33]「叡尊・忍性らの信仰圏から次々と生み出され」た伝承が「やがてそこに繋がった下級僧や説教の人々によって語り物としての体裁を整えた」とする流れがより辿りやすくなるともいえよう。もちろん本稿で指摘してきた「説教」の特色は西大寺流に特有のものとはいえないけれども、それでもなお「説経」という芸能の担い手へ西大寺流律僧の「説教」の諸要素が流れ込んでいる可能性については示しえたのではなかろうか。

**注**

（1）秋谷治「芸能の流転――説経節の場合――」『一橋論叢』第一二五巻第四号（二〇〇一年四月）。
（2）西田耕三『生涯という物語世界――説経節――』（世界思想社、一九九三年）。
（3）阪口弘之「万寿の物語」『芸能史研究』第九四号（一九八六年七月）。
（4）注3阪口氏前掲論文。
（5）阪口弘之「『しんとく丸』の成立基盤」『説話論集』第一五集（清文堂出版、二〇〇六年）。
（6）松尾剛次「説経節「さんせう太夫」と勧進興行」『勧進と破戒の中世史――中世仏教の実相――』（吉川弘文館、一九九五年、初出は一九九四年）。
（7）注5阪口氏前掲論文。
（8）田中久夫「収載書目解題」『鎌倉旧仏教』（日本思想大系）（岩波書店、一九七一年）。『興正菩薩御教誡聴聞集』の引用も同書による。
（9）引用は、細川涼一訳注『感身学正記1』（東洋文庫）（平凡社、一九九九年）所収の翻刻による。句読点および返り点等は私に付し、小書部分は〔 〕で示した。
（10）注9前掲書一四四頁。
（11）松尾剛次「叡尊の生涯」『持戒の聖者　叡尊・忍性』（吉川弘文館、二〇〇四年）。
（12）田中徳定『孝思想の受容と古代中世文学』（新典社、二〇〇七年）、宇野瑞木『孝の風景――説話表象文化論序説』（勉誠出版、二〇一六年）、等参照。
（13）細川涼一訳注『関東往還記』（東洋文庫）（平凡社、二〇一一年）による。
（14）細川涼一氏は『関東往還記』弘長二年四月一日の記事に注して「七月九日条によれば、内衆（律宗教団の人々）には小乗戒の経典である『四分律行事鈔』をテキストとして講義しているから、外衆に講義した大乗菩薩戒の経典である『梵網経古迹記』と区別されていることがうかがえる」と指摘している（注13前掲書一三八頁）。
（15）石田瑞麿『梵網経』（仏典講座14）（大蔵出版、一九七一年）。
（16）ただし、京都大学附属図書館蔵承応三年版本により訂した箇所がある。また、小書部分を〔 〕で示すなど、一部表記を私に改めた。
（17）新間水緒「八幡愚童訓と八幡宮巡拝記」『神仏説話と説話集の研究』（清文堂出版、二〇〇八年、初出は一九九三年）。
（18）引用は、萩原龍夫校「八幡愚童訓　甲」『寺社縁起』（日本思想大系）（岩波書店、一九七五年）による。
（19）注17新間氏前掲論文。
（20）上田さち子「叡尊と大和の西大寺末寺」『中世社会の成立と展開』（吉川弘文館、一九七六年）、吉井敏幸「叡尊と八幡大乗院」『戒律文化』第二号（二〇〇三年三月）。
（21）このほか『八幡愚童訓（甲本）』では、「五百ノ鴈ハ徘徊悲鳴シテ弓ヲ避ク」という『古迹記』由来の故事や、次項で扱う『行事鈔』由来の「雪山ノ鸚鵡ハ盲父母ヲ養ヒ」という故事にも言及する。また、『高僧法顕伝』（大正蔵第五一巻862a）に基づく阿難の「火生三昧」説話も引用するが、原口志津子『富山・本法寺蔵　法華経曼荼羅図の研究』（法蔵館、二〇一六年）は本法寺蔵「法華経曼荼羅図」第九幅「妙法蓮華経授学無学人記品第九」に阿難の「火生三昧（火光三昧）」に該当する図像が描かれていることを指摘している。原口氏は本作に記名のある「勧進僧浄信」を律僧と推定しており、阿難の「火生三昧（火光三昧）」説話も律僧ゆかりの話柄である可能性が十分にあるといえよう。
（22）平春生「泉涌寺版と俊芿律師」『鎌倉仏教成立の研究　俊芿律師』（法蔵館、一九七二年）、石井行雄「東大寺図書館蔵『行事鈔抄出上二三』解題並びに影印」『鎌倉時代語研究　第一七輯』（武蔵野書院、一九九四年）等、参照。

(23) ここで取り上げられる慈童女の説話は、『私聚百因縁集』巻一第四話「釈尊因位慈童女事」（「四分律行事鈔ノ生縁奉仕ノ処ニ雑宝蔵経ヲ引テ云ク」）、『雑談集』巻五「呪願ノ事」、『直談因縁集』巻五第六話（「四分律ノ中ニ見タリ」）、『一乗拾玉抄』巻一などに引用を見ており、『行事鈔』由来の説話としてはもっとも好まれたもののひとつであったとおぼしい。

(24) 引用は古典資料（寛永二十一年版本影印）による。句読点、濁点を施すなど、表記は私に改めた箇所がある。

(25) 『性公大徳譜』（田中敏子「忍性菩薩略行記（性公大徳譜）について」『鎌倉』第二一号、一九七三年）。

(26) 三木紀人「作者の略伝」『雑談集』〈中世の文学〉（三弥井書店、一九七五年）。

(27) 『関東往還記』弘長二年二月七日条に見える「常陸国三村寺僧道篋比丘」をめぐっては、それが無住道暁を指すものかどうかについて議論があったが、最近、阿部泰郎氏は「大須文庫の聖教断簡中に含まれる、逸題灌頂秘決の奥書識語（一一二合三二号）」に「建治二年（一二七七）に「道篋」が菩提山」「において同書を伝授・書写を遂げたとする」記述を見出し、「ここに注される「五十二」の年齢は、当時の無住の年齢と一致する。すなわち、道篋は無住の密教受法の資としての法名であろう」と推定している（「『無住集』総説」『無住集』〈中世禅籍叢刊第五巻〉臨川書店、二〇一四年）。

(28) 牧野和夫「『沙石集』論――円照入寂後の戒壇院系の学僧たち――」『実践国文学』第八一号（二〇一二年三月）、拙稿「無住と律（一）――『沙石集』と『四分律行事鈔』・『資持記』の説話――」『文学史研究』第五六号（二〇一六年三月）参照。

(29) 引用は、小島孝之校注・訳『沙石集』〈新編日本古典文学全集〉（小学館、二〇〇一年）による。

(30) 池上洵一校注『三国伝記（上）』（三弥井書店、一九七六年）による。引用に際し、表記等、一部私に改めた箇所がある。

(31) 和島芳男『叡尊・忍性』（吉川弘文館、一九五九年）。

(32) 吉原健雄「叡尊・八幡・蒙古襲来」『日本思想史　その普遍と特殊』（ぺりかん社、一九九七年）。

(33) 注5阪口氏前掲論文。

＊本稿はJSPS科研費（15K02219および16H03374）による研究成果の一部である。

# 2節

# 『直談因縁集』所収説話と説経

小林健二

## 一　唱導説話から説経へ

稿者が説経と唱導説話の関係を意識するようになったのは、かなり以前のことになるが、二〇〇二年三月の神戸古典文学研究会において三木雅博氏の発表を聞いてからである。三木氏は説経の「しんとく丸」「あいごの若」が中国から伝来した継子いじめの説話によって形成されたことを、幼学の書である陽明文庫本『孝子伝』と『注好選』にみられるクナラ太子と舜・伯奇の説話を引きながら報告された。その説は和漢比較文学研究の立場から説話の内容を分析して、その相似性から影響関係を論じた説得力を有する考察であったが、古代に伝来した中国説話が日本の風土に密着した民衆文芸といえる説経の典拠であるとの論旨にはにわかに賛成しかねた。その時、会に出席していた阿部泰郎氏から、同様のクナラ太子と舜の説話が、説法唱導の書である『因縁抄』に「六、クナラ太子事」「七、胡曾重花事」（重花が舜のこと）と並んでみられるとの指摘がなされ、中国種の説話が直接に幼学書から摂取されるのではなく、説法唱導の場を潜って説経などの文芸に反映する可能性はあり得るとの認識を持った。三木氏もその後に発表された論文では、阿部氏の指摘を踏まえて、説経の物語の形成に幼学の教養に支えられた唱導の世界があったことを述べられている。(1)

右のように、これまで典拠不明、あるいは巷説に拠るとされていた説経の淵源に、唱導説話があることが次第に明らかになっている。そこで、本稿では説経が形成される基層に説法唱導の場があったことを、『直談因縁集』に所収される説話から論じることにしたい。

## 二　『直談因縁集』の説話世界

説法唱導（談義）の場で語られていたのは、法華経の内容を分かり易く人々に説くための比喩譚であり、因縁譚である。それらを書き留めたものがいわゆる談義書であり、そこに所収される話と文芸との関係については夙に佐竹昭広氏などの業績がある。(2)室町期の法華経談義書としては、叡海の『一乗拾玉抄』明応二年（一四九二）、尊舜の『法華経鷲林拾葉鈔』永正九年（一五一二）、実海『轍塵抄』大永六年（一五二六）、慶舜・春海の『法華直談私類聚抄』天文四年（一五三五）、栄心の『法華経直談鈔』天文十五（一五四六）が知られていた。それに加え『因縁抄』(3)『直談因縁集』(4)などが紹介され、説話資料として一層の注目を浴びるようになったが、中でも『直談因縁集』は所収する話数が四〇〇話と多く、その内容の豊富さと芸能との近似性から注目される資料である。

『直談因縁集』天地二冊は、天正十三年（一五八五）に関東天台の僧である舜雄の書写になるが、原本の成立は天正年間をかなり遡るとされ、鎌倉時代の『沙石集』や十五世紀成立の『三国伝記』と同材の説話を多く含んでいる。その編纂意図は校注本の編者の一人である阿部泰郎氏によると、「法華経直談の場において、種々多様な物語—伝承を、名目（物語を法華経の直談の因縁として提示する標題）に集約される法華経解釈とその唱導の大系の許で因縁として機能せしむべく、類聚・編纂されたテクスト」(5)であり、その内容は同じく編者の廣田哲通氏によると、「一言で言えば本書は直談の状況から説話・物語に限って一書に編集したものとおぼしく、殊に文学の視点からの直談の研究には欠かせない作品」(6)ということになる。さらに廣田氏は、他の直談物の説話に比して通俗性、平俗性を有しており、より物語化する傾向があることを示唆されている。

さて、この『直談因縁集』に所収された説話を読んでいくと、類似する話型やモチーフを持った話が多いことに気がつく。その一つに、阿部氏が高僧伝物語と括った、比叡山天台の高僧や聖人に関わる一群の説話である、第四巻九話(人記品)「僧伽(賀)上人ノ事」、第六巻二十六話(随喜功徳品)「都率先徳ノ事」、第七巻四十一話(妙音品)「弓継ノ事」、第八巻十四話(普門品)「恵心僧都ノ事」がある。また、この話型のグループには、第五巻五十七話(湧出品)「旦那僧正ノ事」、第八巻二十話(普門品)「慈覚大師ノ事」、第二巻四十三話(信解品)「良弁僧正ノ事」、第六巻十五話(寿量品)「某学匠ノ事」も加えられ、これらは僅かな出入りと差異こそあれ、互いに共有するモチーフによって構成されており、『三国伝記』など他の説話集に所収される話とも類似を見せる。

高僧伝物語のモチーフの構成をプロット展開から見ていくと、〈ⓐ申し子による誕生から始まり、ⓑ貧窮没落による別離や流浪(ⓒ母の死による継子迫害の場合も)、またはⓓ父母の篤信による子の出家登山などを経て、ⓔ親への絶ち難い恩愛に下山した子を打擲したり対面を拒んだり教訓した末に、ⓕ子の僧は学問に励んで遂に大学匠となり、ⓖ出世の後に法会の場で親との再会を果たし、ⓗ親は子に養われ導かれて往生を遂げる〉という類型が認められる。もちろん個々の説話によって多少の違いや出入りはあるものの、ほぼこの構成を根幹として語られるのである。

このモチーフ構成とよく似た芸能に物狂い能があり、このことは大谷節子氏が既に指摘している。(7)物狂い能とは世阿弥が確立した現在能のジャンルで、〈訳あって生き別れた我が子を親が物狂い(芸能者)となってたずね歩き、芸尽くしをした後に再会を遂げる〉という構造を持つ能であり、これまでは然るべき素材が見当たらずに、例えば《丹後物狂》では「出所の有無不明」(日本古典文学大系『謡曲集』上)と解説されていたのであるが、大谷氏は、『直談因縁集』の第七巻四十一話〈妙音品〉「弓継ノ事　児、父ニ打擲サレテ慈仁座主トナリ父ニ再会スル事」に語られる天台座主延昌の物語構造と、《丹後物狂》および《敷地物狂》の筋立てが類似することを通して、物狂い能が生み出される背景に唱導説話があることを明らかにされた。

すなわち、《丹後物狂》は〈丹後国の岩井某は一子花松を勘当し、花松は前途を悲観して入水するものの筑紫の船に助けられ、英彦山にのぼり学問を究める。出世した花松は故郷を訪ねて父母孝養の説法を行うと、物狂いとなって出奔していた父が来合わせて親子は再会する〉という筋立てであり、《敷地物狂》は〈家を捨てて叡山で学問を究めた松若は、故郷敷地の宮で父母追善のために一七日の説法を行い、物狂いと成った母が来合わせて再会する〉という展開で、高僧伝物語型の説話と同様のプロット展開・モチーフ構成を有するのである。

高僧伝物語に類似のモチーフ構成を持つ芸能は能だけではない。中世の語り物芸能である幸若舞曲「満仲」は、〈多田満仲が中山寺で学ばせていた一子の美女御前が修学に熱心でないのを怒って、家臣の仲光に首を打つように命じるが、仲光は主人の子を打つに忍びなく、我が子幸寿丸の首を身代わりに差し出す。それを知った美女御前は比叡山にのぼって修行し、数年後に師匠にともなわれて満仲のもとを訪れ、我が子を失った悲しさから盲目となった母のために法華経を読誦し、母の両眼は開く〉という内容で、主君の子を助けるために我が子の首を打つという〈身代わり〉のモチーフに目が行きがちであるが、物語の根幹は高僧伝物語型の説話に見られる〈訳あって親と生き別れた子が、修行の上で高僧となって、説法の場で親と再会する〉という話型を持つのである。この「満仲」は、唱導説法の場で用いられていた説経の種本である京都大学大学院文学研究科図書館蔵「多田満中」に淵源が認められることが、夙に岡見正雄氏によって指摘され(8)、庵逧巌氏(9)・須田悦夫氏(10)が幸若舞曲への展開をテキストの上から具体的に考証されている。つまり、岡見氏が説くように、幸若舞曲が唱導の場を潜ってきたことをよく示す例なのである。

このように能や幸若舞曲において、『直談因縁集』に見られる高僧伝物語型の説話と類似する話型を持つ作品が認められるが、中世の語り物文芸である説経や古浄瑠璃においても唱導の場で語られていた説話との類似性は散見される。そこで次項からは、『直談因縁集』に所収される四つの説話を取り上げて、単に似ているという印象論ではなく、説経に通じるモチーフの分析を行い、それらがどのように組み立てられて話型が結構されているかを検討して、説経など語り物文芸の基層に唱導説法の世界があったことを探ってみよう。

## 三　高僧伝物語型の説話と説経（その一）

まず、阿部氏が高僧伝物語型に属するとした第六巻「分別功徳品下」十五話「捨子、学匠ト成リ天王寺ニ説法シテ盲目ノ母ト再会スル事」を取り上げよう。卒塔婆を本尊とした念仏往生の話であるが、親子の別離と再会を根幹とする物語であり、説経節の「まつら長者」や古浄瑠璃の「こあつもり」とモチーフの構成が通じる話である。

一、洛中ニ、白河ノ辺ニ、貧女アリ。報ント二親ノ恩ヲ一思ニ、清水寺説法アリ。聴聞ニ参。而ニ、父ノ十三年ニ当ル時キ、弔ント思トモ、無レ便一。サレバ、一身ヲ売ントテ、諸方ヲ廻ニ、有人、三貫ニ買也。時、ウンゴ寺ニ説法アリ。参奉二供養一シ也。而、彼女、ハヤ人ノ下女ト成ニ、殊外、疲衰ヘテアリ。時、シウ、見テ、何トシテ左様ニハ疲タル。何ト身ニ痛有リ耶。又ハ、人目モ苦シキ事也、ト腹立ス。時、道理也。母ト子ヲ養故ニ、一飯三分ニ成ス故、語ルヲ聞テ、言語道断ノ事、其ノ身終力ニシテ、我モ仕ンヤ、ト云テ、母子ヲ養ハ、無レ益一瞋ル也。女、是、道理ト思イ、所詮、子ヲ捨テ、母斗養ント思イ、昔ノユカリノキヌニ此子ヲクルミ、卒都婆ヲ一本作リ、歌ヲ書付テ、蓮台野ニ捨ル也。歌云。無キ跡ヲ弔卒都婆是ヲ見ヨサナクバ墓ニ何ヲ可レト立一、読ミ下ニハ、源ノ宇治女、書付テ、押副テ捨ル也。而ルニ、山門ヨリ、チクヨウ法師、都ヘ下リ玉フ。折節、見テ之一、同宿ノ僧ニ仰。見玉ヘ、如此一也、申時、不便也、ト云テ、同宿ニ負セ、山ヘ上リ玉フ也。大利根ニシテ無陰一大学匠ト成ル也。サレバ、後ハ、八講ナドノ時ハ、内裏ヘモ参ダイス。或ハ、説法ナドス。時、師匠逝去ノ後、彼同宿ノ法師、何トヤシテ瞋テ、打擲シ玉フ也。而ニ、此法師、言語道断事、蓮台野ニ被捨一、犬ヤ烏ニモ噉レ玉ハンヲ、我負、山ニ登ル故、如此一云云。申時、聞之一、不審ナル事申ス、覚召、此法師召シテ、何事ヲ申、ト云云。如此云云。サテハ、我、愚ニシテ不知一。打所ヲ許玉へ、ト云云。其ノ後ニハ、卒都婆トキヌガ可有之一申、聖教ノ間ヨリ見出玉フ也。時、サテハ、父母ヲモ不知一云テ、何トカセントシ玉ヘドモ、不叶一。而、天王寺へ、日本国ノ人集ル所ト云テ、至、説法シ玉フニ、聴衆無限一。日々ニ、此ソトバニ書付ル歌ヲ読玉フニ、盲目老女、カセ杖ニスガリテ、説法畢テ至リ、日々読玉フ歌ハ、何方ニテ何ナル物本ヨリ見出玉フ、不審也。恥シク存候ヘドモ、此歌ハ、何ゾ乎、此盲目ガツラネ候、ト云云。時、サテハ無レ疑、是ガ母ニテ御座、ト思イ、如此一委語リ玉フ也。時、サテモ、ト云テ、三宝諸天ヲ念、汗流シ被祈一時、誠ニ仏陀モ行孝ヲ覚召耶、両眼モ即、開也。時、東山辺ニ栖ヲ構へ、此ソトバヲ本尊トシテ、令念仏往生云云。

右の本文を見ると所々にストーリーとは関係なく、「時」という語が入っていることに気がつく。本話では八箇所認められるが、他の説話にも同様に見られるものである。話の節目に置かれているようで、説法者が語りの節目で息を継いだりする箇所に置かれているように読める。つまり、この「時」によって話は区切られるのであり、モチーフの構成を示す目印ともなろう。もちろん、すべての説話に機械的に付いているのではないようだが、話の区切りの目安にはなろう。この「時」による区切りも参考にして、この話を構成するモチーフをプロットの展開にしたがって示すと次のようになる。

①白河の辺の貧女が清水の説法に出向き、父の十三回忌を弔うため我が身を三貫で売る。
②女は身を売った金で雲居寺の説法において父の供養を行う。
③身を売って下女となった女は痩せ衰え、主人は立腹する。
④女は母と子を養うため一飯を三分していたが、主人に両方を養うのは無益といわれ、我が子を捨てることを決意する。
⑤女は子を昔ゆかりの衣にくるみ、和歌を書き付けた卒塔婆をそえて、蓮台野に捨てる。
⑥そこに山門のチクヨウ法師が通りかかり、その子を拾い育て、子は山門第一の大学匠となる。

⑦師匠が逝去して、子は自分が捨て子であることを知り、形見の卒塔婆と我が身を包んでいた衣を見つける。
⑧子は父母を求めて、日本中の人が集まる天王寺で説法を行い、卒塔婆に書かれた和歌「亡き跡を弔う卒都婆是を見よ、さなくば墓に何を立つべき」を読み上げる。
⑨盲目となった母がその場に居合わせ、読み上げた和歌が機縁となって母と子は再会する。
⑩子の必死の祈願により、仏も孝行を受け入れ母の両眼は開く。
⑪女は東山の辺りに庵をむすび、卒塔婆を本尊として念仏にはげみ往生する。

以上であるが、次に構成するモチーフに留意して、本話と類似する話型を持つ語り物文芸との関係を見てみよう。①②の発端部は亡き父の十三回忌供養のために我が身を売る女を描いており、説経の「まつら長者」や古浄瑠璃の「阿弥陀の胸割」の語り出しと似ている。「まつら長者」は〈没落した松浦長者の娘さよ姫が父親の回忌供養のために我が身を売る話〉であり、「阿弥陀の胸割」は〈ハラナ国の長者夫妻が亡くなり、残された姉弟の姉が身を売って親の供養を思い立つ〉という発端部になっているのである。ここでは我が身を売るという〈身売り〉のモチーフとともに、その因に親の回忌供養のためという孝養心があることが重要となってくる。まさに説法唱導の場を彷彿とさせる出だしとなっているのである。

ところで②において、女が雲居寺の説法の場で身を売って得た布施で親の供養を行うことは、能《自然居士》にも見える設定である。《自然居士》では、〈雲居寺で説法を行っていた自然居士に、少女が身を売って得た小袖を布施として諷誦をあげることを依頼し、居士が芸尽くしの上でその子を人商人から救う〉という劇展開になっており、本話と供養の設定が重なろう。自然居士は実在した異形の説法僧であるから、実際に雲居寺の説法の場でこのような出来事があったことを物語っているのである。

さて、本話で注意されるのは、④以降の〈女がやむを得ない理由で形見を添えて捨てた子を比叡山の法師が拾い、その子が成人して大学匠となり、説法の場で形見が契機となって、母と再会を果たす〉という〈捨て子〉のパターンである。ここで語られる〈捨て子〉の話型は、物語草子「小敦盛」で〈都に残された平敦盛の北の方が、平家の遺児は皆殺しにされると聞いて、形見とともに赤子を下り松に捨て、法然上人がそれを拾う〉という展開と相似していよう。「小敦盛」ではその後、〈若君が生長するにしたがって、父母を慕い歎くので、上人が説法の座で若君のことを語ったところ、かねてから説法の聴聞にこと寄せて若君の成長を見守っていた母が名乗り出て対面をとげる〉という展開となっており、説法を行うのは若君ではないが、その場で母子が再会することは類似する。さらに、その後に若君は法然のもとで出家し、浄土宗西山派をおこす善恵上人となるので、高僧になる点でも重なりを見せるのである。

この類似性については佐谷眞木人氏が注目され(11)、物語草子「小敦盛」や能《生田敦盛》が成立する背景に、本話や『法華経直談抄』『法華経鷲林拾葉抄』に所収の説話があったことを示唆されており、「小敦盛」の物語は説法唱導の世界から生まれたことが想定されるのである。このような状況からすると、「小敦盛」の話が語り物の世界で語られているのも当然のことであろう。古浄瑠璃正本としては正保二年（一六四五）の草紙屋喜右衛門版「こあつもり」があるが、語り物系の写本として東京大学国文学研究室本が伝わっており、美濃部重克氏は語り物系の本文が御伽草子の「小敦盛」に先行すると考察されているのは注意すべきであろう(12)。

親子が再会を果たす⑧⑨で、説法の場を天王寺とするのは、能《弱法師》と説経「しんとく丸」で俊徳丸が施行を行い、盲目となった父と出会う場面と通じる。天王寺を主人公再生の重要な場とする説経に「さんせう太夫」もあり、律宗を介して語り物の磁場であったことは阪口弘之氏(13)や松尾剛次氏(14)の説くところである。本説話においても再会の舞台がなぜ天王寺であったのかは、この宗教的な背景を考えあわせるべきであろう。

以上をまとめると、本話は、高僧伝物語型の話型であるが、発端部は「阿弥陀の胸割」「まつら長者」の〈身売り〉のモチーフを持ち、展開部の〈捨て子〉のモチーフは「こあつもり」に通じ、転換部に出てくる天王寺という場は

「しんとく丸」と同じ設定と言うことになる。これらは唱導説話と説経や古浄瑠璃の近似性を示しているのであり、説法唱導の場で語られていた物語が芸能化する一つの様相を示しているといえよう。

## 四　高僧伝物語型の説話と説経（その二）

次も高僧伝物語型に属する、第六巻「随喜功徳品」二十六話「都率先徳ノ事　ウシ・ウラン兄妹流離再会ノ事」を取り上げる。

一、住吉辺ニ、有ル人、明神ニ参籠申テ、祈テ、二子ヲ持也。女子ヲバウラントト名、男子ヲバウシト号ル也。サレバ、常詣テ、此二子ヲ能令生長一玉ヘ、ト云云。祈奉ル也。而、此父、逝去ス。時、播磨ノ国師、明神ヘ参籠シテ、妻ヲ祈玉也。時、夢想ニ、ウシ・ウランガ母ヲ汝ガ妻ニシ候ヘ、ト云云。時、告ナレバ、ト云テ、是ヲ尋テ成玉也。而ニ、此女房、聽テ死玉フ也。無益一云テ、又、妻ヲ求玉フ也。而、継母ナレバ、此二子、深ニクミ玉フ也。サレバ、内ノ者ニ仰、財宝ヲ与ヘ、此二子ヲ海ニ沈メ候ヘ、ト云云。尤、ト云テ、海辺ニ至ガ、沈事モ同事也。直海底ニ入ン事、如何、ト云テ売ル也。イモトハ九州ヘウラル、ガ四海ニ留ル也。而ニ、ウシハ、周防ノ室津ニシテ人ニ仕ルガ、法花ヲ読玉フ也。而ルニ、恵心僧都、御下候ガ、聞、奇特也。何者、尋玉ニ、如此一云云。サテハ、ト云テ、是買、山門上セ玉フ也。而後、大学匠ト成ル也。サレバ、其ノ父母ヲモ、幼少ニシテ国ヲ出玉フ故ニ不レ知一玉ハ。サレバ、都率ノ先徳ヲバ、化生ノ人、申伝也云云。而、弟女ウランハ、美女ニシテ、尚、賢女ナレバ、ト云テ、四国ニシテ々師、聞之一、妻ト定玉フ也。折節、都率先徳、為説法一ノ、四国ニ至リ、説法玉フニ、国師妻、諷誦所望シ玉フ也。何事ト問ニ、親ノ年忌ニ当ル故ニ、ト云云。名ヲバ何ト名奉、ト云云。時、我ガ幼少ノ名ヲバ、ウラントト号、ト云云。時、不審也。サテハ、無疑、我ガイモトナリ、ト云テ、其ノ時キ、委ク互ニ名乗、兄弟契ヲ二度顕セリ。時、我ハ法花依テ二習読ムニ一、不思議ニ山門上テ、如此也云云。是併、住吉明神利生、ト云テ、二人同道シテ参詣、終ニ往生云云。聞法ノ功徳ニ付云云。

右は住吉明神の利生をめぐる話となっており、やはり肉親の別離と再会の話であるが、子供が兄と妹の二人になっていていることに特徴が認められる。これもプロットの展開にそってモチーフ構成を示すと次のようである。

①住吉の辺りの人が住吉明神に詣でて二子を授かり、女子をウラン、男子をウシと名付ける。

②父が亡くなり、播磨の国司が住吉明神の夢想によりウラン・ウシの母を妻とする。

③二子の母が死に、国司は新しい妻をめとる。

④継母は二子を深く憎んで、家の者に二子を海に沈めるように命じるが、殺さずに売ってしまう。ウランは四国に、ウシは室津に売られる。

⑤ウシが『法華経』を読んでいると、恵心僧都がそれを聞いて奇特に思い、買い取って比叡山に連れて行く。ウシは修行の後に大学匠となり、都率の先徳と呼ばれる。

⑥一方、妹のウランは美しく賢女なので、評判を聞いた国司の妻となる。

⑦都率の先徳が四国で説法を行った折に、国司の妻であるウランが親の年忌に諷誦を所望したことから兄妹は再会をはたす。

⑧二人は住吉明神に参詣して、往生をとげる。

本話の③④は、第六巻「寿量品下」四話の「政藤ノ女、盲目トナリ捨ラレ吉備津宮ニ父ト再会シ目明カナル事」など同じ継母による継子迫害のパターンである。「しんとく丸」や「あいごの若」にも見られるように、〈継子いじめ〉のモチーフは説経にも多くみられる。ただし、本話では継母は兄妹二人を海に沈めるように命じるが、家来はそうせずに売ってしまうのはより時代を反映してのことであろうか。〈身売り〉という点では三項の話と通じるものの、本人の意思ではなく売られてしまうのは、説経の「さんせう大夫」に近い話型と言えよう。

その後の⑤⑥は、〈室津に売られた兄のウランが『法華経』を読誦しているのを恵心僧都が聞きとめ、引き取って叡山に連れ帰り、修行の末に大学匠になる〉という展開で、高僧伝物語の話型となっているが、本話で注目されるのは、妹のウランも四国に売られ、国司に見そめられてその妻になるという、古浄瑠璃「ゆみつぎ」の玉鶴御前のイメージに重なることである。そこで、「ゆみつぎ」の梗概を正保五年（一六四八）天下一若狭守藤原吉次正本によって示そう。(15)

加賀国須川の里の松尾信高には十六歳の玉松丸と十一歳の玉鶴御前がいた。信高は玉松を大聖寺で学ばせ、玉松は山一番の学匠となるが、学問が身につかなくなり、それを聞いた信高が呼び戻して問いただすと玉松は反論する。怒った信高は立ててあった弓で打擲すると三つに折れ、玉松は折れた弓を形見に持って出奔し、追いかける玉鶴を振り切って天台山をめざす。玉鶴姫は人商人にだまされて筑紫に売られ、桑取りをさせられるが、やがて国司に見そめられ北の方となる。玉松は慈覚大師と師弟の契約をし、比叡山へ登って延昌座主となる。延昌は父母と妹恋しさから故郷に帰ろうとするが山王権現に止められる。一方、須川の里では信高夫婦が折れた弓を首にかけ行方不明になった二人を探して放浪する。玉鶴は親の三十三回忌のため比叡山の座主延昌を呼んで供養を行い、諷誦文によって兄妹は再会し、折れた弓の縁でその場に居合わせた親とも再会できる。

右のような筋立てで、玉松と玉鶴の兄妹の話となっていること、玉鶴は四国に売られるが国司に見そめられて妻になること、そして玉鶴は親の回忌供養に兄とは知らず天台座主を招聘して兄妹の再会が叶うことが、本説話のモチーフと一致しているのである。一方で傍線で示した玉鶴に関する部分をそぎ落とすと、〈玉松は親に勘当され叡山に上って修行のうえ天台座主となり、説法の場で折れた弓が機縁となって親と再会する〉という展開になり、『直談因縁集』の高僧伝物語型に属する第七巻四十一話（妙音品）「弓継ノ事」とほぼ同じ話型が浮かび上がってくる。「弓継ノ事」は、二項で触れたように物狂い能《丹後物狂》《敷地物狂》の題材ともなった天台座主延昌の説話である。

つまり「ゆみつぎ」は、『直談因縁集』にある延昌の話とウラン・ウシ兄妹の話を上手く結びつけたもので、説法の場で語られていたモチーフが綯い交ぜになって語り物に結実したことがうかがえる例となるのではなかろうか。

## 五　生贄型の説話と説経（その一）

本項では、孝子譚の一パターンである生贄型（人身御供）の説話と説経作品との関係を見ていきたい。まず、三巻（薬草喩品下）三話「ケン陀羅国ノ貧女、身ヲ売テ生贄ニ立ツ事」を取り上げたい。

一、天竺《ニ》、ケン陀羅国《ニ》女《アリ》。老母一人、子《ヲ》一人持、孚之一也。子《ハ》、十才《ニ》成《ル》也。而《ニ》、母《ノ》、世送カネ候《ヲ》見《テ》、身《ヲ》売《テモ》親《ヲ》安全《ニ》成《ント》思《ニ》、誰人、吾《ヲ》買玉へ、《ト》云へドモ、買人、無之一。而、道辺《ニ》立《テ》見《ニ》、商人、通《ル》。吾《ヲ》買候《テ》仕玉《へ》、《ト》云云。何《ノ》故《ニ》身《ヲ》売、《ト》問《ニ》、貧《ナル》親《ヲ》孚《ン》為、《ト》云云。時、サラハ、ト云《テ》金千両《ニ》取カヘタリ。折《シモ》、母《ハ》留守也。祖母《ニ》此金《ヲ》アヅクル。何《ナル》金、《ト》云云。時、如此云云。時、此祖母、汝、他国《ニ》行《カバ》、吾、恋《サヲ》何《トセン》。即、命《モ》難レ存一。母《ノ》世《ヲ》イトナムモ、偏《ニ》汝《ガ》為也。千両《ノ》金《モ》無益、《ト》、頻《ニ》ユワル、也。サレドモ、不用之一、商人《ト》ツレテ行也。何《トテ》金千両《ニハ》カヘタル、ト申《ニ》、此国《ノ》習《トシテ》、有《ル》沼《ニ》大蛇《アリ》。依之一、其《ノ》国、乱《ル》、故《ニ》、生《ケ》贄《ヲ》毎年与《ル》也。其《ノ》為也。時、其《ノ》国《ノ》王、一人女、御座。是《ヲ》贄《ニ》与《ントス》。歎、無レ限。時、サモアレ、今度《ハ》誰人《ニカ》カヘン、ト云《テ》、所々尋《テ》、此商人、加様《ノ》為《ニ》、他国《ヨリ》買候、《ト》云《テ》、此童《ヲ》奉《ル》也。重宝《ト》云、彼沼《ノ》辺《ニ》棚《ヲ》ユイ、童、挙置也。乍レ去一、何《ノ》国《ノ》者《デカ》有ラウ。此来《ル》親、何《ニ》見之、歎《ン》。如我ナラン、ナト哀《ニ》覚召也。時、此人、歎《テモ》無力一。時、法花《ノ》文《ニ》、現世安穏《ト》ヤラン《ノ》文《アリ》。唱之一、安全也《ト》、何《ゾ》ヤ人、述《玉フヲ》、吾、聞《ト》思続、センカタナキ任、一心不乱《ニ》此文誦《ルニ》、夜半比、波嵐《ヲ》吹《テ》、光明放、大蛇来。今《ト》思《イ》、尚々一心《ニ》此文誦《ル》。時、次第《ニ》嵐《モ》シヅマリ、光明薄《ク》成。時、大蛇、汝、難レ有。吾《ハ》七生蛇身《ヲ》受、此《ニ》住《ント》定《ルニ》、法花《ノ》肝文聞《テ》、蛇身《ヲ》転《ジテ》、吾、兜率天《ニ》生、《ト》云《テ》、汝、心安思候へ、ト云云。サレドモ、此童、不知一、徒《ニ》居《ス》。時、王奉レ始、諸人、食《ル》、ナド思《イ》、至《テ》見《ニ》、尚々アザヤカニシテ居《ル》。時、不審《ニ》思、尋《ニ》、如レ此一申。言語道断云云。其《ヨリ》後、贄無。時《キ》、此人、親孝々《ノ》者也《ト》云《テ》、其一人、女宮《ト》契約セシメ、位《ヲ》譲《玉フ》也云云。是《ハ》、現世安穏文付《テノ》事也。

右のようであるが、本話のモチーフ構成を示すと次のようである。
①天竺のケン陀羅国に女がおり、老母と子を一人持っていた。
②子は十歳になり、母が世を送りかねているのを見て、我が身を商人に千両で売る。
③子は母が留守の時に祖母に千両を与え、言葉を尽くして止める祖母を振り切って他国へ向かう。
④子は、国王の娘の身替わりに沼の大蛇の生贄とされることを聞く。
⑤子は生贄に奉られ、沼の辺の棚にあげられる。
⑥国王は、何処の国の者とも知れぬが親が見たら歎くであろうと哀れに思う。
⑦子は『法華経』「薬草喩品」にある「現世安穏」の文を誦えれば安全であるとの言を思い出し、一心不乱に誦える。
⑧夜半に波風を起こして大蛇があらわれ、子はさらに一心に此の文を誦える。
⑨次第に嵐がしずまり、大蛇が自分は七生蛇身を受けていたが『法華経』の文を聞いて都率天に転生したと告げる。
⑩様子を見に行った王や諸人が子が無事に居ることを不審に思って尋ねると、起こったことの顚末を語る。
⑪それより生贄はなくなり、子は孝行の人であることが知られ、女宮と結婚して王位を譲られた。
以上であるが、この説話は、『私聚百因縁集』巻第二「堅陀羅国貧女事」や大分市専想寺にある貞和二年（一三四六）写の談義本「釈尊出家発心事並堅陀羅国貧女事」などにも見られる有名な話である。その内容を示すと、堅陀羅国に貧女がいて乞食をして老母と童子を養っていた。十二歳となった童子は物乞いをして自分と祖母を養う母の姿に歎き、母がいない隙に砂金五百両で身の丈三尺五寸の人を買おうという人商人に我が身を売り、止める老母を振り切って他国へ赴く。童子はその国の曇摩訶長者に買われ、池ノ大黒蛇の生贄の身代わりに立てられるが、大蛇は童子の善根の身に備わる仏徳に済度して奇瑞を示す。童子は長者の家を継ぎ、悲母と祖母を呼び寄

せ、ついに大臣となっていよいよ仏法を尊崇した。

というものであるが、結末で母と祖母を呼んで幸せに暮らしたとする以外は、『直談因縁集』の説話とほぼ同話であることが認められよう。つまり、この生贄譚は唱導説法の場で人気の話だったのである。

ところで、①②③の発端部は、家の貧窮を救うために我が身を売る話で、三・四項で触れた〈身売り〉の話と通じる展開となっている。ただし孝行の話ではあるが、回忌供養のモチーフにはなっていない。この発端部とよく似た身売りのモチーフを持つ中世芸能に、物狂い能の《桜川》がある。その前場は、〈九州日向に住む女のもとに人買いが訪れ、生活の窮状を見かねて身売りした桜子の手紙と代金を受け取る。手紙を読んだ女は嘆き悲しみ、我が子を探す旅に出る〉というもので、この〈子が身売りする〉設定の背景に前にあげた『私聚百因縁集』の「堅陀羅国貧女事」や談義本「釈尊出家発心事並堅陀羅国貧女事」があることを、伊藤正義氏が指摘していることは重要である。[16] これは親子の恩愛や孝行を題材とした能の背景に説法談義の場があることを示す嚆矢となった論であり、大谷節子氏が、さらに静嘉堂文庫蔵慶長四年（一五九九）書写『孝行集』二十五話を追加され、父母孝養のために我が身を売る孝子と子を思う母との恩愛の葛藤という唱導の定型が、身売り型の物狂い能が形成する背景にあったことを説くが、[17] これは次に述べるように説経にまで及ぶことである。

さて、この説話と類似する語り物に説経「まつら長者」がある。「さよひめ」「竹生島の本地」とも称されるが、「身を売り姫の物語、上古も今も末代も、ためし少なき次第とて、感ぜぬ人はなかりけれ」[18]（寛文元年（一六六一）五月吉日山本九兵衛板）と結ばれるように、「身売り姫」の話と認識されていた。その梗概とモチーフ構成を示すと次のようである。

①大和の国、壺坂の松浦長者夫婦は子のないことを歎き、長谷観音に申し子をしてさよ姫を授かる。

②しかし、姫の幼少時に父が亡くなり、貧苦の家に没落する。

③姫は十六歳となり、父の十三回忌を迎えるにあたって我が身を売ってでも菩提を弔おうとする。
④姫は奥州から大蛇の生け贄に捧げる娘を買い求めに来ていたごんがの太夫に買われる。
⑤太夫に伴われたさよ姫は奈良から奥州まで長い旅を続け、奥州に到着する（長大な道行きが語られる）。
⑥生贄の場で父の形見の法華経を読誦し、その経を大蛇に授けると、大蛇は苦患を免れ成仏する。
⑦喜んだ大蛇は竜宮世界の如意宝珠を姫に差し出し、姫を奈良の猿沢の池まで送り届ける。
⑧姫は盲目の物狂いとなった老母に巡り会って宝珠で開眼させ、松浦谷に戻り再び富貴の家と栄えた。
⑨大蛇は壺坂の観音に、さよ姫は大往生の後、竹生島の弁財天に祀られた。

右のように、本話は〈親の菩提を弔うべく自ら身を売った貧女が生贄を免れたのみならず、大蛇をも成仏させた法華経功徳譚（女人成仏譚）〉を根幹とした物語である。

このモチーフ構成を見ると、⑦以降を除けば、前に示した『直談因縁集』の説話とほぼ同構造といってよいだろう。それに⑧の「しんとく丸」などにみられる、盲目となった母との再会と開眼を加え、結末部には富貴に栄えるという大団円を付して、最後に壺坂観音と竹生島の弁財天の本地を示して終わる、という内容になっているのである。

つまり、「まつら長者」と本説話のモチーフ構成はほぼ共通しているのであり、説法唱導の場で語られていた話と語り物芸能である説経がきわめて近い存在であったことがうかがえる好例となるのである。「まつら長者」の典拠として『私聚百因縁集』巻第二「堅陀羅国貧女事」があることは、夙に島津久基氏が述べられているが[19]、鎌倉時代の説話と説経をつなぐものとして『直談因縁集』などの唱導説話は位置付けられよう。

## 六　生贄型説話と説経（二）

生贄型の説話をもう一つ、八巻「普賢品」四十六話「長者ノ女ノ太子、身ヲ売テ贄ニ備ヘラレ一文ヲ唱テ助リ王トナル事」を取り上げよう。これもまた異国の生贄（人身御供）の話となっている。

一、天竺ニ一人長者アリ。女子ヲ一人持也。是、波羅奈国ノ王ノ后ニ備也。長者死去ノ後、貧家ニ成ル也。時ニ、帝王ニスサメラレ、結句至ス、被レ去奉ル。サレバ、別女ヲ又后ト云云。サレバ、内裏ヲ出テ、母ノ所ニ居、乞食等ヲ成テ、母ヲ孚ミ、世ヲ送ル也。而、此女、懐妊シテ後ナレバ産。如レ玉一男子也。帝王ノ御子ナレバ、太子ト名ル也。生長シテ、吾身ヲ誰モ買ヘカシ。母ト祖母ヲ、吾孚ントモ思イ、商人ノ通ルニ、吾ヲ買玉ヘ、ト云云。時、喜テ金ヲ千両出セリ。サレバ、是ヲ持来テ、母ト祖母ニ奉リ、如此一云テ出ル也。時、千両金モ無益也。汝ヲ置テ見ルコソ、□□□□□□□□□□約束ナレバ、此人トツレテ、他国ヘ至ル也。而ニ、此国ノ習トシテ、有山ノ奥ニ、大ナル池アリ。□□□□□□□□□□ニ人ヲ備ル也。不レ備レバ、其ノ国、或ハ乾バツ、或ハ人民悩也。サレバ、為レ贄買也。□□□□□□□□□□備ツレテ至ルニ、皆人見サテ、吾ガ子ナドヲ思如、父母サゾ哀トヤ思ラン。□□□□□□□□□□テ来ト風聞ス。落涙致也。殊ニ美人也。時、此童思事ハ吾金ヲ取、母ト祖母ニ奉ルコソ肝要ナレ。露ノ命ハ不レ惜一。何也トモ、一度生ゼバ死ンナレバト、思歎色モ無之一。サレバ、今生ノ思出ト云テ、其ノ国ノ帝位脱替ノ装束ヲ着シ、至テ池ノ辺ニ、石ノ上ニ居ス。而、夜半ノ比、少々ラ浪立テ、風吹渡リ、物サビシキ時分、誠ニ一国ニ動ル斗ニ動揺シ、天地響斗也。サレバ、肝モ魂モ身ニ不付一。サレドモ、可レキニ驚一非ズ思イ、吾、本国ニテ、有沙門、天魔鬼神ニモ不被悩一秘法也ト云テ、南無平等大会一乗妙法蓮花経ト唱候ヘ、□教ケリト思出テ、一心不乱ニ唱ヘケリ。而、任運ト黒雲立渡リ、雷ナリ動ルガ、次第ニ静ニ成リ、漸夜モ明渡ル也。時、今夜ハヤ一定取噉ラン、哀ト云テ人ヲ遣シ令見一セ、尚々アザヤカニシテ居ス。時、何ト尋ルニ、聴テ如此一云云。サテ、何トテ安全ナル、ト云ニ、如此一唱ルト云云。サレバ、奇特ト諸人感ルニ、有時、天ニ声有テ、□法花ノ功徳ニ依テ、転ジテ蛇身一、生天上一ニ也云云。サレバ、夫ヨリ人贄ハ休也。時、何トテ本国ヲ出ル、ト尋ルニ、如此□。孝行ノ人也。サレバ、三宝モ哀ト覚スラン。是ハ賢人ナレバ、国宝ト云テ、本国ニ不レ還一、王位ヲ譲リ玉フト云云。

右のような生贄譚であり、これもモチーフの構成を示すと次ぎのようになる。なお、本話は四箇所以上にわたって不可読の部分があるが、物語の展開を追うのに支障はない。

①天竺に長者がおり、女子を一人持ち、その女は波羅奈国の王の后となる。
②長者が死んで女の家は没落し、王は女を嫌って別の女を后とする。
③女は内裏を出て乞食をして母を養うが、懐妊しており男子を出産し、太子と名付ける。
④太子は成長して、母と祖母を養うため我が身を商人に千両で売る。
⑤太子は我が子を千両に替られないと歎く母と祖母を置いて他国へ向かう。
⑥太子は山奥の大池に連れられて生け贄に供えられる。
⑦人々は太子の美しさを見て、父母のことを哀れに思う。
⑧太子は母と祖母のために我が身を売ったのだから惜しい命ではないと歎かず、帝位脱替の装束を着て、池のほとりの石上にたたずむ。
⑨夜半になってあたりは恐ろしげな様子に包まれ、太子は本国で沙門に教えられた『妙法蓮華経』を一心不乱に唱える。
⑩明け方になって怪異は去り、様子を見に行くと太子は無事であった。不思議に思う人々に、『法華経』を誦えていたことを話し、皆は奇特に感じる。
⑪すると、天より法華の功徳で蛇身より転じて、天上に生まれ変わったとの声がする。
⑫以来、生け贄は中止。太子は孝行の人であることが知られ、賢人としてその国の王位を譲られる。

前半は〈身売り〉の話型であるが、王の子という出自でありながら、家が貧窮のために我が身を売るという苦難の道を歩んだ貴種流離の話でもある。前に引いた「ケン陀羅国貧女事」と話型はよく似ているが、女が貧窮となったのは父である長者が亡くなり家が没落したためとの理由が①②③で語られる点は相違している。

生贄の話となる⑥から最後の⑫までは、ほぼ「ケン陀羅国貧女事」と同じである。異なっている点をあげると、太子が生贄にされる際に「今王ノ思出ト云テ、其ノ国ノ帝位脱替ノ装束ヲ着シ、池ノ辺ニ至テ、石ノ上ニ居ス」と、生贄となる者に対する王の情けであろうか、帝位を交替する際に着る装束で待つところは独自で、この主人公の名が太子であるとともに、後に王位を継承することの伏線となっていよう。ともあれ、相違点を探し出さなければならない程、よく似た話なのである。

このように同じモチーフ構成をもった生贄型の話が同じ説話集におさめられるのは、この話型が説法唱導の場で人気を得ていたことを物語っていよう。高僧伝物語型の説話では、話中のモチーフを入れ替えることで、異なった名目の比喩譚として、手を替え品を替えて語られたのであるが、ここではほぼ同じ話型の説話を、人物や場所を替えることで、他の比喩譚として語られていた方法がうかがえるのである。そして、この話型の完成度と人気の高さから、語り物として長大な道行きなどの肉付けがなされて「まつら長者」という説経に結実した道筋が見えてくるのである。

## 七　作品中に見られる説法唱導の風景

これまで、『直談因縁集』に所収される説話と、説経・古浄瑠璃の作品に類似する話型とモチーフの構成を比較検証することから、語り物文芸が生まれる背景に唱導説法の場があったことを見てきた。もちろん『直談因縁集』の説話と物語としての説経との間には大きな距離があり、直接の素材ではなく淵源にあるとするのが妥当な見解であろう。ただ『直談因縁集』の説話は、廣田哲通氏が説くように[20]、他の法華経談義書のそれと比べて、通俗化、平俗化の傾向が見られ、より物語化がすすんだものと位置づけられる。その話型をもととして、道行きなどの肉付けがなされ、説経や古浄瑠璃へと形作られる一つの道筋が見えてくるのではなかろうか。語り物や芸能の基層として、説法唱導の場があったことを考えたいのである。

最後に、語り物文芸の作品中に唱導説法の場が描かれた興味深い例を示して稿を閉じることにしよう。説経「まつら長者」の伝本の一つである東洋文庫蔵の奈良絵本『さよひめ』の〈さよ姫が興福寺で説法を聞き父の十三回忌を弔うために我が身を売る決心をする〉場面において、次のような興味深い記事があることを、阪口弘之氏が紹介している。(21)

さてもその日のせつぽうに、てんぢくのひんによが、おやのぼだいをとはんため、身をうりたるたとえあり。いたはしやさよひめ、つく〴〵とちやうもんあり、げにまこと、さる事あり、みづからも、身をうりて、ち、のぼだいをとぶらふべし、されども、たれかかいとるべき、あはれほとけのめぐみにて、かふ人のあるならば、うらばやとぞおもはれける

この物語中の説法で語られた傍線部〈天竺の貧女が親の菩提を弔うために身を売る話〉は、本稿で取り上げた『私聚百因縁集』「堅陀羅国貧女事」や専想寺の談義本「釈尊出家発心事並堅陀羅国貧女事」、そして『直談因縁集』の「ケン陀羅国貧女」の話を示しているのではなかろうか。物語の中の話であるが、説法唱導の場を彷彿とさせるエピソードであり、図らずも説経の作品の中に、物語が生まれる風景を垣間見ることができるのである。

**注**

(1) 「説経節「しんとく丸」「あいごの若」の成立と中国伝来の〈継子いじめ譚〉—クナラ太子譚と舜譚・伯奇譚の接合による物語形式の可能性について—」(『説話論集』十三集「中国と日本の説話Ⅰ」平成十五年、清文堂出版)。
(2) 佐竹昭広『下克上の文学』(昭和四十二年、筑摩書房)。
(3) 阿部泰郎『因縁抄』(古典文庫四九五冊、昭和六十三年)。
(4) 阿部泰郎・小林直樹・田中貴子・近本謙介・廣田哲通『日光天海蔵 直談因縁集 翻刻と索引』(平成十年、和泉書院)。以下、本文の引用も同書により、読み易さをはかって濁点を施した。
(5)(6) 注4による。
(7) 大谷節子「物狂能遡源」(『能と狂言』一号、平成十五年三月、後に『世阿弥の中世』(平成十七年、岩波書店)に「孝養と恩愛—物狂能遡源」として所収)。
(8) 岡見正雄「説教と説話—多田満仲・鹿野苑物語・有信卿女事—」(『仏教芸術』五十四号、毎日新聞社、昭和三十九年五月)。
(9) 庵逧巌「舞曲『満仲』の形成」(『山梨大学教育学部紀要』第五号、昭和四十九年十一月)。
(10) 須田悦夫「幸若舞曲『満仲』の諸本をめぐって—幸若諸本研究序説—」(『伝承文学研究』二十号、昭和五十二年七月)、同「舞曲「満

仲」の諸本・補遺―香川本・秋月本の性格―」(『静岡女子短期大学研究紀要』二十五号、昭和五十三年三月)。

(11) 佐谷眞木人「御伽草子『小敦盛』の形成をめぐって」(『三田国文』第十八号、平成五年六月、後に『平家物語から浄瑠璃へ　敦盛説話の変容』(平成十四年、慶應義塾大学出版会株式会社)に所収)。

(12) 美濃部重克「『こあつもり』考」(『南山国文論集』第九号、昭和六十年三月)。

(13) 阪口弘之「万寿の物語」(『芸能史研究』九十四号、昭和六十一年七月)。

(14) 松尾剛次『勧進と破戒の中世史―中世仏教の実相』(平成七年、吉川弘文館)。

(15) 『古浄瑠璃正本集』第一(昭和三十九年、角川書店)所収。

(16) 「桜川―人商人に身を売りて―」(『謡曲雑記』平成元年、和泉書院)。

(17) 注7による。

(18) 新潮日本古典集成『説経集』(昭和五十二年、新潮社)。

(19) 島津久基「さよひめ―本璩としてのインド説話」(『近古小説新纂』昭和三年、中興館)。

(20) 廣田哲通「『沙石集』の受容と『直談因縁集』」(『大阪市立大学文学部創立五十周年記念　国語国文学論集』平成十一年六月)。

(21) 阪口弘之「説経正本「松浦長者」の成立」(本書所収論文)。

# 3節

## 慶長六年の「操説経興行」と慶長三年の遺跡出土かしらをめぐって

加納克己

これまで、説経浄瑠璃は、その正本の詞章から見る限り浄瑠璃の影響のもとに成立したものが多く、説経浄瑠璃の成立は浄瑠璃操りに遅れて寛永の中頃、成立したとみられている。勿論、「説経説き」「門説経」「歌念仏」などの説経浄瑠璃に先行する語り物・音曲などについては、慶長の初期頃には行われていたことは、知られている通りである。

しかし、静岡県掛川市大須賀町横須賀に伝わる三熊野神社の縁起と横須賀城主の代々を元禄十一年（一六九八）まで記録した『横須賀三社権現鎮座本起並御城主代々』(1)の慶長六年（一六〇一）条に、かつて善政を敷いた旧城主が再入部した時、横須賀城内では能囃子が行われ町民も許されて見物し、三熊野神社では「説経語り」の上手の三太夫が年々に渡り「操説経」を興行したとある。これに関しての詳しい情報はないが、説経浄瑠璃のもとになった古い説経をもとにして、操り説経がおこなわれたのであろう。以下、詳しく検証してみたい。但し、この説経語りについては、色々の名称があり、一般的には、「説教者」「簓（ささら）説経」などといわれているが、表記を統一することは、私には難しく、適宜使用した史料に出てくる用語を使用しながら、記述をすすめることをお許し願いたい。なお、翻刻・翻刻引用に当たっては、旧漢字・旧仮名などを新字体に改めるなど、通行の措置を施した。

## 一　慶長六年の「操り説経興行」について

### （一）慶長六年の遠州横須賀「操説経興行」の背景

#### イ　横須賀の地理的・歴史的風土

横須賀の三熊野神社は、文武天皇の時代に皇后の安産祈願のため、当地横須賀は熊野の本宮、高松（御前崎市）は新宮、小笠（菊川市）は那智ということで、熊野三社が大宝元年（七〇一）に勧請されたのである。三熊野神社は「地固め舞（呪師芸）と田遊び」で有名で、長久元年（一〇四〇）頃には、行われていたようである。

『遠江国風土記伝』（寛政十一（一七九九）年成立・内山真竜遺稿。一九六九年歴史図書社刊）には、

【西大淵】蓋し倭名の松淵郷か、（私注・三熊野神社のある地名）

〔横須賀町〕湊を併す、

〔横砂湊〕口の広さ一町、遠浅にて、西風強き時は船入らず、海路伊勢国鳥羽湊に通ずる卅三里、桑名に通ずる四十八里、尾張の国熱田に通ずる四十二里、伊豆国下田に通ずる三十五里なり（私注・一里は約四km、横須賀のことを横砂とも書いた。又、宝永の富士山の噴火による地震で、港は隆起し無くなったが、中世から湊町として栄えた。）

『遠淡海地志』（天保五年（一八三四）頃成立、山中豊平著。一九九一年山中真喜夫刊）には『横須賀三社記』を引用して横須賀城開城までを、

承安年中（一一七一～一一七五）平宗盛当国ヲ領知ス。（中略）

応仁二年（一四六八）戊子、斯波管領義廉守護タリ。此時始テ馬次ノ宿場ヲ定メテ三社市場［今ノ本町ナリ。］

**図１**　高天神城と横須賀城

（『静岡県史　通史編２　中世』1997年静岡県を元に筆者作図）

ト名付ク。九月九日奉射の流鏑ノ祭有之。
横須賀城　石津崎　天正六年（一五七八）戊寅三月廿
一日、事始メアリ

と記す。応仁二年には、宿場が置かれ、市の立つ賑やかな町であった。末尾の横須賀城は、家康が遠州攻めのため、武田方の高天神城に対峙。高天神城を征する者は遠州を征すと言われた城であり、この城の攻略のため天正六年から横須賀城を築城させ、じっくり攻め落とそうとしたのである。後述するが「ほとけまわし」で有名な松平家忠も深溝から築城の応援にかけつけている。もともと、遠州灘沿いの街道の古くからの宿場町であり、市の立つ賑やかな所であった。単なる戦いだけの城というのではなく、街道沿いにたくさんの商家を誘致して配置し、小城下町を構えたのである。

### ロ　横須賀城主の代々と大須賀氏

横須賀城開城後、慶長頃までの城主は『横須賀城主記』（抜粋・傍線は私）に次のようにある。

一　横須賀ノ城主大須賀康高、筧《算カ》助太夫を加へ入る。
軍士、渥美源五郎、鷲山伝八、浅井九左衛門、各ノ敵を討ち高名す。

二　松平五郎左右衛門忠政　〔天正十六～十九年〕（一五八八～一五九一）

（私注・大須賀氏、家康より松平姓を賜る）

三　渡瀬右衛門佐重詮　〔天正十九～文禄四年〕（一五九一～一五九五）

四　有馬玄蕃頭豊氏　〔文禄四～慶長六年〕（一五九五～一六〇一）

五　松平出羽守忠政　〔慶長六～十二年〕（一六〇一～一六〇七）

『横須賀三社権現鎮座本起幷御城主御代々』（以下、『三社記』）は、三熊野神社の鎮座本起と、社殿の修復記事などに、横須賀城主の代々の記録が、元禄十一年まで記録されている。これには、横須賀城築城後の代々の城主について、次のように書かれている。

天正六年（一五七八）、横築城・初代大須賀康高城主。天正十六年（一五八八）没。二代忠政、天正十九年（一五九一）二代忠政公関東久留里へ転封。三代渡瀬氏。四代、文禄四年（一五九五）から慶長六年（一六〇一）辛丑九月玄蕃頭豊氏丹波福知山へ所替へなり、当城を領すること七年也（私注・豊氏は大変な悪政を行う）

「操説経」に関わる城主は、横須賀城開城時の城主大須賀康高の嗣子で、松平忠政公である。『三社記』に次のようにある。

一　松平出羽守忠政公　慶長六年辛丑九月当城を拝領五万五千石にて久留里より御立皈り九月入部なり、御領内のもの金谷島田辺迄御迎に出群衆す。御入部有て町在々並寺社より御祝儀品々差上る　御上様夫々に御祝儀として金子を下され置　御入部以後御城にて御能囃子《ノウハヤシ》等之有りて町人共御免にて拝見す。当地に三太夫と云説経を語る上手ありしに社中にて操《アヤツリ》説経《セツキヨウ》年々渡興行候。（振り仮名原本通り、私に傍線）

前城主の豊氏の大変な悪政に対し、善政を行っていた先の城主の再入部に大喜びの町人達と、それに応えんとする城主大須賀忠政の庶民への振るまい。城中では、能囃子、三熊野神社では年々、操説経が興行され、暫くは町中お祭り騒ぎだったのである。横須賀は、横須賀町と言われたり大須賀町と言われたりしているが、その、大須賀町の名は、横須賀城の城主であった大須賀氏からきているのである。大須賀氏は、自分の故郷の地での前城主豊氏の酷政を転封の地から、切歯扼腕の思いでいたのだろう。大須賀氏の故郷の地へ戻れる悦び。慕ってくれる町民たちと再び暮らせる悦び、善政を敷いてくれ、これからもしてくれるだろう城主を迎えた町民たち、お互いのはじけるような悦びが伝わってくる。

### (二) 三遠駿甲の古記にみる操り関係記事について

横須賀での慶長六年の操り説経興行については、全くの単独記事で、傍証を求めるしかないようである。以下、その傍証を求めて、三州・遠州・駿州・甲州の古記にみえる操り関係記事についてイ~リに渡って見て行こう。

#### イ　三州『牛窪記』について

「傀儡師説教師ニモ司ヲ置テ住セシム」の記事で著名な『牛窪記』から見ていきたい。『牛窪記』は、愛知県豊川市牛久保《うしくぼ》町にあった牛久保城主牧野氏の記録。『続群書類従』第二十一輯上に所収され、操り関係の諸書に引用されてきた。『続群書類従』の合戦の部に収載されているが、史実通りか検討を要する部分もあるが、「牛窪城主の盛衰記」である。牛窪城主当該記録は、享禄二年（一五二九）の次の記事である。

牧野新城牛窪之字ヲ牛久保ト為ス事
享禄二年己丑年　保成御一家弥潤昌シテ。若子ノ城ハ郭内狭キニヨッテ舎弟牧野右馬ノ丞《年》ヲモッテ牛窪ノ本郷ニ城ヲ遷ス。（中略）中町ノ辻ニ市堂有リ。是市杵姫也。内外ノ二町ヲ若子町ト云。毎月四月八日ヨリ十五日迄馬市ヲ立ル。牧野家常ニ下様ヲ憐給事不断。民ノ悦フ處ハ君ノヨロコフ處也トテ。楽市ト号ク。赤坂御油ノ遊君モ粧所ト定メ。傀儡師説教師ニモ司ヲ置テ住セシム。是ハ他国ノ駅々ヲ順リテ。検分ノ便ニモヨキ者トテ。相応ノ地ヲ免シテ居所ナトタマハリケリ。其後打続キ盛ヘケレハ。月次ノ市ヲ定メラル。六斎ヲ以テ日並トス。先例明応（私注・一四九二から一四九九年）中ニ牛窪ト名ツケシヨリ　云々。（傍線は私）

四国から三河へ渡来したとされる牧野氏は、やがて今川氏に属し、今川氏滅亡後は家康に帰属。後、静岡県長泉町の長久保城主となり、その後譜代大名として群馬県の大胡城主となる。ここ牛久保は中世から月次の六斎市を定め、馬市も開かれ、賑やかな小城下町で、東海道の小坂井から豊川を通り伊那谷に通じる伊那街道（三州街道）沿いの古い街である。牛久保の最北に若子城があり、手狭になったとして、町のほぼ真ん中の地に牛久保城を築いたのである。牛久保に近い三河の赤坂といえば、傀儡で著名である。牛久保が、享禄頃の赤坂・御油の傀儡の遊君の粧所となっていたというから、赤坂の傀儡の遊君の健在がわかり興味深い。そして、「傀儡師説教師ニモ司ヲ置テ住セシム」とある。そして司を置いた意味については、「是ハ他国ノ駅々ヲ順リテ。検分ノ便ニモヨキ者トテ。相応ノ地ヲ免シテ居所ナトタマハリケリ」とある。これに付いては、後で詳しく検証するが、ここでは、牛久保の傀儡師説教師のその後の継続を示す江戸期の史料について、とりあえず、私に二点ほど抽出して置く。

◆牛久保村の説教者「左太夫」についての『関蟬丸神社文書』から（室木弥太郎・阪口弘之編著一九八七年和泉書院刊所収）の抜粋である。寛永の史料なども他にあるが、少し時代の下がった正徳頃の記事を引用する。

〔回状の受け渡し控え〕

正徳三年（一七一三）の愛知県下の説教者への回状及び江戸長太夫宛て御状

御回状巳閏五月十二日ニ水竹村又兵衛所より請取、同月十二日吉田弥左衛門方へ相届け申候

一　御回状壱巻江戸長太夫方への御状、急度相渡し申候以上

三州宝飯郡　　牛久保村　　左太夫

◆牛久保の傀儡師に関する史料
愛知県知立市知立山車文楽の山町所蔵の古型の文七かしら（図2）内銘（図3）に
「寛政二庚戌（私注・一七九〇）年作　若子町　嘉牛作」

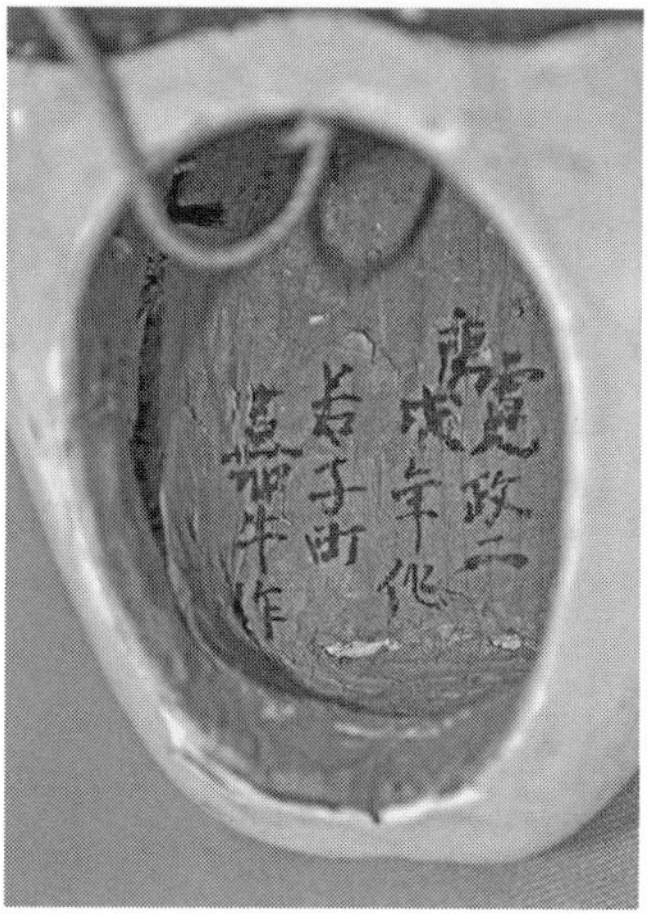


**図2・3**　知立山町の古型文七かしら（上段）とその内銘（下段）。筆者撮影

とあり、このかしら内銘にある若子町は、先の『牛窪記』の享禄二年条に書かれている牛久保城下の「若子町」である。寛政の頃までは、少なくとも浄瑠璃かしらを製作するものがいたのである。銘はないが、彫りの特徴から、同じ作者のかしらと思われるかしらが、山町だけで十個ほどある。この人形細工人は、その「彫り」から仏師系であるから作者の名の呼び方は「かぎゅう」という読みで良い。牛久保に近い蒲郡市大塚には、銘は入っていないが、山町に先行する同一師系の古浄瑠璃かしらが残る。

**ロ　三州『家忠日記』の舞々・ほとけまわしなど**

愛知県額田郡幸田町深溝《ふこうず》の城主松平家忠の日記で、原本からの翻刻が『増補続史料大成』第十九巻（一九七九年臨川書店刊）に所収されている。「ほとけまわし」の記事で有名であるが、「舞々」の記録としても著名である。「ほとけまわし」は「ほとけまわし」「舞々」は「舞々」の部分のみを引用されることが多いので、芸能記事のすべてと、家康と同じ松平一族で、遠州攻めの様子を含め、先の遠州横須賀にもよく出向いているので、戦国時代の只中での芸能記事であることが，多少なりともわかるよう、その辺りまで枠を広げて『増補続史料大成』よりそのまま引用しておく。

天正六年（一五七八）
　四月廿一日　猿楽衆越候てはやし候、
　　廿三日　猿楽衆越候て拍子有、
　五月　六日　岡崎城江越前幸若いとこ幸春太夫越候（中略）舞二番、たかたち、十番也、
　　（私注・家康は白山信仰が深く誓紙には、白山誓紙を使っていたから、白山に近い越前との関係は、それによるか）
　七月　三日　よこすか取出場迄立候
　　十六日　よこすかより吉田迄帰候、
　七月　廿日　越前鶴賀舞々幸鶴太夫越候て舞候、（私注・静岡県の横須賀でのことである）
天正七年（一五七九）
　六月　晦日　越前よりも幸鶴太夫舞ニ越候、会下[2]ニまい候、した和田、さかもり、ゑほしおり、以上三番有、
　七月　一日　幸鶴越候て舞候、夜うちそか、八嶋、笛のまき、又其後座敷にて、くわんしんちやう有、以上四番、
　　二日　同名　輿五左衛門尉所ニ舞候、たいしょくわん、高たち、ふしミ、ときわ、こしこへ、以上四番、

天正八年（一五八〇）
二月　一日　櫻井舞々越候、ゑほしおり、八島、くわんしんちやう、以上三番、
八月　六日　竹のやへ礼ニ越候、幸鶴舞々越候、
　　　七日　ひかんニ入、舞候、したまきかり、堀河夜うち、そか、以上三番、
　　　八日　会下へまいり候、勘太夫越候て舞候、しつか、しこくおち、清重、以上三番
天正九年（一五八一）
三月廿二日(3)　戌刻ニ敵城（私注・高天神城）ヲきつて出候、伯耆、手前、足助衆所々にて百三十うたれ候、相のこり所々にてうたれ候頸数六百余候、
三月　晦日　東條舞々越候、未刻より雨降、ゑぼしおり舞候、
四月十三日　舞々勘太夫越候、高たち、かまたり二番也、
五月　九日　櫻井舞々越候て、夜打そか、くわんしんちゃう、ゑほしおり舞候、
十月廿九日　野田座頭越候て平家語候、
天正十年（一五八二）
二月　十日　岡崎舞々勘太夫越候、ゑほしおり、あつもり二番
四月　十日　上様(4)甲府よりうは口迄御成候、

参考
▼七月二十七日　山梨県右左口《うばぐち》へ本領安堵の家康の朱印状が下付（現存・郷蔵を朱印蔵もいう）される。これを記念して、朱印祭と称して右左口は式三番の操りを始める。近隣の古関、鶯宿も。
▼『時慶卿記』に同年四月廿六日　安土城にて時慶卿は「入夜クワイライ見物」とある。

岐阜県芥見　加野人形座　安土城のかしらを譲り受けて始まったと伝承。完成祝いに操りを上演したとも。

天正十一年（一五八三）

　四月十五日　会下へまいり候、舞々勘太夫越候、たいしょくわん、いつミ合戦舞候、

天正十二年（一五八四）

　二月十二日　櫻井舞々越候、たいしゆくわん、夜うちそか、

天正十三年（一五八五）

　三月　四日　**ほとけまわし天下一**見物候、（私注・これは家忠が浜松にいた時のことである）

　四月廿七日　**ほとけまわし**越候て、まわし候（私注・これ以降は、深溝のこと）

天正十四年（一五八六）

　四月十九日　舞々勘太夫こし候、煩気にて相候ハす候、舞も初計舞候、

　六月十一日　舞々輿三越候、かまた、かまたり、堀河夜うち、以上三番、

　　廿八日　やゝこおとりこし候ておとり候、

　　廿九日　やゝこおとり会下ニ有之候、

　七月十一日　会下へ舞々あふミよりこし候て、聞ニこし候、

　　十六日　舞々輿三越候、

　閏八月十三日　殿様初雁の国衆御ふる舞候、やゝこおどり候、

天正十五年（一五八七）

　三月廿四日辺り（私注・下空白に、家忠自筆のほとけまわしの挿絵が描かれている）

　五月　八日　越前幸鶴舞々子越候、ゐほしおり、かけきよ、くわんしんちやう舞候、

九日　雨降、会下ニ舞候、したわた、さかもり、ふしミ、ときわ、
六月廿九日　大雨降、大水出候、舞々勘太夫越候、八嶋舞候、
七月　一日　会下へふる舞にて越候、勘太夫舞候、十番切、
九日　大津座頭こし候、
十日　天下一**ほとけまわし**越候、
八月　六日　舞々輿参越候、上へ飛脚つかハし候、
天正十六年（一五八八）
閏五月　五日　越前幸鶴舞々こし候て、兵庫、おいさかし、あつもり有、
六月　二日　**ほとけまハし**こし候、
八月廿四日　本多彦二郎座頭こし候、京へのほる合力ニ百疋致し候、
九月廿一日　小久[5]舞々こし舞候、たいてしょくわん、くわんしんちやう、四国落、以上三番、
天正十七年（一五八九）
五月廿三日　舞々輿三こし候て、ゐほしおり十番きり舞候、
六月　八日　幸鶴舞々こし候、大しょくわん、おいさかし二番舞候、
七月廿六日　侍従所にて、御能候、十番、松風のつゝミ天下一道知（仁助事也）被下候、
晦日　御能候
天正十八年（一五九〇）（私注・この年、家忠は武蔵国忍《おし》《埼玉県行田市》へ移封）
十一月十六日　三州より休一座頭こし候、
天正十九年（一五九一）

十一月十一日　江戸より舞々勘太夫越候、
　十二日　舞候、たい所くわん、景清、こしこえ、三番、
　十五日　会下へ参候、勘太夫帰候、
文禄二年（一五九三）
四月十六日　舞々与三被越候、親子三人こし候、
　十七日　輿三、兵庫おひさかし舞候、又夜入、夜うちそか、
　十八日　舞々飯沼迄帰候、五十疋、むす子ニはおり出候、（私注・これは先に述べた高天神城での敵方に送った舞への謝礼であり、永のお暇の引き出物でもあったのであろう。）
八月廿九日　江戸舞々勘太夫越候、
九月　一日　勘太夫、たいしょくわん十番、きり二番舞候、
閏九月十四日　江戸女舞々越候、
　十五日　会下ニてふる舞ニて越候、女舞々こし候、ふしミとミわ、芳野落、持氏三番、
十月十五日　猿楽こし候て、拍子候、
十二月十二日　領分の内ニ陰陽師候者太閤様よりめしよせられ候間、あらためて出候へ之由申来候、（私注・京都や奈良の陰陽師等が清洲などの開墾のために秀吉によってかり出されたことは有名であるが、そのことであろう）

『家忠日記』には、以上見てきたように、猿楽・能・ややこおどり・平家座頭など様々な芸能者が立ち現れ、その中で特に舞々やほとけまわしの記事が多数あるのである。舞々やほとけまわしは、戦国時代の中にあって、戦と隣り

合わせの中で活動していたのである。戦場でも戦の合間に芸で慰安するような、或いは単なる芸能者としてだけではなく、旅で見歩いた情報や、初めての戦場地へ案内するような、まさに『牛窪記』に「他国ノ駅々ヲ順リテ。検分ノ便ニモヨキ者トテ。相応ノ地ヲ免シテ居所ナトタマハリケリ。」とある通り、戦国大名や家臣の武将達は、芸能者等に土地を免じ与え、必要な時に情報を集めたり、道案内などをさせていたのである。そのことについて、もう少し詳しく事例をみていこう。

### ハ　岡崎の簓説教者の動向の例

◆『参河名勝志』に云ふ、

猿曳筅帚《さゝら》屋敷

参河見聞集に云、昔年加茂郡足助山中へ甲州勢忍び来ると聞こえしかば、岡崎の猿曳筅帚《さゝら》等を遣され、たばかり承届け参ける、於是本多平八郎を先として押寄攻落しける。此功によりて猿曳筅帚はかせく《ママ》二十人に能見郷に屋敷を玉はりけるとなん

（『岡崎市史』第参巻一九七二年岡崎市刊所収）

◆岡崎伝馬町「旧記録」

天正二年甲戌年物見之役ニ浜松より被為仰付、足助武切《節》辺え度々被為遣候、此為御褒美永ク塩之座を被為下置、西浜・小浜より出申塩壱ケ所ニテ支配仕難有助成仕罷在候、其節猿屋之者共をも被為遣候、為御褒美と屋敷不入之由承伝候、

（『新編岡崎市史7　史料　近世上』一九八三年新編岡崎市史編さん委員会所収）

『参河名勝志』に年代がないが、この伝馬町「旧記録」によって、天正二年（一五七四）のことと確定できる。簓説教者だけでは無く、商人や運送業者なども、同様な働きをした。天正二年以降も、次の二つの文書見ると、江戸後期まで説教者の系譜は繋がり、芸能者として細々と続いたことがわかる。

◆正徳三年（一七一三）「回状」（前出続き『関蝉丸神社文書』）

尾州知多郡小川村※清太夫方より五月晦日ニ請取、同閏五月一日にかゝち村甚太夫へ相渡し申候
巳閏五月一日　三州額田郡岡崎山村　新家梅若太夫　宇野甚六太夫
※小川村ではなく、緒川村（東浦町）

◆「天明八年（一七八八）　巡見使御尋之節御答書之扣帳」

山村分

一　同（人別）五拾人　　猿舞　説教　共

## ニ　戦国大名北条氏治世の伊豆の国の例

◆「某証状写」　相州文庫所収天十郎太夫所蔵文書　内閣文庫所蔵

（伊豆国田方郡）

北条四日町太夫屋敷、任前々旨被下者也、并飛脚御免許被成者也、舞々・いたか※・陰陽方より役銭可取候也、

大永八年（一五二八）潤九月二日

※「いたか」は、説教師と同様とみていいだろう。

（『静岡県史　資料編7　中世三』一九九四年静岡県刊）

## ホ　戦国大名今川氏治世の三河の事例

「今川義元判物」　本光寺常磐歴史資料館所蔵文書

（折封　ウハ書）

「本光寺　　治部太輔」

参河国額田郡深溝郷本光寺領之事

一、米五拾俵并代物弐貫文、此内壱貫八百、中嶋仁有之云々、任領主寄進状、永不可有相違事、（二条略）

一、寺中并門前諸役・陣僧・飛脚・伝馬以下、領主於合点免許不可有相違事、（傍線・私）

（一条略）

右条々、為不入領領掌畢、仍如件、
天文廿三（一五五四）
十月十四日
治部大輔（花押）
本光寺
（『愛知県史　資料編10　中世3』一九四〇年愛知県刊）

今川治世の三河では、寺に陣僧や飛脚[6]・伝馬などをおいたのである。この本光寺は、深溝の家忠の菩提寺になるのである。

**へ　戦国大名武田氏治世の甲州の事例**

◆『甲斐国志』巻之百一　人物部附録第十

一　舞太夫　小石和筋広瀬村字馬場ト云處ニ居ル　戸七、口弐拾五　男拾壹　女拾四　其内ニ大夫ハ今田瀧藏ト云博士一人巫女七人アリ天文十九年十二月七日晴信朱印ニ千代増大夫同脇大夫三人トアリ例年ショウガツ元旦躑躅ガ崎ノ館ニ登リ目出度事ヲ舞囃シケルトナリ（以下略）

武田氏治世の甲州でも、舞太夫に朱印状を与えて保護していたのである。

**ト　家康とその前の今川氏治世の駿河の説教について**

◆『駿国雑志』

説教村　一名簓村の事
御尋に附　乍恐奉申上候書付
山田茂左右衛門様御代官所
駿州、有渡郡、川辺村、
宝臺院様御供領、入会両村借地、

同州、同郡、中田庄、馬淵村、一名説教村、又簓村、
但両村共御年貢地にて、御助地無御座候、
川辺村、家八軒、馬淵村家七軒、合拾五軒、不残浄土宗に御座候、
一私共筋目の儀は、説教者と申候て、本山江州志賀郡三井寺山内、関清水大明神、蟬丸宮、末流の者に御座候、元何国出所相分り不申候得共、
今川様御時代より、駿府御牢屋鋪、御役相勤来り候、其節の居屋敷、有渡郡石田村、富士見馬場と申所に住居仕候、其砌三拾八俵の田地預け置申候古證文、所持仕候得共、名印而巳にて、所名書無御座候、且此段は御除地に御座候哉、（後略）

いわゆる書き上げであるが、すでに今川氏の時代から牢番役を賜って、居屋敷や田地を与えられていたということである。

**チ　江戸時代、駿河国住人の人形操師遠江掾について**

安田富貴子氏の『古浄瑠璃　太夫の受領とその時代』（一九九八年八木書店刊）の中に、かの有名な加賀掾や相模掾が延宝五年（一六七七）に受領していることを書かれているが、その翌年の遠江掾という駿河の住人の操師のことを『基量卿記』を引かれて、次のように示される。

延宝六年（一六七八）十一月三日の条
申　遠江掾　源忠成　人形操師　駿河国住人
申　越後掾　藤原重能　菓子師　京都住人
（中略）
同四日の条
今日、菓子師、住吉神官、小細工師等勅許　人形操師、去年称小細工師、勅許之上ハ、当年も可為其通

書、何も遣申上了　及晩帰承了
同十四日の条
今日、人形操師遠江少掾、禁裏院中へ申御礼、予方白銀二枚持参、上卿勧修寺大納言

さらに安田氏は『京都御所東山御文庫記録　辛九』（東大史料編纂所写本）から以下のように引用。

同十四日条
駿河国小細工師遠江少掾　勅許為御礼
白銀三十両献上　東園頭中将被添青士

或いは、『御ゆとの、上日記』同年同月同日条から、

こさいくし、すれう申、御人きやう、しろかね三十両、しん上す、ひろう、ひかし園頭中将

と引用される。

これまでは、「小細工師」としての受領だったものが、この年から、「人形操師」としての受領に変わる重要な記事として安田氏は、引用されたのであるが、ここでは駿河の国の住人に「遠江掾」と受領した人形操師がいたことに注目しておきたい。

この遠江掾については、安田氏も何も触れられていないが、簓村関係の者でないことは、簓村に、何の伝承も残ってないことから言える。駿河は傀儡で有名なところであったから、その末流の者と私は推測する。

**リ　三州　牛久保城主牧野氏のその後**

牛久保城主牧野康成は、駿河攻略後、甲州攻めの為、現静岡県長泉町の長久保城主となり、その後、群馬県の大胡（現前橋市）城主となる。代が替わり、忠成は駿河守となる。元和元年（一六一五）大坂夏の陣で抜群の戦功をたてた忠成は、さらに新潟県長岡へ転封となる。

群馬県前橋市粕川町込皆戸に古い式三番人形が残り、それに関して大胡城主牧野氏の娘、鶴姫についての操り人形の伝説が残る。長岡転封となる忠成には、鶴姫という娘がいたが、不治の病にかかり、大胡のはずれ込皆戸に看護役がついて残された。姫は駿河の長久保（長窪）から持参した式三番の人形を看護役に舞わしてもらって無聊をなぐさめたという。その頃のものと見て良い大変古い（管見の範囲では、全国で、もっとも古い）式三番の人形やかしらが今も残る。愛知の牛久保には、傀儡師がいたことは、先に引用の『牛窪記』にある。そして鶴姫が駿河の長久保（現在の長泉町）から式三番の人形を持ち来たったというから、牛久保の傀儡師の少なくとも一部は、長久保に移住していたのであろう。そして、群馬の込皆戸にも式三番人形を使う傀儡がいたのである。

回り道をしながらであるが、要するに戦国時代は、傀儡師や説教師、舞々他の芸能者は、それぞれの国の城主から居屋敷や田地を与えられ、税を免除されるかわりに、芸能を行ったり、旅で得た各地の情報を提供したり、必要に応じて道案内などをしたり情報を集めたりしたのである。そうして、戦国の世も落ち着いてしまうと、城主からの必要性はなくなり、芸能（雑芸）だけで、生活することになり、それだけでは生活できないものは、牢番をしたり、村の小使い役をしたり、茶筅や簓竹を売り歩いたり、うらぶれた目でみられるようになるのである。

### (三) 牛久保の説教師の動向

初めに述べた『牛窪記』の享禄二年（一五二九）条の「説教師」については、その後の動向がわからなかったため、断片的史料としてこれ以上の探求はされてこなかった。或いは『関蝉丸神社文書』としてまとめられたものは、主として寛永以降の説教者の動向しかわからなかった。

ところが、牛久保には、永禄頃の絵図や、慶長九年（一六〇四）の牛久保の検地帳が残り、その中に説教者の動向がたどることができるので、史料に即してみていきたい。

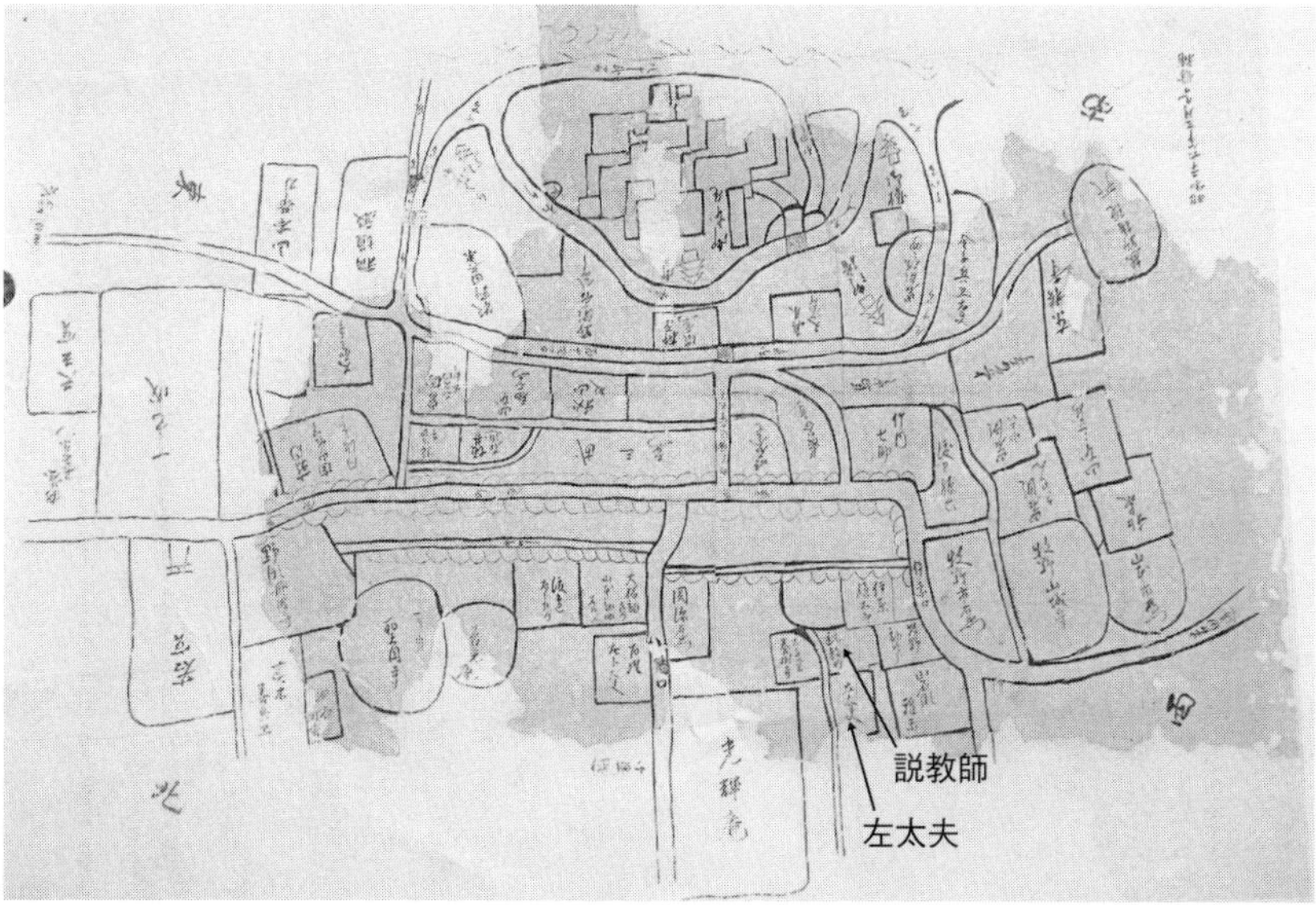


**図4**　天文末から永禄頃の牛久保城下古図（原図光輝院蔵）『新編豊川市史第1巻　通史編原始・古代・中世』2011年豊川市刊に加筆

まず「牛久保古図」というものがある。天文末から永禄頃（一五五〇〜一五六〇頃か）の牛久保の城下町絵図（図4）である。この図中に、家臣の武家屋敷と同じような広さで「左太夫」とあり、さらにその屋敷に接して「説教師」とある。従って、「説教師の司」がこの左太夫とみていいだろう。後世のこの地の諸史料を見て行きながら、それを確かめたい。

次に牛久保村　慶長九年の御検地帳（牛久保　八幡社蔵）『三州宝飯郡牛久保村御検地帳』（『新編豊川市史第六巻　資料編　近世上』豊川市二〇〇三年刊所収）が残る。この中に左太夫の名は見えないが、「ささら」が七軒ほど書かれている。例えば「上畠四畝廿歩　さゝら　彦十」「居屋敷弐畝六歩　さゝら　三右衛門」などと、三百七十八平米の上畠を所有していたり、二百平米ほどの屋敷をもっていたり、ここ牛久保に於いては、常民に溶け込んでいる人たちであることがわかる。

さて、この後の資料は、『関蟬丸神社文書』にみる寛永以降のものである。江戸期以前の縁起類は、同書によれば、ほとんどが後世の写しのようであるが、牛久保の例などを見ると、その年代は享禄頃まで遡る。参考だが、山本吉左右氏が紹介された伊那の説教師の史料翻刻の中に「永禄十丁卯（一五六七）五月　近松寺発行　斉藤杢太郎宛〈提灯之御免状〉」（私注・原本所在不明）があるが永禄という年も信用できるようなのである。

説教者の実際の動向は、『関蝉丸神社文書』(7)では寛永十九年以降となるが、その「掟」書きは、奇しくも「参河宝飯郡」のものであり、「寛永十九壬午年卯月朔日」付けで、「三州宝飯郡　同渥美郡　八名郡　設楽郡」それぞれの取りまとめ役が、「うしくほ村　佐《ママ》太夫／吉田村　弥左衛門／はきひら村　四郎太夫／しんしろ村　弥太夫」（／改行）と書かれていて、牛久保村の「左太夫」の名が見える。他に同日付けで、宝飯郡の説教者名の書き上げがある。その中に牛久保村の「左衛門四郎」の名がみえる。以下、三河、美濃、伊勢の説教者を中心に記録が残る。

さて、次は牛久保の承応元年（一六五二）の城下町絵図である。街道に沿った中心街の真ん中に「左太夫」と書かれた家があるが、先の検地帳の書きぶりから、説教師の「左太夫」とみていいように思われる。引用の絵図は、原図を見やすく引き直した絵図である。

説経師の居た、ここ牛久保は現在の豊川市であるが、説経師といえば、すぐ想い浮かぶのは、隣の豊橋市、江戸時代の吉田である。阪口弘之著「街道の浄瑠璃―左内と宮内―」（『人文研究』第二九巻第一分冊一九七七年大阪市立大学文学部刊）に述べられているが、吉田城主水野忠清に仕えた大野治右衛門定寛の日記（『定寛日記』早稲田大学演劇博物館蔵・『豊橋市史』第二巻に寛永十八年の分の翻刻あり）寛永十八年の「伊勢島宮内など伊勢より参り、城中で上演」（要旨）の記事に見られる古浄瑠璃太夫の伊勢島宮内は、伊勢の説教師出身の浄瑠璃太夫である。関蝉丸神社の配下の説教師の中でも、伊勢の説教は全国的に見て、一番勢力があったが、江戸前期の浄瑠璃界は、説経浄瑠璃語りが、いわゆる浄瑠璃語りになるのも自由なようであったと私見する（このことについてはいずれ稿を改めて述べたい）。伊勢（津）と吉田は海運で結ばれていて（津藩藤堂家の参勤交代は、津から吉田間は、船であった。）海路をゆけば容易いこと

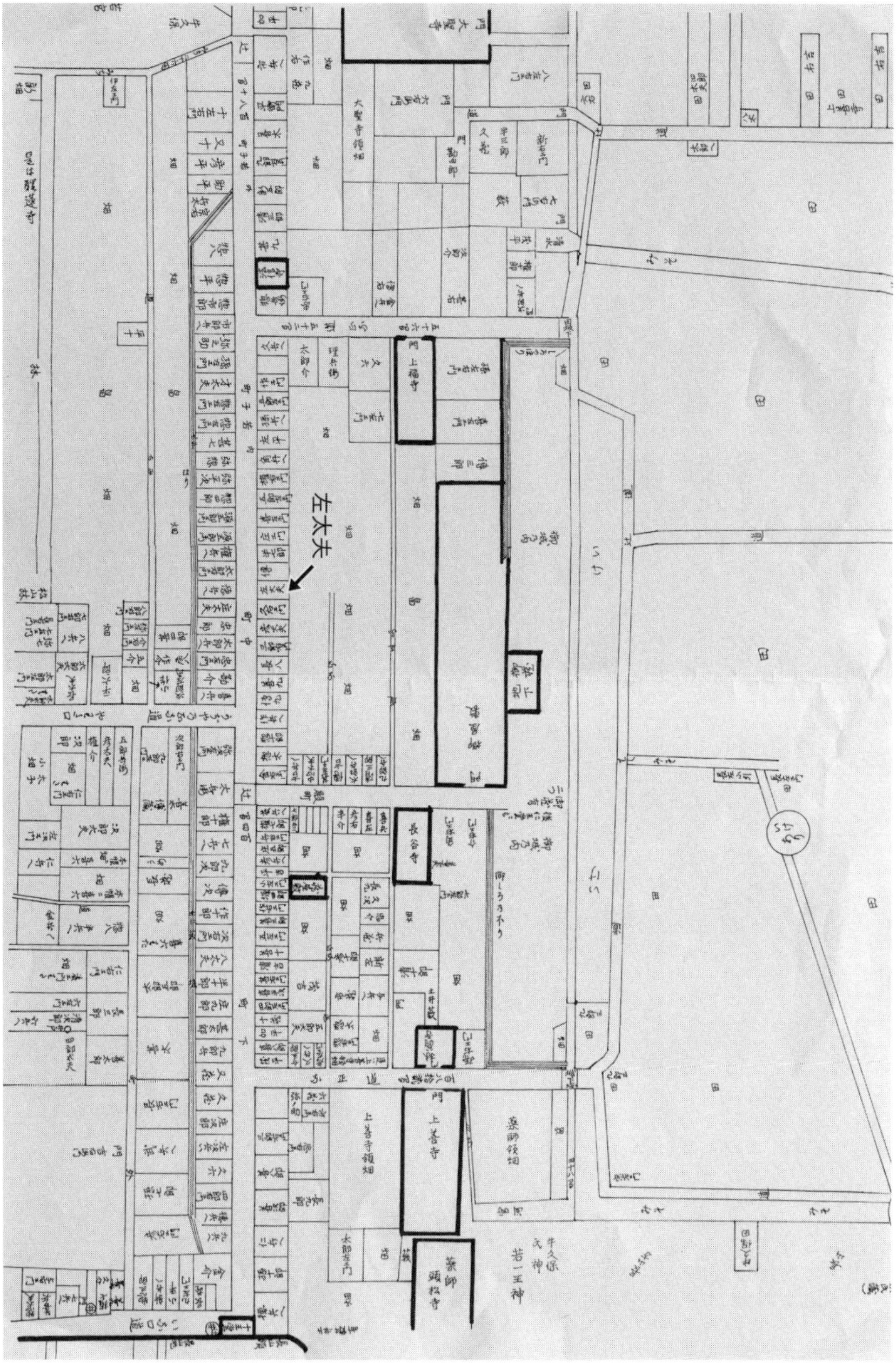


**図5** 牛久保町 町並み図（原図 豊川市個人蔵）

『牛久保・長山郷土史史料写真集』安井四郎著 1982年自家版に加筆 原図裏書「三州牛久保元百姓 伊東平五郎 承応元年」

であった。勿論、陸路伊勢街道・東海道で行き来することも容易である。伊勢ばかりでなく、津にも、吉田にも牛久保にも簓説教はいたから、そうしたネットワークがあったのであろう。

## 二　慶長三年の遺跡出土かしらと上方の説経浄瑠璃について

さて、遠州横須賀の操り説経興行から始まって、周辺諸国の簓説経や舞々等の戦国時代の動向について見てきた。ここで、説経浄瑠璃人形の発祥の地と言われている大坂の状況について文献史料と遺跡出土かしらを根拠に目を向けたい。

### (一) 慶長三年(一五九八)豊臣期大坂城三の丸遺跡出土の操り人形かしらについて

(財)大阪府文化財センターによる大阪府警察本部棟新築二期工事に伴う発掘調査(現大坂城の大手門前地点)で、豊臣期大坂城の大規模な堀と三の丸築造に関わる重要な発見がなされた。その事については、発掘を担当された江浦洋氏によって、「豊臣期大坂城と大坂冬の陣―大阪府警察本部地点検出の堀をめぐって―」(『大阪の歴史』65号二〇〇五年大阪市史料調査会刊所収)にまとめられた。この地点の工事を担当した藤堂高虎に、家臣が異を唱えた記録が残っていて、その人物宛に送られた荷札木簡がこの地点から出土して、年代の決め手となったというものである。その中で、私の関心は、発掘された操り串人形のかしらにあり、熟覧・計測・撮影など、許可を得て調査した。

遺跡と出土かしらについては、発掘を担当された江浦洋氏によれば、慶長三年、秀吉の命で三の丸築造にとりかかり、その場所にあった町屋等が破却され、谷底になったような地形の場所にそれらの破却材などが捨てられ、その後埋められ平地に均されたその地点の一番下底から操りかしらは発掘されたものであるとのことであった。つまり、一番最初にうち捨てられたものなので、三の丸築造の始まった慶長三年に存在していたかしらということが断定できる。

発掘された操り人形かしらは図のように、烏帽子を付けた顔に胴体がついている形状である。烏帽子から顎までが、曲尺二寸二分（六・六cm）、全長三寸（九cm）の小さな人形かしらである。底部に円錐のカマ穴があいている。丁度人差し指がはいる大きさであるが、指を入れてみると、顔が正面を向かないので、指を入れて遣う片手人形ではなく、串人形の串が抜けたカマ穴のある烏帽子を着けたかしらであったと考えられる。衣装を着ければ、首掛けの箱まわしが遣うに良い大きさである。その他に、小さなキツネの操り人形なども出土している。

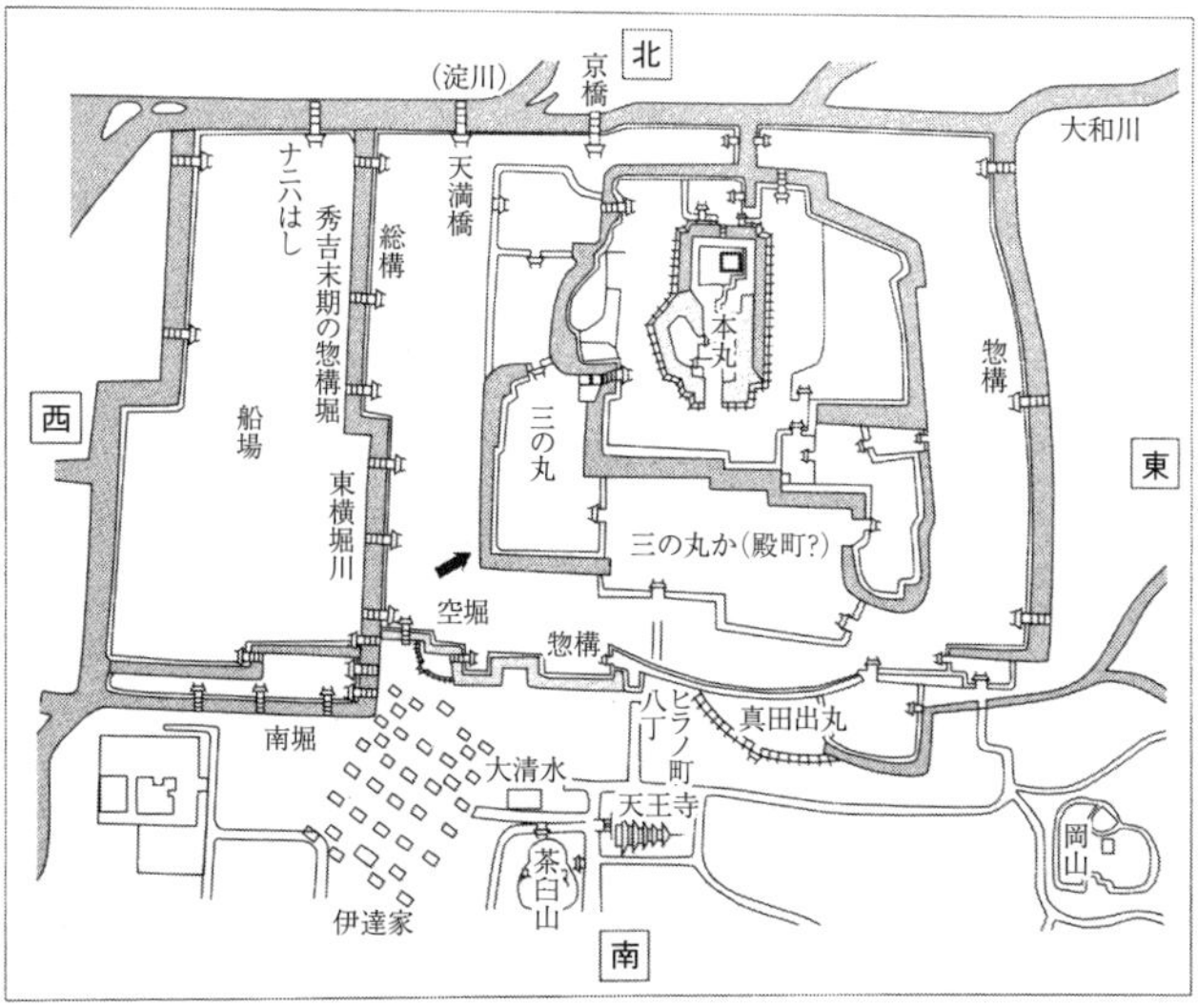


大坂冬の陣配陣図（『僊台武鑑』、渡辺 1981 所収図を改変して加筆）

**図6**　中央矢印　三の丸築造遺跡発掘地点（江浦氏論文より引用）

かしらの図を調査報告書（『(財) 大阪府文化財調査報告書第74集　大坂城址Ⅱ　大阪城跡発掘調査報告書Ⅱ　―大阪府警察本部庁舎新築工事に伴う発掘調査報告書―　本文編』二〇〇二年（財）大阪府文化財調査研究センター刊）より次頁に掲出しておく。

豊臣大坂城三の丸築造の折のようすについてはフランスのイエズス会修道士ジャン・クラセ著『日本西教史』下（一九二六年太陽堂書店刊）の慶長三年（一五九八）条に、「大坂城の外郭に新に建築する所の塁塀は周囲一里（中略）郭外に移転せしめられ、其家を破却するの数合せて一万七千戸に及ぶ」とあり、住宅密集地を強制的に移転させ、三の丸築造を進めたのである。この地点についての詳細は、

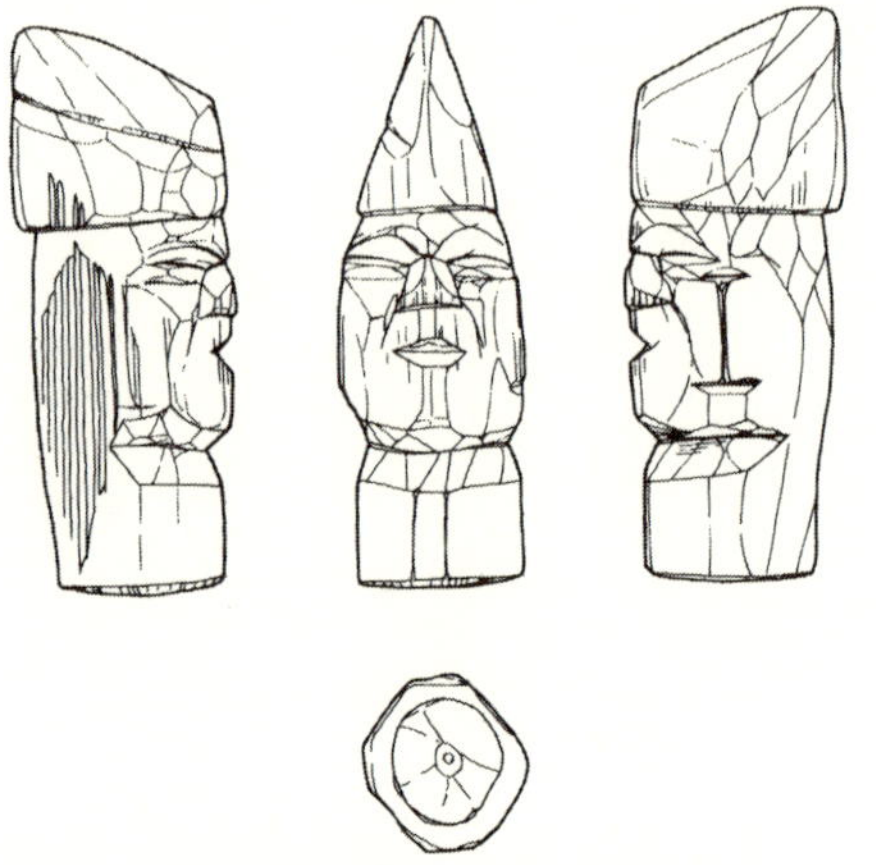

**図7**　豊臣大坂城三の丸築造遺跡出土　操り人形かしら

当時の大坂地図がなく、不明としかいいようがない。が、大変不確かな地図といわれながら、これしかなく、よく参考にされている地図に「応永年代作説」の『浪華往古図』がある。他に、『石山本願寺配陣図』なども流布しているが、これも後世作図されたもので、『浪華往古図』をベースにしたもののようである。架蔵の宝暦九年板行の複製から引用しておく。

　三の丸築造遺跡の操りかしら出土地点は、この図9の中央左の「小坂村」「生玉村」のあたりである。石山本願寺の門前町に当たるところであり、小坂村は「おさか村」と読み、「小坂」が「尾坂」になり、それが「大坂」になったといわれている所である。

## (二)　大坂　説経与七郎

『歌舞伎事始』（宝暦十二年刊）（一七六二）に「慶長の比より、せつきやう語与七郎、七太夫といふものあつて、後ハ名代御赦免にて興行す」とある。それより古く元禄五年刊（一六九二）の『諸国遊里好色由来揃』には、「説経之出所」として「もとは門説経とて、伊勢乞食ささらすりて、言ひさまよひしを、大坂与七郎初めて操《あやつり》にしたりしより、世に広まりてもてあそびぬ」とあって操り説経の始まりを大坂与七郎としている。そしてそれは、簓説経の徒であることがわかる。

　説経浄瑠璃正本のもっとも古いとされている寛永八年（一六三一）刊『さんしょう太夫』内題には「摂州東成郡生玉庄大坂天下一説経與七郎以正本開」とあって、生玉庄が与七郎の本貫地であったと記す。この与七郎については、

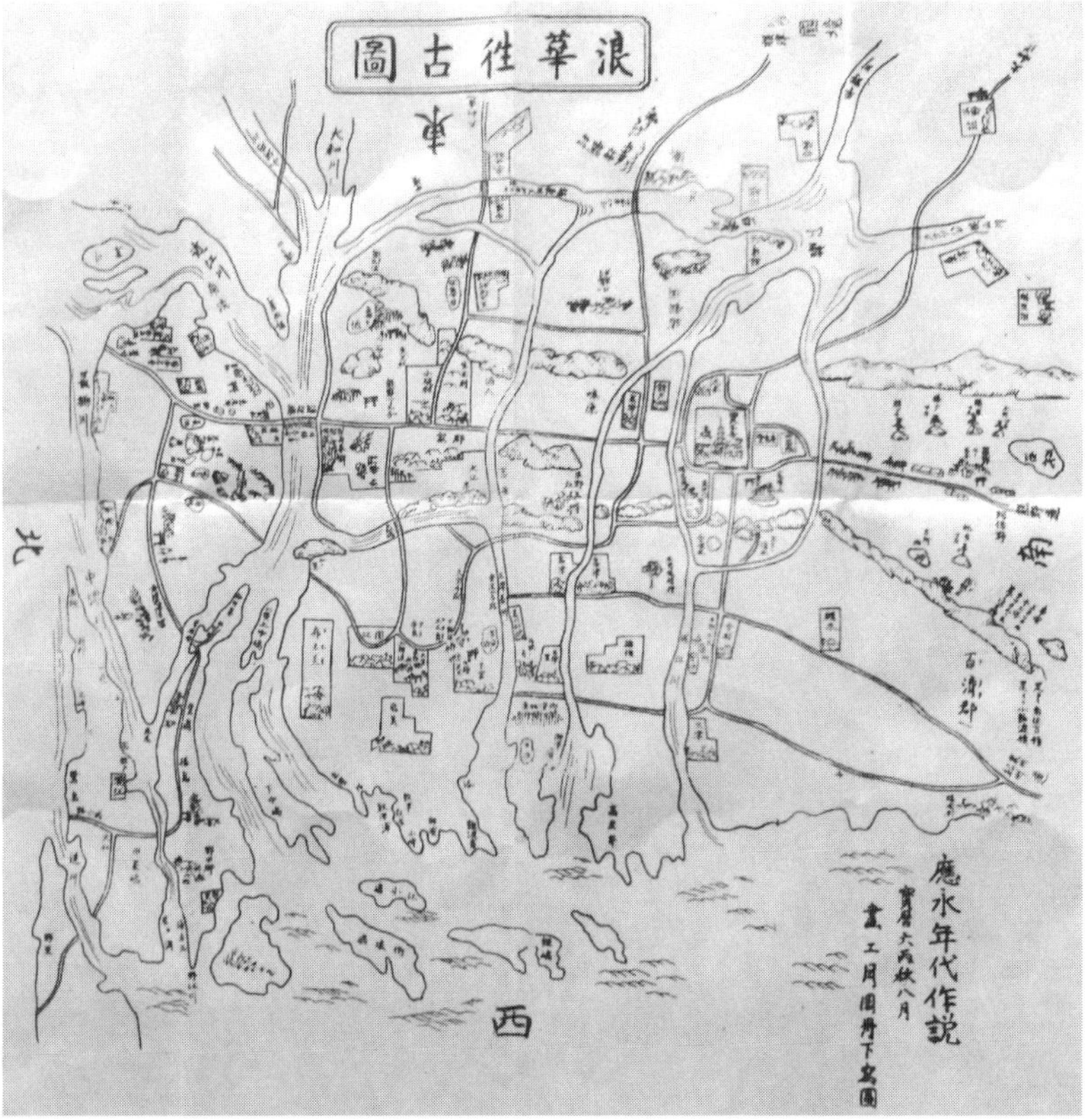


図8　応永年代作説『浪華往古図』複製品（架蔵）

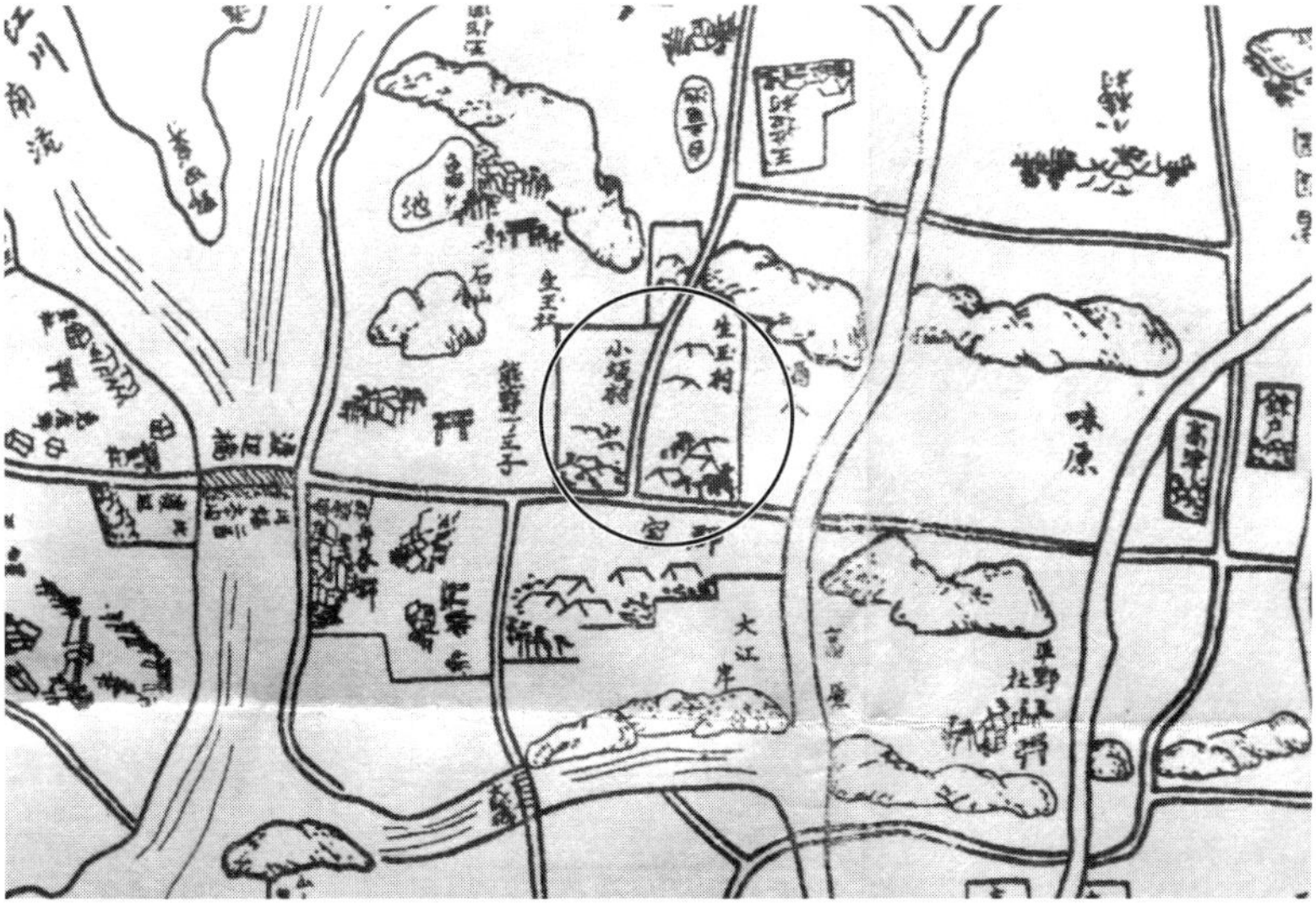


図9　『浪華往古図』部分

信多純一氏が縷々述べておられるが、西田耕三著「説経浄瑠璃と古浄瑠璃　都市化・劇化」（『国文学解釈と鑑賞』二〇〇五年一二月号所収）に、近世中期写本の談義本『西條夜話』を引いて次のように引用されておられる。『西條夜話』巻四「与七郎」の条に与七郎が大坂の陣の落人狩りに出会ったことを記していて、「大坂にて落人を止る事有。（中略）我はせつきやうかたり（傍線は、私）の与七郎にて侍る。是（私注・長持ち）は人形にて候。内に少々路銀も入りたる也。云々」とある。史実書ではないが、エピソードとして書き留めたものであろう。「大坂にて落人を止る事有」とあることから、大坂冬の陣（一六一四年）か、翌年の大坂夏の陣のことである。最も古いとされる寛永十八年の正本の刊行より、十六年ほど以前のこととなる。又「せつきゃうかたり」といいながら、長持ちには、人形が入っていたのであるから、操り説経をすでにしていたことが判明する。後世の資料であるが、よく知られた『今昔芝居鑑』（佐古慶三氏藏写本　宝暦十四年成立か、但し古記を書き継いだか）には、「大坂芝居始リ之事　与七郎・七太夫ト申者御座候。此者共は御乱前より罷在候由申伝へ候事」とあり、「御乱前より罷在候由申伝へ」とあるから、『西條夜話』の与七郎の話を裏付ける。初出正本の寛永より遡り、遠州横須賀の慶長三年の操り説経興行記事なども勘案すると大坂においても、伝承のように慶長には始まることは言えそうである。

信多純一氏は地黄煎売り（飴売り）が操り人形を遣っていたことや、覗きからくりをしていたこと、天満八太夫の出自は、地黄煎売りであると究明された。これについては『説経正本集』三（横山重編一九六八年角川書店刊）所収信多純一著「天満八太夫雑考」に詳しい。近世初期の風俗画には、一体の人形を手に持った地黄煎売りが描かれる。簓説経の生業の一つは、人形は持っていなかったが、『三十二番職人歌合』に「地黄煎うり」が見え、古くからのことである。

## おわりに

簓説教は、一項で述べたように、これまで知られているよりも遙か中世から活動していたのであり、多くは各地の支配者とも結びついて戦国時代をたくましく生きていたのであり、決してさげすまれるような境遇ではなかったのである。傀儡師と集住していた者もあり、これまでよりずっと古くに、正本が残っていなかったとしても、慶長六年に操り説経があったとしても不思議はないのである。又、続いて二項で考究したように、上方の操り説経節も、慶長の初め頃までは遡ると推定されるのである。どちらも「説経語り」といいながら人形を操っていたことは、大変留意すべきことである。

近々、稿を改めて簓説経の徒についての古い中世からの姿をまとめる予定である。

**注**

（1）『横須賀三社権現鎮座本起幷御城主御代々』には、次のような諸本がある。

イ撰要寺本　『横須賀三社権現鎮座本起幷御城主御代々』
翻刻『遠江資料集』昭和三十五年　原田和著　美哉堂書店刊所収
識語なし。原本の所在は不明である。

ロ戸塚内記本『横須賀三社権現鎮座本起幷御城主御代々』
もと三熊野神社神主家本。現在所在不明。

ハ名古屋大学神宮皇学館文庫本
『横須賀三社権現鎮座本記幷御城主御代々』
識語「安政六年巳未年二月上旬之写」。
「浅羽之庄　松山村　村松氏」所蔵者署名。『国書総目録』に掲載分。

ニ享保写本『横須賀三社権現鎮座幷御城主代々』
識語「享保二十年七月十東但馬私記之写也」。
この書が、ロの戸塚内記本の写本と思われるが、現在、所在不明。

ホ『三社縁起記』（内題「横須賀三社権現鎮座縁起幷御城主御代々」）
付録に「三河徳川歴代」「追加」あり。
掛川市立図書館大須賀館所蔵コピー本（原本所在不明）。

イ・ハ・ホの三本を閲覧比較できたが、ハ本が最も善本と思われる（本論の翻刻・引用はこれによる）、イ、ホと続くが、いずれも小異である。ここではハ本によった。ロの戸塚内記本が所在不明のため、確たることは言えないが、もともとは三熊野神社神主であった戸塚氏によって代々書き継がれた本と思われ、編纂本と一言では片付けられない重さを持つ。特に横須賀城開城頃からの記事は、歴史家にも信用が置かれている。従って、操説経の三太夫の記事も信頼できる記事と思われるが、その検証と、他に傍証を求めて確かめてみたい。

（2）会下は、深溝松平家の菩提寺の本光寺のこと。天正十八年家忠の武蔵転封にともなって、本光寺も一旦、移転するが、その後、深溝へ戻り現在に至る。

（3）この日に高天神城は攻め落とされたが、この前日、もはやこれまでと悟った敵将の望みで、家忠につき従っていた舞々與三が、敵兵のみまもる中、幸若舞を舞う。このエピソードは、幸若家では幸若太夫と伝承されているが、『徳川実紀』では與三となっている。

（4）「上様」は織田信長である。信州から甲州を攻め、駿河に近い九一色の右左口まできたのである。それより以前、家康は駿河から甲斐攻略の為、九一色衆を凋落していた。

（5）「小久」は、愛知県内の地名では、管見の範囲で見当たらない。松平氏の本貫地である愛知県豊田市の松平地区の近くに「大給《おぎゅう》」があるが、小久は、おぎゅうと読み、この大給のことであろう。越前以外の舞々の、櫻井・東條・岡崎・大給は、三河の地名で、これだけの舞々がいた。但し、與三の所属地は記載がなく不明だが、家忠直属の、形としては本光寺に所属の舞々だったのではなかろうか。

（6）飛脚については、西宮の散所の者が、飛脚を務めたという『忠冨王記』の以下の記事がある。（『西宮神社史話』吉井良尚著　西宮神社　一九六一年刊）

文亀三年（一五〇三）四月二十日条

「西宮注進、散所之者上洛」

文亀四年（一五〇四）四月十六日条

「飛脚散所之者三位入道昨日卯剋他界之由注進」

（7）『関蝉丸神社文書』に所載される説教者は、東は江戸から西は愛媛辺りまでとなっている。しかし、ささら説経は幾つかの顔を持つ。そのうち例えば、節季候についてみると管見の範囲で、北は津軽から秋田・仙台・高崎・佐渡・加賀・丹後・紀伊・淡路・備後・高知・石城・長崎などと、全国に広がりをみせるが、恐らく、中世末には、全国に広がっていたと思われる。戦国時代には重用されたが、天下太平の世になって雑芸だけの徒とみられて零落し、浮世の片隅での身過ぎ世過ぎを余儀なくされた。

# 4節　絵画化された説経
## ——絵巻・奈良絵本のさまざま——

川崎剛志

### はじめに

近世初期における説経の絵巻・絵本化という現象とその作例を、文学史上に位置づけるのが小論の目的である。

説経の注釈書や現代語訳が出版されるとき、「苅萱」の底本にはサントリー美術館蔵『かるかや』絵入写本が、「小栗」の底本には宮内庁三の丸尚蔵館蔵『をくり』絵巻が採られるのが通例である。現存する他のどの伝本よりも説経正本として古態をとどめるからというのが主な理由で、その評価は横山重氏『説経正本集』解題以来継承されている。(1)こうした文学史上の評価に加えて、美術史上でも両書は高く評価されてきた。いわゆる正統から外れるものの、『かるかや』絵入写本は「稚拙美」「素朴絵」の代表として、他方『をくり』絵巻は岩佐又兵衛風絵巻の後期の作品としてそれぞれ注目され、多くの人々を惹きつけてきた。

両書に対する従来の評価をならべると、説経という語り物と絵巻・奈良絵本という書物とはきわめて親近性が高いように映るのだが、実はそうでなく、説経に取材した絵巻・奈良絵本の作例は少ない。その実情を踏まえて課題に取り組みたい。

## 一　説経に取材した絵巻・奈良絵本

説経に取材した絵巻・奈良絵本の作例は、管見のかぎり次の通りである。いま石川透氏による近世初期の絵巻・奈良絵本の制作時期の分類[2]に沿ってこれをあげる。

Ⅰ期　天正頃

①『かるかや』（サントリー美術館蔵）　絵入写本（折本）二帖（袋綴装一冊から改装）

【影印】日本民藝館編『つきしま　かるかや―素朴表現の絵巻と説話画』図録（二〇一三年）

Ⅱ期　慶長頃

なし

Ⅲ期　寛永頃

②『をくり』（宮内庁三の丸尚蔵館蔵）　絵巻十五巻（絵巻二十六巻から改装）

【影印】辻惟雄・佐藤康宏編『岩佐又兵衛全集』絵画篇（藝華書院、二〇一三年）

Ⅳ期　寛文頃

③『おぐり』（天理図書館蔵）　横型絵本（袋綴装）三冊

④『しゆつせ物語』（赤木文庫旧蔵）　縦型絵本（列帖装か）三帖

⑤『しゆつせ物語』（個人蔵）　縦型絵本（列帖装）三帖

【マイクロフィルム】慶應義塾大学斯道文庫

⑥『さよひめ』（京都大学文学部美学美術史学研究室蔵）　縦型絵本（列帖装）三帖

【影印】京都大学文学部国語国文学研究室編『京都大学蔵むろまちものがたり』第六巻（臨川書店、二〇〇〇年）

⑦『まつらさよひめ』（東洋文庫蔵）　横型絵本（袋綴装）三冊（うち中巻欠）

【画像データベース】財団法人東洋文庫

Ⅴ期　元禄頃

なし

このうち④⑤『しゅつせ物語』は説経「さんせう太夫」に取材。④は所在不明だが、横山重氏によると、「明暦二年六月刊、佐渡七太夫正本『せつきやうさんせう太夫』の正確なウツシ」とされる。(3) ⑤は個人蔵で、慶應義塾大学斯道文庫にマイクロフィルムが蔵せられる。粂汐里氏によると④とは別の本で、「祝言の要素」を加えたのが特徴の一つとされる。(4) また⑤⑥は「さよひめの草紙」諸本のうち説経と同系本文で、説経の成立を考えるとき注目すべき作とされる。(5) これらが説経正本に拠る確証はないが、ひとまずここに加えておく。

現存本のかぎりではあるが、Ⅰ期・天正頃の①『かるかや』絵入写本とⅢ期・寛永頃の②『をくり』絵巻がそれぞれ孤立しているのに対して、Ⅳ期・寛文頃にはある程度まとまって奈良絵本が制作されたことがわかる。③〜⑦奈良絵本群には縦型（列帖装）と横型（袋綴装）があり、縦型のほうが上質だが、いずれも寛文頃の絵草子屋による典型的な造本と認められる。

寛文頃は近世初期の文化の大きな転機にあたり、絵入りの読み物についても、絵草子屋により絵巻・奈良絵本が量産されると同時に、草子屋により創作を含む絵入り大本が盛んに刊行されるようになる。(6) このことと関わって、阪口弘之氏が、寛文中末期、江戸の鶴屋喜右衛門刊の同一体裁の絵入り大本に注目し、

『さんせう太夫物語』（上巻―阪口弘之氏蔵、中下巻―大阪大学赤木文庫蔵）

『おぐり物語』（中下巻―赤木文庫旧蔵、上巻欠）

『あいご物語』（中下巻―阪口弘之氏蔵、上巻欠）他の説経を含めてシリーズとして刊行された可能性があると指摘されたのは注目される。[7]このことを踏まえると、前述の如き絵草子屋と草子屋の活動の一環として、説経に取材した奈良絵本が制作され、また絵入り大本が刊行されたと推断される。

もっとも、奈良絵本と版本では性格の異なる面もあったかと憶測される。「さんせう太夫」「小栗」は両者共通するが、「さよひめ」は奈良絵本のみに、「あいごの若」は版本のみにそれぞれ現存する。「あいごの若」を除いてすべて末繁昌の物語である。辛苦を舐めつくした人々の魂の救済もさることながら、彼らの失地回復と末繁昌が語られて祝言で結ばれる形式を備えることこそが、説経が絵入り本に仕立てられるための基本条件であり、奈良絵本にはその傾向がより強かったのではないかと憶測される。

以上、説経に取材した絵巻・奈良絵本のうち、寛文頃の奈良絵本が当時の書物の市場拡大の流れのなかで現れた商品であったことを確認したが、『かるかや』絵入写本と『おくり』絵巻はそうした一般の市場の動向とは別に作られた書物であった。

## 二　『をくり』絵巻――工房制作の手の内――

宮内庁三の丸尚蔵館蔵『をくり』絵巻十五巻（縦三三・八―三四・〇糎）は、岩佐又兵衛風と呼ばれる絢爛豪華な絵巻群の一である。この絵巻群については、早く辻惟雄氏・信多純一氏により『絵巻　上瑠璃』（京都書院、一九七七年）、『絵巻　山中常盤』（角川書店、一九八二年）が刊行され研究が推進されたが、近年、辻惟雄氏・佐藤康宏氏により、又兵衛とその工房に関わる作品を網羅した『岩佐又兵衛全集』絵画篇・研究篇（藝華書院、二〇一三年）が刊行され、新たな研究段階を迎えた。以下、主に同書研究篇に拠って絵巻群の概要を述べる。

荒木村重の遺児、岩佐又兵衛（一五七八～一六五〇）は京で絵師となり、元和九年（一六一五）、福井の北の庄に移る。当時の藩主は松平忠直であった。元和九年（一六二三）、忠直の豊後萩原配流後、松平忠昌が越前家を継いでからも又兵衛は福井で画業を続け、寛永十四年（一六三七）に江戸に出た。

辻惟雄氏によると、又兵衛工房あるいはその弟子筋の工房の作と認められるのは次の四点とされるが、制作時期の推定については異論もある。(8)

『山中常盤』（MOA美術館蔵）十二巻

忠直時代後半、又兵衛自身を中心に制作、注文主は忠直か。

残欠本『堀江物語』（香雪美術館ほかに分蔵）

忠直時代かそれ以後に、又兵衛の直接の監督なしに描かれた。又兵衛自筆の原本が残る可能性もある。『堀江巻雙紙』十二巻（MOA美術館蔵）はそれらによるダイジェスト版で、慶安年間の作。

『上瑠璃』（MOA美術館蔵）十二巻

忠昌時代、又兵衛が請け負って制作、注文主は忠直夫人で秀忠の娘だった勝子か。

『をくり』（宮内庁三の丸尚蔵館）十五巻

忠昌時代か、江戸在住時代、又兵衛の有能な弟子が制作。残欠本『堀江物語』もこの画家が中心に制作した可能性がある。

このほか類作に『村松物語』（海の見える杜美術館ほか蔵）、『熊野権現縁起絵巻』（津守熊野神社蔵）がある。

右にあげた通り、岩佐又兵衛風絵巻群は古浄瑠璃と説経に取材するが、このことについて信多純一氏は次のように述べておられる。従うべきであろう。

これら絵巻自体が演劇種のものであっても、そうした演劇に直接関わるものとして作られたかどうか問題がある。

各作品冒頭部が「扨もその丶ち」とあり、浄瑠璃正本（台本）の形式句を襲っているように思えるが、この当時の語り物に根ざした古い物語全般に見られる傾向であり、読み物として作られたと見る方が妥当と思われる。演劇的考慮が特に絵巻自体には施されていないのである。というより、絵巻形式そのものが当時の物語享受形態を示すものであるからだ。(9)

さて、岩佐又兵衛風絵巻群のなかでも『をくり』絵巻はとりわけ膨大な巻数を誇る。太田彩氏によると、元禄二年（一六八九）、江戸の経師杉江兼宣によって仕立て直されて十五巻となったが、現存の第五巻以後は二巻が一巻に直されており、もとは各巻十三紙、全二十六巻であったとされる。(10)

そのぶん絵の総数も多い。同場面の図がコマ送りのように連続するところもあるが、総じて図柄は多彩である。その要因として、取材源の説経「小栗」が本地物形式をとり、諸国・冥界遍歴など多彩な場面を含むこと、またそれらを絵画化するだけの豊富な粉本が工房に備えられていたことが考えられる。先行する又兵衛風の古浄瑠璃絵巻群にも見られる類の図柄ほか、特徴的な図柄として、

1説経の本地物形式を表す図（巻頭申し子、巻末社頭）

2仏画を下敷きとする図（閻魔王宮・十王、涅槃・来迎）

3鬼鹿毛の図（小栗との対話、曲乗り、馬頭観音）

4長大な道行の図（照天の転売、小栗の土車）

などがあげられる。とりわけ、巻十─巻十一、閻魔王宮図・十王図を下敷きに閻魔の裁きから小栗の蘇生と従者の十王転身【図1】までを描く一連の図（21─26紙、1─3紙）や、巻十五、涅槃図・来迎図を下書きに小栗の往生を描く図（22─23紙）は異彩を放っており、仏画の世界に現れた神仏や人の姿が表情豊かに描かれている。

このうちここでは工房制作の方法と手順が端的に現れた例として、道行の図を取り上げる。これについて、太田彩

氏が「引き行く人々の列は、京都までは右向きに、京都からは左向きにと描かれる」と指摘されたのは重要である。[11]さらに太田氏がそれを舞台の上下と関係づけられた点については別の見方もあるかと考えるが、それはさておき、説経の語りで「物憂き旅に粟田口、都の城に車着く。東寺、西寺、四つの塚」と滞りなく語り進められたところが、絵巻では上り下りが明確に意識され、絵巻のルールにしたがって逆勝手・順勝手で描き分けられているのは注目され、このことを含めて、道行の文から図への変換の跡を追う。

『をくり』絵巻の道行の図を分析する前に、その先蹤である『山中常盤』絵巻の道行の図をみておきたい。古浄瑠璃「山中常盤」には常盤主従が京から山中宿に下る短い道行文があるが、『山中常盤』絵巻では一巻と半分程度にわたって順勝手で道を下る姿が描かれている。一紙に一景が描かれた例と数紙を継いだ紙面に数景が描かれた例が混じるが、いずれの場合も各景に主従の姿が一体ずつ描き込まれている。以下に描かれた地名と料紙をあげる。「─」の前後はそれぞれ独立した図で、「・」の前後はそれらが一つの図に集約されていることを示す。

【巻二】鴨川・白河（5紙）、粟田口（6紙）、松原（7紙）、日の岡峠─関の明神─大津の浦─石山寺（8─12紙）

【巻三】瀬田の唐橋─草津の宿─守山─篠原堤・鳴海が橋（1─4紙）、鏡山─愛知川（5─6紙）、小野の細道─摺針峠（7紙）、番場・醒ヶ井・柏原─（清水）─今須・たけくらべ─寝物語（8─10紙）、山中宿（11─12紙途中）

これに対して、道行文ではないが、後に牛若が奥州から上る場面が二度あり、そのいずれもが逆勝手で描かれているのが注意される。すなわち、巻五、母の夢をみた牛若が奥州から上り、母常盤の塚に引き留められる一連の図（6─11紙）と、巻十一、牛若が奥州から十万余騎で京に上る長大な図（7末─13紙）がそれに当る。つまり、『山中常盤』絵巻でも、下りが順勝手、上りが逆勝手と描き分けられていたのである。

それでは、『をくり』絵巻の道行はどのように描かれているのか。まず照天が人「商人」に転売され、日本海沿岸をたどり、海津、大津を経て美濃国青墓宿にたどりつく道行をみる。説経では「○○（地名）の商人が△△とて□□

（地名）に買うて行く」の繰り返しによって、転売される照天の悲惨さが増幅される。

　あらいたはしやな照天の姫を、もつらが浦にも買いもとめず、釣竿の島にと買うて行く。釣竿の島の商人が価が増さば売れやとて、鬼が塩谷に買ふて行く。鬼が塩谷の商人が価がまさば売れやとて、岩瀬、水橋、六渡寺、氷見の町屋へ買うて行く。氷見の町屋の商人が能がない職がないとてに、能登の国とかや、珠洲の岬へ買うて行く。
（下略）

　それに対して、『をくり』絵巻では一紙に一景が描かれ、各紙に照天と人「商人」の姿が一体ずつ順勝手で描きこまれる。照天の姿態はそのままで、人「商人」の姿態が次々と変わることで転売が表される。計十一紙で、一巻分（十三紙）に少し足りない。

【巻九】釣竿の島（23紙）、鬼が塩谷（24紙）、氷見（25紙）【図2】、珠洲の岬（26紙）
【巻十】宮の腰（1紙）、本折小松（2紙）、三国湊（3紙）、敦賀の津（4紙）、海津の浦（5紙）、上り大津（6紙）、
　青墓宿（7紙）

　次に餓鬼阿弥となった小栗をのせた土車が相模国上野が原から紀伊国熊野をめざす道行をみる。説経では「〇〇（地名）をゑいさらゑいと引き渡し（引き過ぎて）」を交えることで、継続して車が引かれるさまを想像させる。『をくり』絵巻では、巻十一では一紙に一景、巻十二では一紙に二景が描かれ、巻十三では一紙に一景、一紙に二景、数紙に数景が混じる。各紙に小栗の土車と引き手が一群ずつ（例外は京の一例のみ）、京までの上りは逆勝手で、京からの下りは順勝手で描き込まれている。主人公らが各景に一体ではなく、各紙に一体であることから、『山中常盤』絵巻よりも一層分業が進んでいることがわかる。しかも、同じく上りが逆勝手といっても、『をくり』絵巻は道行なので景観が展開するのに逆らって土車が引かれるかたちが続く。とくに一紙二景の図では著しく違和感をおぼえる。さて、姿態をみると、照手の道行の場合と同様に、小栗の姿態はそのままで、藤沢の上人（上野が原から富士浅間社まで）と

照天（青墓宿から関寺宿まで）の姿態も数図にわたりそのままながら、車を引く人々の姿態が変わることで、土車の引き継ぎが表される。途中に青墓宿で照天が長者に暇を乞う条、関寺で照天が小栗から離れる条があるが、それらの紙数を除いても、土車を引く図はもとの二十六巻のうち四巻分以上を占めており、長大な名所絵という側面ももつ。

【巻十一】上野が原（8紙）、相模畷（9紙）、九日峠（10紙）、酒匂宿（11紙）、をひその森（12紙）、小田原（13紙）』湯本の地蔵（14紙）、足柄・箱根（15紙）、四つの辻（16紙）、三島（17紙）、三枚橋（18紙）、浮島が原（19紙）、吉原（20紙）、富士の裾野（21紙）、富士川（22紙）、大宮浅間・富士浅間（23紙）、「藤沢の上人と別離」（24紙、道行なし）、吹上六本松（25紙）、清見が関・三保の松原・田子の入海（26紙）

【巻十二】袖師が浦—清見寺（1紙）、江尻の細道—駿河の府内（2紙）、今浅間—鞠子宿（3紙）、宇津の谷峠—岡部畷（4紙）、藤枝—島田宿（5紙）、大井川—菊川（6紙）、佐夜の中山—日坂峠（7紙）、掛川—袋井畷（8紙）、塙見付—池田宿（9紙）、今切—潮見坂（10紙）、吉田の今橋—五井のこた橋（11紙）、赤坂—矢作宿（12紙）、八橋—鳴海—頭護の地蔵（13紙）』星が崎—熱田宮（14紙）、うたう坂・古渡—黒田（15紙）、杭瀬川—小熊河原（16紙）、青墓宿（17紙）、「照天、青墓の長者に暇を乞う」（18—24紙、道行なし）、垂井宿—長競・二本杉—寝物語—高宮河原（25—26紙）【図3】

【巻十三】武佐宿—鏡宿—草津宿—野路の篠原—瀬田の唐橋（1—3紙）、石山寺—馬場松本—関寺（4—5紙）、「照天、土車から離れて青墓に戻る」（6—9紙前半、道行なし）、山科（9紙後半）、粟田口—都—東寺（10—11紙）、

【以下、順勝手】恋塚—秋の山—桂川（12紙）、山崎—広瀬（13紙）』芥川—三宝寺の渡（14紙）、天王寺（15紙）、阿倍野—住吉大明神（16紙）、堺の浜—小松原—渡辺・南部—四十八坂—仏坂—こんか坂（17—19紙）

以上、『をくり』絵巻の道行図からは、工房による分業制作の計画の確かさと統率のとれた仕事ぶりが確認でき、

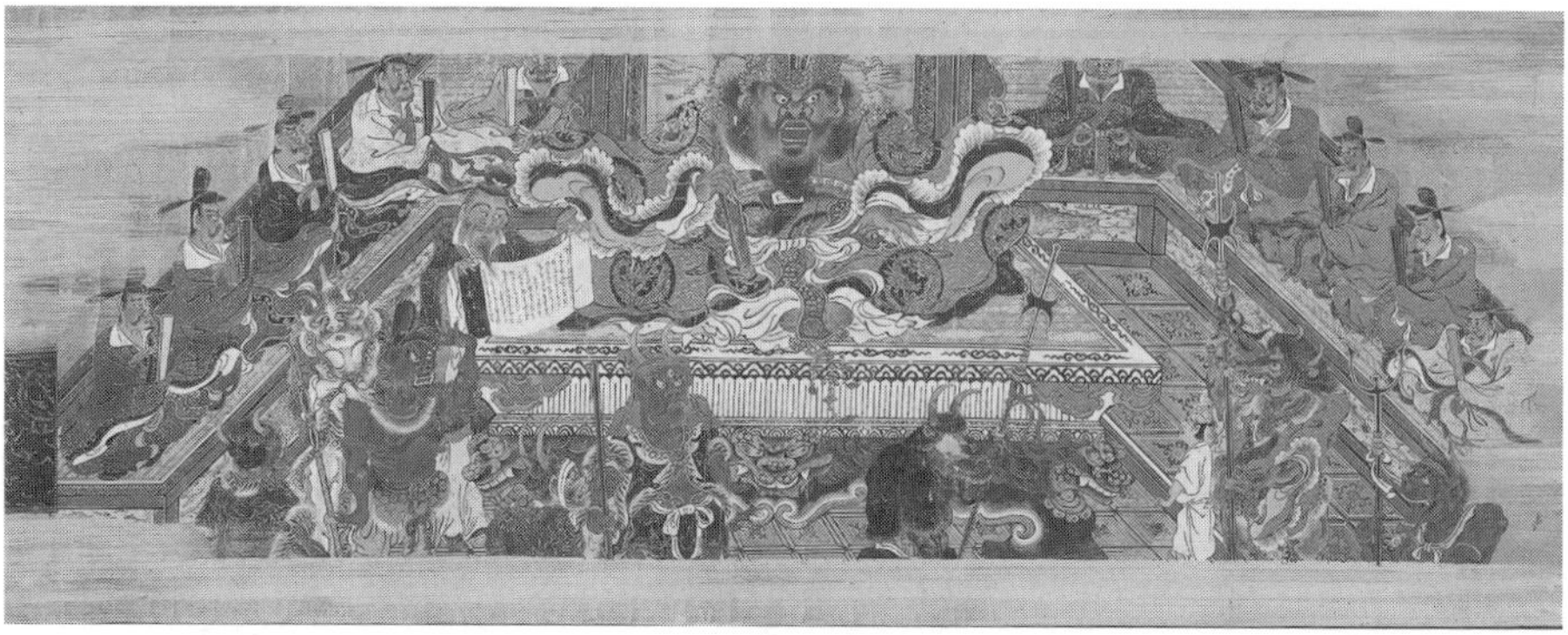

図１

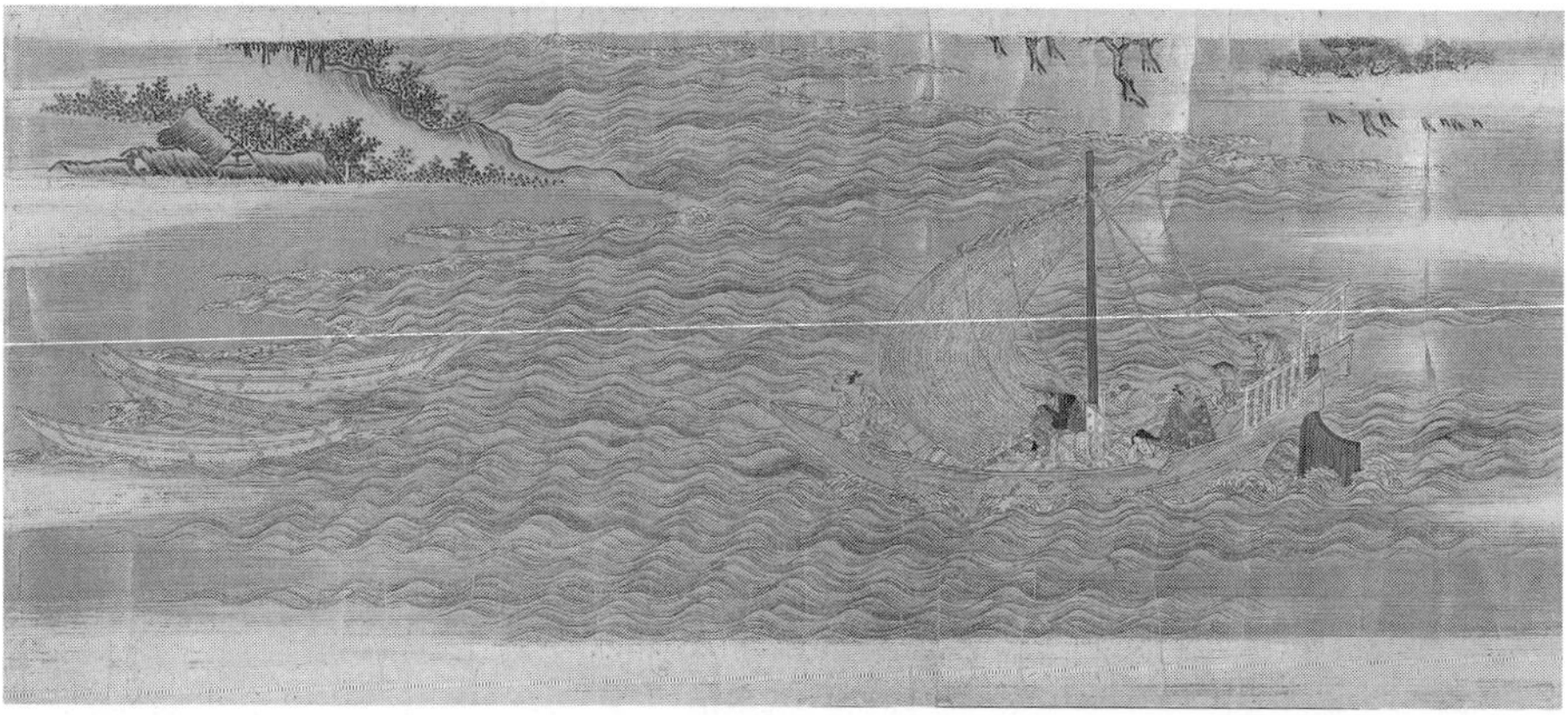

図２

図３

図１～３、宮内庁三の丸尚蔵館蔵。
信多純一・川崎剛志著『現代語訳　完本　小栗』（和泉書院、2014年）より転載。

人身の転売と土車の引き継ぎを絵画化するため理詰めの工夫がなされていた。もっとも、上りと下りをまぎれなく表そうとした結果、道の流れと土車の向きが逆になったところが長々と続き、絵巻というよりも、むしろ主人公らの描き込まれた名所絵を継いだ画帖のような印象を受けるのだが、それも工房において、高いレベルの装飾性を確保しつつ過剰な量の絵巻を仕上げるためには、やむを得ない方途であったとみるべきであろう。

## 三 『かるかや』絵入写本――写し持つことの意味――

説経の『かるかや』絵入写本は舞の『つきしま』絵巻（日本民藝館蔵）とともに、「稚拙美」「素朴絵」という審美眼から高く評価されてきた[12]。近年も、二〇一三年、「つきしま かるかや―素朴表現の絵巻と説話画」展（日本民藝館）が開催され、二〇一五年、日本美術全集11『信仰と美術』（小学館、二〇一五年）に両書が並んで掲載された。その評価に異を唱えるわけではないが、同じ中世以来の語り物とはいえ、近世初期に至るまでの両芸能の社会的評価や正本のありようには隔たりがあり、それゆえ正本の絵画化の基調も著しく異なっていたことを認める視点も、同時に確保しておく必要がある。

室町時代以来、舞が公家や武家から愛好され、日記等にその上演記事が散見するのに対して[13]、説経は記録の対象外であった。さらに近世初期には、舞の越前幸若家が武家桃井氏の後裔であると系図や肖像を以て主張し、武家の芸能としての権威化を図っていたことも視野に入れるべきであろう[14]。正本については、近世初期までに舞の揃い本が成立し、例えば幸若小八郎家の正本が毛利輝元の御伽衆に伝授され、あるいは大頭系の正本により古活字版・整版本が刊行されるなど広く流布していたのに対して[15]、説経は寛永期の与七郎正本の刊行を嚆矢とする。さらに正本の絵画化についても、中世末期以来、舞の絵巻・絵本が膨大な数制作され、屏風にも仕立てられたのに対して[16]、説経のそれは一項で述べた通りである。つまり、舞の絵画化が盛んな状況下で『つきしま』絵巻が作られたのに対して、『かるかや』

絵入写本は、説経の絵画化どころか、正本を文字に記録し書物として所持する例も他に認められない状況下で作られたのである。なお、『かるかや』絵入写本は、これを発掘、愛蔵し、世に公表した旧蔵者の横山重氏によって室町末期作で、「説経アヤツリ芝居より前の、唱導説経の一伝本と見ることができるかも知れぬ」と推定され、自身の推定に相応しい体裁に仕立て直されたものである[17]（近年、サントリー美術館でも修補が加えられた）。従来、制作時期に疑義がはさまれることはなかったが、文学史上でも、美術史上でも大きな問題をはらむことから、科学的手法を含めた制作時期の再確認、再検討がまたれるところである。

さて、『かるかや』絵入写本折本二帖は、上冊三二・三×二三・一糎、下冊三二・四×二三・三糎の大型本である。もと袋綴装一冊であった。各丁のノドに墨で丁付がある。絵は四十九図だが、半丁一面に絵が描かれるのはその半数弱で、他は絵と本文が交じる。なかには人物のみで背景のない小図もある。本文は他の説経正本にある「高野巻」を欠くが、独立した嵌め込み型の語りとしてあった「高野巻」がたまたま省略された折の本文を採ったと推定されている[18]。節譜については、従来から一か所「ことば」の注記があることが知られるが、このたび、行の途中で改行された箇所や丁末が追い込みで書かれた箇所に注目して、それらを寛永板の節譜の位置と比べたところ、両者の一致する箇所が数例認められた。よって、全文にわたり節譜のある正本に拠り書写され、一部、節譜にしたがい改行されたと推断される。ただ、説経正本を書写し所持する意識が働いていたか否かは疑問で、同時期に他に類例のないことから、ひとまず、往生者の伝記を書写し所持する意識でこの大型本が作り伝えられたとみておくのが穏当であろう。

『かるかや』絵入写本は本文と絵を一人が書写したとみられている。本文の筆が手慣れているのに対して、絵の筆は稚拙である。とはいえ、その絵からは筆者の信仰心に支えられた説経本文の理解と表現を垣間見ることもでき、「稚拙美」「素朴絵」とは別の観点からも評価できる。ここでは、絵入写本の冊末の連続する三図に注目してそのことを述べる。

『かるかや』絵入写本は、苅萱道心・道念父子の同日同時の往生と親子地蔵の由来を語り、祝言で結ばれる。

新黒谷に心が止まらんとて、信濃国に聞こゑたる善光寺の奥の御堂に取り籠り、朝夕念仏申し行い切つておはしますが、殊に寿命はめでたうて、八十八の三月廿一日、辰の刻辰の一天と申すに大往生を遂げ給ふ。南（高野山）に紫雲が立つ。

高野の山に御座ある道念坊も、六十三の御時、一つ月の一つ日、同じ辰の天と申すには、往生を遂げ給へば、北（善光寺）に紫雲が立つ。蓮華花降り、異香薫じて芳しく、心言葉も及ばれず。

この世でこそは、親とも子とも兄弟とも御名のりはなけれども、来世にては親とも子とも、一家一門、六親眷属、七世の父母に至るまで一つ浄土へ御参りある。廿五の菩薩たち弘誓の舟に棹をさし、あのやうなる後生大事の輩をいざや仏にいわゐとて、信濃国善光寺の奥の御堂に親子地蔵といわひこめ、末世衆生に拝ませんがためぞかし。今当代に至るまでこれ疑いわなかりけり。親子地蔵の御本地を語りおさむる、所も国もめであう、豊かなりけり。

右の本文の結びに続いて、紫雲の図（原装五十五丁表、以下すべて原装で示す）、父子来迎の図（五十五丁裏）、善光寺の奥の御堂の図（五十六丁表）が描かれている【図4～6】。もと袋綴装で、現在の表紙・裏表紙も後補なので、原装では前二図が最終丁の表と裏に、後一図が本文と共紙の裏表紙の見返しに当る。

紫雲の図（五十五丁表）は、往生の奇瑞である紫雲を三人の僧が見上げる図である。説経では高野山と善光寺の両所に同時に紫雲が立ったと語られるが、そのことよりも「一つ浄土へ御参りある」を重く見たためか、紫雲（黄土色と緑色）がひとむら描かれている。蓮をもつ二体の菩薩の身体には銀箔が押されている。地上に往生した父子の姿はなく、紫雲を目撃した証人らが描かれている。

父子来迎の図（五十五丁裏）は、阿弥陀の聖衆である二十五菩薩が正面から父子を来迎する図である。紫雲の図と同様に、両所ではなく、「一つ浄土へお参りある」さまが描かれる。紫雲（黄土色）の前に五体の菩薩が一列に並び、

**図4**　紫雲の図

**図5**　父子来迎の図

また雲中にも一体。前列の五体のうち向かって左端の菩薩のみが金箔で、他の四体と雲中の一体は銀箔で荘厳されている。蓮華の花にも銀の切箔が押されている。また、道心・道念父子のうち、父道心の足下にのみ成仏を表す蓮台が描き込まれている。一見不審に映るが、これについては後に述べる。どこまでが意図したことでどこまでが偶然なのか判じがたいが、一紙を半折にした、その表に三人の僧の肉眼に映った父子往生の奇瑞が描かれ、その裏に僧の肉眼には映らない聖衆来迎の真実が描かれているのである。

善光寺の奥の御堂の図（五十六丁表）は、父子が斎われた親子地蔵の安置された御堂である。険しい山の中腹にたち、眼下の里には簡略な線で描かれた家々が並ぶ。山の輪郭と岩肌を表す粗暴な線と緑の彩色は、多くの先学を魅了した高野山の描線と同じであり、父道心が最後に修行、往生し、子道念とともに親子地蔵と斎われた場が、父子が互いに名のらぬまま修行を続けた高野山と等しい霊山であること

**図6**　御堂の図
（図4～6、サントリー美術館蔵）

が示されている。

ふたたび父子来迎の図に戻ると、父道心に蓮台があり子道念に蓮台がないことを指摘したが、それと関連して、来迎した菩薩らの悟りの表徴が金銀箔ばかりで足下の蓮台が略されているのも注意される。父道心の往生に焦点を絞ったこの表現を見るとき、平安時代以来、往生を志す者が、往生伝を読み、往生者に結縁する伝統のあったことが想起される。[19] あるいは、これも直接の関係は想定できないが、『春日権現験記絵』巻第十第七段、「同じき山（高野山）維範阿闍梨入滅の夜も、ある人の夢に、教懐上人、聖衆の先より出でて歌舞し給ふと見けり」の件で、来迎図そのままに左上方から降る聖衆のなかに往生者の教懐上人が交じる図が示唆を与えてくれる。同図では仏・菩薩も往生者もともに蓮台に乗るが、これを補助線にすると、父道心の足下にのみ蓮台を描いた信仰的背景が見えてくるように思われる。すなわち、本書を書写し所持した者にとって、阿弥陀聖衆来迎を叶えてくれる身近で、最も信頼できる者は往生者の苅萱道心であり、父道心の行状を知り、結縁し、まねぶことこそ、往生の直道と信じていたものと想像される。そうであるとすると、浄土に迎えられた者であり、かつ同門を迎えに来る者の表徴として、ただひとりに蓮台が描かれたと推断されるのである。

## 結び

説経操という新興の舞台芸能が、近世初期における物語の絵画化の大きな潮流に親しむことはなかった。しかしそれゆえに、『かるかや』絵入写本、『をくり』絵巻といった、他に類例のない、異物のようなものが生み出されたとも言える。ただ、そこらから逆に説経を照射することで、説経が人々の心をわしづかみにし、今もなおわしづかみにする要因をいつくか垣間見ることもできる。とくに『かるかや』絵入写本からは、聴衆あるいは読者が、自身の信仰と能動的に関わらせながら説経「苅萱」を享受した生々しい痕跡を認めることができた。それこそ説経が時代を超えて人々の心を揺り動かす要因であろうが、時流を読みすばやく対応することが求められる都市の舞台芸能には馴染まない側面もある。説経操が都市の舞台芸能という市場から早々に退かねばならなかった一因がそこにあったのかもしれない。

**注**

（1）　横山重編『説経正本集』解題（角川書店、一九六八年）。

（2）　石川透「奈良絵本・絵巻の世界」（石川透編『魅力の奈良絵本・絵巻』、三弥井書店、二〇〇六年）。

（3）　横山重「説経正本に準ずる諸本」（『中世文学　研究と資料』国文学論叢第二輯、一九五八年）。

（4）　粂汐里「説経・古浄瑠璃を題材とした絵巻・絵入り写本制作の一様相：個人蔵『しゆつせ物語』（さんせう太夫）を例に」（『総研大文化科学研究』第一一号、二〇一五年）。

（5）　注（1）横山前掲書。阪口弘之「東洋文庫本「まつらさよひめ」（翻刻と紹介）」（『人文研究』第三四巻四号、一九八二年）。また田中美絵「説経浄瑠璃「まつら長者」諸本の検討」（『国語国文』第六七巻九号、一九九八年）参照。

（6）　浜田啓介「草子屋仮説」（『近世小説・営為と様式に関する私見』、一九九三年。一九九二年初出）ほか。また拙稿「万治頃の小説制作事情」「同続」（『語文』（大阪大学）第五一輯、一九八八年。『就実語文』第一一号、一九八〇年）参照。

（7）　阪口弘之、講演「語り物としての説経」（神戸女子大学古典芸能研究センター公開研究会「説経節—情念の語り物」、二〇一五年）。また林真人「草子本『さんせう太夫物語』に見る寛文期草子屋の活動」（『国文学研究資料館紀要』第三八号、二〇一二年）参照。

（8）　辻惟雄『岩佐又兵衛　浮世絵をつくった男の謎』（文春文庫、二〇〇八年)、同「岩佐又兵衛研究に関する八章」(『岩佐又兵衛全集』研究篇)。また深谷大『岩佐又兵衛風絵巻群と古浄瑠璃』(ペリカン社、二〇一一年)参照。

(9) 信多純一、『伝説の浮世絵開祖　岩佐又兵衛』図録解説(千葉市美術館、二〇〇四年)。

(10) 太田彩「絵巻「をくり」の制作状況を探る―再調査の結果から」(『岩佐又兵衛全集』研究篇)。同「絵巻「をくり」についての再検討(2) 詞書の料紙装飾を中心に」(『三の丸尚蔵館年報・紀要』第四号、一九九七年)。

(11) 太田彩『ミラクル絵巻で楽しむ「小栗判官と照手姫」伝岩佐又兵衛画』(東京美術、二〇一一年)。

(12) 辻惟雄「稚拙美の世界―御伽草子絵の流れ」(『日本美術の表情』、角川書店、一九八六年。一九八〇年初出)。矢島新『日本の素朴絵』(ピエブックス、二〇一一年)、泉万里「社寺縁起と素朴絵」(泉武夫編、日本美術全集11『信仰と美術』、小学館、二〇一五年)、相澤正彦「絵入本「かるかや」その素朴美の原泉をめぐって」(『聚美』第九号、二〇一三年)ほか。

(13) 笹野堅『幸若舞曲集』序説(第一書房、一九四三年。臨川書店、一九七四年)、麻原美子『幸若舞曲考』(新典社、一九八〇年)、拙論「曲舞と幸若大夫」(『幸若舞曲研究』第七巻、一九九三年)。

(14) 拙論「〈幸若舞〉再誕―近世初期の曲舞」(『芸能史研究』第一六七号、二〇〇四年)。

(15) 注(13)麻原前掲書、横山重・村上学『舞の本　毛利家本』解題(角川書店、一九八〇年)。

(16) 小林健二「幸若舞曲―絵画的展開」(『中世劇文学の研究―能と幸若舞曲』、三弥井書店、二〇〇一年。一九九七~九八年初出)。

(17) 注(1)横山前掲書。横山重『書物捜索』下(角川書店、一九七九年)。

(18) 阪口弘之「説経「かるかや」と高野伝承」(『国語と国文学』第七一巻一〇号、一九九四年)。

(19) 美濃部重克「結縁と説話伝承」(『待兼山論叢』第三号、一九六九年。『中世伝承文学の諸相』、和泉書院、一九八八年)。

**付言**

本稿は神戸女子大学古典芸能研究センター公開研究会「説経節―情念の語り物―」(二〇一五年十一月二十八日)における同題の口頭発表に基づき改稿したものである。貴重書の写真掲載にご高配を賜った宮内庁三の丸尚蔵館、サントリー美術館に対して深く感謝申し上げます。また『かるかや』絵入写本の閲覧に際して、サントリー美術館の上野友愛・久保佐知恵両学芸員から多大なご教示を賜りました。深く感謝申し上げます。

# 第2章　説経作品の諸相——道を行く物語

1節

# 「かるかや」の物語——「高野巻」と四国の弘法大師伝承との関係——

武田和昭

## はじめに

江戸時代初期、承応二年（一六五三）に四国辺路をした京都・智積院の僧、澄禅は日々の出来事を克明に記した『四国辺路日記』[1]を残している。その中に讃岐の弥谷寺や白方屛風ケ浦の寺々で聞いた、奇異な弘法大師伝をまことしやかに記している。それは弘法大師の両親がとうしん太夫夫婦で、讃岐国・白方屛風ケ浦で出生したというものである。この正史とは大きく異なる奇妙な弘法大師伝は興味深いことに、説経『苅萱』「高野巻」にもみられるのである。つまり江戸時代初期に四国（讃岐）に伝承されていた弘法大師伝と「高野巻」との間に深い関係が想像されるであろう。本論では四国に伝承していた奇異な弘法大師伝を検証し、さらに「高野巻」との関係を明らかにしたい。

### 一　澄禅の日記からみた讃岐の弘法大師伝

承応二年（一六五三）七月十八日、高野山を出立した智積院の僧、澄禅は阿波の井戸寺から四国辺路をはじめ、土佐、伊予を終えて八月十日に讃岐の弥谷寺に到着した。この弥谷寺は四国八十八ケ所札所の中では、死霊がこもる霊山として広く知られ、澄禅は次のように記している。「弥谷寺の境内周辺の石面には仏像や五輪塔が無数に彫られ、その中に持仏堂があり、ここには弘法大師を中尊にして左右に藤新《とうしん》太夫夫婦が祀られている。」というのである。ここでは藤新太夫婦とは誰のことかはわからないが弘法大師を中央に安置していることから弘法大師に関わる人物であると想像されよう。そして境内の各所に小穴が掘られており、そこに死骨が納められ、さらに周辺の石壁面には阿弥陀三尊や六字の名号が彫られていると記している。

弥谷寺の次に訪れたのは瀬戸内海に面した白方屛風ケ浦（香川県仲多度郡多度津町西白方）である。そこは白浜とともに松原が茂り、その中に海岸寺という寺がある。ここには弘法大師が産湯につかったと伝える産盥があり、また近くの海辺は大師が遊んだ所と伝えられていた。続いて三角寺仏母院に着く。重要であるので原文(2)を記す。

夫ヨリ五町斗往テ藤新大夫ノ住シ三角屋敷在。是大師御誕生ノ所。御影堂在、御童形也。十歳ノ姿ト也。寺ヲ八幡山三角寺仏母院ト云。此住持御影堂ヲ開帳シテ拝セラル。堂ハ東向三間四面。此堂再興セシ謂ハ、但馬国銀山ノ米原源斎ト云者、讃岐国多度郡屛風ガ浦ノ三角寺ノ御影堂ヲ再興セヨト霊夢ヲ承テ、則発足シテ当国エ来テ、先四国辺路ヲシテ其後御影堂ヲ三間四面ニ瓦フキニ結構ニシテ、又辺路ヲシテ帰国セラレシト也。又仏壇ノ左右ニ焼物ノ花瓶在、是モ備前ノ国伊部ノ宗二郎ト云者、霊夢ニ依テ寄附タル由銘ニミエタリ。猶今霊験アラタ也。住持ノ僧演説ナリ。

次に訪れた三角寺仏母院は、弘法大師が誕生した所で藤新太夫が住んでいたという。ここに、ようやく藤新太夫が大師の父であるということが判明する。そして四国から遠くはなれた但馬や瀬戸内海対岸の備前から弘法大師の霊験を感じた人々によって様々の寄進行為が行われていたのである。そして仏母院の住職は、弘法大師の像を開帳して大師の霊験を有り難く語っていたというのである。

仏母院の次に善通寺を訪れた澄禅は偶然、住職に出会い様々のことを教えられた。その中に弘法大師が幼少の頃、夜泣きするので千入ケ原に捨てられ、その後、善通寺の住持が拾い上げ養育したので誕生院となったという、奇妙な話を聞いたのである。

以上、江戸時代初期に四国辺路した澄禅の日記を簡単にみたが、要約すると「讃岐の弥谷寺、白方屛風ケ浦の寺社、善通寺周辺で、弘法大師が藤新太夫夫婦を両親として白方屛風ケ浦で出生し、幼少の頃、その子は夜泣きが激しく、千入ケ原（仙遊ケ原）に捨てられたが、善通寺の住職に拾われた」という、正史とは大きく異なる奇異な弘法大師伝が、この地に流布していたことが判明する。そして江戸時代初期頃には遠くから大師の霊験を感じた人々が参詣し、数々の寄進が行われていたのである。澄禅はこの奇異な大師伝を真面目に信じていた節がみられることから、澄禅の時代、つまり承応二年（一六五三）よりも相当古くから、この弘法大師伝が讃岐を中心に流布していたことが想像されよう。さて、この奇異な弘法大師伝を伝えるものには、次の三本が知られている。

1、説経『苅萱』「高野巻」（寛永八年刊）
2、『弘法大師空海根本縁起』（元禄十二年写本・個人蔵）
3、『（ユ）奉弘法大師御伝記』（版本・元禄元年刊記・善通寺蔵）

順次見てみることにする。

## 二　讃岐に流布した弘法大師伝の典拠

先記した三本の内、まず「高野巻」からみてみよう、その冒頭を要約する。「弘法大師の母は「あこう御前」といい、唐の国から流され、讃岐国の白方屛風ケ浦に流れ着き、とうしん太夫が拾い上げる。やがてあこう御前は懐妊して子供をもうけ、金魚丸と名付けたが、夜泣きが激しく、村を追放され、四国八十八ケ所を放浪する。そして志度寺の松の下に捨てられる」というストーリーである。[3]さて澄禅『四国辺路日記』と比較すると、白方屏風ケ浦やとうしん太夫のこと、夜泣きのことは合致するが、捨てられた場所が澄禅『四国辺路日記』では千入ケ原であるが、「高野巻」では志度寺として相違するので、讃岐に流布していたのは「高野巻」を元にしたものではないことが想定されよう。

次に元禄十二年（一六九九）に高野山の西方院の真教が写した『弘法大師空海根本縁起』（以下、『根本縁起』）をみてみる。長くなるが原文を記す。[4]

四国讃岐の国多度の郡白方屛風が浦に藤新太夫と申す猟師有、其の内に阿こやと申す女人座り、未四十歳のいんに入る迄、子なきことを悲み、俄に善根を為さばやと思い、（中略）津の国中山寺に参り、三七日籠り、男子ニ而も、女子ニ而も子種を壱人授てたひ給へと深く祈誓を申したる。三七日満つる夜の御夢想に西の海より金の魚を阿こやが胎内に吞み込るとぞ御夢想をかうむり、御慶び給うこと限りなし。（中略）其の時の年号は、宝亀五年甲寅の六月十五日との一天に、ご誕生有り、取り上ケ見れば、顔も形も世に勝れ、美敷男子也。然に此子、程無夜泣をし給事、限り無し、地頭讃談有ての給は、余り夜泣をする子は村七軒、地頭七人の身の故と聞、急き此子を棄よと仰ける。（中略）御母聞召、金の魚を御夢想にえたるに依て、御名を金魚丸と付給ひて、錦に包み千世の原（仙遊が原）に捨て給う。七日七夜迄はきやうくんする人も無し、取り上げみ申す人もなし、余りに吾子を捨てたる処のなつかしさに、人目を忍び千世の原に往て御覧候へば、昼は土仏を作り、花を愛し夜は法花経を読給に依而、魔におかされる事もなし。有時、さぬきの国、善通寺徳道上人折節此側を御通り有りけるが、（中略）いかにもたたならぬ人と思召、御衣の袖をのべ給ひ、善通寺へいだき取り、うぶ湯を召させ給に依て、夫より誕生院と申す也。

ここでは讃岐国、白方屏風ケ浦に藤新太夫とあこや御前の夫婦がおり、四十の歳になるが子供ができないので、摂津の国・中山寺に祈願して子供が授かり、金魚丸と名付ける。ところが夜泣きが激しいので千世の原〔仙遊ケ原〕に捨てられ、その後に善通寺の徳道上人に拾われ、抱き取りうぶ湯を召したので、誕生院としている。夜泣きすること、千世の原に捨てられること、善通寺の住持に拾われること、誕生院と名付けられることなど、澄禅が聞いた話と多くの点で合致する。つまり澄禅が弥谷寺や白方屛風ケ浦の寺社、善通寺で聞いた奇異な弘法大師伝は「高野巻」ではなく、この『根本縁起』によるものとみてよかろう。そして澄禅が聞いた「とうしん太夫夫婦」の妻は「あこや御前」であると判明する。なお版本『奉弘法大師御伝記』については後述する。

## 三 『根本縁起』の概要

次に澄禅が聞き及んだ四国の奇異な弘法大師伝、つまり四国に伝来、流布していたとみられる『根本縁起』[5]の内容について考察することにしたい。大きく次のように分けられる。

### 空海の誕生

先記したように四国讃岐・多度郡の白方屛風ケ浦で、とうしん太夫とあこや御前の間に空海〔金魚丸〕が誕生するが夜泣きが激しいので、千世の原〔仙遊ケ原〕に捨てられるが、善通寺の徳道上人に拾われ、養育されるというので、誕生院と名づく、とある。ここで重要なことは、善通寺の徳道上人のことで、これは『中山寺縁起』[6]など西国巡礼縁起に登場する奈良・長谷寺の徳道上人に置き換えたことは明白で、ここに『根本縁起』が西国巡礼縁起と密接な関係を有していることが判明する。

### 空海の成長

七歳の時に福寿丸と名付け、善通寺で学問を究め、十七歳の時に土佐の国五台山に上り笛を習い、十九歳のときに和泉国槙尾山に上る。二十一歳の時に中宝院で出家して空海と名つけ、三十一歳の時に大和国の久米寺で大日経を請けとる。以上のように成長の過程が記されるが、讃岐の善通寺や土佐の五台山など四国在地の寺々が述べられており、四国との関係が深い。

**入唐受法**

延暦二十三年（八〇四）に入唐し、恵果和尚に逢う。千人の弟子を相手に筆比べをし卒塔婆に「阿字十方三世仏、弥字一切諸菩薩、陀字八万諸聖経、皆是阿弥陀仏」と書いて五筆和尚としており、念仏信仰との関連が想定される。

**文殊菩薩との問答**

唐での学問を究め、その後、天竺に渡るが山川の難所が多くある。りうさ川にさしかかった所で文殊菩薩に出会い、数々の問答が繰り返されるが、見事に答えて文殊菩薩の聖地に迎えられ、七日七夜の説法を受ける。そして百廿挺の声を出す竹の笛を授かり、唐土の「みょうじょう」から日本に向けて竹を投げる。

**帰朝**

帰朝後、唐土で投げた竹を屛風ケ浦で取り上げ、氏神八幡を拝して都に上る。その時は大同元年（八〇六）八月六日である。

**四国八十八ケ所のこと**

その後、弘法大師は四国に八十八ケ所を建立し、初めて辺路を三十三度、中辺路を七度修行する。讃岐の大名香川氏は弘法大師を師匠に永禄二年（一五五九）三月五日に元結いを切り、弘法大師の教えに従い四国に八十八ケ所の御宝殿を建立し、みずから日記、縁起、閻魔宮の秘密の御判を受け取って中辺路を二十一度し、その功徳によって臨終の時には極楽往生できた。伊予の右衛門三郎は大悪人で、大師の鉢を割ったことから八人の子供が次々と亡くなり、これを悲しみ弘法大師を頼み元結いを切り、川（河）野の家に生まれたいと祈願する。その後、日記、縁起、閻魔帝釈の秘密の御判を持参して二十一度の辺路をして焼山寺の麓で亡くなる。やがて三年後に望み通り川野家の家に生まれかわったが、子供の手には南無大師遍照金剛と書かれた石をもっていた。これは右衛門三郎の生まれ替わりで、今の石手寺十二所権現の始まりであるという。

**四国辺路の功徳**

一度、辺路した者は高野山に三十三度参詣に値し、辺路した者は極楽に往生でき、この縁起を一度聞いた者は高野山に参詣したに値し、また毎日、南無大師遍照金剛と唱えれば、現世安穏後生善処の功徳があるとしている。

以上が『根本縁起』の概要であるが、次のことが指摘できる。

◎白方屛風ケ浦、千世の原、善通寺など、この縁起の主な舞台は讃岐の国であること、また土佐の五台山などが登場することから四国の在地の弘法大師伝である。

◎文殊菩薩との問答の中に、南無阿弥陀仏のことがみられることから、念仏信仰に深く関係する。一方、大日如来に関わることも見られるので密教的な思想も窺える。つまり念仏信仰と密教（弘法大師信仰）との融合が示される。

◎摂津国中山寺に懐妊祈願することや徳道上人のことが記され、さらに『中山寺縁起』に記される「此地を踏むものはたとひ十悪五逆の人たりといふとも永く三悪道に堕せじ」など『根本縁起』には共通する文言が各所にみられ、ここにも西国巡礼縁起との間に密接な関係が見いだせる。

◎弘法大師の伝記に続く後半部は四国辺路に関することで、弘法大師が四国八十八ケ所を建立し、自ら四国辺路修行した。その後、香川氏や右衛門三郎が辺路を行うなど本縁起は四国八十八ケ所開創縁起ともいえる。香川氏とは弥谷寺に近い天霧城に居城して西讃岐を領した戦国時代の香川氏に他ならない。また右衛門三郎は伊予の国、石手寺と深く関わる人物である。ここに本縁起の成立地が四国であることを示唆している。

◎「此縁起を一度聴聞すれば高野山江一度の参詣にあたる也、これを聴聞する輩は毎日南無大師遍照金剛と唱れば、現世あんおん後生善三世の師、七世の父母迄も成仏する事無疑」とあることから、これが語り物の台本とみられる。さらに先記したとおり四国八十八ケ所辺路の開創縁起であるともいえよう。

なお成立背景や年代については後述する。

## 四　弥谷寺・白方屛風ケ浦の歴史

ここで澄禅『四国辺路日記』に記された、とうしん太夫夫婦が安置されていた弥谷寺や白方屛風ケ浦の歴史をみることにしたい。弥谷寺は幾度かの戦乱や自然災害により、創建当初からはかなり変容しているが、現在残されている仏像などから、その創建は平安時代、十世紀末ころに密教寺院として創建されたとみられる。その後、鎌倉時代前期に高野山の学僧道範が弥谷寺に深く関わったとみられ、その頃に高野山の真言念仏が伝えられたと考えられるが詳しいことは分からない。現在、本堂近くの岩壁に鎌倉時代末期ころの阿弥陀三尊の浮彫像が残されており、この頃には阿弥陀信仰が盛んに行われたものと推察されよう。なお留意すべきことに弥谷寺の近くから五輪塔や宝篋印塔の原材となる凝灰岩が産出され「天霧石《あまぎりいし》」とよばれ、各地でその遺品が確認されている。興味深いのは高野山に鎌倉時代末期頃の天霧石製の石造層塔[7]が存在しており、この頃には弥谷寺周辺と高野山の間に密接な交流があったことが想像されるのである。また本堂横の石壁面をみると「南無阿弥陀仏」と刻まれた六字名号が確認され、その造立年は形式化した蓮台の表現から室町時代頃に彫られたものとみられる。その書体は時衆二祖真教がはじめた楷書体の「時衆二祖《じしゅうにそ》真教様《しんきょうよう》」で、ここに時衆の影響が明確に反映されているといえよう。

次に『多度津公御領分寺社縁起』[8]（明和六年―一七六九）をみると弥谷寺の項に、

東ノ御堂　亦云東院　本尊撥遣釈迦　行基作

多宝塔　　名中尊院　　本尊盧遮那仏　　同作
西ノ御堂　　又云西院　　本尊引摂阿弥陀　同作

（中略）

此地に就て弥陀・釈迦二仏の尊像を造して、撥遣引摂の教主として東西の峯において、各七間の梵宇構へて二仏を安置し、蓮華山八国寺と号して、一夏の間、菩薩爰に安居し玉ふ、（以下、略）

一、大悲心院　　一宇　享保十二未、幹事宥雄法印

（中略）

東院本尊撥遣釈迦　行基作
西院同引摂弥陀　同断

右二尊は、天正回禄に相残候故、今本堂に安置仕候、但し中尊院本尊は焼失仕候。

とあり、弥谷寺の東の峰と西の峰にそれぞれ御堂を建立し、東の御堂には釈迦如来、西の御堂に阿弥陀如来を安置していたという。このことは釈迦撥遣・阿弥陀来迎の思想に他ならない。この釈迦撥遣・阿弥陀来迎思想は中国浄土教の祖である善導大師の『観経四帖疏』「散善義」（『大正新脩大蔵経』三七巻・二七二頁）に、次のように記される。「ある人が西に向かって百千里を行くと、忽然と水火の二河に至る。水の河は衆生の貪愛、火の河は衆生の瞋憎を意味している。水火二河の中間に幅四、五寸の細い白道がある。白道には水や火が押し寄せ、背後からは群賊悪獣が迫り来る。この人は迷うが東岸に撥遣の釈迦、西岸には阿弥陀が迎えており、白道を渡るように勧める声がある。この人はその声を聞いて白道を渡り極楽往生することができた。」という。これが日本に伝わり、法然が『選択本願念仏集』（『大正新脩大蔵経』八三巻・一一頁）で用いたことから、わが国で大いに広まり、絵画化されるが、それは二河白道図といわれる。その後、一遍が善光寺に参詣した際に、この二河白道図に出会い、伊予・窪寺でこれを掲げて三年間の

**図1**　船石名号（香川・弥谷寺蔵）

念仏行を行った。これ以降、時衆ではこの二河白道思想が重用[9]されることになる。弥谷寺において東西の峰に、この釈迦撥遣・阿弥陀来迎の二仏が祀られたことは、明らかに二河白道思想の反映とみることができよう。現在、灌頂川と呼ばれる小さな川を挟んで東方は釈迦如来の現世、西側には阿弥陀の来世と見立てていたのではなかろうか。ここに二河白道の時衆思想の反映をみることができよう。

　次に興味深いのは弥谷寺の仁王門の近くに建立されている約二・〇メートルの船形の石造物（図1）である。このことについて、『四国遍礼名所図会』[10]（寛政十二年―一八〇〇）に、「船石名号長一丈斗ノ石にあり、六字名号ほり給ふ」とあり、さらに江戸時代後期の「剣五山弥谷寺一山之図」という境内図には「船ハカ」と記され、表面には「南無阿弥陀仏」の六字の名号が確認される。ただ現状では軟らかい凝灰岩製のため剝落が著しく、わずかに五輪塔の一部が残されているのみであるが、かつては「船石名号」、「船ハカ」と称され、六字名号が刻まれていたことは間違いない。造立は五輪塔の形式から室町時代末期とみられている。ここで想起されるのが、後述する「高野巻」にみられる船板名号である。弘法大師が入唐に際し、宇佐八幡に参詣した時に、社壇が燃えて、その内から六字の名号が現れ、それを船の船枻《せがい》に彫り付けたが、それは「船板名号」といわれたことである。興味深いのは四国霊場四十番札所の観自在寺には船板名号の版木[11]が所蔵され、時衆二祖真教様の書体で刻まれた六字名号の傍らには「空海」の文字がみられる。これらのことから、この版木は時衆の思想が明確に表れているといえよう。つまり弥谷寺の船石名号は、この船板名号を石に置き換えたとみることができ、このことも時衆思想の反映とみることができるのである。

**図2**　空海筆銘六字名号（香川・個人蔵）

なお四国霊場八十八ケ所の寺院には空海筆銘「六字名号」の版木が四十番観自在寺以外にも、五十一番石手寺、五十二番太山寺、七十八番郷照寺、八十一番白峯寺に所蔵されており、さらに版本空海筆銘六字名号の掛軸（図2）も知られ、四国における弘法大師信仰と念仏信仰の混淆(12)が盛んに行われていたと推察される。

以上みてきたように、時衆二祖真教様の六字名号、二河白道思想を反映した寺の結構、船石名号などから、室町時代後期の弥谷寺には時衆思想の反映、つまり時衆系高野聖の存在が明確にみられるのである。さらに死者の遺骨を納める納骨思想などから高野山と直結し、弥谷寺が高野山に擬されていたとも想定されよう。因みに高野山の鎮守の高野四社明神図（室町時代作）も所蔵されている。なお高野山との関係は『道隆寺温故記』(13)、文禄五年（一五九六）の熊手八幡の項に「爾より大師入定之後、熊手自ら大師の徳を慕い、海波を跨ぎ紀の川を逆流れ、慈尊院に留まる。今南山の院々を巡る」とあり、御神体の熊手が白方屏風ケ浦から瀬戸内海を越えて慈尊院へ、さらに高野山に伝えられたという。つまり十六世紀には弥谷寺や白方屏風ケ浦周辺の寺社と高野山は密接な交流があったとみられる。

次に白方屏風ケ浦にある海岸寺の歴史をみてみたいが、『道隆寺温故記』(14)には「天正二十年（一五九二）白方海岸寺大師堂入仏供養」が確認され、続いて元和六年（一六二〇）、寛永八年（一六三一）にも同様の入仏供養が見られるが、これは大師堂の発展を示すものであろう。ここに白方屏風ケ浦における弘法大師信仰の様子を窺うことができ、十六世紀末期頃には弥谷寺や白方屏風ケ浦で、奇異な弘法大師伝が盛んであったことを知りえる。弥谷寺と海岸寺とは海岸寺所蔵の棟札に「本願弥谷寺別名秀岡」とあり、両寺は深い関係がみられるのである。そして弥谷寺における時衆系高野聖の存在から、その影響は海岸寺にも及びさらに仏母院に於て大きく展開し、この奇異な弘法大師伝と深く関係を持つようになったと推測される。

次に、この奇異な弘法大師伝が成立する背景をさらにみてみると、永禄元年（一五五八）に古くから大師誕生の寺として知られていた善通寺が灰燼に帰す。これは阿波の三好氏が天霧城の香川氏を攻めた際に善通寺を本陣としていたが、和議を結んだ後阿波に引き帰した夜に火災が起こり、ほとんどの堂宇が焼け落ち、その後しばらくの間、善通寺は勢力を失った。この時期の間隙を縫うように新たな弘法大師伝（『根本縁起』）を作りあげたのではなかろうか。これに関わったのは弥谷寺に関わる時衆系高野聖に他ならない。そこには高野山との間を往復する中で西国巡礼縁起との出会いもあったことも推測される。その制作時期は善通寺が勢力を失った時期（永禄年間）や絵入り写本「せつきやうかるかや」との関連から、慶長頃[15]と考えられる。

## 五　『根本縁起』と「高野巻」との関係

先述した『根本縁起』と「高野巻」の弘法大師伝のことや四国八十八ケ所のことが内容的に相通じるところがあるので、両者の間に何らかの関係があるものとみて間違いなかろう。さて「高野巻」について、阪口弘之氏[16]は「四国では同趣の「空海混本縁起」なる書の存在が確認されており、（乾千太郎氏『弘法大師誕生地の研究』参照）、元禄以前に板本でも行われていたらしい（「四国偏礼功徳記」）。しかし、その語りが説経から派生したものとは考えにくく、むしろ「高野巻」が弘法大師信仰圏で古くから独立した語り物としてあったことを想定させる」という。また小林健二氏[17]は「「空海混本縁起」の存在も早くから指摘されており、これらの四国における弘法大師伝承が慈尊院縁起と一体となって説経「苅萱」の「高野の巻」の形になったとするのが妥当であろうか。」と述べられている。つまり四国において奇異な弘法大師伝が古くから存在し、これの影響を受けて「高野巻」が成立したと考えられている。四国在地の弘法大師伝とは本論で紹介の『弘法大師空海根本縁起』とみられるのである。

以上のことから四国在地の弘法大師伝とは『根本縁起』という、正史とは大きく異なる奇異な弘法大師伝と考えられるであろう。そして、この『根本縁起』のとうしん太夫、あこや御前のこと、さらに四国八十八ケ所のことを巧みに取り込み、再構成されたのが「高野巻」とみられるのである。そこには先記した弥谷寺における時衆系高野聖の存在が大きく関与したことは言うまでもなかろう。

さて説経『苅萱』は周知のように、父の苅萱道心とその子、石童丸との悲しい物語であるが、かるかや本文の中に、出家遁世した父を尋ねて石童丸と御台所が高野の麓、学文路の宿で玉屋の与次から弘法大師の伝記と弘法大師の母のことを聞かされる。これが「高野巻」で全体のおよそ五分の一を占め、その内容については「（1）空海の誕生のこと。（2）空海の成長のこと。（3）空海の入唐のこと。（4）空海と文殊の出会い、問答すること。（5）弘法大師の母のこと。」で構成されているが『根本縁起』とは最後の「弘法大師の母のこと。」が大きく異なる。この「高野巻」については、すでに先学によって詳しく研究され[18]、高野聖などとの関係が明らかにされているが、ここでは別の視点から時衆系高野聖との関係をみてみたい。まず「空海の入唐」に際し、宇佐八幡に参詣した時、次のような出来事があった[19]。

二十七と申に、入唐せんとおぼしめし、筑紫の国宇佐八幡に籠り、御神体を拝まんとあれば、十五六なる美人女人と拝まるゝ。空海御覧じて「それは愚僧が心を試さんか」とて「ただ御神体」とこそある。（中略）社壇の内が震動雷電つかまつり、火炎が燃えて、内よりも六字の名号が拝まるゝ。空海「是こそ御神体よ」とて、船の船枻に彫り付け給ふによって、船板の名号と申なり。それよりも大唐にお渡りあって、七帝に御礼めされ、その後、善導にお会いあって「さらば官をなせや」とて弘法にこそはをなりある。

とある。宇佐八幡に参り、そこで六字の名号が現れたが、それを船の船枻に彫りつけたことから「船板名号」とされる。空海と六字名号については鎌倉時代末期の『一遍聖絵』巻二[20]「日域には弘法大師まさに竜華下生の春をまち給ふ、又六字の名号を印板にとどめ、五濁常没の本尊としたまへり、」とあり、弘法大師が六字の名号を刻んだとしている。一遍は時衆の開祖であり、『一遍聖絵』は一遍の高弟の聖戒が関与したので、空海筆の船板名号には時衆の影響が極めて大きといえよう。また入唐した際に、善導大師に出会ったというが、正史では恵果和上で、ここに大きな相違がみられる。善導大師は中国唐代の浄土教の祖で、弘法大師よりも百年以上も前の人であることから、ここにも浄土宗との関わりが想定され、そして時衆との関連も見逃すことができない。さらに文殊菩薩との問答の中に「阿毘羅吽《あびらうん》欠《けん》」、つまり大日如来のことと共に「阿字十方三千仏、う一切諸仏、陀字八万諸聖経、皆是阿弥陀仏」とあるように、密教（弘法大師信仰）と念仏が混淆した思想から時衆系高野聖の存在が想定される。以上のように「高野巻」には時衆系高野聖の思想が濃厚に感じられるのである。

なお説経『苅萱』の主な伝本については（1）絵入り写本「せつきやうかるかや」、（2）寛永八年刊しやうるりや喜衛門版「せつきやうかるかや」、（3）寛文初年頃刊・江戸板木屋彦右衛門版「かるかや道心」が知られている。このことに関して阪口弘之氏[21]は、従来（2）と（3）には「高野巻」が有り、（1）には無いと考えられてきたが、（1）にも「高野巻」が存在したことを明らかにされている。

## 六　『根本縁起』のその後の展開――結びにかえて――

四国辺路は弘法大師空海による四国の霊地・霊山の修行を淵源とし、平安時代後期には四国の辺地を巡る修行形態に展開する。さらに鎌倉時代から室町時代前期には熊野信仰に伴う熊野への参詣道が、四国辺路道の下敷となったとみられるが、そこには熊野山伏の存在が大きくクローズアップされるであろう。その後、室町時代後期頃になり、ようやく弘法大師信仰に基づく札所寺院の存在が確認され、現在の四国辺路の原形が形成される。この頃には高野山の行人や時衆系高野聖が活躍し、形成過程において、大きく関与したことは間違いなく、こうした中で、讃岐国、白方屛風ケ浦で奇異な弘法大師伝（『根本縁起』）が作られたとみられ、それがまことしやかに流布していたのである。このことは先記したとおり承応二年（一六五三）の澄禅『四国辺路日記』にみられるとおりである。やがて、この四国の奇異な弘法大師伝を取り込み、「高野巻」が成立したものと思われる。そして江戸時代前期・貞享四年（一六八七）大法師真念により『四国辺路道指南』が上梓されるが、そこには一番霊山寺から八十八番大窪寺までの番次と札所寺院が明確化され、さらに辺路道の順路も明示されたのである。ここに弘法大師信仰に基づく四国辺路が完成するが、興味深いことに元禄三年（一六九〇）真念『四国徧礼功徳記』[22]に「然るに世にしれ者ありて、大師の父は藤新太夫といひ、母ハあこや御前といふなどつくりごとをもて人を售、四国にはその伝記板に鋟流行すときこゆ、これは諸伝記をも見ざる愚俗のわざならん、若愚にしてしるものハ、むかしよりいへるごとく、ふかきにくむべきにあらず、ただあわれむべし、」とあり、痛烈に批判しているのである。ここに記す「板に鋟」とは、現在、善通寺に所蔵されている先記した版本『奉弘法大師御伝記』[23]のことと見られる。これは『根本縁起』を元にして作られたもので、とうしん太夫やあこや御前、白方屛風ケ浦で大師が出生したとしている。つまり奇異な弘法大師伝を信じるグループとそれに対抗する真念・寂本の正史を信じるグループの対立が生じていたのであろう。

**注**

（1）澄禅『四国辺路日記』は伊予史談会編『四国遍路記集』（伊予史談会、昭和五六年八月）二一～六七頁。
（2）前掲注（1）『四国遍路記集』五四頁。
（3）『新日本古典文学大系』九〇、信多純一・阪口弘之校注『古浄瑠璃説経集』（岩波書店、平成一一年一二月）を参照。
（4）武田和昭『四国辺路の形成過程』（岩田書院、平成二四年一月）八一～一四三頁。
（5）『根本縁起』の全文は前掲注（4）武田和昭『四国辺路の形成過程』に掲載。また乾千太郎『弘法大師誕生地の研究』（大本山善通寺遠忌事務局、昭和一一年二月初刊、平成三年五月再刊）に詳しいが、ここでは『空海混本縁起』と表記している。

(6)『中山寺縁起』(『続群書類従』二七輯)。
(7)西山祐司「高野山発見の凝灰岩製層塔残欠」(『紀伊考古学研究』一〇号、紀伊考古学研究会、平成一九年八月)。
(8)『多度津公御領分寺社縁起』は『新編香川叢書・史料篇(一)』(新編香川叢書刊行委員会、昭和五四年三月)三六二~三七二頁。武田和昭『四国へんろの歴史』(美巧社、平成二八年一一月)参照。
(9)時衆の美術と文芸展実行委員会『時衆と文芸―遊行聖の世界―』展図録(時衆の美術と文芸展実行委員会、平成七年一一月)参照。
(10)『四国遍礼名所図会』は前掲注(1)『四国遍路記集』(伊予史談会、昭和五六年八月)二八九頁。
(11)観自在寺蔵の船板名号は平幡良雄『四国八十八ケ所』(札所研究会、昭和四四年一二月)二三五頁に写真掲載。
(12)武田和昭「空海筆銘六字名号について」(『善通寺教学振興会紀要』一八号、善通寺教学振興会、平成二五年三月)。
(13)『道隆寺温故記』(『香川叢書』一、名著出版、昭和四七年一月)四九〇頁。
(14)前掲注(13)『道隆寺温故記』四八九~四九一頁。
(15)室木弥太郎『増訂 語り物(舞・説経古浄瑠璃)の研究』(風間書房、平成四年一二月)二九七頁。ここでは絵入り写本は慶長頃としている。
(16)阪口弘之「高野の伝承二題―「弘法大師御伝記」「鶯の弥陀の事」―」(『人文研究』第四四巻一三分冊、大阪市立大学文学部、平成四年一二月)。
(17)小林健二「語り物の展開(2)―説経「苅萱」と「高野の巻」―」(『散文文学「物語」の世界』三弥井書店、平成七年七月)。三四二頁。
(18)菊地仁「説経苅萱と高野巻」(『伝承文学研究』二一、昭和五三年三月)、菊地仁「〝苅萱〟の語りと絵―〈無明の橋〉邂逅譚としての一軌跡―」(『日本文学』四一―七、平成四年七月)。真野俊和「弘法大師の母―あこや御前の伝承と四国霊場縁起―」(『日本遊行宗教論』吉川弘文館、平成三年六月)。阪口弘之「説経「かるかや」と高野伝承」(『国語と国文学』七一巻一〇号、平成六年一〇月)。前掲注(17)小林健二「語り物の展開(2)―説経「苅萱」と「高野の巻」―」など。
(19)前掲注(3)信多純一・阪口弘之校注『古浄瑠璃・説経集』参照。
(20)『一遍聖絵』は小松茂美『一遍上人絵伝』(中央公論社、昭和六三年一一月)。五来重『増補高野聖』(角川書店、昭和五〇年六月)七〇~七一頁。
(21)前掲注(18)阪口弘之「説経「かるかや」と高野伝承」。
(22)『四国徧礼功徳記』は前掲注(1)は『四国遍路記集』二三一頁。また前掲注(18)真野俊和「弘法大師の母―あこや御前の伝承と四国霊場縁起―」において弥谷寺・白方屏風ケ浦のことについて詳しく論じている。
(23)高木啓夫「弘法大師御伝記―弘法大師とその呪術・その二―」(『土佐民俗』四八、土佐民俗学会、昭和六二年三月)参照。

**付記** 本論は平成二十七年十月二十八日、神戸女子大学教育センターで開催された「神戸女子大学・神戸女子短期大学オープンカレッジ・秋期講座」での口頭発表を元に記述したものである。

2節

# 「さんせう太夫」の物語
## ――膚の守の地蔵菩薩と系図の巻物――

井上勝志

### 一　「さんせう太夫」諸本の二系統と変容

「さんせう太夫」は、説経作品の中でも特によく知られた物語である。それは、現存する諸本の、二十種にも及ぶ種類の多さ、寛永（一六二四～一六四四）から享保（一七一六～一七三六）以降という刊行時期の長さからも窺える。これら諸本については、中田久美子・信多純一氏「森鷗外『山椒太夫』依拠本―翻刻と解説―」（「神女大国文」第十二号、二〇〇一年三月）に詳しいが、本稿では、次の諸本を対象として「さんせう太夫」について些か疑問を述べたい。

『さんせう太夫』西洞院通長者町、三巻、説経与七郎正本（以下、与七郎本）
『せつきやうさんせう太夫』明暦二年六月・さうしや九兵衛板、三巻、佐渡七太夫正本（以下、明暦本）
『さんせう太夫物語』江戸鶴屋喜右衛門板、三巻（以下、草子本）
『さんせう太夫』寛文七年五月・山本九兵衛板、六段（以下、寛文本）
『山庄太輔』正徳三年九月・江戸三右衛門板、六段、佐渡七太夫豊孝正本（以下、豊孝本）

西田耕三氏は、「さんせう太夫」諸本を二つの系統に分けてA系統、B系統とされている。(1) その根拠は、つし王丸の平癒の場所（①）、および、つし王丸を平将門の子孫とするか否か（②）、また、つし王丸が母と姉の安否を問う順序（③）、および、つし王丸が母の盲目を癒やす時に用いる物（④）である（①〜④の番号は私に付した）。すなわち、①天王寺、②将門の子孫としない、③姉の安否が先、④地蔵菩薩とするものがA系統、①朱雀権現堂、②将門の子孫とする、③母の安否が先、④系図とするものがB系統である。上中下三巻という古い説経正本の形式である与七郎本や明暦本などがA系統、六段に段分けされた浄瑠璃正本の形式である寛文本や豊孝本などがB系統となる。

水谷不倒氏は、A系統諸本が「国分寺の住持が、対王をわざ〳〵朱雀迄送り届けながら、足腰の立たぬ対王を、そこに置去りにしたのに不審を抱く」として、これは、つし王丸を土車に乗せ、天王寺へ送り届けさせる一手段であり、『をぐり』から取り入れたのでないかと想定され、B系統諸本は合理的に、「後の作者が古版本の矛盾を訂正したのであらう」と述べられている。(2) しかし、天王寺という地は、「陸奥、直江津、丹後、七条朱雀権現堂、天王寺を結んで語られる物語の基底に、十三世紀末から十四世紀にかけての叡尊、忍性、宣基ら、律宗僧の宗教活動が踏まえられている」と指摘されるように、(3)「さんせう太夫」の成立に関わるものであり、不合理、矛盾といったことで律しきれない。とはいえ、B系統本文が変容したもので、A系統本文が古態を留めているという点にもちろん異論はない。

物語の語り起しと語り収めの部分も諸本によって異なる。それぞれの冒頭と末尾を次に掲げる。(4)

与七郎本・明暦本

［頭］たゞいまかたり申御物かたり、国を申さは、たんこの国、かなやきぢざうの御本ぢを、あら〳〵ときたてひろめ申に、これも一たひは人げんにておはします、人〻げんにての御ほんぢをたつね申に、国を申さは、あうしう、ひのもとのしやうぐん、いわきのはんぐわん、まさうぢ殿にて、しよじのあはれをとゞめたり、

此正氏殿と申は、ぢやうのこはひによつて、つくしあんらくしへなかされ給ひ、うき思ひを召されておはします、

あらいたはしやみたい所は、ひめとわか、だてのこほり、しのふのしやうへ、御らう人をなされ、御なげきは事はり也、……（明暦本。与七郎本は』まで、以下不明）

尾それより、おうしうへ、にうぶいりとぞきこへける、ひうがのくにを、ちゝのいんきよ所とおさため有て、みねにみね、門にかとをたてならへて、ふつきはんぶくとおさかへあるも、なにゆへなれは、おやかう〳〵、かなやきぢさうの御ほんちを、かたりおさむるすゐはんじやうものかたり（明暦本。与七郎本は欠文）

寛文本

頭それおやこ兄弟のわりなき事は。さうかひよりもふかし。

爰におふしう五十四くんのあるじをは。いわきの判官まさうぢ殿とぞ申ける。

▲さる間正うぢ。みかどの御かんきかうむり。つくしあんらくしに。る人とこそは聞へける。

是は扨をき爰に又。しのぶのこほりにおはします。みだい所やきんだちにて。しよしのあはれをとゞめたり。

……

尾扨其後。いせのこはぎを召よせられ。いまよりしては。あね君とあかむべしと。御よろこひはかぎりなし。

扨其後、父上もろとも。ほん国にきこくあり。さうまのこほりに御しよをたて。二たびふつきの家と、さかへ給ふ。せんしうばんぜいの御よろこび。めでたき共中〳〵。申はかりはなかりけり

豊孝本

頭〽扨もそのゝち。債《つら》〳〵、世間を鑑《かんがみる》に。おごる者《もの》久しからず。じやけんはういつなる者は。つゐにはほろぶ、極《きわめ》てをとろへたる者は。一度はさかふ。

爰に丹後《たんご》の国《くに》。由良《ゆら》の湊《みなと》といふ所に。さんせうたゆふひろむねとて。長者のながれすみ給ふ。…（中略）…わが

ま、ふできのふるまひを。にくまぬ。ものこそ、〳〵なかりけれ。爰にあはれをとゝめしは。忍ふの里におわします。みたい所や兄弟にて。諸事のあわれを。とゝめたり。……

尾扨其後に、伊せの小はき御前にめされ。さてなつかしの小はきとの。御身情あるゆへに。命めてたふ、かくよにいでゝ候也。今より後は、姉上様とたのまんと。奥州へともないて。古しへのやかたのあとへ。やかたを立ならべ。末はんじやうと栄へける。千秋万歳、目てたし共。中〳〵、申斗は。なかりけり。

工藤茂氏は、巻頭・巻尾の詞章は、語り手の意図が端的に表現され、物語の性格を規定するものだとして、与七郎本・明暦本を㈠本地物としての性格をもつもの、寛文本などを㈡愛別離苦の物語としての性格をもつもの、豊孝本を㈢長者没落譚としての性格をもつものとされた。(5) 物語の大筋は変わらないものの、それをどういう意図で語ったのか、時代によって物語の性格を変容させたのである。

また、室木弥太郎氏は、丹後国金焼地蔵の御本地を説くという形式（右の工藤氏の㈠の諸本の形式）をとっている「さんせう太夫」について、次のように述べられる。(6)

本来は……丹後の金焼地蔵（宮津市由良町如意寺の身代り地蔵か）のお堂の近辺で……語られた名残のように思える。……各地を放浪して、人の集まる寺社の傍ら等で語っていた時代の、宗教味を漂わせた語りの形式である。しかし都市の劇場に出入りするようになって、旅の必要がなくなり、寺社や仏神が、都市の観客・聴衆に無縁のものになると、この本地物の形式は次第に消えて行く。

室木氏はまた「説経が取材し脚色した、前の語り物を考えねばならない」とも述べられるが、「さんせう太夫」本来の姿に思いを致す前に二点確認しておく。

## 二　与七郎本の冒頭部分——与七郎本と明暦本の本文——

まず一点目は、与七郎本と明暦本両本の本文の関係についてである。

与七郎本は、上巻冒頭と丁付「五」「六」丁（冒頭から山岡の太夫が「あふき」の橋へ行くあたりまでと、山岡の太夫が御台所らに宿を貸すあたり）、中巻末（国分寺のお聖による誓文終部）、下巻末（国分寺のお聖が寺を出奔する場面から末尾まで）が欠丁となっている。ゆえに、冒頭部分の詞章は不明である。

しかし、柳亭種彦『用捨箱』下巻に寛永十六年正月刊行の『やしま』と「草紙の形も画風も」変わらないと言う『さんせう太夫』の上巻冒頭部分と中巻にある挿絵の模刻が掲げられる。これは、「巻尾《まきのすゑ》に西洞院《にしのとうゐん》通リ長者町とのみ記《しる》して年号及《および》板元の名を闕《かく》」という刊記のあり方や板心の体裁からすると、現存与七郎本と同板と思われる。ここに僅かに残された冒頭本文は、「くにを／国を」「ぢぞう／ぢざう」などの仮名・漢字などの用字、「申さば／申さは」などの清濁の別を除けば明暦本の本文と同文である（前掲本文参照）。その一致から、明暦本同様与七郎本も、この物語を丹後国金焼地蔵の本地譚として語り起し、その人間にての御本地を岩城判官正氏としたであろうことはほぼ間違いない。

ただし、「人げんにての御ほんぢをたつね申に」を承ける部分として「まさうぢ殿にておはします」「まさうぢ殿なり」のような句が想定されるのであるが、前掲のように明暦本では「まさうぢ殿にて、しよじのあはれをとゝめたり」というように、承けきらずに、詞章が流れてしまっている。この流れが明暦本においてのみ見られることなのか、冒頭から引き続き、与七郎本でもそうであったのか、については判断のしようがない。

ここで、両本全体の関係を見ておく。

つし王丸を七条朱雀権現堂まで送り届けた国分寺のお聖がつし王丸と別れて丹後国へ戻る場面の与七郎本の本文を次に掲げる。

フシあらいたはしやなつしわう殿は、いのちのをやのおひしり様は、たんこの国へおもとりあるかけなりやな、物うひもたんこの国、…（中略）…おひじり此由きこしめし、…（中略）…おひじりはなみたと、もに、たんごの国へそおもとりある、

コトハあらいたはしやつしわう殿は、しゆしやかごんげたうに御ざあるが、しゆしやか七むらのわらんべともはあつまりて、……

——線を付した部分は明暦本は省略している（以下同じ）。最低限意味が通じる範囲での助詞などの語句レベルでの省略から、二人が形見を取り交わす場面（中略部分）全体を省略し、「お聖（様）は丹後国へお戻りある」という語句を仲立ちとして前後を繋ぐという大胆なものまで見られる。これは与七郎本の残存箇所全体を通して見られるもので、半丁十四行の与七郎本で十行を超える場面の省略も数箇所ある。

もう一例挙げる。「上﨟二人買うて」を仲立ちとして、ゑどの二郎と宮崎の三郎とに母子たちが売り分けられる場面（中略a）を、「かなし（む）」を仲立ちとして、母が姉弟に声を掛ける場面（中略b）を省略した部分である。

まつゑどの二郎がほうへは、上らう二人かうてゆけ、まつたみやざきの三郎かほうへは、きやうたい二人かうてゆけ、…（中略a）…かいまけたるだにもはらのたつに、上らう二人はかうてあるそ、ふなそこにのれとばかり也、

フシみたひ此由きこしめし、…（中略）…たとへうる共かうたり共、一つにうりて*はくれすして、をやとこのその中を、りやうほうへ、うりわけたよなかなしや□、□〔な、みやざきカ〕やざきのほうをうちなかめ、…（中略b）…わかこみぬかなかなしやな、うとふやすかたのとりたにも、こをばかなしむならいあ□〔りカ〕【と】、なふい□〔かカ〕**にせんとう殿、

明暦本、*「い〔マ、〕」、**「舟人殿」。【】は明暦本のみにある（以下同じ）。

……

他には、次の例のように「思しめし」で示される心中詞の部分を省略する方法や、複数の行為のうち最後のものだけを残す方法が見られる。

○コトハあらいたはしやつしわう殿は、三郎かふれたも御そんしなふて、まつたきのふの所へ御さありて、しはのくわんしんをしてたまはれかしと思しめし、たちやすろふておはします、

○フシあらいたはしやな【兄弟】あねご様は、つしわうとのにすかりつき、やあいかにつしわう丸、われらか国のならひには、六月つもごりに、なごしのはらいのわにいるとはきひてあれ、これはたんこのならいかや、さらばしよくじをもたまはらす、ほしころすかやかなしやと、あねはをとゝにすかりつき、をとゝはあねにたきつきて、りうていこかれて、おなきある、

一方で、次の例のように、与七郎本の詞章を省略して前後の文章を繋ぐために明暦本が補った文辞もある。

○きゃうたいつれたちて、山へゆくこそうれしけれ、とあるしゝみちを【山へ】おあかりあるが、ゆきのむらぎへたる、いはのほらにたちよりて、

○なふ〳〵いかにおひしり様、なのるまいとはおもへ共、いまはなのり申へし、われをはたれとかおほしめす、【さてそれかし】おうしう五十四くんのぬし、いわきのはんぐわん、まさうち殿のそうりやうに、つしわうまるとはそれかし【わが事】なり、

とはいえ、右に見るように言い換え程度のものであり、場面はおろか語句レベルにおいても、明暦本本文によって与七郎本の詞章を補完できる部分は見られない。そういった意味で、明暦本の独自本文はいっさいないと言ってよい。さらに、節譜についても、与七郎本にあるものは、省略した本文に付されたものを除いてすべて明暦本には残されている。加えて、明暦本のみに見られる節譜は一つもない。

この、明暦本が与七郎本の詞章を適宜省略して繋ぎ合わせたものにすぎないこと、節譜まで完全に同じであることは、すでに荒木繁氏に指摘がある。(7)

ただ、荒木氏は、このことを以て、「七太夫は与七郎に対して、芸統の上で継承の関係にあったのではなかろうか。

そう考えると、与七郎と七太夫が、それぞれ大阪と江戸で活躍しながらも、語り口が一致していることにふしぎはなくなるのである。」と述べられるが、本文を省略し乍らも節譜がそのままであることは、語り口を継承しているというよりも、次のような例を見ると、かえって語りの実際とは無関係に文字情報としての節譜が踏襲されたということの現れであると考えるべきであろう。

……しゆしやかごんげたうにもおつきある、

コトハこんけだうにもつきしかは、かわこをおろし、…（中略）…これからおいとま申との御ちやう也、

フシあらいたはしやなつしわう殿は、……

明暦本でも冒頭からそうであるように「コトバ―フシ」を基本単位として、それの繰り返しで構成されるのであるが、ここでは、「こんけだうにもつきしかは」の本文を省略したために、そこに付された「コトハ」の節譜が飛んでしまい、「フシ」が単独で現れるということになってしまっている。これは、記譜の脱落という（太夫の）問題ではなく、太夫以外による本文省略という行為に伴っての不備であろう。すなわち、与七郎本と明暦本（七太夫）とは、「完全に」「語り口が一致している」とは言えない。この点、林真人氏が、明暦本の本文について、「本の制作の原価の切り詰めと、発売単価の切り下げ」を意図した書肆（版元）が主導して、与七郎本を座右に置いての書承関係によって作られたものである、とされるのが妥当であろう。(8)

右のような両本の関係を見ると、「まさうぢ殿にて、しよじのあはれをと丶めたり」という詞章の流れは、「まさうぢ殿（にて）」という語句を仲立ちとした、明暦本作成段階での本文省略によるものであったのかもしれない。あるいは、次に掲げる「かるかや」の絵入写本と寛永八年刊本との関係に照らすと、寛永十六年前後の刊行と考えられている与七郎本段階ですでに詞章の流れが生じていた可能性も十分考えられる。

た、今、かたり申候ものかたり、くにを申せは、しなの丶くに、せんくわうぢの、おくのみたうに、おやこちそ

うとあらわいておわします、ちそうの御ほんちを、くわしくときたて、ひろめ申に
これも一とせは、ほんふにておわしますか、国を申せは大つくし、ちくせんの国、せうを申せは、かるかやのせう、かたうさゑもんしけうちなり
しけうち殿は、ちくこ、ちくぜん、ひご、ひぜん、大すみ、さつま、六まんてうを、御ちきやうと、なされて、おわします
十方に十のくら、南方に七つのいつみ、てつかう、やうかう、ちざいのくるま、ひとるたま、□とるたま、しつちま《(マヽ)》んほうの、たからにあきみちて、お□します
御しよたにも、しきをまのうて、□□□□□

『〔せつきやうかるかや〕』（絵入写本）

たゝいまときたてひろめ申候ほんちは、国を申さはしなのゝくに、せんくはうしにらいたうのゆんてのわきに、おやこちそうほさつと、いわゝれておはします御ほんちを、あら〳〵ときたてひろめ申に、ゆらいをくわしくたつね申に、
これも大つくしちくせんのくに、まつらたうのそうりやうに、しけうちとのゝ御ちきやうは、ちくこちくせん、ひこひせん、おうすみさつま、六かこくか御ちきやうて、御しよをさへ、四きをまなふておたてある、

『せつきやうかるかや』（寛永八年刊本）

## 三　与七郎本の末尾部分——草子本との比較——

ここで、与七郎本では欠丁となっている下巻末の部分を明暦本と草子本とで比較してみる。さんせう太夫が処刑された後（明暦本には三郎の処刑は見られない）、太夫の長男・太郎と次男・二郎に丹後八百八町を分け与える場面以降の異同で、両本に共通する部分も《　》を付して併せて示す。

①「太郎は、かみをそりおとし。こくぶんじに、すはりつゝ。あねごのほたいをとふらひ。又たゆふのあともとひ給ふ」。
②つし王丸、二郎に丹後四百四町を一色進退で知行させ、総政所に任じる。》
《つし王丸、国分寺のお聖を命の親、伊勢の小萩を姉御と定め、ともに都へ上る。
②つし王丸、蝦夷が島へ母の行方を尋ね、再会する。
《つし王丸、両眼が平癒した母とともに国へ帰る。

つし王丸、直江の浦へ行き、山岡の太夫を処刑し、その女房の死を聞かされる。

つし王丸、柏崎に行き、「なかのたうちやうといふ寺をたて」（明暦本は「なかのたうしやとてらをたて」）、うわたきの女房の菩提を問う。》
❸つし王丸、山岡の太夫の女房の菩提も問う。
④つし王丸、母を伴って都へ上り、梅津の院、梅津の御所でつし王丸の母と対面する。
⑤勅勘を許された岩城殿と、御台所・つし王丸、都で再会する。
⑥岩城殿一家、梅津の院・国分寺のお聖・伊勢の小萩とともに「御よろこびの、おさかもり」を夜昼三日催す。
⑦安寿の菩提のため膚の守の地蔵菩薩を丹後国に安置し、今の世まで金焼地蔵と崇められる。
⑧岩城殿・母、国分寺のお聖・伊勢の小萩とともに、《つし王丸、陸奥に下る。》
❾日向国を岩城殿の隠居所と定める。
《富貴の家と栄える。》
①②、④〜⑦と⑧の――線部は明暦本には見えず、逆に❸❾は草子本にはない部分である。
梅津の院と母の対面（④）や夜昼三日の酒盛（⑥）などが与七郎本に存在したのか否か、は判断できない。

しかし、三郎の処刑などは、明暦本作成段階で省略されたと考えてよいのであろう。また、前述のように、与七郎本に対して明暦本独自の文辞は見られない、という与七郎本の残存箇所における両本のあり方からすれば、草子本にはない❸❾も明暦本独自の増補ではなく、与七郎本にも存在したと考えるべきであろう。

さらに、❾で「ちゝのいんきよ所」に言及する以上、岩城殿がこの時点で隠居している（あるいは、隠居することが想定可能である）必要があるので、⑤の岩城殿の赦免、および再会の場面（詞章）がないのは明らかに不備である。また、つし王丸の丹後国入部に先立って「つくしあんらくしへもとんてゆき、ちゝいわき殿に【も】□《（た）》つねあひ、よにてたよしの申たや、いつまでまとふ事てもなし【と】、みかと□《（へ）》此由お申ありて、あんどの御はんを申うけ、つくしあんらくしへも、むかいのこしをおたてある」（与七郎本（明暦本）。草子本も同趣）という場面があり、赦免はこの部分（「あんどの御はんを申うけ」）で言われているとしても、再会の場面はこのあたりに必要であろう。よって、明暦本に⑤がないのは明暦本作成段階での省略であり、草子本の文章と対応するか否かは不明であるが、与七郎本には草子本同様⑤の内容が存在したと考えてよいだろう。

また、うわたきの女房だけでなく、山岡の太夫の女房の菩提までも問うとする（❸）にもかかわらず、安寿の菩提について何も言及がないというのはいかにも不自然である。しかし、金焼地蔵の御本地を正氏とする冒頭部分との関係から言えば、金焼地蔵と崇められたのが膚の守の地蔵菩薩であるとする⑦の部分が与七郎本に存在したとは考えにくい。とすると、①の太郎による、丹後国国分寺での安寿の菩提の弔いについても、草子本同様に存在したと考えられよう。

与七郎本の完全な筋立てを復原することは不可能であるが、末尾部分も、冒頭部分と呼応して、草子本ではなく、「かなやきぢさうの御ほんちを、かたりおさむる」明暦本と同趣であったと考えてよいことを二点目として確認しておく。

ただし、もっとも重要であると思われる、冒頭部分に呼応する部分が明暦本には見られないのであるが、それが、明暦本作成段階での省略なのか、与七郎本でもすでに語られていなかったのか、いずれとも決しがたいことが問題である。

しかし、丹後国金焼地蔵の人間にての御本地を岩城判官正氏として語り起した以上、正氏の往生と、金焼地蔵と祀られることが語られなければ、この物語は完結しない。たとえ、与七郎本段階ですでに失われていたとしても、たとえば次のような語り収めを備えるのが本来の物語の姿だと言えよう。

さよひめ八十五才にして、大わうじやうを、とげ給ふ、…(中略)…扨こそ、あふみの国、ちくぶしまの、べんざいてんとおいわいあり　『まつら長じや』(寛文元年板)

八十三の三月廿一日、たつのこく、たつの一天と申に、大わうじやうを、とけたまふ、…(中略)…たうねんはうも、六十三の御とき、一つ月、一つ日、おなじ、たつの一天と申には、わうせうをとけ給へは、…(中略)…いさやほとけにいわゐとて、しなの丶国、ぜんくわうじ、おくのみだうにおやこちそうと、いわひこめ、まつ世のしゆしやうに、おかませんかためそかし、今たうだいにいたるまて、これうたがいわ、なかりけり　『〔せつきやうかるかや〕』(絵入写本)

## 四　物語の本地構造

西田耕三氏は、「説経の形式」(『生涯という物語世界―説経節―』)の中で、次のような指摘をされている。御本地を〈説きたて広め申す〉と語り出す説経は、室町末期絵入写本『〔せつきやうかるかや〕』、寛永八年板『せつきやうかるかや』、明暦二年板『せつきやうさんせう太夫』、説経与七郎正本『さんせう太夫』、御物絵巻『をぐり』の五本であること、これらの末尾には、〈○○の本地(物語)を語りおさめる〉〈所も国もめでたく豊かに繁昌する〉(＝末繁昌《すえ》)

という要素が共通して見られること、そして、〈説きたて広め〉た〈本地（物語）〉を〈語りおさめる〉という首尾の形式は、現存の説経・古浄瑠璃では右の四本（与七郎正本は末尾を欠く）以外には見られない要素であり、中世末期から近世初期にかけて保たれてきたと想定される古い説経の首尾の形式であること、という指摘である。

右のことを確認された上で、「さんせう太夫」の明暦本には、〈これもひとたびは人間（凡夫）にておはします〉という句に対応する部分が末尾になく、金焼地蔵の本地が誰なのかはわからないことから、説経「さんせう太夫」の金焼地蔵をめぐっては、物語をまとめあげた霊験譚の層と、それを説経の人々が受け取って自らの保有する形式にしたがって語り直そうとした本地譚の層とがあった、と想定された。そして、この説経の古い首尾の形式は、たくさんの形式を取り込んだ最後の形式、崩壊寸前の形式であり、〈これもひとたびは人間（凡夫）にておはします〉と語ることができればそれでよかったのであり、「これら説経の冒頭の〈人間（凡夫）にての本地〉と登場人物との対応関係を厳密に考える必要はない。それは物語へ導く形式句の一要素だった。」との見解を示された。

伊藤一郎氏も、「本地物としての冒頭・結尾の形式が、単に物語の「開き」と「閉じ」を明示するだけで、本筋の物語と関係なく恣意的で」、「取り外し付け替え自由のユニット部品となっている」との見解を示されている(9)。

ともに「をぐり」諸本間での首尾の相違が引き合いに出されている。すなわち、美濃国安八郡墨俣の「たるい、おなことのしんたいは、しやう八まん」荒人神と祀られるまでを語る絵巻に対して、奈良絵本は冒頭、美濃国安八郡墨俣の正八幡殿の御子と語り起し、都北野に愛染明王と祀られたと語り収め、佐渡七太夫豊孝正本は常陸国鳥羽田村の正八幡結ぶの神の由来として語り起す。どこの、どういう神仏と祀られるか、に相違が見られるのである。しかし、「をぐり」の場合、すでに指摘があるように(10)、興行地（北野）や当て込み（鳥羽田龍含寺の江戸での出開帳）に関連して、どこの神仏の本地譚とするかについて首尾が「取り外し付け替え」られたのであって、神仏の本地譚として語り起し、その人間（凡夫）であった時のことを主部として物語り、末尾で、その人間（凡夫）が神仏と祀られた、と語り収める物語本体との齟齬は見られない（不完全な構造のテキストもあるが）。それに対して、本地譚とは言えない物語を本地構造で包み込むという形になってしまっているとするならば、与七郎本『さんせう太夫』は物語としてやはり本質的な破綻を来していると言わざるを得ない。

この本地構造と物語内容との齟齬は、早くから問題視されたのであろう。寛永頃の面影をよく残し、与七郎本とはきわめて近い本文を持つ草子本の首尾は明暦本（与七郎本）とは異なったものとなっている。それらを次に掲げる。

頭　抑《そも／＼》丹後《たんご》の国。金焼地蔵《かなやきぢざう》の御本地《ぢ》を詳《くは》しく尋《たづ》ね奉るに　国を申せば陸奥《むつ》の国《くに》。日《ひ》の本《もと》の将軍岩城《しやうぐんいはき》の判官《はんぐはん》正氏《まさうぢ》殿の。守《まぼり》本尊《ぞん》と聞えける。

此正氏《まさうぢ》殿と申は。御子二人持《も》ち給ふ。姉御前《あねぜん》をば安寿《あんじゆ》の姫《ひめ》。次若《つぎわか》君をばつし王《わう》丸とて。五つと三つにならせ給ふ。いとしほらしくましませば。父母《ぶも》の御寵愛《てうあひ》なのめならず。

か丶るめでたき折節《ふし》に。いかなる者《もの》の讒奏《ざんそう》にや。いたはしや　正氏《まさうぢ》殿。御門《みかど》の勅勘蒙《ちよくかんかうぶ》らせ給ひ。筑紫安楽寺《つくしあんらくじ》へ流《なが》されさせ給ひ。御嘆《なげき》は限《かぎり》なし。

殊《こと》に哀《あはれ》□し……

尾　御盃《さかづき》も納《おさ》まれば。姉御《あねご》の菩提《ぼだい》のためにとて。膚《はだ》の守《まぼり》の地蔵菩薩《ぢざうぼさつ》を。丹後《たんご》の国《くに》に安置《あんち》して。一宇《う》の御堂《だう》を建立《こんりう》し給ふ。今《いま》の世《よ》に至《いた》る迄《まで》。金焼地蔵菩薩《かなやきぢざうぼさつ》とて。人々崇《あが》め奉《たてまつ》る。

それよりも　つし王《わう》殿。国へ入部《にうぶ》せんとの給ひて。父上《ちゝうへ》や母上《はゝ》を。網代《あじろ》の輿《こし》に乗《の》せ参らせ。さてまた命《いのち》の親《おや》のお聖《ひじり》様。伊勢《いせ》の小萩《こはぎ》もそれ〴〵に。輿《こし》や轅《ながえ》に乗《の》せ給ひ。其身は御馬に召《め》されつゝ。十万余騎《よき》を引具《ぐ》して。陸奥指《みちのくさ》して下らせ給ふ。

往古《いにしへ》のその跡《あと》に。数《かず》の屋形《やかた》を立並《なら》べ　富貴《ふつき》の家《いゑ》と栄《さか》へ給ふ。往古《いにしへ》の郎等共《らうどうども》。我《われ》も〳〵と罷《まか》り出。君《きみ》を守護《しゆご》し奉る。上古も今も末代《まつだい》も。ためし少《すく》なき次第《しだい》なり

（新日本古典文学大系『古浄瑠璃　説経集』に拠る）

ここでは、与七郎本に見られた詞章の流れもなく、明確に「金焼《かなやき》地《ぢ》蔵《ざう》の御本地《ぢ》」は「正氏《まさうぢ》殿の。守《まぼり》本尊《ぞん》」と言い切り、その冒頭と呼応して、末尾で、丹後国に安置した「膚《はだ》の守《まぼり》の地《ぢ》蔵《ざう》菩《ぼ》薩《さつ》」が「今《いま》の世《よ》に至《いた》る迄《まで》。金焼《かなやき》地《ぢ》蔵《ざう》菩《ぼ》薩《さつ》」と崇められている、と結ぶために、先学によって指摘されてきた本地不在(11)は解消されている。しかし、その実際は、〈人間（凡夫）にての本地〉を語るものではなく、一般的な本地譚とは言えない。金焼地蔵の霊験譚あるいは由来譚としてのみ成立している。

この点について、草子本の紹介者でもある阪口弘之氏は、その「限界」を指摘されている。すなわち、「物語冒頭の本地構造や安寿・つし王の呼び名問題など、この物語構想の根幹にも関わるところで、改めて慎重な検証が求められることになろう」として、説経「さんせう太夫」の寛永期本文がほぼ復原できた意義の大きさを指摘された(12)。その上で、草子本は、説経特有の語り口を改変しているのみならず、冒頭の神仏の本地の語り出しや巻末等の常套表現も大きく改変しており、このような草子化に伴う改変が施された部分では、「問題が多すぎるものの明暦板に拠らざるを得ない限界もある」ことも指摘されている(13)。阪口氏による新日本古典文学大系『古浄瑠璃 説経集』脚注には次のようにある。説経特有の慣用句は持たないが、語り起しの「神仏の御本地を詳しく尋ね奉る」という形式において、草子本は説経そのものであり（三一八頁注二）、首尾照応して、金焼地蔵菩薩の本地譚としての結構を具えること（三八五頁注九）、しかし、「本地譚も金焼地蔵が岩城の判官正氏の守本尊であったということにとどめ、その主、正氏一家をめぐる物語へと展開する」という点において「やや変則的な本地譚」であること（三一八頁注二）が指摘されている。さらに、末尾の、安寿の菩提のために膚の守の地蔵菩薩を丹後国に安置して云々の部分との照応から、「冒頭本文は安寿の膚の守の地蔵尊を安置して、その後、正氏一家が守本尊としてきたとも解せる。」という解釈（三一八頁注三）も示されている。

草子本『さんせう太夫物語』本文を検討された林真人氏も、冒頭部との間に矛盾はないものの、「草子本のこの構

造は本地物として特殊」だと指摘されている。(14)

誰（何）を本地とするか、という視点で捉えるかぎり、そこに誰（何）を入れ込んでも、現存与七郎本の物語本体と整合性は取れず、結局本地不在に陥ってしまう。しかし、物語本体がすでに固定化してしまっていたために、そこに〈人間（凡夫）にての本地〉としての正氏の物語を差し込む余地がなく、わずかに本地を変更するくらいしか方法がなく、首尾のみに手が加えられ、変則的、特殊なものになったのが草子本の本地構造ではなかろうか。三項で掲げたように、草子本が、⑦の部分で、安寿の菩提のために膚の守の地蔵菩薩を安置するという形で金焼地蔵の由来を述べるというのは、①の部分での太郎による安寿菩提の弔いとの関係で言えば、冒頭部分と照応させての後付けのような印象を受けてしまう。

このような無理をしないためには、本地譚としての装いを脱ぎ捨てるほかない。これは、寺社や仏神が聴衆に無縁のものになったために時代によって本地譚としては語られなくなったというような問題ではなく、そもそもが本地譚ではないという身体に見合った装いにした、というだけのことであり、一項で見たような㈡愛別離苦の物語とするか、㈢長者没落譚とするか、という視点の相違はあるものの、語り起しが変化していったのは当然である。

このような改変が施される根底にも、首尾を、恣意的・便宜的な、単なる語り起し・語り収めの形式句だという見方があったのかもしれない。しかし、ユニットの付け違いはあったとしても、その首尾こそが物語本来の趣意を述べている、言葉を換えると、本地構造である首尾の語りに見合う物語が存在した、という見方は成立しないのであろうか。と言うのも、この物語を展開させる上で重要な働きをする「膚の守の地蔵菩薩」と「膚の守の志太・玉造の系図の巻物」をめぐる現存物語本体にも齟齬が指摘できるからである。

## 五　「膚の守の地蔵菩薩」と「膚の守の志太・玉造の系図の巻物」の物語

母子たちが売り分けられてゆく場面で、母が姉弟に語る部分を次に掲げる。

　あねがはだにかけたるは、ぢぞうほさつてありけるが、しせんきやうたいが□《〔みカ〕》のうへに、しぜん大じがあるならば、みがはりにもおたちある、ぢそうほさつでありけるそ、よきにしんじてかけさいよ、又をと丶がはたにかけたるは、しだたまつくりのけいづの物、ししてめいどへゆくをりも、ゑんまのまへのみやげにもなるとやれ、それをとさいなつしわう丸と、こゑのとゞく所では、とかくの御物かたりをお申ある（与七郎本。草子本も同趣）

　まず、姉安寿が膚にかけている地蔵菩薩が、姉弟にもしものことがあるならば、「みがはりにもおたちある」という部分が後の場面と対応しない。この地蔵菩薩が姉弟の「みがはり」となる場面が存在しないのである。たしかに、正月十六日、姉弟揃って初山に行った場面の本文には「ぢぞうほさつのびやくがうどころを見たてまつれは、きやうだいのやきかねをうけとり給ひ、みがはりにおたちある」と、「みがはり」の語は見える。しかし、地蔵は姉弟の傷跡を「うけとり給」うたのであって、実際に焼き金を当てられ、その傷を負ったのは安寿とつし王丸である。その後、安寿が「□《〔おカ〕》まふりなきかよかなしやな」と語るように焼き金を当てられることは地蔵が身代りに立つべき「大じ」ではないのであろうか、傷跡を「うけと」ることを身代りと言うのは拡大解釈ではないのだろうか。地蔵が被代受苦者（本作では、安寿・つし王丸）に変身するということもなく、地蔵は姉弟から火傷を受け取るだけであって、「この火傷の消失は、なんら次なる代受苦譚の規範的展開を引き起さない」という指摘[15]のとおり、中世以来の金焼地蔵譚（地蔵身代り説話）とは異質である。

　岩崎武夫氏は、本作での地蔵は「代受苦者というよりも守護神に近い性格」があり、代受苦者としての役割は安寿が演じている点が本作の金焼地蔵の新しさであり、大きな転換が認められるとの見解を示されている[16]。そのような積極的な意図を読み取るのはともかくも、それに関連して主張される「安寿が死後、金焼地蔵に祭られた」という見方には同調しがたい。酒向伸行氏も、「ただその金焼の跡のみを、それも後に受け取ったとする伝承」、すなわち本作の地蔵菩薩のあり方を「金焼地蔵譚としての矛盾」と捉えられ、なぜ、存在しもしない丹後国の金焼地蔵の本地譚という形式をとったのか、という魅力的な問いも設定されるのであるが、「山椒太夫伝説における金焼地蔵譚も、本来、他の金焼地蔵譚と同じく、安寿・厨子王に当てられた金焼を地蔵が二人の身に代わって受け取ったとする伝承ではなかったか」と推測され(17)、さらに、厨子王伝承と結合していた、丹波を中心とする山椒太夫伝説が、安寿と丹後由良の山椒太夫の物語と結合して、説経節系山椒太夫伝説が成立したのであり、その物語の舞台が丹後由良の地となったがために、丹後国の金焼地蔵の本地譚という形式をとることになったと結論づけられる(18)のは、見解を異にする。

ともあれ、現存与七郎本の膚の守の地蔵菩薩は金焼地蔵としても、身代地蔵としても語られていない。

次に、弟つし王丸が膚にかけている「しだたまつくりのけいづの物」についての語りにも不審がある。与七郎本は、この系図が「ししてめいどへゆくをりも、ゑんまのまへのみやげにもなる」と言う。従来関係が指摘されている舞曲『信田』では、姉が、家に伝わるべき重宝である本領信太・玉造の地券丸かしの巻物を渡して、信田に次のように語る。

たとひ御身死《し》したりと、閻魔《ゑんま》の庁《ちやう》の出仕の時、倶生神《くしやうじん》の御前《まへ》にて捧《さゝ》げ給ふものならば、道理《（だうり）》限《かぎ》りあるにより、など一業《ごう》の罪科《つみとが》も浮《うか》び逃《のが》れで有《（ある）》べきぞ。たゞ持《（もち）》給へ

（新日本古典文学大系『舞の本』に拠る）

その後、養子親の塩路の庄司の代官として国司の前に出た信田は咎められるが、系図を差し出して素性を明かしたことによって、奥州五十四郡の主となる、という展開も、本作と共通する(19)。『信田』の場合、父亡き現在、その正当な跡継ぎであり、この本領の地券丸かしを所持すべきは信田であるとして彼に持たせることに無理はなく、「たとひ御身死《し》したりと、閻魔《ゑんま》の庁《ちやう》の出仕の時」云々という言葉も、「羊《ひつじ》の歩《あゆ》みの近《ちか》づくもかくやと、思《おも》ひ知《し》られたり」とあるように、死を目前にした信田に対するものなので、筋が通る。

しかし乍ら、本作の場合、人買いに売られた直後のこの時点において、つし王丸の死はかならずしも予想されるも

のではないし、後に実際つし王丸が冥途へ赴く場面があるわけでもない。つまり、与七郎本における右の言葉は唐突でもあり、後の場面と対応するのでもなく、意味を成さない。この部分、寛文本では「しだ玉つくりけいづのまき物。それだにあれば。よに出るはぢでう也」、豊孝本では「信太《しだ》玉つくり、けい図《づ》の巻物《まきもの》。それだにもては、二たびよにはいつるなり」とされており、つし王丸が系図を示すことによって再び世に出る（奥州五十四郡の主となる）という後の場面と無理なく連絡するようになっている。「ししてめいどへゆくをりも」云々の言葉が何を意味するのか理解できなかったための改変ではなかろうか。

　系図についての部分は、語り手のレパートリーの中での流用なのか、あるいは、本文レベルでの継ぎ接ぎなのか、は俄に判断できないが、『信田』との関係で捉えられようが、地蔵菩薩についての部分は根本的な問題を孕んでいるように思われる。

　本作の膚の守の地蔵菩薩が中世来の典型的な金焼地蔵でも、身代地蔵でもないことは先に見たとおりである。にもかかわらず、明暦本（おそらく与七郎本も）、草子本は、その冒頭（および末尾）で金焼地蔵の御本地と言う。しかし、金焼地蔵の本地譚というものはそもそも成り立つのか。もちろん可である。ただし、注意すべきは、地蔵（像）が人間の金焼の身代りに立つという金焼地蔵譚と、金焼地蔵の本地譚とは相容れないということである。前者はあくまで地蔵の物語（地蔵譚）であり、後者の本地譚は本地すなわち人間の物語であるからである。だから、地蔵（像）が人間の金焼の身代りに立つことをどれほど語ったとしても、金焼地蔵の本地譚にはけっしてならない。よって、金焼地蔵の本地譚として成立するためには、金焼地蔵が、たとえば竹生島の弁才天や善光寺の親子地蔵のように、聴衆に周知のものとしてすでに存在していることを前提に、次の二点が必須要素となるだろう。つまり、金焼地蔵として崇められている地蔵の人間時代のことを語ること、そして、その中で彼（女）が金焼を受けること、および、それを理由（の一つ）として地蔵と祀られたと語ること、である。

しかし、本作では、三項で想定したような語り収めが与七郎本には存在した可能性も否定しきれないが、本体部分で正氏について殆ど語られず、また、金焼を受けた者は安寿とつし王丸であって、正氏が金焼を受けたと語られない以上、正氏は金焼地蔵の御本地たり得ない。それでも、明暦本（与七郎本）のように正氏を御本地だとするならば、なぜ金焼地蔵と祀られたのかがまったく説明されないことになる。

いずれにしても、明暦本（与七郎本）は正氏を金焼地蔵の御本地だとするわりには、正氏の存在があまりにも薄い。さらに言えば、「ち、の思ひをはらし」という物言いや、つし王丸が「いゑにつたはりたる、けいづのまき物」を持っているというのは、正氏の死を前提とせずとも、正氏が流人となっている、あるいは、なった、ということで説明されるかもしれない。しかし、「ち、の思ひをはら」すために都を目指したつし王丸が、その途中で梅津の院の養子となることと、その後、奥州五十四郡へ所知入りし、その主として栄えたこととは、流人ではあるが、正氏が生存しているとするならば、説明がつくだろうか。『信田』では、父はすでに亡く、信田が当地の有力者（外の浜の領主）である塩路の庄司の養子となることは、出世の一階梯として無理なく機能している。しかし、本作では、つし王丸が都の三十六の臣下大臣の一人である梅津の院の養子となるということの必然性が語られていないのみならず、かえって不都合を来しているように思う。これも系図をめぐる一連のこととして『信田』との関係で捉えられるのかもしれないないし、あるいは、四天王寺に関わる事柄なのかもしれない。

だとしても、明暦本末尾には「ふつきはんぶくとおさかへあるも、なにゆへなれは、おやかう〳〵」とあるが、ここで言う親孝行とは、つし王丸の母親に対する孝行―母親の行方を尋ねて、その両眼を癒やしたことであろうか。しかし、母親の行方を尋ねるのも、その両眼を癒やすのも、つし王丸がすでに世に出た後のこととして語られるのであり、つし王丸は苦心に苦心を重ねたわけでもなく、物語の本来の目的でもない。様々な苦難（亡き父まつら長者の菩提を弔うためのもの）が物語本体として語られた後、子と生き別れ、盲目となっていた母親に、これといった苦心もなくめぐり会い、その両眼を癒やす（このあたりの文辞―盲目杖など―は両作近い）という構造や、親孝行によるお家再興という主題（「すへはんじやうと聞へけれ、二たび、まつら長じやの、あとをつかせ給ひける、是ひとへ〔マヽ〕、おやかう〳〵」）が類似する『まつら長じや』（寛文元年板）は、その末尾には「いきたるおやには申に及はす、なきあと迄もかう〳〵をつくすべし」とあり、右の類似から言えば、父親（正氏）に対する親孝行が主部としてある物語であると同時に、その父親正氏はすでに亡き後の物語であると見ると、つし王丸の「おやかう〳〵」物語として語り収めるに相応しいのではなかろうか。

あるいは、子が燕の親子を見て父を思い、父を尋ねに出るという発端の類似から考えると、父（正氏）没後の物語に先立って、「かるかや」のように、父の物語を主部とし、その父である正氏が往生し、金焼地蔵に祀られる、という語りも存在した可能性を想定すること、冒頭部分で語られるとおり「かなやきぢざうの御本ぢ」すなわち「人げんにての御ほんぢ」としての正氏（父）の物語を想定することは、あまりにも突飛な発想であろうか。

一言で言えば、「さんせう太夫」諸本中、現存最古であり、説経正本としても最も古いものの一つでもあるということで、与七郎本によって「さんせう太夫」という物語の本質を考えることは可能なのか、という疑問である。「さんせう太夫」には、室町期に遡る古いテキストの伝存は知られていないが、「叡尊、忍性、宣基ら、律宗僧の宗教活動が踏まえられている」という指摘（前掲）があるように、十三世紀から十四世紀にかけての頃、少なくとも「さんせう太夫」の原形のようなもの（地蔵霊験譚や四天王寺での平癒譚などか）[20]は語られていたのであろう。それから十七世紀前半までの間に、その語りはどのように変化したのか、そして、説経正本として文字化されるにあたり、当時の太夫の実際の語りはどれほど忠実に写し止められたのか[21]、これらはおそらく「さんせう太夫」に限った問題ではなかろう。すでに阪口弘之氏が、舞曲系作品にとどまらず、伝承世界を潜り抜けてきたと思しき本地物系作品も含めて、「寛永期正本が、書肆という芝居現場とは本来異なる場で主導的に刊行をみている」と指摘されている[22]ことを参照すると、同じ寛永期に刊行を見た説経正本のみがひとり太夫の語りの実際を反映したものであると考えることにどれほどの根拠があるのであろうか、という思いが頭を擡げる。寛永期に正本という形で固定された「さんせう太夫」という物語は、明暦本に顕著なように、以後それを原器として享受されることになったが、その中の「膚の守の地蔵菩薩」と「膚の守の志太・玉造の系図の巻物」の物語は、文字化された説経正本という枠組みに収まりきらない説経の世界の広がりを夢想させるのである。

**注**

(1) 「小栗の曲乗り」「さんせう太夫」(『生涯という物語世界—説経節—』、一九九三年十月、世界思想社)。
(2) 『新修絵入浄瑠璃史』「(三) 説経節の由来」(一九三六年十二月、太洋社)。
(3) 阪口弘之氏『さんせう太夫』解題(新日本古典文学大系『古浄瑠璃 説経集』、一九九九年十二月、岩波書店)。
(4) 説経本文の引用は『説経正本集』第一、第二に拠る。本文中で断らないかぎり、以下同じ。
(5) 「『さんせう太夫』の性格」(『別府大学紀要』第24号、一九八三年一月)。
(6) 新潮日本古典集成『説経集』解説(一九七七年一月、新潮社)。
(7) 東洋文庫『説経節』解説・解題(一九七三年十一月、平凡社)。なお、角田一郎氏『せつきやうさんせう太夫』解題(天理図書館善本叢書和書之部『古浄瑠璃続集』、一九七九年一月、八木書店)でも同じ指摘がなされている。
(8) 「明暦二年刊『せつきやうさんせう太夫』の特徴—詞章省略の方法—」(『伝承文学研究』第六十号、二〇一一年八月)。
(9) 「物語の原動力—さんせう太夫考—」(『文学』VOL.48、一九八〇年十月)。
(10) 徳田和夫氏「説経説きと初期説経節の構造」(『国文学研究資料館紀要』第二号、一九七六年三月)、山本吉左右氏「伝説生成の一形態——日本 鳥羽田龍含寺小栗堂縁起」(『口頭伝承の比較研究1』、一九八四年十一月、弘文堂)。
(11) 安野眞幸氏「説経節『山椒太夫』の成立 巫女の死と天皇の登場」(『下人論 中世の異人と境界』、一九八七年九月、日本エディタースクール出版部)では、この物語の「御本地」は誰かについて、㈠「安寿」説、㈡「正氏」説、㈢「厨子王」説、㈣〈この物語は本地譚ではない〉との説が検討されている。
(12) 注3解題。
(13) 「語り物としての説経—栄華循環の神仏利生譚」資料(神戸女子大学古典芸能研究センター公開研究会「説経節—情念の語り物—」、二〇一五年十一月二十八日、神戸女子大学教育センター)。
(14) 「草子本『さんせう太夫物語』に見る寛文期草子屋の活動」(『国文学研究資料館紀要 文学研究篇』38、二〇一二年三月)。
(15) 注9論考。
(16) 「金焼地蔵——代受苦者の位相」(『続さんせう太夫考—説経浄瑠璃の世界』、一九七八年四月、平凡社)。

(17)「説経節系山椒太夫伝説の構造」(『山椒太夫伝説の研究―安寿・厨子王伝承から説経節・森鷗外まで―』、一九九二年一月、名著出版)。

(18)「説経節系山椒太夫伝説の成立」(注17著書所収)。

(19) 室木弥太郎氏は、「『さんせう太夫』は説経で、「信太」は舞であるが、それぞれ話の筋、素材、その他いろんな面に類似のあることが分る」として、「両者の似ている点をあげるときりはないが、偶然の一致と見るわけにはいかない」と述べられている(『訂増 語り物(舞・説経・古浄瑠璃)の研究』第二篇 舞・第三章 作品論「漂泊―「信太」と「大臣」―」、一九八一年六月、風間書房)。

(20) 松尾剛次氏「説経節「さんせう太夫」と勧進興行」(『勧進と破戒の中世史――中世仏教の実相』、一九九五年八月、吉川弘文館)。

(21)『説経正本集』第一の与七郎本『さんせう太夫』の解題に、水谷不倒氏所蔵『南水漫遊』別本の抄録が紹介されている。『新修絵入浄瑠璃史』でも言及されているが、「右之説経世間多ト申セ共是者天」下一与七郎口伝之処開者也」という奥書(刊記)があるという記事で、与七郎本『さんせう太夫』のものかと考えられている。ここに言う「与七郎口伝之処」を文字通り受け取ってよいかどうかという問題である。

(22)「操浄瑠璃の語り―口承と書承―」(「伝承文学研究」第四二号、一九九四年五月)。

## 3節 「をぐり」の物語——十王由来譚——

川端咲子

「をぐり」[1]の物語は、小栗出生から毒殺までの小栗の活躍を描く前半、餓鬼阿弥となった小栗が長い道行を経て熊野で元の姿に甦り、最後は神に祀られるまでの後半に分けられる。前半と後半の接点である閻魔王宮で、小栗は十人の殿原の身替わりにより娑婆へ戻り、残った十人の殿原は「十王」と祀られて閻魔王の脇侍としてその左右に並ぶことになる。奈良絵本『おぐり』[2]では、閻魔王宮の場面の最後は、

(A)さて十人の殿原は、主に孝行の者なれは、頼もしき次第也とて、我が脇立に備へんとて、十王十体とお斎《いは》ひある、(B)昔か今に至る迄、主に孝ある輩は、仏になる事疑ひなし、それよりして今に至るまて、十王十一(ママ)体とは申伝へたり

の一文で終わる。小栗の物語はまだまだ続くが、十人の殿原の物語はここで終了する。その末尾が右の文章であり、これは「十王」の由来譚の結びと読める。主君の小栗と共に都から常陸へ下った十人の殿原は、毒の酒を飲まされて非業の死を遂げ、その後「十王」に祀られる。つまり十人の殿原の物語は、十分に本地物の要素を兼ね備えており、「をぐり」の物語自体、小栗と照手の本地譚であるが、その中に「十王」の本地譚が内包されているということがで

きるのである。

「十王」とは、冥界の十人の王のことをさす。人は死ぬと、初七日から三年忌に至るまでの間に、この十人の王の前を通過し生前の所業を裁かれる。そのため、初七日から四十九日までの七日毎の法要と百箇日・一周忌・三周忌の法要は、死者を成仏させるために欠かす事ができない。この十王信仰は、「十王経」に基づく。唐末に中国で成立した『預修十王生七経』等の経典は、平安時代には日本に伝来した。さらにこの中国伝来の経典を元にして、日本で成立したのが『地蔵菩薩発心因縁十王経』(『地蔵十王経』)である。日本における十王信仰では、「十王」にそれぞれ本地仏が設定されているのが特徴である。

「十王経」や十王信仰は、日本の文芸に様々な形で影響を及ぼし、様々な形で受容される。小栗の物語で、十人の家来を「十王」に斎うのもまた、そうした受容の一つといえる。(3)しかし、「をぐり」の「閻魔王とその脇侍の十王」という構図は、後述するが、「十王経」から甚だかけ離れた構図である。これは「をぐり」の物語特有であるのか、あるいは何か元になるもの或いは素地があるのだろうか。

## 一　奈良絵本『おぐり』について

最初に奈良絵本『おぐり』を引用したが、引用本文(A)の部分は、小栗諸本に見られるが、(B)の部分は奈良絵本『おぐり』にしか見られない。実は、閻魔王宮の場面に関しては、諸本を比較すると、奈良絵本『おぐり』は少し特異な本文を持っていることがわかる。そこで「十王由来譚」とは少し離れるが、奈良絵本本文の特異性について触れておく。奈良絵本の本文は、志水文庫蔵の説経「をぐり」零葉と本文が一致する事から、寛永頃の説経のテキストを利用していることが指摘されている。(4)現存する説経正本の版本よりは古いテキストと考えてよい。

まずは奈良絵本『おぐり』の本文を以下に挙る。

奈良絵本『おぐり』

いたはしやな小栗殿、毒の酒にて殺され、十人の殿原たちも御供にて、(I)死出三途の大河を渡り、閻魔大王に参らる〻、大王此由御覧して、罪人ともの参るとお申あれは、鬼とも承り、喜ふ事限りなし、(II)閻魔王の仰せには、さてこれはいつくの国の者やらんと、御尋ねありけれは、小栗此由聞こし召し、さすかに閻魔大王の、我をしろし召されぬかや、これは常陸国の主なり、押して聟入りしたる咎そとて、力にならぬ敵とて、毒の酒にてこれまて参るとお申ある、大王は聞こし召し、(III)さて御身は罪とてもなき人にてあるよなふ、小栗此由聞こし召し、仰せの如く身に咎は覚え申さす、然りなから、咎に落としていつくへなりとも御遣り候へ、大王いかにと仰せければ、十人の殿原たちも、我らともをも咎あらは、いつくへなりとも、大王様の御計らひとそ申ける、(IV)その内に願はくは、これ迄も主の供に参りたり、これより先も、主と一所に送りて給はれ、大王さまと申ける、大王は聞こし召し、小栗は定業にて力及はす、十人の殿原は、非法の死に〻てあるなれは、急き娑婆へ帰らいよとお申ある、十人の殿原たちは此由を承り、我ら十人か戻りて候へはとて、本望は遂けられす、あの小栗一人お戻しあれは、本望は遂けやすし、お戻しあつて給はれの、大王様と申ける、大王此由聞こし召され、あら頼もしき人々か申事かな、然りなからみたほうし見る目とて、二人の者を近付け給ひ、あの十一人の死骸のあるか。見てまいれとありければ、承ると申て見る目みたほうしは、須弥山に登りつ〻、金剛杖を取り上けて、日本を一打ち打ては、罪罪業も一目に見る、二人の者は立ち帰り、閻魔大王に申やう、いかに大王様、十一人の死骸を見て候へは、十人の殿原は、非法の死にとて火葬にしられたり、又小栗とやらんか死骸をは、(V)富士山の裾野、上野か原といふ所に、土葬に築込め、卒都婆を立て〻を置き申、十人の殿原の死骸は御さ候はす、大王此由聞こし召し、此罪人と申は、(VI)小栗に罪は少しもなし、十人の殿原も、主に孝ある者なれは、十一人なから娑婆に戻したくは思へとも、死骸かなければ詮もなし、小栗一人戻して、本望を遂けさせせんとの給ひて、小栗が胸板を、自筆に御判を据へ、(Ⅶ)富士山の麓、一の御弟子にお渡しあり、此小栗を土車に作りて、(Ⅷ)熊野本宮、十津川の湯に入る、物ならは、冥途より薬の湯を上け、病ふ本復すへき事疑ひなしと遊はしける　さて十人の殿原は、主に孝行の者なれは、頼もしき次第也とて、我が脇立に備へんとて、十王十体とお斎《いは》ひある、(Ⅸ)昔か今に至る迄、主に孝ある輩は、仏になる事疑ひなし、それよりして今に至るまて、十王十一（ママ）体とは申伝へたり

(Ⅰ)から(Ⅸ)の傍線部分が、奈良絵本の独自な要素である。(Ⅴ)(Ⅶ)(Ⅷ)の固有名詞の違いについては今は触れない。(5)

次に、御物絵巻『をぐり』と説経正本の諸本本文を挙げる。

①閻魔大王は御覧じて　さてこそ申さぬか　悪人が参りたは　あの小栗と申するは　②娑婆にありしその時は善と申せば遠うなり　悪と申せば近うなる　大悪人の者なれば　あれをば悪修羅道に落すべし　③十人の殿原達は　お主にかゝり非法の死にのことなれば　あれをば今一度娑婆へ戻いてとらせうとの御諚なり

（御物絵巻『をぐり』）

大王は御覧じて。浄玻璃の鏡に引むけ給へは。②小栗娑婆にて、善といへば遠のき。悪事といへは近付。大悪人の者也、③扨十人の殿原は善人也。娑婆に返れとの給へは。

（延宝三年正本屋五兵衛版『おぐり判官』）

王宮御覧して。日ふんの帳を取出し、常張の鏡に映し見給ふに。②小栗娑婆にて善といへは遠のき。悪人なれは、修羅道へ落とすへし。③十人は娑婆へ戻り給へと仰ける

（享保三年刊『をぐり判官』（佐渡七太夫）

大王御らんじて、浄玻璃の鏡に、ひきむけ見給へは、②小栗は娑婆にて、善といへば遠のき、悪といへば近づき、大悪人の小栗なれば、急ぎ修羅道へ落とすべし、③又十一人の者どもは、罪罪業もなくして、其上非法の死にのことなれば、いそぎ娑婆へ戻るへし

（江戸鶴屋喜右衛門版『おぐり物語』）

大王は御覧じて　上玻璃の鏡に引むけ給へは　②小栗娑婆にて善といへは遠のき悪といへば近付大悪人　③殿原は娑婆へお帰りあれとの給へは

（万治・寛文頃刊〔おぐり判官〕零本）

(Ⅰ)諸本では、死出の道の記述はなく、すぐに閻魔王の前に来るが（傍線①）、奈良絵本は僅かであるが閻魔王宮までの道が記されている。説話・御伽草子・説経・古浄瑠璃には、堕地獄譚はいくつもある。それらの堕地獄譚には多かれ少なかれ死者が死出の道をたどる記述がある。奈良絵本の(Ⅰ)は、「をぐり」も堕地獄譚の一つであることを示す証しと言えるかもしれない。

(Ⅱ)他本では、閻魔王はやって来た人々が小栗とその一党であることを知っている。奈良絵本では閻魔王は、小栗を誰何し、小栗は名を名乗って、何故ここへ来たかを告げるという展開を持つ。それに対して閻魔王の返答が(Ⅲ)になる。

(Ⅲ)ここで小栗に対する閻魔王の評価という点が奈良絵本は諸本と大きく異なる。諸本では、閻魔王は小栗を「悪人」と規定して、修羅道へ堕とそうとする（傍線②）。一方、十人の殿原は娑婆へ帰れと言う（傍線③）。しかし奈良絵本では、閻魔王は(Ⅲ)「さて御身は罪とてもなき人にてあるよなふ」と言う。閻魔王の誰何に答える小栗の「仰せの如く身に咎は覚え申さす、然りなから、咎に落としていつくへなりとも御遣り候へ」と言う言葉は、己の運命を粛々と受け入れた言葉であり、閻魔王の言葉に対応している。その結果、(Ⅵ)「小栗に罪は少しもなし」という判決が下される。つまり奈良絵本では、「善と申せば遠うなり　悪と申せば近うなる　大悪人（御物絵巻）」であるはずの小栗から「悪人」という属性がきれいに消去されているのである。

ここで「をぐり」以外の例をいくつか見てみる。例えば、蘇生譚を扱った説経『念仏大道人嵩山上人之由来』で、主人公の「金ごく」は、閻魔王の前で以下のように裁断される。

其折ふし、閻王より、使立、獄卒畏て、金ごくを引き立て、御前に引出す、閻王、御覧し、汝、娑婆に有し時、善を去つて、悪を好、親に不孝し、民百姓を難儀させ、其上、悪殺生好、大悪人、寿命は、八十六なれ共、殺生なしし、業により、十八才にて、非業の死を遂げたり、汝畜生道へ堕とし、其後、等活地獄に、堕とすへしと仰せける、

「金ごく」は「善を去つて、悪を好」「大悪人」という。かれの属性は、絵本を除く「をぐり」と一致する。「金ごく」は、「定業」では八十六才まで生きるはずが、悪人ゆえに十八才で「非業」の死を遂げ、悪人ゆえに地獄に堕ちる。あるいは皇極天皇堕地獄譚として知られる『善光寺堂供養』でも地獄に堕ちた皇極天皇は、閻魔王に以下のように申し渡される。

南閻浮州大日本の主。皇極天王と申悪人。召連れ参り候と申上る。閻王、はつたと睨ませ給ひ。汝、娑婆に有し時。身の栄華に、後世を知らず。地獄、極楽も今生一たんと打破り。月中の斎日に。仏供養の心もなく。色、声、香、味、触、法の。六つの道に、奢りし罪。喩へがたき悪人也。衆合地獄に落とすべし。

（伊藤出羽掾『善光寺堂供養』）

小栗は悪人ゆえに地獄へ堕ちる、十人の殿原は善人であり、なおかつその死は「非法」の死なので娑婆に帰れるとする奈良絵本以外の「をぐり」同様の論理が、『念仏大道人崙山上人之由来』や『善光寺堂供養』には、働いていると。一方、小栗の悪人という属性を消去した奈良絵本では、小栗を修羅道へ堕とすという文章がなくなる(IV)。ただし、娑婆へ戻ることも許されない。その理由が、小栗は「定業」の死だからだという諸本とは異なる論理が展開していく。小栗がここで死ぬのは「定業」すでに決まった運命であった。一方十人の殿原は、本来死ぬべき運命ではなかったが「非法」の行為で死んでしまった。ゆえに十人の殿原は帰ることができるというのである。

堕地獄譚において「悪人」という属性はかなり重要である。生前どのような身分のものであっても、「悪人」であれば地獄に堕ちる。奈良絵本でそれが消去されたのは何故か。書き落としではなく、新たな論理を展開させている以上、これは明らかに消去である。奈良絵本の本文、ひいてはその元となった古体の説経本文の成立過程や成立環境の点でおそらく看過しがたい点である。

## 二 「十王」のイメージ

さて小栗が蘇生できることになるのは、十人の殿原の強い訴えがあってのことであった。奈良絵本では曖昧になっているが、諸本では十人の殿原は自分達が替わって修羅道へ堕ちると訴える。

殿原たちは聞召。我々娑婆へ戻りてもせんなし。主君は娑婆に敵の候故。我々にめしかへ、小栗壹人娑婆に戻し給はれと、皆一同に申さる丶。

（享保三年刊『をくり判官』（佐渡七太夫））

即ち十人の殿原の身替わりによって小栗は蘇生できる。しかし小栗の家来の十人の殿原は、「非法の死にとて火葬にしられ」ていたため甦れない。閻魔王は「十人の殿原は、主に孝行の者なれは」とその忠心を愛でて、彼らを「十王」として斎い、閻魔王の左右に並べる。

先に述べたとおり、「十王」とは「十王経」に基づく十人の王をいう。第一　秦広王（初七日　本地仏　不動明王）、第二　初江王（二七日　本地仏　釈迦如来）、第三　宋帝王（三七日　本地仏　文殊菩薩）、第四　五官王（四七日　本地仏　普賢菩薩）、第五　閻魔王（五七日　本地仏　地蔵菩薩）、第六　変成王（六七日　本地仏　弥勒菩薩）、第七　太山王（七七日　本地仏　薬師如来）、第八　平等王（百ヶ日　本地仏　観世音菩薩）、第九　都市王（一周忌　本地仏　勢至菩薩）、第十　五道転輪王（三回忌　本地仏　阿弥陀如来）である。閻魔王は「十王」の一人、第五番目の王である。その閻魔王の左右に「十王」が並ぶと、閻魔王が二人存在することになってしまう。そもそも「をぐり」には、十人の殿原が「十王」となる以外に、「十王経」の影響を受けた部分を見いだすことは恐らくできない。「をぐり」における「十王」のイメージは、「十王経」から直接ではなく、「をぐり」成立期に人々が持っていた「十王」のイメージが投影されていると考えるべきではないか。

「をぐり」以外の例を少し確認してみる。「十王経」の影響下に作られた室町時代物語に『長法寺よみかへりの草紙』がある。頓死した「けいしん」なる尼が閻魔王の前に至り、地獄の様を見た後蘇生する物語である。

なを、奥へい入りて見候へは、宮殿、楼閣、ちう〴〵に、美しき、大《(ママ)》いりあり、そのうちに、十王、一面に、並ひて、御いり候なかに、閻魔王、すくれて、恐ろしく御見え候、御顔の大きさ、三尺はかりに、御見え候、その末に、跪きて候へは、閻魔王、物仰せ候、御声、恐ろしさ、鳴神のことく、一言、仰せあれは、肝をけし、心も身にそはす、かの、閻魔王の御前に、倶生神と申て、善悪の、二を、記し給ふ、（『長宝寺よみかへりの草紙』）

「けいしん」が赴いた閻魔王宮には、閻魔王と共に十王も並んでいる。「十王経」に基づくならば、死者は、時間を掛けて十人の王それぞれの宮へたどり着かなくてはならないのであるが、この話では、最初に閻魔王の宮へたどり着き、そこで「十王」すべてに会えてしまうのである。先に挙げた『善光寺堂供養』でもよし介と皇極天皇がたどり着いた閻魔王宮には、「十王」が並んでいる。

かくて、閻魔王宮には。十王、十体、あきらかに。玉座に移らせ給へは。倶生神、左右に立。金札、鉄札、善悪の浅き、深きを糾し給ふ。（伊藤出羽掾『善光寺堂供養』）

閻魔王の脇士の「十王」という「をぐり」の設定とは違うが、「十王経」を元にしながらも、閻魔王を含む「十王」が閻魔王宮で一堂に会するという「十王経」とは異なるイメージが、中世から近世の人々の意識の中に存在したようである。

中世以来多く製作された「十王」を描いた絵を十王図と呼ぶ。十王図には、「十王」を一幅ずつ描いたもの以外に、「十王」を全て一幅に描いたものもある。後者の十王図が、物語の世界における「十王」が一堂に会するイメージを生み出した可能性がある。

あるいは、「十王」が一堂に会するイメージは、十王堂から生じたのかも知れない。十王の像は、単体で祀られることはまずなく、十王堂と呼ばれる一つの堂に十体並んで祀られるのが一般的である。閻魔王を単体で祀った閻魔堂はあるが、秦広王堂や初江堂などは恐らくないであろう。とすれば、「十王」が一堂に会するイメージというのは、十王堂に祀られる十王像から生まれた可能性もある。

最初に挙げた「をぐり」諸本の中に、「十王」の顔が赤いのは酒のためという本文を挿入しているものがある。

大王聞召。扨も方々は主に孝有人〳〵かな。娑婆にて二しんにさぞ有らん、我弓手馬手に。十王十体と頼也。色の赤きは、酒のいはれと聞へけれ

（延宝三年正本屋五兵衛版『おぐり判官』）

王宮聞召　扨も方々は冥途黄泉迄主に孝有人々かな　娑婆にて二しんにさそ有らんと　王宮の弓手馬手に十王十体と御斎い有　色の赤きは相模にて酔い死にしたるいわれ也

（万治・寛文頃刊〔おぐり判官〕零本）

十王図には、顔が朱で塗られた「十王」が混じっているものが少なくない。ちなみに、志水文庫蔵「浄福寺十王図粉本」では、秦広王・初江王・大山王の顔面に「朱肉」、五官王・都帝王・轉輪王には「肉色」という色の指定がある（参考図「浄福寺十王図粉本」秦広王 部分）。「をぐり」で、わざわざ「十王」の顔が赤い理由を説明するのは、そのイメージとして現実の十王図あるいは十王像を置いているからではないか。ちなみに、御物絵巻『をぐり』にはその文章はないが、閻魔王の左右に「十王」となった十人の殿原が並ぶ図が描かれている。彼らの顔をよく見ると、頬の辺りが薄らと赤く色づいている。これは逆に、依った説経のテキストには「色の赤きは相模にて酔い死にしたるいわれ也」に近い文章があり、それを絵師が表現するべく頬に彩色を施したのではないか。

それでは、「十王」が一堂に会するという構図から「十王」が閻魔王の左右に並ぶという「をぐり」の構図への飛躍はどこから来たのか。

絵画の世界では、十王図は、閻魔王を中央に描いたり、大きく描いたりする「閻魔王の特化」が、時代を下るにつけて行われるようになるらしい(6)。また、十王堂の中にはやはり、閻魔王を中心に配置し、なおかつ他の王達より大きく作ったものが見られる。

（参考図）「浄福寺十王図粉本」秦広王 部分

説話や物語の世界でも「閻魔王の特化」という動きを見いだすことができる。先に挙げた『長宝寺よみかへりの草紙』に「なかに、閻魔王、すくれて、恐ろしく」とあるのも閻魔王の特化の表れであろう。御伽草子に、仏達と地獄の王達の戦いを描いた『えんま物語（焔魔王物語）』がある。地獄側の軍の総大将は閻魔王で、「冥途黄泉を、たな心のうちに握り、五十二類を、目の下に、見下ろし給ふ、大王」と規定されている。あきらかに「閻魔王の特化」である。

（仏達が地獄に攻めてくることを聞いた閻魔王宮では）みる目、かぐ鼻、すゝみ出、こは口惜しき、御諚かな、さすかに、冥途黄泉を、たな心のうちに握り、五十二類を、目の下に、見下ろし給ふ、大王の、御意とも、覚え侍らず、臆して見えさせ給ふかや、それがしが、存るは、十王の人々と、十方世界、大将として、極楽城へ押し寄せ、仏菩薩をも、討ち取り奉り、三千大千世界を、大王の国に、いたし侍らんとそ、存じ候へと、勇みに勇み申けれども、（中略）まつ、大将軍焔魔大王の、装束には、（中略）此ほか十王、おもひ〳〵の鎧、いろ〳〵の旗さして、堂上に一面に座せられたり、（中略）十王、方々の大将に向かはれけり、東へは大山王、南へは宗帝王、五道将輪王、西方へは、焔魔王より初て、初江王、都市王、平等王、北へは泰広王、反城王こそ、むかはれけれ、太山府君、副将軍の仰せを、蒙りて、牛頭、馬頭等の、あらけなき、死生不知の者ともを、相具して、方々へ向かはれたり（中略）六道冥府の惣大将、焔魔大王とは我事なり（中略）（閻魔王は捕らえられ、地蔵を戒師に出家する）か丶るところに、九人の王、こと〳〵く、降人に出て、申されけるは、（中略）（王達も出家する）まづ秦広王は、大日如来を戒師にて、出家し給ひけり、（中略）初江王の戒師には、尺迦如来とぞ申されける、（中略）宗帝王の戒師には、大聖文珠に定まりぬ、（中略）五官王の戒師には、普賢大士に定まりぬ、（中略）変成王の戒師には、弥勒慈尊に定まりぬ、（中略）泰山王の戒師には、薬師如来に定まりぬ、（中略）平等王の戒師には、観音大士と、聞えける、（中略）都市王の戒師には、阿弥陀如来に、定まりぬ、（中略）五道転輪王の、戒師には、勢至菩薩ぞ、すり給ふ、（中略）かやうに、十王悉く、出家入道せらる丶上は、浄土の怨敵、絶え果て丶、後悔の障り、なかりけり

（『ゑんま物語（焔魔王物語）』（『室町時代物語大成』三、角川書店））

後半、戦いに負けた閻魔王と九人の王はそれぞれ戒師を得て出家する。その戒師は「十王経」に則った「十王」それぞれの本地仏である。ここからは、「十王経」の影響下に作られた物語と言える。ただし、「十王経」で示される秦広王の本地仏は、大日如来ではなく不動明王であり、都市王と五道転輪王の本地仏は逆である。もっとも、不動明王は大日如来の化身であり、大日如来を本地仏とする十王図も存在する。また、木山寺蔵の「十王十本地仏図」は、秦広王・都市王・五道転輪王を含むすべての本地仏が『ゑんま物語』に一致する。[7]とすると、この『ゑんま物語』も「十王経」ではなく十王図の影響下に作られた物語と言うべきかもしれない。

さて、『ゑんま物語』の文章を読むと、閻魔王と「十王」の関係は、後半は確実に閻魔王を頂点として残りの九王、閻魔王も含む「十王」となっているが、「十王の人々と、十方世界、大将として、極楽城へ押し寄せ」という文章は、閻魔王と「十王」は別であるかのように読める。

『長宝寺よみかへりの草紙』は、「十王、一面に、並ひて、御いり候なかに、閻魔王、すくれて、恐ろしく御見え候」とあり、閻魔王は「十王」のうちの一人であると読める。『善光寺堂供養』には、先に挙げた部分以外にも閻魔

王と「十王」に触れる部分が二カ所有る。

しかる所に、有難や。光明、赫奕と照らし。阿弥陀如来、よし介諸共、来現有。閻王も、十王共に、悉く。玉座を立て、合掌有、帝、あまり忝く。信心深く、南無阿弥陀。南無阿弥陀仏と。高唱に唱へさせ給ふ時。さしもに荒き閻王、十王、十体、倶生神。玉の冠を傾け。一念発起菩提心。かく、有難き念仏の行者とならせ給ひける。帝を、地獄へ落とさん事。勿体なし〳〵。

先に挙げた部分では閻魔王は「十王」の一人と認識しているように読めるが、右の「閻王も、十王共に、悉く」「さしもに荒き閻王、十王、十体、倶生神。」は、閻魔王と「十王」という風に読める。『善光寺堂供養』は絵入り本であるが、この場面の挿絵に「十王」は描かれていない。相模掾の絵入り本には、「十王」の姿が描かれているが、この本は欠丁がありちょうどこの場面の左半分が欠けているため、「十王」と閻魔王が描かれているのか、閻魔王を含む「十王」が描かれているのかは、残念ながら不明である。

こうしてみると、時代が下るにつれて、あるいは物語や語り物の対象が庶民になるにつれて、「十王」の実態は「十王経」からは乖離し、曖昧化していくと言える。「十王」は秦広王・初江王・宋帝王…という個々の王ではなく、無個性の冥界にいる十人の王でしかなくなる。そして次第に、閻魔王宮で閻魔王の背後に存在する者達という位置づけになっていく。そして、本来は「十王」の中にいながら、他の王達とは異なり単独でも登場する閻魔王が「十王」のトップ、さらには「十王」のさらに上に位置する王という風に変わっていく。もともと、閻魔王宮には、閻魔王の側に司命・司録・倶生神・五人の冥官がおり、また獄卒達が並び居るというイメージが存在した。「十王」と、こうした元から閻魔王宮に居た者達とのイメージが、十王図や十王堂の十王像を媒介にして混同していった結果生まれたのが、「をぐり」の閻魔王の左右に並ぶ「十王」に祀られる十人の殿原といえるのではないか。

## 三　その後の展開

「をぐり」の物語は、説経から離れて、浄瑠璃・歌舞伎・小説の世界に拡がっていく。小栗と照手の物語であった「をぐり」は、説経の世界から離れると、小栗と照手二人だけの物語ではなくなっていく。小栗の家来達には名前が与えられ、それぞれの活躍の場が作り出されていく。照手の側も鬼王鬼次兄弟が、照手を沈めにかけた後も活躍するようになる。こうして様々な新しい展開が付加される中で、元の物語から省略されていく要素が出てくる。その最たるところが、小栗と竜女の婚姻部分と、地獄からの蘇生譚である。土車に乗った小栗を照手が引いて熊野へと行くという要素は、幕末の歌舞伎に至るまで踏襲されるのだが、蘇生譚はかなり早い段階で消えてしまう。当然、小栗の属性を「悪人」とする設定も、十人の殿原が「十王」になるという設定もなくなってしまう。その過渡期にあるのが、蘇生譚は残っているものの、閻魔王宮の場面はなく、藤沢の上人の言葉のみで蘇生のことが述べられる竹本義太夫の浄瑠璃『当流小栗判官』であろう。

最初に戻ると、奈良絵本の「をぐり」は、小栗の「悪人」という属性を消去してしまったと書いた。書き落としたのではなく、明らかに消去しているのは、先に見たとおりである。また、小栗と竜女との婚姻部分も奈良絵本にはない。これは、近世になって作られていく様々な小栗の物語の設定の先取りであった。この点のみを見れば、奈良絵本の「をぐり」は新しい。本文の系統としては、現存する版本より古いはずの奈良絵本の本文が、こうした新しい展開を持っているということについては、奈良絵本の元となった説経のテキストが誰のテキストであったのかという問題と重ねて考察していくべきことであろう。そこからは新しい知見が得られるかもしれない。

最後に、十人の殿原について、少し変わった趣向を持つ、明和五年刊の黒本『小栗吹笛乾局』を紹介して終りとする。この黒本の本文は、享保三年版の説経に近いという考察が菊池真理子氏によってなされている(8)。しかしこの本では、説経諸本には全くみられない設定が書かれている。すなわち、小栗も十人の殿原も土葬にされ、十人の殿原は十人の子供と転生して、照手と共に小栗の土車の綱を引くのである。

小栗殿を初め、池の庄司、十人の殿原残らず土葬にし、さて照手姫をは空舟に乗せ大海へ流せしは、情けなふこそ見へにけれ（中略）小萩は狂女の体に様を替へて、車の綱を引く。かゝる所へ子供十人いづく共なく来たり。綱に取付きゑいさら〳〵と引けるにぞ。十人の殿原を閻魔王、子供に仕立て、又此娑婆へぞ帰し給ふ。その昔も例なき事にもあらず。小野篁は毎日冥途へ往来せしとかや。（明和五年刊鳥居清経画『小栗吹笛乾局』鱗形屋版）

説経の影響下にありながら、「十王」になるという部分は改変してしまっているのは、「十王」に対する意識が変化した時代に作られた為か、あるいは子供向けの読み物ゆえに子供に転生するとしたのか定かではない。

**注**

（1）以下、説経の作品名は「をぐり」と表記し、主人公は「小栗」と表記する。「をぐり」諸本の題名は『説経正本集』に倣う。

（2）以下の引用本文は『説経正本集』（角川書店）、『古浄瑠璃正本集』（角川書店）、『室町時代物語大成』（角川書店）、により、句読点もそれぞれに従った上で、適宜私に漢字を宛てて傍線を付している。ただし、絵巻『をぐり』のみは新日本古典文学大系『古浄瑠璃・説経集』の校訂本文による。

（3）橋本直樹氏「縁起と語り物―十王経と御伽草子・談義本―」（『国文学解釈と鑑賞』51(4) 1986年）

（4）『説経正本集』第二（角川書店）解題参照

（5）閻魔王が小栗蘇生の際に書いた札に「十津川の湯」とあるが、後半で小栗が実際に入るのは他の本と同様湯の峯の湯である。ちなみに、湯の峯以外の湯に入る話としては、上方の初期子供絵本に有馬の湯に入るというのが、珍しい例であろう。

（6）鎌倉時代以降、六道十王図は十王における閻魔王の中心性を視覚化する方向に展開してきた。13世紀の禅林寺本十界図では、十王における閻魔王の中心性は、図像配置の点からも図像自体の点からもまったく考慮されない。同じく13世紀の極楽寺本六道絵では閻魔王の顔は正面向きとなり三幅対の中央幅に描かれるものの、配置は中央幅の右端にとどまる。14世紀の水尾弥勒堂本六道十王図では三幅対の内、閻魔王が描かれた中央幅は現存しないが、十王の配列の規則性から判断するなら、中央幅での閻魔王の配置は中央であったと推定できる。16世紀の出光美術館本六道十王図では全6幅のうちの第3幅の中央に、全身を左右相称性の強い表現で描いた閻魔王が配される。（鷹巣純氏「出光美術館十王地獄図について」注より）

（7）木山寺の「十王十本地仏図」については、武田和昭氏「十三仏図の成立再考」（『密教文化』29-60 1994年）に以下のような説明がある。

初七日忌を大日とする例が多いのは留意されよう。本図（木山寺蔵）をはじめ正法寺本・禅林寺本などが制作された時期には、すでに『地蔵十王経』は知られていたはずである。それにも関わらず不動に代わって大日を当て、しかも本図の場合には、図の中央に配したのはより密教職を強めたと解してよかろう。なお本図では一周忌都市王に阿弥陀仏、第三年五道転輪王に勢至を当てており、通形と逆で理解しがたいが阿弥陀三尊を想定した場合、中尊を阿弥陀にしてその両脇侍に観音・勢至を置けば、こうした配列も理解されよう。

（8） 菊池真理子氏「『小栗吹笛乾局』について（草双紙の翻刻と研究）」（『叢』21 1999年）による。

参考図は、神戸女子大学古典芸能研究センター志水文庫蔵の「浄福寺十王図粉本」十幅の内の一つ、秦広王図の部分である。

## 4節　説経正本「松浦長者」の成立

阪口弘之

説経「まつら長者」は、「さよひめ」の名をもったり、あるいは「竹生島」や「壺坂」の縁起と結びつけられたり、諸本、さまざまな呼び名をもつが、物語の粗筋に大差はない。その梗概をまず記す。

大和の国壺坂の松浦長者夫婦は子のないことを歎き、長谷観音に申し子をしてさよ姫を授かる。しかし、姫の幼少時に父が亡くなり、貧苦の家に没落する。姫は十六歳と成り、父の十三回忌を迎えるにあたって我が身を売ってでも菩提を弔おうとする。姫は奥州から大蛇への生贄に捧げる娘を買い求めに来ていたごんがの太夫に買われ、奥州に伴われる。生贄の場で父の形見の法華経を読誦し、その経を大蛇にも授けると、大蛇も苦患を免れ成仏する。喜んだ大蛇は竜宮世界の如意宝珠を姫に差しだし、姫を奈良の猿沢の池迄送り届ける。姫は姫との別れを悲しみ盲目の物狂いとなっていた老母に巡り合い、宝珠で開眼させ、松浦谷に戻り、再び冨貴の家と栄えた。大蛇は壺坂の観音に、さよ姫は大往生の後、竹生島の弁財天に祀られた。

単純な物語である。親の菩提を弔うべく自ら身を売った貧女が生贄を免れただけでなく、大蛇をも成仏させた法華経功徳譚（女人成仏譚）と、大和―京―奥州まで続く辛く長い道行が特徴としてある。しかしながら、この物語は冒頭述べたように多様な書名をもつ。しかも東北をも舞台とする関係からか、数多くの奥浄瑠璃本も伝存する。この奥浄瑠璃本の系統分類も必要であるが、それは別に譲ることにして(1)、それ以外の伝本一覧を示せば、次の通りである。

〔略本〕 ちくふしまのほんし（古活字版丹緑本・赤木文庫旧蔵）
坪坂縁起絵巻（絵巻・奈良国立博物館蔵）
壺坂物語（絵巻・筑土鈴寛氏旧蔵）
つほさか（写本・学習院大学蔵）
つほさか（奈良絵本・天理図書館蔵）
つほさか（奈良絵本二種・井田等氏蔵）
つほさかのさうし（写本・阪口弘之蔵）

〔広本〕 さよひめのさうし（写本・赤木文庫旧蔵）
**まつらさよひめ（奈良絵本・中巻欠・東洋文庫蔵）㊰**
**さよひめ（奈良絵本・京大文学部蔵）㊌**
**さよひめ（奈良絵本・フランクフルト市立工芸美術館フォーレッチコレクション蔵）㋫**

〔説経〕 まつら長じゃ（寛文元年・山本九兵衛板）㊤
まつら長者（江戸板）㊮

右一覧のうち、説経上方板に関連しては、学習院大学に「さよひめ」（奈良絵本上下二冊）がある。紹介者の田中美絵氏に拠れば、上方板の文体をほとんどそのまま踏襲し、奈良絵本に仕立てたものという(2)。拠って、説経についての考察は上方板、江戸板で代表させる。

右の「略本」「広本」は叙述の繁簡に拠る区分である。右諸本の中で書写や板行年代が明記されるものは、説経正本の上方板（寛文元年）だけである。書写本類にはなく、このため、従前から略本先行説と広本先行説が並び行われてきた。しかし、諸本いずれもが本地譚的構造をもつことからいえば、さよ姫と大蛇姫がそれぞれ祀られた「竹生島」や「壺坂」の名称をもつ作品群が先行するとみるのが穏当なところであろうか。広本の「さよひめ」の名は長谷寺での申し子譚に由来するが、説経題名でもある「松浦」の地名（大和国松浦谷）は九州松浦と混同されるものもあるように、この物語の成立基盤には必ずしも繋がっていない。やはり新しいのであろう。事実、説経上方板の結びには、

> あふみの国ちくぶしまのべんざいてんとおいわいあり、かのしまにてだいじやにゑんをむすばせ給ふゆへに、かうべに大じやをいた丶き給ふ也

とあり、説経は本来、二人の女性主人公（さよ姫と大蛇姫）が神仏としてどのような関係にあるかを説いた物語といえよう。縁起譚としてあったということである。

一方で、説経の上方板、江戸板の先後関係も俄に決定し難い。双方の叙述には複雑な入り組みがみられ、先後関係以前に、まず両本にまたがる先行本の存在が問題となる。このことに関して、横山重氏は、『説経正本集』第一解題で、次のように述べられる。

> 江戸板は、さよ姫と母との別離の場面や、三段目の、さよ姫が都へ出るまでの道行などは、上方板よりもかなり長文で、哀傷味も豊かである。しかるに、四段目の、都から陸奥までの道行のところや、大蛇の前生の説明や、また巻末の竹生島の弁財天と祭られるあたりの説明は、江戸板に省略が多く不備の点が多い。したがつて、両本のどちらが元であつて、どちらが省略された本であるかといふことは、容易に決めることはできない。おそらく、この両本よりも先行した元本がいくつかあり、しかもその中には、説経の正本もあつたかも知れない。それらの本を、上方と江戸で、各自の立場において、省略編集した結果、かういふ相違を生じたものであらう。

横山氏の想定される現行本に先行する説経正本そのものが存在したかどうかは暫く措くが、結論から述べれば、本論も横山氏の指摘を大筋で再確認することになるであろう。ただその場合に、本論では説経正本の成立過程そのものを解き明かすことをめざし、本地譚としてあった語り物がいかに説経正本化されたかという点について諸本を比較検証しながら私案を示したいと思う。

この説経正本の成立に深く関わるのが、諸本一覧でゴチック体で示した三本である。

このうち早くから存在が知られ、注目されてきたのが京大本「さよひめ」である。島津久基氏の名著『近古小説新纂』初輯（中興館、昭和三年四月）にはこの京大本の翻刻と詳細多彩な解題がみられ、有益きわまりないが、説経本との関係についての言及はない。昭和初年頃に於ける説経の学界関心を示すものであろうか。しかし、横山重氏が前掲解題で触れられたように、説経正本はこの京大本と同じ構想をもつ。本文の比較対照からも、説経正本がこの系統本文に拠っていることは間違いない。しかしながら、京大本奈良絵本から直接説経正本が出ているとみるにはやや躊躇を覚える距離感が感じられる。

一方、東洋文庫本は、思いもよらぬ形で出現した。やや私的なことになるが、次のフォーレッチ（フランクフルト）本をも含め、その出会いについて触れながら、それらの特色について述べる。東洋文庫本の発見は偶然的なことであった。別本調査の折、同文庫に戦災を避けて一時保管されていた大量の書物がそのまま手付かずにあったことが判明した。昭和五十五年頃の事であったと記憶する。その中に当該奈良絵本を見出したのである。現在同文庫の書架備え付けの『岩崎文庫目録』にペン書きで書き込まれている多数の書目は、その折に出現したものである。この東洋文庫本「まつらさよひめ」は、中巻を欠く上下二冊の奈良絵本であるが、京大本とは同系統で、相互に叙述の出入りがある。しかし、多くの点で京大本よりも詳細である。しかも別種広本の「さよひめのさうし」（赤木文庫旧蔵）や、所謂略本系本文との交流の跡も辿れるものであった(3)。諸本本文の多様な反映がみられ、説経の成立を考える上では重要な位置に立つものである。けれども、そのためか、説経正本そのものとの関係では、むしろ京大本よりも距離的には離れるところがある。

諸本博捜に努めてきたつもりでいるが、このように説経正本により近いテキストにはなかなか巡り合う機会をもてぬまま来た。しかるに、京大本に近く、しかも説経正本と深く関係する奈良絵本がドイツのフランクフルト市立工芸美術館のフォーレッチ文庫に存在することが判明した。これを日本で最初に紹介されたのは、工藤早弓・橋本直紀両氏で、入手された絵ハガキ二枚の絵柄が京大本に通じると述べられた(4)。この情報を元に、その後、同コレクションの悉皆調査の機会に恵まれた(5)が、ドイツでは、既にその頃、フランクフルト大学のマイ教授を中心に同大学研究者の手に成る詳細な研究成果が公表されていた(6)。ただ、残念なことに日本ではその成果刊行物の存在が殆ど知られず、説経正本研究の進展には繋がらなかった。しかし、このフォーレッチ本こそ京大本にも近く、何よりも説経正本と深く関係するものであった。私自身にとっては探し求めてきたまさに一本であった。おそらく説経正本は、前述の如く、このフォーレッチ本、京大本、東洋文庫本の三本の祖本的なものから出ているのであろう。その具体的様相については後述するが、今少し、フォーレッチ本についての簡単な紹介を付け加えておく。

フォーレッチ本は、一九二九年から三〇年代にかけてドイツ駐日大使であったフォーレッチ博士の旧蔵本である。東アジアに及ぶその膨大なコレクションが、後にフランクフルト市へ寄贈され、今、マイン河畔の白亜の博物館に収まる。特に奈良絵本は多数を数え、説経系も当該「さよひめ」の他、「法妙童子」や「熊野の本地」などが知られる(7)。

この奈良絵本「さよひめ」は、上中下三冊。各冊二三、五糎×一七、五糎で、表紙中央の題簽に「さよひめ上（中・下）」とある。伝来は不明なものの、おそらく島津久基氏が渡辺霞亭宅で一見されたというそのものであろう。島津氏紹介の冒頭文が、次のように一字を除いて完全に一致する。尤も、フォーレッチ本は衍字箇所などがあり、写し本である。したがって渡辺霞亭旧蔵本との断定は差し控えるべきであるが、同一本との理解で大過ないであろう。

・あふみのくにちくふしまのへんさいてんのゆらいをくはしくたつぬるに、これもひとたひはぼんふにておはしける。くにを申せはやまとのくに、つほさかといふ所にまつら長しやとて、くわほう〔の〕人にておはします(8)

〔の〕は㋫本

説経正本成立に、①フォーレッチ本、②京大本、③東洋文庫本の奈良絵本三本からの流れが辿れることを述べた。①②③は正本との距離関係を示しているが、しかし、そのことは最も近い①フォーレッチ本をもって正本との関係がほぼ語れるということではない。三本には本文の混在も認められ、三本一体の本文の流れの裡に正本は成立したというべきであろう。たとえば、物語冒頭、申し子譚に関わり父が形見として托した法華経について、三本はそれぞれ次のようにある（以下、三本を㋫㋗㋣でもって記す）。

㋫は、父が亡くなる直前、姫への形見として法華経一部を御台に託している。一方、㋗は、父の臨終に法華経への言及はなく、姫にはよき人を婿にとって、守り育ててほしいと御台に嘆願して果てている。「いかなるひとをもむこにとり、わがあとをとりそだて、たべ」というものであった。然るに、㋣は、右の㋫と㋗を併せ持った本文になっている。傍線部分の初めに㋫㋗をもって示した。

・いたはしやちやうしやとの、くるしけなるいきのしたより、きたのかたにのたまふやう、いかに申さんき、給へ、われ、むなしくなるならは、㋗あのひめをよきにもりたて、いかなる人をもむことり、わかあとをつかせたまへ、㋫おとなしくなるならは、あのこんでいのほつけきやうを、ち、かかたみとみせたまへ、一もんの人〳〵を、ひとへにたのみまいらする、わかあとをさほいなく、もりたて、たひ給へ、これのみこゝろにか、るそと、なみたとともにかきくどき、いまははやこれまて也、いとま申て人〳〵…

三本の本文混在性は右に象徴される通りである。説経正本から一番離れる㋣に、正本により近い㋗と㋫の独自内容が共々含み込まれているのである。このように三本内容は入り組み絡み合う。したがって、その関係を解きほぐしていくことで、正本成立への具体的な様相が見えてくるところもあるはずであろう。その見通しの許に三本の比較検討を試みる。

たとえば作品典拠についてである。そのあたりを、姫が身売りを決意する点と説法聴聞との関わりからみてみる。説経では人身売買を多くの作品が描く。しかし本作の場合は、父の菩提を弔うため姫自らが身を売る点に特徴をもつ。人身売買の哀切さは伴うが、それ以上に、姫の孝心への強い意志が神仏をも動かすという描述になっている。

㋫は、父の十三年を弔うにも術がない姫が泣きいるところに、母から父の形見として法華経を示される。この形見を知って、姫は身を売ってでも父の菩提を弔おうと決意し、春日明神に自らを買い求める人に逢わせて欲しいと祈誓する。姫の思いを明神が繋いでくれたのか、このあと、姫はごんがの太夫に邂逅するのである。

この自ら身を売ろうとする点は、㊊も㋫と同じであるが、「法華経に関わる件り」は、本文が大きく省略されて触れられていない。一方で、身売りの決意をした後、興福寺の僧から自らの決意同様の説法を聴聞して、いよいよその心を固めている。しかし、その重なりが、説法の意味合いをやや稀薄なものにしている印象は拭えない。

ところが、㋫は説法を聴聞して身を売る決意を固めたというような叙述自体がない。ただ、後の箇所で、父の菩提を弔うため、毎日興福寺の説法に参ったことが簡単に触れられ、その帰途、人を買うという高札を知るという展開をとる。けれども法談内容には前述のように全く触れられておらず、説法と身を売ることとは直接結びついていない。しかしながら、挿絵をみると、その説法場面が描かれており、それなりの意味合いを持っていたことが思量される。㊊や次に述べる㊐のありようからみても、そう考えるのがよいのかもしれない。というのも、㋫はこの説法聴聞から身売り決意に至るあたりの描写が、話題を次々と転換して、まるで説経にみる段別を意識したが如き展開となっているからである。次に当該箇所の本文を挙げるが、ごんがの太夫が高札を立てることを述べた後、一転、さよ姫に話題がかわり、毎日の説法聴聞、その帰途に門脇に高札を見出すという運びをみせるが、このあたり、あたかも説経の段分け箇所を彷彿とさせるところがある。その「段別」という意識も伴う本文整備の中で、説法内容と身売り決意との関係描写が抜け落ちた可能性も考えられるのである。挿絵にはその重要場面が残され、一方でその説法内容には触れられていないものの、「段別」的な本文のありようからは㋫と説経の語り本文との近さを知るということになる。傍線部分など、説経の語り出しそのままの口調と云ってもよい程である。しかし、その語りの転換の早さの中で、説法内容などの削ぎ落としがみられたのであろう。

㋫〔ごんがの太夫〕

三十五日と申には、花のみやこにつきにける。一てう小川にやとをかり、京らく中のつち〳〵に、たかふたかきてたておき、おつとはたをふれさるひめのあらは、あたいをよくかふへしと、しのひ〳〵にめくりける。みやこひろしと申せとも、身をうらんといふ人こそなかりけり。太夫ちからおよはすそれよりもならのみやこにまいりつゝ、とある所にやとゝとりて、つち〳〵にたかふたかいてたてにけり。

〔さよひめ〕

ここに物のあはれをとゞめしは、さよひめにてとゝめたり。さるほとに、さよひめ、ちゝのほたいのためにとて、まい日、かうふくしのせつほうにまいられしか、五かうのてんもあけけれは、まつたにをたち出て、かうふくしへそまいられける。

さるほとに、ほうたんもすきけれは、さよひめけかうある。もんのわきをみ給へは、たかふたかいてたててあり。

扨、残る㊐の説法箇所であるが、こちらは㊍本文に沿う形で、しかもきわめて詳細である。そこに次のようにある。

さてもその日のせつほうに、てんちくのひんによかおやのほたいをとはんため、身をうりたるたとへあり。いたはしやさよひめ、つく〳〵とちやうもんあり、けにまこと、さる事あり。みつからも身をうりて、ちゝのほたいをとふらふへし、されとも、たれかかいとるへき、あはれほとけのめくみにて、かふ人のあるならは、うらはやとそおもはれける。

右、とりわけ傍線部などは、本作の典拠が『私聚百因縁集』巻二〔八〕の「堅陀羅国貧女ノ事」（類話に「善見太子」「宝明童子」伝説等も）あたりにあることを明示するが如くである。これは島津久基氏以下、諸氏が(東)未見のまま、本作の典拠と想定されてきたところであるが、(東)はまさにその指摘を証するものといえよう。しかし、そのことは又一方で、この語り物は、他の多くの説経、たとえば「さんせう太夫」「かるかや」「をぐり」「しんとく丸」の如く特定教団の教義等に根ざしたものでないことを意味しよう。右の説経諸作は、いずれも叡尊、忍性、宣基らの律宗僧、あるいは法然、明遍といった念仏僧らを信奉した人々の間に生み出された物語である。しかし、本作の場合は、そうした特定の教義の虚構化の裡に成ったものではなく、むしろ一般寺院で広く行われてきた仏典講説が民間伝承とも触れ合い、それが竹生島や壺坂の縁起に結び付いて語り広められたのであろう。したがって、いつ誰がという点で、成立年代の特定もむつかしい。必ずしも右の説経諸作と並ぶ程の古くからの語り物とは言い切れないかもしれない。そうした点で(東)のこの説法の件りは留意されよう。

ここでもう一度、説法と人身売買との関わりに話題を戻すと、(東)は、右の引用文のあと、「まことにほとけのめくみにや、おりふし、ふしきの事こそあれ」という本文が続き、姫を買いたいというごんがの太夫との出会いとなる。傍線の「ふしきの事こそあれ」とは、姫の志を憐れんだ春日の明神が太夫との引きあわせに積極的に関わったことを喚起する言い廻しである。この人身売買を春日明神が仲立ちするという物語展開は、(京)も同じで、明神は八十ばかりの老翁と現じ、身を売りたい姫のあることを太夫に教える。喜んだ太夫は、「さてもふしぎのしだひかな。いかさまこれはほんごくのうぢ神の、我をあはれと覚しめし、これまであらはれ給ひけるかと、御あとををふしおがみ」、姫の住む松浦谷を訪ねている。説法内容とも呼応した展開で、「ふしきの事こそあれ」という文辞が、(京)も(東)を承けていることを物語る。そして、㋫も、更には説経上方板も、その「ふしき云々」の文辞こそ見えないが、同様の展開をとっているのである。この物語展開の同質性からも、㊐に触れられた説法内容がこの作の典拠を自ずと示しているといってよいだろう。

「さよひめ」のもう一つの特色は、奈良→京→東北へと続く実に長い道行である。㊐は中巻を欠き、その内容が不明であるが、他の諸本はいずれも物語の半ばが道行で、道を行く物語という趣さえみせる。しかもその道行には特色ある異同もみられる。そこでまず㊌と㋫との道行を比較してみる。

㊌は、奈良から京都までの道行がない。説経正本では上方板も江戸板にもあるので、その点がまず奇妙であるが、それ以降も、京から山中宿までの道行文が㋫とは全く別本文となっている。ところが、そのあと「あらしこからしふはのせき、月のやとるか袖ぬれて、あれたるやとのいたまより」からは殆ど同文で一致を見る。このように山中宿から東北までの本文は同じであるのに、京から近江路を経て山中までの道行がなぜ違うのか、これまた不思議なことである。

㋫の京から山中までの道行は、耳に馴染んだ道行文である。京、近江、美濃から東路をめざす道行文は、道行といえばまず想起されるもので、㋫も又、慣用表現を多用して丹念に地名を読み込み、いわばごく一般的な道行文といえる。ところが㊌はそれとは別で、特に近江路に入るあたりからは、余り聞き慣れない異色なものとなっている。読み込まれている地名も㋫に比べてかなり少ない。山中宿からの道行文が急に一致することを考えると、東下り道行として近江路は最も頻繁に語られる街道筋だけに、あるいは㋫とは別種の道行文が口承的なものも含めて存在し、それが取り込まれているということも一応考えられるかもしれない。ただ、㋫もそうであるが、㊌の道行中に故郷の大和を思う一条がみられる。しかも、両者を比較すると、後に示すように本文に類同関係（傍線部分）がみてとれる。道行文だけに慣用表現としての偶々の一致ということもあるかもしれないが、これが故郷大和を思う文脈と繋がっているだけに、右の理解のみでは片づけられないものがあるように思う。即ち、両本は二系統の別種本文という印象を与えるものの、実はそうではなく、この部分の道行も、他の箇所と同じくやはり共通の本文から出ているのではあるまいか、そういう可能性が浮かび上がるのである。そこに創作とも紛うほどの大改変が一方に加えられた結果、大きな異同をみせて両本文が併存する形になったと想察する。その場合に、(フ)の地名順序は正確である。比して、(京)には道順に齟齬や混乱がある。しかも、故郷に思いを馳せた後、「あらいたはしやさよ姫は」と話題を転換して、長旅の疲れに倒れ伏した姫を太夫が打擲する件りが太夫の非情さを強調する形で描かれている。約一丁分の長さである。この長旅の道中で繰り返される太夫の打擲ぶりは、人買商人の冷酷さそのものであるが、作品全体としての太夫の造形はむしろ逆の印象も与える。事実、故郷に戻り再び栄えた姫は、太夫一門を召し上らせ、数の宝を与えている。姫の報恩の気持の成すところで、打擲場面での太夫像からは想像し難い。人物像に分裂的傾向が見えると言わざるを得ない。この打擲場面は、(フ)にも見られ、杖で打ち叩き道を急がせる非情さは(京)とかわりない。ただ、(フ)のそれは山中宿に着いてからで、(京)はそこを逸早く近江路にもってきて、慣れぬ旅路に悩む姫の哀れさ、それを許さず追い立てる太夫の非情さが一段対比的に強調されている如くである。微妙な違いであるが、意図的な改変であろう。(9) この打擲場面の置き換えに現われるように、近江路の異色の道行文は(京)の改作に拠るものであろう。地名の順逆にも意を介せぬ態度で、おそらく奈良から京への道行文もこの時に省略されたと思量される。この大胆な改変にみる(京)の独自性はそれなりに評価すべきであろうが、物語系譜の本流に立つのは、やはり(フ)である。勿論、(京)は(フ)を直接改変したものではない。けれども、両作の異同部分で、(フ)に本来的な姿が辿れることは間違いないところである。

(フ)すりはりとうけにさしかゝり、又たちかへり見給へは、こきやう大和はとをさかる、たひねのゆめはさめかいを、うちすきてゆくほとに、ならのみやこにおはします、こひしゆかしの母うへにねものかたりとうちすきて、たとろ〳〵とゆくほとに、山中しゆくにつきにける。
いたはしやさよひめは、〔以下、打擲場面〕

㊃あらしはけしきはんはのしゆく、ねさめの夢はやかてさめかひ、をのゝほそみちふみわけて、すりはりたうけにさしかゝり、あとをはるかにかへりみる、雲はる〳〵とたちへたて、こひしきやまとはなこりもなし。
あらいたはしやさよ姫は、……〔以下、打擲場面を挟み〕……うたれてもはたらかすゆかされはちからをよはす、山中のしゆくに三日とうりうしけり。

㋫と㊃との前述した道行文の異同は右の通りである。そして、その異文関係から見ると、説経正本は、上方板も江戸板も共に㋫系統に依拠していることは明白といえる。以下、その関係について検証してみる。

既に述べたように、説経の上方板、江戸板には横山氏指摘のような入り組んだ異同が認められる。両者の先後関係も容易に決定し難い。けれども横山氏が例示された道行文の有り様等の相違（前掲）は、正本としての段別処理に伴うところが大きいように思う。語り物が説経操り正本として六段化されたことに伴う特色が、両板それぞれに現われている。例示すれば、上方板は、都から東北までの道行を、八橋と浜名の橋との間で分断して、三段目と四段目に充てている。一連の道行であり、ここで段分けの必要はない。明らかに演劇的（時間的）処理からくる段別で、結果、二段に亘る都からの道行は、長さを担保できて、語り物としての面影をそのまま留める本格的なものとなっている。一方で、江戸板は、五段目から奥州に舞台をとるため、直前（四段目）の道行文が簡略化されている。㋫と比較すれば相当な省略である。けれどもこれも、語り物の演劇化に伴う段別措置である。

このような段別処理が上方板、江戸板それぞれ独自にみられるのである。両者に参照関係が全くなかったとはいえないであろうが、敢えて断定的にいえば、上方板も江戸板も、依拠本にそれぞれ独自の演劇的処理を施して正本化されたといって差し支えない。両本共、加除変更が正本化段階で独自になされて、横山氏指摘のような異同が生じたということである。しかし、説経本文は、上方板にせよ、江戸板にせよ、いずれもそれが㋫系統本文から出ていることは動かない。

以下、具体的にその様相を確認してみる。山中宿での太夫と姫とのやりとりである（以下、上方板、江戸板を㊤(江)で示す）。

●㋫本・上方板・江戸板三本対照（山中宿でのやりとり）

㋫いたはしやさよひめは、おさなき人の事なれは、　おもひもよらぬなかたひに、たもと
㊤あわれ成かなひめ君は、
(江)いたはしやさよひめは、おさなき人のことなれば、　此程のながたびに、たもと

㋫もそてもうちしほれ、いそくけしきはなかりけり　あまりの事のものうさに、のふいか
㊤　　　　　　　　　　　　　　　　　　　　　　あまりの事の物　うさに、　　いか
(江)も程もしほれつゝ、　　　　　　　　　　　　　　　　　　　　　　　　　なふいか

㋫に太夫との、うきなかたひのことなれは、いそくとすれとあゆまれす、すへのみちをは
㊤に太夫殿、　うきながたびの事　なれば、いそぐとすれとあゆまれず、
(江)に太夫どの、うきながたびのことなれは、いそぐとすれどあゆまれず、すへの道　をは

㋫いそくへし、此ところに二三日とうりうありてたひ給へ、太夫とのとの給へは、太夫此
㊤　　　　　　此所　　に二三日とうりう有　てたひ給へ、太夫殿　とお申有、　太夫大

㊋いそくべし、此所　　に二三日とうりうして　たび給へ、　　　　　　　　　　　　　　　　　　太夫此
㋫よしきくよりも、なにと申そ、ならのみやこよりあふしうまては百二十日ちのなかたひ
㊤きにはらを立、　　　　ならの都　　よりあふしう迄は　百二十日ぢの　　たび
㊋よしきくよりも、なにと申ぞ、ならの都　　よりあふしう迄　　百二十日に

㋫に、いまより　　　　　　　　　　さやうになけくともかなふまし、つえにおちぬ事あらし
㊤に、日をさだめたる事　なれば、なにと　なげくと　かなふましといふまゝに、
㊋　日を定　　たることなれば　　　　　　　　　かなふましとて、

㋫と、ついたるつえをおつとりなをし、ひめきみのゆきのはたへをはなれてゆけとうちに
㊤　　　　つえ　おつ取、　　　　　　　　　　　　　　　　　　　　さん〳〵に打けれ
㊋　もつたるつへをふり上て、　　　　　　　　　　　　　　　　　　さん〳〵にうちに

㋫けり。　　　　　　　　ひめきみ、　うたるゝつえのしたよりも、　くときことこそあは
㊤ば、あらいたわしや姫　君　は、打たる　つえのしたよりも、　くどき事　こそあわ
㊋ける。　いたわしやさよひめは、うたるゝつえの下　よりも、
㋫れなれ、なさけなしとよ太夫との、うつともうたるゝともさいなむとも、太夫のつえと

(上)れなり、なさけなしとよ太夫殿、　打共たゝく共、　太夫のつへと
(江)　いかに申さん　太夫との、　御身のつえと

(フ)おもはゝこそ、しんのうらみもありぬへし、めいとにましますちゝうへ　のをしへのつ
(上)思へは　こそ、しんのうらみは有　ぬへし、めいとにましますちゝこさまのおしへのつ
(江)思　はゞこそ、　父子　の　つ

(フ)えとそんすれは、みつからの露のいのちはをしからす、太夫とのとの給ひ、　きえいる
(上)えと存　ずれば、うらみとさらに思われず、　太夫とのとの給ひて、きへ入
(江)えと存　ずれば、うらみとさらに思はぬとて、　りうてい

(フ)やうに　なき給ふ。太夫此よしみるよりも、とうりうはせさすましきとはおもへとも、
(上)やうにそおなき有。太夫此よしみまいらせ、とうりうはせさすましきとはおもへとも、

(江)こがれてなき給ふ。太夫此よし見るよりも、

(フ)あまり　いたはしくおもひけるあひた、ちからおよはす、三日の　とうりうをそ
(上)あまりみるめもいたはしし、　三日　とうりう仕り、
(江)あまりの事のかなしさに、　三日爰にとうりうし、

㋫したりけり。

㊤それよりをくへくだりけり

㊆つかれをやすめ立出て、さきはいづくととい給ふ。

説経正本のいずれもが㋫から出ていることは、右に明白であろう。ただその改訂時に、上方板では「お申ある」「あらいたはしや」「おなきある」、江戸板では「さきはいづくととい給ふ」など、説経特有の語り口が盛り込まれている。いずれも古説経以来の口吻であるが、そうした言い廻しが正本化段階で組み込まれているのである。この種の言い廻しは、勿論作品全体に散見されるところであるが、留意すべきことは、その言い廻しの存在を以て、説経「まつら長者（じや）」に古態をみたならば、それは誤りということになる。依拠本段階から見られる説経口吻ではなく、どこまでも正本化段階で説経的装いを色濃く出そうとした所為に過ぎないのである。古態を装い、新たに盛り込まれた本文改訂である。説経正本は、上方板も江戸板もそんなに古くからの正本でないのかもしれない。

扨、説経正本は、このように㋫の流れに立つが、同時にそれは㋫に直接依拠したことをいうのではない。次のような事例が、㋫ではなく、㋫系統の先行本から出ていることを示す。（正本の一方のみを挙げている場合は、他方に該当本文がない）

㋫かほとにさむきみやたちを、たれかあつたとはいつわりや

㊤かほとすゝしき宮たちを、たれかあつたとつけつらん

＊㋫の「さむき」は「みやたち」の形容としては不相応である。慣用表現としては、「かほど涼しき」（「をぐり」他）でなければならない。それを㊤が改めたともいえようが、あるいは先行本に「冷き」とでもあったものを、両者が「さむき」と「すゝしき」の二様に読んだのかもしれない。

㋫おかへのまへはすこしあれ、ものさひしけなる夕くれに、神にいのりはかなやとかや、よもにうみはなけれとも、

しまたときけはそてさむや

㊤おかべのまへはすこしあれ、物さひしげなるゆふくれに、かみにいのりのかなやとや、四はうに神はなけれ共、しまだと聞はそでさむや

＊「おかべのまへ」の傍線部について、横山氏は「まつヵ」と傍注されたが、㋫にもそのようにあり、先行本文を踏襲したまでであろうが、後者の「よもにうみ」と「四はうに神」は、㋫の先行本に「四方にうみ」とあったのであろう。これを㋫は「四方」を「よも」と読み、一方、㊤は「四はう」と読み、更に「うみ」の「う」（変体かな）を「か」（同上）と読み違え、「神」を宛てたのであろう。結果、意味不明な文辞となったが、上方板が㋫の先行本に依拠している証左といえる。

如上の事例に加え、説経本文には抑々㋫にはなく、(京)や(東)のみにみられる文辞が含まれる。おそらく、㋫の先行本に混入していたものを取り込んでいるのであろう。一例を挙げる。

(京)さきはいつくそむさしの丶、はてしもあらぬたひのみち、うつら〱と行程に、すみた川にもつき給ふ。むかしかたりにつたへきく、むめわかまるのはかしるしとみる事のふしきやな、柳さくらをうへをきて、ねん仏申せし跡までも、よそのあはれと思はれす

㋫さきはいつくそ、ゆくゑもしらぬむさしのを、うつら〱とゆくほとに、すみた川につきにける。けにやまことにおとにきく、むめわかまるのいにしへは、よしたとやらんにおはしけるか、ひとあき人にたはかられ、はる〱これまてくたりつ丶、むなしくならせ給ふとかや、これも又よそのこと丶はおもはれす

㊤ゆくゑもしらぬむさしのや、すみだ川にお付有、げにやまことにおとにきく、むめ若丸のはかしるし、やなきさくらをうへおきて、念仏のこゑのしゆ〔しよう〕なれ、我身の上とをもわれて、なにと成ゆく我身やと、まづさきだつは泪也

㋓やう〳〵いそげばほどもなく、すみだ川につき給ふ、梅若丸のはかじるし、柳さくらをうへまぜて、いつもたへせぬ念仏の聲、み丶にふれつ丶しゆせう也

㋠は当該場面を欠くが、㋖に説経正本との関係が辿れる。一方で、㋫は「すみた川につきにける」までは㋖や㊤との近似性が認められるものの、そのあとは独自本文で、他本の傍線本文に照応する所はない。先に、正本が㋠㋖㋫の三本一体の本文の流れの裡に成立していることを述べたが、㋫の先行本にはまさにその三本一体の様相がみられたのであろう。説経は上方板も江戸板もそれに依拠しているのである。

説経「まつら長じや〈者〉」は、上方板も江戸板も、㋫の祖本から出ている。この祖本は、現存本でいえば、㋠や㋖の本文の一部混入や影響も見られるが、㋫と殆ど同文といってよいものであった。両正本は、その本文に依拠して六段構成の所謂「説経浄瑠璃」としてある。

上方板は絵柄に万治頃の面影をとどめて、寛文元年五月の刊記をもつ。実際、その板式は、横山重氏が指摘されるように、「万治二年ごろから寛文末年までの浄瑠璃本の形式」(『説経正本集』第一解題、四六〇頁)を襲用するもので、明暦以前には遡らない。一方、江戸板も、本文には上方板同様の古態をとどめるが、宝永初年頃に上梓をみている。

横山氏は、冒頭部に引用したように、右の現存正本には、「先行した元本がいくつかあり、しかもその中には、説経の正本もあつたかも知れない」と述べられた。その先行本がいつ頃のものかとの言及はないが、一般に明暦以前に遡る説経正本は、上・中・下の三巻形式の板式をもつ。「かるかや」「さんせう太夫」「しんとく丸」「をぐり」がそうである。同時にこれらの説経作品には、万治寛文頃に降ると、「まつら長じや」と同板式の六段から成る正本が多数板行をみている。内題と四段目を二行分の大字で記し、丁附も三段目までは「上」、四段目以降は「下」で示されるのが典型である。この上・下二巻形式は、もともと浄瑠璃正本にみられるものである。それを、前述のように「万治

二年ごろから寛文末年まで」の説経も襲ったのである。「まつら長じや」はその頃の体裁をもつ。しかも「その冒頭といひ、終結といひ、又は詞章においても、よく古説経の面目を保存」（横山氏、前掲書）しているとされる。思うに、横山氏は、この正本にも、「かるかや」「さんせう太夫」「しんとく丸」「をぐり」と同様の三巻本の存在を想定されていたのではあるまいか。「先行した説経の正本」には、そのあたりが念頭にあったかもしれない。その発見に努めるべしとの行間メッセージが読み取れるように感じられる。

この「まつら長じや」は、室木弥太郎氏校注の新潮日本古典集成『説経集』にも収載された。同書には、前掲の「かるかや」「さんせう太夫」「しんとく丸」「をぐり」の後に、三巻本の現存を聞かない「あいごの若」と当該「まつら長じや」の二作が並ぶ。この二作のうち、「あいごの若」については、「さんせう太夫」「をぐり」同様の草子本が出現してその関係考察を必要とするため、ここでは触れないが、「まつら長じや」に関連して室木氏は、京大本「さよひめ」を上方板以前の説経を読物にしたものと捉えられ（『増訂語り物（舞・説経・古浄瑠璃）の研究』第三篇第四章。風間書房、一九八一年）、しかしその古い正本がないため、『説経集』の底本はやむを得ず六段の説経浄瑠璃に求めたとされる（『説経集』解説）。そこでは上方板に先行する段別のない説経が想定されているようであるが（同上）、横山氏とほぼ同じ見解といってよいであろう。

このような考えは、やや趣を異にするが、東洋文庫『説経節』（荒木繁・山本吉左右氏編注）で、五説経の一に数えられながら、説経正本が伝存しない「信太妻」について、敢えて延宝二年二月の古浄瑠璃本文を採録し、説経への展望を確保しょうとする編集方針にも繋がるものと思量する。浄瑠璃の「信太妻」は、伊藤出羽掾、山本角太夫の代表作ではあるが、延宝初年の出羽掾は、多く江戸系の説経を摂取して自家薬籠中のものにして、更に角太夫がそれを継承してきた。延宝二年板の元に説経正本が想起されても奇妙な事ではない。

やや憶測混じりの要約になっているかもしれないが、諸氏の右の見解には、「説経浄瑠璃」正本にはいずれの作にもそれを遡る古説経が存在したという考えが共有されているように思える。その考えを私もこれまで当然のように受け止め、「愛護の若」「松浦長者」「信太妻」らの三巻本説経など、より古い正本との出会いを目指して調査を進めてきた。しかし、前述の草子本「あいごの若」以外、未だその出会いの機会に恵まれない。然るに私は今、そうした考えそのものに疑問を持ち始めている。全ての説経に古い三巻本が備わっていたのか。六段の上下二巻形式の「説経浄瑠璃」に古態が辿れるとしても、そのことが「かるかや」以下、前掲四作と同じように、これらの作にも三巻本正本が存在していたと考えるのは、あるいは呪縛想定ということかもしれないと思うのである。もとより、三巻本存在の可能性は引き続き尋究されねばならない。けれども、古態を装いながら「説経浄瑠璃」時代に初めて正本化をみた作品もあるように思える。現存「まつら長者（じゃ）」は、そうした形で古い語り物に依拠しつつ新たに生み出された説経正本と考えるのである。前掲一覧で明らかなように、説経的口吻は全て後付けである。

「まつら長者（じゃ）」の現存正本には、このように新しく説経的装いが盛り込まれた。語り口調が古くからの説経口吻を彷彿とさせるが、それらは依拠本段階からの伝襲されてきた口吻ではない。万治寛文以降の六段化の段階ではじめて盛り込まれた説経口調である。とはいえ、上方板、江戸板の説経正本が依拠した㋫（先行）本にも語り口調が随所にみられ、これも前述の通り、「段別」という意識を伴う本文整備の痕跡なども辿れる。室木氏は、㋫ではないが、それに最も近い(京)を、上方板を遡る古説経を読物化したものと位置付けられた。その上で、「さよひめのさうし」（赤木文庫旧蔵写本）に相当する語り物がまずあり、それを脚色して説経が成ったとされる。(京)の依拠本がそれということである。[10] 事さように、「語り物」と「説経」との境界は曖昧模糊としているのが実際である。現存「まつら長者（じゃ）」が㋫祖本に依拠して新たに編集された説経正本と推断しても、依拠本自体の持つ語り物性をどうみるかという問題は確かに残るのである。極端にいえば、㋫本から、所謂広本系諸本は三巻本などの古説経の流れに立つ語り物の草子本で、現存正本は、万治寛文期以降、その流れの中にありながらも、しかし古説経とは関わりなく、改めて説経化されたという見方も成り立つのであろう。

そこで、古い「三巻本」と六段の「説経浄瑠璃」が共に伝存する作品を、両者で比較すると、以下のような興味深い事実が浮かび上がる。後者が説経口吻を継承するところは勿論あるが、同時に三巻本を特色づける最も説経らしい口吻が消滅していることにも気づく。どの作品でも、三巻本から六段化の過程で、大幅な改変をみている。これは寛永正保期と万治寛文期との浄瑠璃の間にも見られる事柄で、逆にいうと、万治寛文期本文から遡って寛永正保期本文を復原するというのは不可能である。それ程に大きく改変をみる。説経の場合もほぼ同じで、本文位相が変ると言ってもよい。たとえば古説経を象徴する「てに」も、六段の「説経浄瑠璃」では完全に姿を消す。この「てに」は、夙に高野辰之氏が伊勢言葉の「に」に関連ある口調と推測されて以来、説経の代表的口吻として注目されてきたものであるが、参考までに、先ず、この「てに」の使用例数を、新潮日本古典集成『説経集』で作品ごとにみてみる。(11)

かるかや　16例　　さんせう太夫　9例　　しんとく丸　2例
をぐり　20例　　あいごの若　0例　　まつら長者　0例

右は、絵巻をはじめ寛永正保頃の説経本文と、寛文期以降の六段の説経浄瑠璃には、その説経口吻に明らかな違いがあることを示す。六段の説経浄瑠璃には、「てに」は用いられていないのである。

では、「てに」の事例を数える「かるかや」以下の四作に於いては、その六段本ではどういう様相を呈するか。例えば「さんせう太夫」でみると、説経与七郎正本（寛永末年頃）では9例を数えた「てに」が、寛文七年板には全く見られない。それどころか、三巻本である明暦二年六月の「せつきやうさんせう太夫」（天下一説経佐渡七太夫正本）にもこの言い廻しはない。ただこれは、草子本の「さんせう太夫物語」（寛文中・末頃）にも当てはまることで、読物的性格を兼ね持つ佐渡七太夫正本（明暦板）の個別事情に拠るものであろう。明暦の正本一般に及ぶ事象ではない。このような例外本も含まれるが、述べたように、所謂上中下三巻仕立ての説経と六段の説経浄瑠璃との間には、連接性を保持しながら、一方で大きな断絶もある。古態を漂わす慣用口調が、六段化の段階で確認できないものがある。「てに」などはその典型例である。同一作品でも、このように三巻本から六段化への段階で、大きな改変の手が加わっているのである。いずれも、説経浄瑠璃化に関わった正本屋の所為であろう。この六段化の段階で、上方でも江戸でも、各書肆が古くからの説経的口吻の削ぎ落としを図りながら、結果として説経と浄瑠璃の距離を一段と近付けた。「説経浄瑠璃」たる所以もここにある。この時代にもなると、書肆は、語り手が伝襲してきた説経口吻にも、さして関心を寄せず、むしろ説経・浄瑠璃の区別を問わない改訂手法をもって、六段化に力を注いだのであろう。

「まつら長じや（者）」も、上方、江戸双方で、それぞれ書肆が㋫祖本にほぼ忠実に拠りながらも、適宜改訂を加えて、六段の説経浄瑠璃正本を板行した。ただ、こちらの依拠本は語り口調が漂うとはいえ、どこまでも草子本である。元が説経本ではない。それだけに草子本の演劇化という点に力が込められている。同じ作に依拠しながら、段分け箇所の違いなど、演劇処理を巡って、上方板、江戸板に複雑に入り組んだ関係がみられることなど、述べた通りである。そのことがまた、三巻本を改変した他作とは違い、逆に説経的口吻を適宜織り交ぜるということにも繫がっているように思う。説経として、従前から語られてきたものであれば、このように説経色を盛り込むということは必要ないはずである。典拠本が古説経に始まる他正本の場合と、そこに違いがあろう。こうした点を勘案すれば、典拠本―㋫（先行）本―の性格になお問題を残すが、「まつら長じや（者）」は古くからの説経正本を襲うものとはやはり考えにくい。前掲の「さんせう太夫」以下の諸作同様、近世初頭、あるいは中世にまで遡る説経とはいいがたいように思う。万治寛文期以降に古態を装いつつ、説経として語りはじめられたのではあるまいか。説経には、このように比較的近時に生まれた作品もあるのであろう。

「松浦長者」が『私聚百因縁集』の「堅陀羅国貧女ノ事」など、寺院説法の場ではしばしば説かれたであろうごく一般的な話材に出発していること、六段本の依拠本が説経本ではなく、㋫（先行）本という草子本であることなど、いずれも叡尊、忍性、宣基、あるいは法然、明遍といった高僧らの教えを基底に据えて出発する古説経とは明らかな違いをみせる。『松平大和守日記』万治四年二月十三日条の説経草子列にも当該本は見当たらない。これに対して、前掲古説経は、「あいこの若」を含め、すべてその正本名を確認できる。室木氏が㊄をもって上方板に先行する古説経の読み物と定位された考えに従えば、㋫（先行）本こそまさにその位置づけに相応しい。しかしこれも、法会唱導の語り口を反映したテキストという想定も許されよう。適宜、新しく説経口吻を盛り込んでいるのも、古説経から説経浄瑠璃化の過程で、古い説経特有の言い廻しが多く消滅した他説経とは全く逆のありようである。「さよひめ」の物語自体は、冒頭述べたように、竹生島や壺坂の縁起譚に始まる。法華経功徳譚が民間伝承とも結び付いて、右の縁起譚として、寺院法談の場などでも盛んに語られていたとも想像される。その点、話材は一般的であり、古い。しかし、その物語が説経浄瑠璃として上演され、上方、江戸に正本の上梓をみたのは、実は万治寛文期以降のことではなかったか。むろん、㋫（先行）本らに内在する語り物的性格についてはなお考察すべきところが残るが、説経のなかには、このように、意外にも近世初頭に生まれた説経もあったと推測する。従前、説経研究者の全く想定しなかったところであろうが、説経の成立研究には、今後、かかる視座も求められるべきであろうというのが、本論の結論である。

**注**

（1）阪口弘之編『奥浄瑠璃集　翻刻と解題』続編（和泉書院）に掲載予定。

（2）田中美絵氏「説経浄瑠璃『まつら長者』諸本の検討」（『国語国文』第六十七巻第九号）。なお、上方板には池田氏旧蔵本と国会本の二種があり、十一丁目が異板。その異同からみて、学習院本は国会本に拠る。

（3）阪口弘之「東洋文庫本「まつらさよひめ」（紹介と翻刻）」（『人文研究』第三十四巻第四分冊）参照。

（4）工藤早弓・橋本直紀氏「奈良絵本『つぼさか（壺坂）』と古活字版の山伏」（『羽衣学園短期大学紀要』文学科編、第二十八巻。平成四年二月）参照。その後、ベルント・イォハン・イェッセ氏「フォレッチ・コレクションの奈良絵本群について」（『国語国文論集』第二十四号。平成七年三月）が公表され、書物内容に踏み込んだ紹介をみた。

（5） 金光桂子氏との共同調査。その際、ハンブルク大学故シュナイダー教授、フランクフルト大学マイ教授、同大学イェッセ講師、フランクフルト市立工芸美術館シュウレンブルク氏らのお世話にあずかった。篤く御礼申し上げる。

（6） マイ教授編集の『文研』シリーズ。『くまの、本地』『法妙童子』『さよひめ』などを収載。その他、シュウレンブルク・イェッセ両氏共編の『Mönche, Monster, schöne Damen』も、フランクフルト本の全容をよく紹介する。

（7） 本書付録のベルント・イォハン・イェッセ氏、カティア・トリプレット氏の「翻刻紹介」参照。

（8） 島津久基氏『近古小説新纂』五三〇頁参照。

（9） 菅原領子氏も、別の視座からであるが、この打擲場面に注目して、他本と異なる改変意図を読み取ろうとされている（『京都大学蔵 むろまちものがたり6』所収「『さよひめ』解題」五二三頁参照）。

（10） 室木弥太郎氏『増訂語り物（舞・説経・古浄瑠璃）の研究』第三篇第四章、三二一頁参照。

（11） 高野辰之氏『古文学踏査』四七八～四八一頁参照。

# 第3章　説経の周縁

# 1節　説教者と身分的周縁

塚田　孝

## はじめに

報告者は、かつて「芸能者の社会的位置」という小文をかいて、十七世紀末から十八世紀初めの説教者について整理したことがありますが、芸能史、あるいは芸能そのものについて、ほとんど素養がありません。もしかしたら、とんでもない間違いをしているかもしれませんので、ご指摘いただけたらと思います。先の小文も、本シンポジウムの企画者である阪口弘之氏に機会を与えられて、同氏が編集に当たられた『関蟬丸神社文書』に全面的に依拠してまとめたものでした。

今回も声をかけていただき、良いチャンスだと思い、近年の地方のささらに関する吉田ゆり子氏の研究や大坂の芸能空間に関する木上由梨佳氏の研究を参照しつつ、『関蟬丸神社文書』(1)に収められた史料を読み直してみたいと思います。また、今回読み直そうと思う都市大坂に関する部分についても、以前に神田由築氏が明らかにされたことの範囲を出ていません。ただ、地方のささらと大坂の説教讃語を一緒に見ること、大坂の都市社会史を勉強してきた立場から考えてみることには意味もあるかと思います。

## 一　関蟬丸神社と地方の説教者

関蟬丸神社は、「芸道ニ而渡世仕候者共」に巻物を下付して、太夫号を与えることで組織化していた。つまり、芸能者の本所的な位置にあったのである。

### (一) 十八世紀初頭の状況

十八世紀初頭の状況について、以前の小文の内容を紹介しながら、振り返っておきたい。(2)

十七世紀中は、蟬丸神社の運営は、大津に居住している兵侍家衆というグループが掌握していた。兵侍家衆は帯刀の筋目で、蟬丸神社の社役を勤める存在であった。ところが、正徳元年（一七一一）に、この兵侍家衆が追放され、三井寺の五別所の一つである近松寺が、蟬丸神社の別当として直接掌握に乗り出した。その当時の状況について、寛政七年（一七九五）の口上書では、「往古より男女ニ不限芸道ニ而渡世仕候者共は、燈明料例年奉納仕、神事修復等之入用ニ致来り候所、近年ニ而は右之芸者共身分芸道之基を忘却仕、本山蟬丸宮を離レ、川原者同様ニ相心得罷在候儀甚歎ヶ敷、宮居も段々及大破候義、神慮之程も恐多奉存候」（文書四二〇頁）とある。芸道で渡世する者は、毎年、蟬丸神社に燈明料を納めるはずだったのに、「芸道之基」を忘却して納めなくなり、「川原者同様」の心得の者も多くて、甚だ嘆かわしい状況であった。それ故、「正徳年中諸国相改ニ取掛候」というのである。この正徳年中の「改」というのが、兵侍家衆を追放した、近松寺による再組織化を指している。

十七世紀後半から十八世紀初めにかけて、蟬丸神社に燈明料を納めた者たちのリストを整理してみると、伊勢や伊賀、美濃、尾張、三河、江戸、備前、丹波などの説教者が見られる。恒常的というわけではないが、それらの地域からは過去に燈明料が納められたことがあった。そのつてをたどりながら、もう一度、再組織化を図ろうとしたのである。

その一つが、九月二十四日（後には五月二十四日）の神事に参勤して、燈明料を持参すること。もう一つは、居住地の地域で「不浄穢鋪職又ハ村々番人役、幷牢番晒者等之役儀」をやめること。この二つを、地方の説教者に回状を回して求めたのである。伊勢国から燈明料を納めていた中心に伊勢神宮に程近い拝田村と牛谷村の説教者たちがいた。彼らは、地域では「ささら」と呼ばれていた。拝田村の者たちは山田三方会合の下に属し、牛谷村の者たちは宇治会合の下に属しており、彼らは両会合の意向によって、近松寺が求める「不浄穢しき」とされた諸役の継続を願ったのである。その結果、それまで拝田・牛谷のささらたちは最も頻繁に蟬丸神社に燈明料を持参していたにもかかわらず、「偽りの説教者」と位置づけられていくのである。

この裁断を通達する正徳五年（一七一五）の伊勢国触状では、「寛永年中取次兵侍家不[吟味]故、偽りを申説教者家職相勤候段、此度露顕申候ニ付、偽り之説教者家職停止申候、然ル上ハ先年下置候御巻物、所持之装束此度取上、自今説教者家筋[ニ而]無之、殊ニ諸勧進笮之修行一切停止ニ申付候」（文書二〇一頁）と述べている。寛永年中に取次の兵侍家がきちんとした吟味を行わず、偽りの由緒を申し立てた説教者に巻物を下付したが、今回、露見したので家職を停止して、巻物・装束を取り上げて、追放するというのであり、本来彼らは説教者ではなかったという理屈づけをしたのである。

在地でのささらのあり方は、燈明料を持参したいづれの地域でも、番人役などを勤めていることは同様の状況だったと思われる。ところが、蟬丸神社—近松寺が説教者の再組織化を図ろうとして、問題が政治社会レベル（身分制の編成原理）に浮上した時に、「正しき」説教者と「偽り」の説教者への分岐が生じたのである。

正徳の再組織化においては、説教者＝ささらだけではなくて、蟬丸神社と何らかの関わり、あるいは由緒を共有している者を広く組織しようと働きかけたが、それを拒否する存在がいたことにも注意しておく必要がある。例えば、京都の非人集団の頭層に当たる悲田院年寄たちは、偶に燈明料を持参したこともあったが、「近松寺支配之様存居、神事之節新規ニ社役も申付候様ニ申上候儀、曾而以左様之儀ニ而は無御座」（文書二九二頁）と返答しており、強く拒否している。

ともかく、蟬丸神社─近松寺は、燈明料の持参と、不浄穢らわしき役をやめるという条件で組織化を図ったが、それを受け入れて対応した者が（もちろん、地域での諸役を継続した者が多かったと思われるのだが）、蟬丸神社からの巻物を下付されて、関係を継続し、組織化されていくこととなったのである。一方、こうした組織化を受け入れる在地のささらたちの側にも、他の多様な勧進集団との競合関係の中で如何に自らの勧進権を確保するかという利害が存在していたことにも注意しておきたい。

## (二) 十九世紀・下伊那の一例

十九世紀の在方でのささらのあり方の一例を、吉田ゆり子氏の信州下伊奈地域の研究によって見ておきたい[3]。この地域では、ささらだけでなく、猿引や春田打ちというような芸能者集団や非人集団などが併存していたという。その中で、ささらは、立石村の斎藤杢太夫（米山組）、下市田村の加藤林太夫（飯田組）、親田村の斎藤磯大夫、知久平村の森杢太夫、林村の三浦三太夫、福与村の佐藤九郎兵衛を頭とする六組が存在していた。このうち米山組の頭である斎藤杢太夫が居住する立石村は、旗本近藤氏の陣屋が所在し、牢屋などもあった。この組は、嘉永七年（一八五四）には、立石村に十二軒、山本村に四軒、合原村・今田村に二軒づつ、他六カ村に一軒づつの計十カ村二十六軒で構成されていた。飯田組は、天保六年（一八三五）には飯田城下の九軒と農村部八カ村の十軒で構成されていた。

米山組に即して、生業や役負担が紹介されている。まず、生業は、正月には万歳（門付）で回り、芝居や操り興行に従事することもあったが、日常的には、畑作や漁猟に従事した。この村の名主の家との間に、労働の提供と、心づけを受け取る関係も形成されていた。役負担としては、領主である旗本近藤氏の牢屋の牢番を担い、また居村の役を務める。立石村の規定では、盗賊・悪党の捕縛や、火消しと治安のための番人、野荒しへの対応などが見える。四軒のささらが居た山本村では、村内を巡回し、博打の取締り、吉凶事の取締りなどを行い、さらに死体の埋葬や行倒れの取り片付けなどに従事していたという。十九世紀においてもささらの者たちは、蟬丸神社が禁止した、不浄穢らわしき諸役を、領主との関係や村との関係で継続して行っていることがわかる。

米山組と蟬丸神社との関係は、十九世紀にはいって形成されたと思われる。享保六年（一七二一）二月の巻物写しが残るが、これは享和元年（一八〇一）に下付されたものであり、後ろに享和元年五月、文化三年（一八〇六）五月の近松寺執行の改印、さらに文化十一年（一八一四）の三井寺政所の改印が追加されている。また、米山組斎藤杢太夫宛に享和三年五月と文化十年五月の免許状が下付されている。なお、文化十年には、蟬丸神社は近松寺から三井寺政所の直接掌握に変わっている。

吉田氏の研究によって、十九世紀に入って、蟬丸神社の地方ささらの組織化がむしろ進展したことがわかるが、そのささらの地域社会における実態は、十八世紀初頭に「偽りの説教者」として排除された拝田・牛谷のささらたちと共通していたと言えよう。また、天保六年に、飯田組のささらが非人の娘と縁組したことで仲間から追放されているが、これから考えると、蟬丸神社の下への編成は在地での勧進者の競合が素地をなしていたことが想定できるのである。

## 二　大坂の宮地芝居と天保改革

蟬丸神社は、十八世紀から十九世紀にかけて、前項で見た在地のささらたちの組織化を続けていく一方で、大坂などの都市では、説教讃語座を免許するという形で芸能者との関係構築を進めた。本項では、大坂の説教讃語座が展開した寺社境内の芸能の空間としての特質を見ておきたい。

## (一) 大坂の宮地芝居

大坂における芸能興行の場として、まず道頓堀の芝居地である立慶町と吉左衛門町があげられる。そこには十七世紀後半には両町で八軒の芝居小屋があった。十七世紀末から十八世紀にかけての新地開発に伴って、堀江新地、曾根崎新地、難波新地に新地芝居が赦免される。新地芝居は、江戸などには見られない大坂独特のものである。さらに宮地芝居として、座摩社、稲荷社、御霊社、やや特殊な天満天神の境内などがあげられる。宮地芝居は新地芝居の空櫓を借りる形で認められた(4)。

ここで上げた三類型は、いずれも歌舞伎を本位とする芝居小屋が認められた場であることに注意しておきたい。道頓堀の芝居主たちに対して寛永十七年(一六四〇)、さらに慶安元年(一六四八)に芝居仕置が出されているが、勧進能、操り、勧進相撲が芝居小屋を借りたいと言った時、どう対処するかという内容である(塚田二〇一〇)。ここに〝貸す〟対象として歌舞伎が入っていないことが注目される。道頓堀の芝居小屋は歌舞伎芝居を本位とすることが示されているのである。

宮地芝居の空間である寺社の境内について、芸能との関わりでその性格を考えておきたい。正徳四年(一七一四)五月六日に二つの町触が出されている(5)。『大阪市史』の頭書では、一つは「芝居桟敷之儀幷役者共衣類之事、芝居近所茶屋座敷ヶ間敷儀、一切無用之事」であり、もう一つは「寺社境内芝居之事」である。ともに全国触なので、『大阪市史』では本文を省略しているが、前者は芝居地の芝居小屋に関するもの、後者は宮地芝居などに関するものである。

後者は、頭書の文言、および京都への通達のあり方から判断して、『御触書寛保集成』に収録された次の覚書であると思われる。(6)

【史料一】

寺社境内芝居之事申渡候覚

寺社境内ニ有之能・説経・操・物まね等芝居之事、元禄年中既に停止之處ニ、訴訟之旨有之に就て、其法を定められ、芝居をも事軽く搆へ、衣服等も木綿之外を用ゆへからさる由を以免許せられ候、然處近年以来二階桟敷等を搆へ、衣服等も是に准し諸事結搆に及ひ候次第、不届之至ニ候、依之自今以後ハ、急度彼芝居等一切に禁制せしめ候者也、

三月

(『御触書寛保集成』一一八九)

三月に江戸で触れられた全国触が、大坂では五月六日に触れられたのである。これによると、「寺社境内ニ有之能・説経・操・物まね等」の芝居は禁止されていたが、元禄年中に出願があり、規定を定め、芝居を大掛かりにせず、衣服も木綿に限定する条件で許可された。しかし、近年二階桟敷を設けるなど規定が守られていないので、今後「彼芝居等一切に禁制」とすると命じられている。ここで「物まね」が何を指すかが気になるが、同日に芝居地に対して出された触と対比すると(後述)、寺社境内での芝居が歌舞伎を本位とするものでないことは明らかであろう。この町触の意味を理解する上で、京都で取られた措置を示す覚書が示唆的である。

【史料二】

覚

京都寺社境内ニ而、能、説経、操、物まね等の芝居、御書付之通向後一切停止可仕候事、

「此通相触候様ニと紀伊守殿被仰候事、」

一、或五日、或七日、十日、端々明地幷畑地ニ而仕候勧進能、同相撲之儀、如何可仕候哉事、
「此儀は有来候通ニ而差置候様ニと紀伊守殿被仰候付、願出候節吟味之上指免候事、」

一、四条河原凉幷糺凉、壬生念仏、稲荷今宮神事之内、旅所等之芝居小見世物、其外水茶屋、小屋掛等之儀、如何可仕候哉之事、
「此儀ハ有来候通ニ而指置候様と紀伊守殿被仰候ニ付、見世物之儀随分軽、諸見世物床机等停止ニ仕、平座ニ而致候様ニ可仕候、且又売物、水茶屋等ハ有来通ニ申付候事、」

一、惣而寺社神事法会之節、境内幷端々明地ニ而仕候芝居小見世物等之儀、是又如何可仕候哉之事、
「此儀は有来候通ニ而差置候様ニと紀伊守殿被仰候ニ付、凉ニ准シ吟味之上指免候事、」

以上、

午五月　　山口安房守

（『京都町触集成』第一巻六八六）

これは、【史料一】の全国触を受けて、京都町奉行が具体的措置を所司代に伺ったものである。各箇条の後のカッコ内にあるのが所司代の意向を受けた指示である。冒頭の箇条で、寺社境内での「能、説経、操、物まね等の芝居」、すなわち宮地芝居禁止を「此通」触れるように言われており、先の全国触を受けたものであることが明白である。最後の箇条において、寺社で神事や法会のある時に、境内や周辺の空き地で行う「芝居小見世物」については、これまで通り認めるという判断が示されている。すなわち、寺社境内における「能・説経・操・物まね等芝居」の禁止とは、神事・祭礼や法会のような非日常的な時空における芝居小見世物を排除しないのである。

同日に触れられたもう一つの触は、「狂言芝居之桟敷」を二階や三階にすることの禁止や「狂言役者」の華美な衣類の禁止など、いずれも芝居地の歌舞伎に関わる規定である（『御触書寛保集成』二七三四）。宮地芝居の禁令と芝居地の統制令が同じ日にセットで触れられていることになる。なお、江戸では新地芝居は存在しないので、江戸で出され

た芸能統制の二つの触においては、芝居地と宮地芝居が対比され、前者が歌舞伎を本位とし、後者が歌舞伎を本位とするものではないことに注意しておきたい。

十八世紀半ばから、寺社境内では新地芝居の空櫓を借りて、日限りでの芝居興行（子供歌舞伎）が認められるようになり、それがいつの間にか定着してしまう。ところが、寛政六（一七九四）年に寺社境内での恒常的な興行施設の禁止が命じられる。それを通達する大坂町奉行所からの口達書（寺社宛）を確認しておこう。

【史料三】(7)

寛政六年寅七月五日　口達書

一、①当表寺社境内、能・説教・操り・物真似等之芝居其外水茶屋作法之儀迄、正徳年中江戸表より御下知をもつて厳敷被仰渡、芝居等之儀は一切ニ禁制被仰渡、其段寺社幷町中触渡有之義候処、②当時寺社境内ニ芝居小見世物等年中小屋かけ致し罷在候も有之、尤芝居幷ニ神事法会中臨時ニ小見世物いたし候分は、其品ニより御役所へ断出候義も有之、別而座摩社・仁徳天皇社ニ而興行仕来候十五才以下之子供歌舞伎芝居之儀は、先年定芝居之櫓を借用、一旦興行之義指免有之候引続をもつて、是迄聞済候訳に候得共、是以定式ニ聞届と申筋ニハ無之、外小見世物も同様之事ニ有之候、③都而寺社境内小見世物・楊弓小屋・茶見世小屋共作法之通掘立柱縄からみ莚葭簀等之手軽囲いたし候類にても、定式神事法会之其日限ニ無之、引続小屋かけいたし候分は、日切をもつて小屋懸主又は寺社神主住持等より成とも兼而断出可申候、寺社役之者折々見廻らせ候節、如何之義有之候は可及沙汰候、

この口達書は、次の三つの部分に分かれる。①部分では、正徳四年の二つの御触を確認（特に宮地芝居禁制）、②部分では、寺社境内で芝居小見世物等が年中小屋掛けされている問題を指摘し、③部分では、小屋掛けの規定と延長の手続きを指示している。

②部分で、「芝居幷ニ神事法会中」に臨時に小見世物を行う場合、町奉行所に届出ることもあると言われており、届出なくても問題なかったことがわかる。また、座摩社と仁徳天皇社での十五歳以下の子供歌舞伎は、先年、定芝居（＝新地芝居）の櫓を借りることで認められたことがわかる。(8) しかし、日限りのある興行許可だったはずなのに定式のようになっている現状を指摘し、定式の許可ではないと再確認している。この点は、小見世物についても恒常的な施設は認められないことは同様だとしている。先の「芝居幷ニ神事法会中」とある部分の芝居は、日限りで認められた子供歌舞伎の興行時を指す。以上のことから、非常設的な施設が条件だが、芝居（子供歌舞伎）や神事法会の際の小見世物は許可を取る必要もなく認められるものであった。寺社境内の空間的特質を整理すると、次のようになろう。

非日常の際（祭礼・法会）…小見世物などはＯＫ（日限りの芝居の期間も非日常）

日常時　　　　　　　　　…小見世物なども厳禁

これを踏まえると、②部分で示されている状況は、非日常的な状況の日常化が進んでいたとも表現できよう。なお、③部分で、今回「定式神事法会」の後、引き続き、非常設的な施設で小見世物・楊弓小屋・茶見世小屋などが小屋掛けしたいときには、日限りで届け出ることとされており、芸能空間としての広がりを一部追認する形となっている。また、ここでは一貫して小見世物と表現されているが、それと能・説教・操り・物まねなどとの包含関係が問題となろう。但し、いずれにしても歌舞伎芝居は全く別範疇だったと思われる。

## （二）天保改革の芸能取締り

このような寺社境内の空間的な性格に大きな転換が訪れるのが、天保改革である。そこでは、厳しい風俗統制、芸能取締りが行われたが、芸能統制の主要なものを整理した表1を参照しつつ、宮地芝居のあり方にしぼって確認しておこう。(9)

**表1** 天保改革での芸能統制〔木上二〇一五〕より引用（一部修正）

| 年月日 | 事項（大坂） | 事項（江戸） |
|---|---|---|
| 天保十二年十月二十九日 | | 在所での歌舞伎・浄瑠璃などの興行禁止 |
| 十一月十二日 | 在所での歌舞伎・浄瑠璃などの興行禁止 | |
| 十二月十八日 | | 芝居地である堺町・葺屋町に移転命令（それぞれ猿若町一丁目・二丁目へ移転。移転完了は翌十三年六月） |
| 天保十三年二月 | | 市中の寄席を四業（神道講釈・心学・軍書講談・昔咄し）、十五軒に限定 |
| 四月十六日 | 町家での浄瑠璃会・見世物などの無断開催禁止、寺社での女性を交えての興行、歌舞伎同様の興行の禁止 | |
| 五月十二日 | 無銭見物の禁止（芝居主に責任）／歌舞伎役者をはじめ浄瑠璃語り・三味線・鳴物渡世の者・人形遣い等の田畑・家屋敷の所持禁止、芝居外での裃着用など華美な衣服着用を禁止 | |
| 同日 | 各寺社の小屋間数の書き上げを命じる | |
| 五月十三日 | 芝居地・新地の芝居小屋・名代・能舞台・相撲櫓の整理 | |
| 五月二十一日 | 座摩社・天満天神社・上難波仁徳天皇社（稲荷社）・御霊社・西高津仁徳天皇社の芝居小屋取払い（＝宮地芝居の禁止） | 宮地芝居（香具芝居）の芝居小屋取払い／寺社での寄席を四種、九軒に限定 |
| 七月十八日 | 国々城下・社地にて、江戸・京・大坂の役者を抱えての歌舞伎興行禁止 | |

| | | |
|---|---|---|
| 七月二十五日 | 芝居関係者への取締り | |
| 八月二十日 | 寺社での寄席芸能（小見世物）を四業、九ヶ所の寺社（生玉社・座摩社・天満天神社・上難波仁徳天皇社（稲荷社）・御霊社・玉造稲荷・堀江和光寺・法善寺・西高津仁徳天皇社）に限定 | |
| 九月六日 | | 両国広小路での歌舞伎興行を禁止し、そこで興行していた役者には渡世替か芝居地三座の役者になることを迫る |
| 十一月二十八日 | 市中（町家・明地面・請負地など）の寄席（小見世物）を四業に限定 | |
| 十二月六日 | | 芝居地である木挽町五丁目に移転命令（猿若町三丁目へ移転。移転完了は翌十四年二月） |
| 十二月二十八日 | 難波新地続野と西横堀流末新築地では土地繁栄のため四業以外の芸能興行を許可（宮地芝居で興行していた文楽軒などが移り興行） | |
| 天保十四年<br>三月 | 新地芝居取払いが決定 | |
| 十月 | 歌舞伎役者・人形遣いの住所を元伏見坂町・難波新地一丁目に限定 | |

天保十三年（一八四二）五月十三日に芝居地や新地芝居における芝居小屋や名代の整理が行われる。五月二十一日に座摩社・天満天神社・上難波仁徳天皇社（稲荷社）・御霊社・西高津仁徳天皇社での説教・操・物まねの芝居小屋取払いが命じられる（宮地芝居の禁止）。但し、掘立柱で縄搦め莚葭簀囲いでの小見世物小屋や水茶屋は禁じられてい

ない。なお、七月二十五日に芸能関係者への詳細な統制の町触が出されている。

八月二十日に寺社境内の寄席（小見世物）での興行内容を四業（神道講釈・心学講談・軍書講談・昔咄）に限定する措置が取られる。なお、十二月二十八日には、寺社境内ではないが、難波新地続野と西横堀流末新築地の二ヶ所では土地繁栄のため四業以外の芸能興行を許可され、宮地芝居で興行していた文楽軒などが移り興行したとのことである。

一方、実態のある新地芝居については、五月十三日に存続が認められていたが、天保十四年（一八四三）三月ごろ、新地芝居は全廃される。

## 三　大坂における説教讃語座

大坂の寺社境内の性格と天保改革の取締り方針を踏まえて、説教讃語座の展開と蟬丸神社による掌握について見ていこう。全体的な流れについては、神田由築氏の論文から引用した表2を参照いただきたい。

**表2**　説教座の略歴（神田二〇〇四）より引用（一部修正）

| | |
|---|---|
| 寛政五年（一七九三） | 蟬丸宮が全国の説教者に対する調査を始める。 |
| 寛政七年（一七九五）十一月 | 説教者に説教讃語勧進師座組の免状を差し遣わしていることを、蟬丸宮が京都町奉行所に申し上げる。 |
| 寛政十年（一七九八）七月 | 清水金太夫はじめ「説教者流之者」が大坂の三社（座摩・御霊・上難波社）境内において座組興行をする許可を願い出る。 |
| 文化十二年（一八一五）十二月 | 説教者に対する調査が始められ、説教者には「職札」が渡されることとなる。 |
| 文政二年（一八一九）三月 | 大坂三社の境内における芸能興行が許可される。 |

| | |
|---|---|
| 天保八年（一八三七） | 説教讃語座が、大坂の宮地芝居での興行は同座の支配を受けるべきと願い出て、浄瑠璃渡世集団と争いになる。 |
| 天保十三年（一八四二）五月 | 天保改革により三社境内における小屋の取り払いが命ぜられる。 |
| 嘉永五年（一八五二）三月 | 大坂の説教者の調査が始められる。また、大坂の説教者らが、これまでの通り三社境内において座組興行したいと願い出る。 |
| 嘉永六年（一八五三）十二月 | 上記の出願に対して、再興行は成りがたしとの回答がある。 |
| 安政二年（一八五五）四月 | 大坂三社の境内における興行を再願する。 |
| 安政四年（一八五七）十二月 | 大坂十二ヶ所における操座浄瑠璃説教座の興行が許可される。 |

## （一）説教讃語座の展開とその性格

先行研究でも説教讃語座の起源に関わって必ず引かれるのが、『摂陽奇鑑』の文政二年（一八一九）閏四月の中山雛松に説教名代が認められた際の記事である（『浪速叢書』第六巻、二六〜二〇頁）。稲荷社境内の小屋で説教名代中山雛松のもと「蟬丸宮配下之者共」が集まって「座組」して興行することを願った際、道頓堀の芝居主は十三歳以下の子供芝居を条件に了承したため、町奉行所も許可した。ところが、二十五日の初日に道頓堀の芝居主から、市川重太郎・花桐岩吉など「年かさの者」で座組していると訴えが出され、一旦休止となる。その後、説教名代主中山雛松と後見松嶋万五郎から十三歳以下の説教者で興行することを誓約する一札を道頓堀芝居主宛に提出して、内済となったことを記録している。この時、次のような額を掲げたとある。

日本諸芸祖神
免許　説教讃語　名代　中山雛松
関清水大明神

ここでは召抱えの説教者で座組して「説教蝉麻呂一代記」と前芸の風流踊りを行うという名目で、子供歌舞伎芝居を行っている（実際は子供に限らない）。この後、説教讃語の名代による興行が拡がっていく。武内恵美子氏の論文によって、その様子が窺える（表3）。座摩社・御霊社・稲荷社において、説教名代で興行が行われている事例は太字で示されている。文政二年閏四月の稲荷社の中山雛松以後、文政三年には座摩社で谷村富之助、御霊社で松嶋万五郎が確認でき、文政二年は一つの大きな画期だったことは、間違いない。先の道頓堀芝居主宛の一札で中山雛松の後見として見えた松嶋万五郎が御霊社では説教名代として名前が見えるのも注目される。

**表3**　三社興行一覧（天保十三年まで）〔武内二〇〇二〕より引用
名前は名代名（太字が説教讃語名代）
（ ）内は番付に記された劇場（所在地）名あるいは補足

| 年月 | 座摩社 | 御霊社 | 稲荷社 |
|---|---|---|---|
| 寛政十年 | | **清水金太夫** | |
| 文政二年閏四月 | | | **中山雛松** |
| 同三年正月 | **谷村富之助** | | |
| 四月 | 竹田外記・竹田三右衛門 | | **松嶋万五郎** |

| | | | |
|---|---|---|---|
| 五月 | **谷村富之助**<br>竹田外記・竹田三右衛門 | | <br>**中山雛松** |
| 十一月 | **谷村富之助** | **松嶋万五郎** | |
| 同四年正月 | 竹田外記 | | |
| 二月 | | | 竹田近江大掾 |
| 同五年閏正月 | **谷村富之助** | | |
| 五月 | | 不明（寄進芝居） | |
| 同六年正月 | | | 竹田縫之助 |
| 同七年八月 | **市村門之助** | | |
| 閏八月 | ←文政十一年九月 | | |
| 同八年十月 | | **松嶋万五郎** | |
| 同九年五月 | | 竹田縫之助 | |
| 天保元年十一月 | | | 亀山登左 |
| 同二年正月 | | 竹田左内 | |
| 同三年正月 | 山下金太夫 | | |
| 二月 | | 坂東高麗吉 | |
| 五月 | 柏木金太夫・柏木小雛 | | |
| 八月 | | 尾上音松 | |
| 同四年正月 | | **松嶋万五郎** | |
| 七月 | 竹田縫三郎 | | |
| 同六年正月 | | | 亀山登左・嵐璃久松 |
| 二月 | 柏木金太夫 | | |
| 三月 | 竹田縫三郎 | | |
| 同七年五月 | 中村福助 | | |
| 八月 | 三桝金大夫（裏門） | | |
| 十一月 | 竹田縫三郎（裏門） | | |
| 同八年正月 | 増田宗橋（裏門） | | |
| 十月 | | | **氷川宮内**（人形浄瑠璃） |

| | | | |
|---|---|---|---|
| 同九年正月 | | | 市川菊松（北門） |
| 十月 | 竹田吉五郎（裏門） | | |
| 同十年正月 | 竹田平吉 | | |
| 七月 | 亀山平吉 | | |
| 同十一年正月 | 目中舎（奥） | 市川市二郎 | |
| 二月 | | | 中村鶴松（北門） |
| 七月 | | | 中村玉三郎（北門） |
| 同十二年閏正月 | 市川三木松 | | |
| 四月 | | 嵐卯之助 | |
| 同十三年正月 | | 中村福蔵 | |
| 二月 | | 嵐新蔵 | |

次に、この説教名代の内実について考えてみたい。文政十一年（一八二八）に川西屋栄蔵（代判八郎兵衛）が川崎屋藤兵衛を相手取って、大坂町奉行所に出訴した（文書四二二〜三頁）。川西屋栄蔵は生駒町綿屋伊之助借屋に居住していたが、自らを「座摩社境内説教座芝居名代谷村富之助事市村門之助」が病死した跡を受け継いだ者と述べている。谷町一丁目に居住する川崎屋藤兵衛は三井寺の用達であったが、彼が市村門之助の名代で興行願を提出し、許可された。これに対して、川西屋栄蔵は自分の権利を侵すものとして訴えたのである。表3に見える市村門之助は谷村富之助の改名したもので同一人であることがわかる。また、訴えられた川崎屋藤兵衛が三井寺の用達であることが注目される。

名代と用達の関係を示す興味深い史料が、天保五年（一八三四）二月に「三井寺蟬丸宮配下説教座三社興行之儀」について、用達大黒屋治兵衛（天満東寺町鉄砲同心屋敷路居住）の奥印に改める旨を届け出た、矢守一格から大坂町奉行所に宛てた「口上覚」である（文書四一九頁）。それによると、文政二年（一八一九）三月に許可され、閏四月に上難波宮（稲荷社）境内で座組興行した際に、用達川西屋栄蔵の奥書で出願したが、それ以後、用達の奥書で出願してきた。ところが、天保三年（一八三二）十月に御霊社の興行の際に前任の用達川西屋栄蔵（代判八郎兵衛）と御霊名代の松嶋万五郎の争論が起こったが、現任の用達川崎屋藤兵衛が病気のため、「別当所役人」が奥書し、その後も役人の奥書で取り計らってきた。それを、今回大黒屋治兵衛を用達に任用し、今後は以前の通り、用達の奥書で願届を行うというのである。

これによって、文政二年の中山雛松の興行が転機だったことが確認できるとともに、その出願には当初から三井寺用達が深く関わっていたことも確認できる。文政十一年の一件は、もともと用達として願届に関与する立場にいた川西屋栄蔵が市村門之助の名代を受け継いだと主張して、後任の用達川崎屋藤兵衛が（おそらく用達として）願届を行ったことを否定しようとしたのである。さらに天保三年の一件は、名代松嶋万五郎の興行出願に、すでに用達ではなくなっている川西屋栄蔵が関与しようとして紛争となったものと想定される。しかし、現任の用達川崎屋藤兵衛が病気であったため対応できず、蟬丸神社の別当所役人が奥書する形で収束させたのであろう。この後も一定期間、三井寺役人が奥書を続けることで、前任の用達の関与する余地を排除しえたため、今回の新たな用達大黒屋治兵衛の任用と用達による奥書に復するということにしたのではなかろうか。

これらの経緯からは、芸能者が赦免される説教名代の実質を三井寺用達が掌握していた様子が窺える。

## （二）天保期の宮地芝居禁止と説教名代

天保十三年（一八四二）五月二十一日に宮地芝居の禁令が出されたことは先述したが、それに対する請証文を確認しよう。

【史料四】(10)

被仰渡御請証文事

南渡辺町　座摩社社務　渡辺近江
（天満天神社神主・滋岡常陸　同　社家・大町薩摩／上難波町仁徳天皇社社務・甲田兵部／
亀井町御霊社神主・栗町越後／西高津町仁徳天皇社世話人・月行司）

其方寺社内ニ有之芝居小屋之儀ハ、兼而願出有之通掘立柱縄搦莚葭簀ヲ以囲ひ、全手軽之小屋にて説教・操・物真似興行可致処、年月相立最前願出候趣意致忘却、いつとなく手重之普請いたし、芝居同様之儀いたし候趣相聞候ニ付、右芝居小屋ハ早々取払申付候、

右被仰渡之趣、一同承知之上、早々取払候様可仕候、仍而御請証文如件

天保十三寅年五月廿一日

渡辺近江守
（滋岡常陸介／大町薩摩介／甲田兵部／栗町越後／高津世話人月行司久左衛門・四郎兵衛）
座摩社之内説教者名代　増田惣橘
仁徳天皇社之内　名代　増田巳之助
御霊社之内　名代　松嶋万五郎
病気ニ付代安五郎
三井寺蟬丸　用達　大黒屋治兵衛

御奉行所

座摩社の社務渡辺近江ほか四ヶ所の神社の社役の者たちと並んで、説教者名代として座摩社の増田惣橘、稲荷社の増田巳之助、御霊社の松嶋万五郎、さらに三井寺（蟬丸神社）の用達大黒屋治兵衛が、この宮地芝居の禁令を受けた請書に名を連ねていることが注目される。これによって、三社における説教名代が定着している様子、および用達の

大黒屋治兵衛の位置が窺えよう。なお、この段階では、(これら五ヶ所を含む)二〇ヶ所の寺社境内において、あくまで仮設的小屋で日限を決めて願い出れば、寄席については存続が認められていたが(〔青木一九九四〕)、八月二十日に九ヶ所(生玉社・座摩社・天満天神・上難波町仁徳天皇社〈稲荷社〉・御霊社・玉造稲荷・堀江和光寺・法善寺・西高津町仁徳天皇社)に限定され、内容も四業(神道講釈・心学・軍書講談・昔噺)に限定されるのである(〔中川一九九四〕)。天保十二年(一八四一)に始まった天保改革は、老中水野忠邦の失脚によって、天保十四年(一八四三)までの短期間で挫折した。その後、改革で採られたさまざまな措置が次々に撤回されていくが、宮地芝居も安政四年(一八五七)十二月二十二日に復活の町触が出された。

【史料五】

此度市中為繁栄、曾根崎新地・堀江・天満郷等え新規芝居小屋壱ケ所ツヽ、幷三郷通用ニ而能舞台相撲櫓壱ケ所ツヽ差免候、追而場所取極、右芝居ニ而芸業之義ハ、操座・浄瑠理・舞大夫・説経座等之内興行申付候、

一、(中略…一三ヶ所の茶屋復活の箇条)

一、当表寺社境内ニ前々有来候芝居小屋、先達而為取払候処、比度生玉・座摩・天満天神社・上難波町仁徳天皇社・御霊社・玉造稲荷社・堀江和光寺・難波村法善寺・高津社等境内ニ而、全堀込柱縄からみ小屋ニ而、操座・浄瑠理・説経座等之内興行新規差免候、

右之条々今般江戸表ゟ御下知を以申渡候、

右之趣三郷町中不洩様可触知者也、

巳十二月　　伊豆

　　　　　　佐渡

冒頭の部分は、新地芝居の復活の意味を持つ。但し、以前の新地芝居の全てを復活したものではなく、また以前の

ように歌舞伎芝居を想定するものではない。また、宮地芝居は、先の禁止の際の五ヶ所に加えて、全九ヶ所が掘込み柱・縄搦みの仮設的な小屋という条件で赦免されている。ここでも、歌舞伎芝居は想定されていない[11]。新地芝居には、仮設的施設という条件が示されていないが、新地・宮地両者ともに説教座の興行が例示されていることが注目される。そこには説教讃語座の位置づけの高まりが窺えるからである。なお、この九ヶ所は、天保十三年（一八四二）八月二十日に寄席（小見世物）を認められた寺社と重なる。つまり、これが宮地芝居の拡張への前提となったのである。

この宮地芝居の復活に際して、十二月二十一日に大坂町奉行所から三井寺役人への呼出しがあった旨を、大坂の「用聞」（用達）から伝えられ、三井寺役人片木鵜殿が出頭した。そして、片木鵜殿は取締りを厳重にする旨の一札を提出した（文書四四五頁）。そこでは、宮地芝居が認められた九ヶ所において、名代人を取り決め、興行の度毎に名代人と社役の奥印で願い出るとある。また、「説教芝居之趣意」は、文政二年に申し上げた通り「世人教化之ため説教俗談を基と仕、其時之人情ニ相叶候今様風流を相交、且説教を八十三歳已下之者共ヲ以興行仕候」ものであり、風儀の障りとなるようなことはしないと誓約している。

ここで、九社すべてに説教名代が設定され、以前の座摩社・御霊社・稲荷社から一挙に拡大する。それだけでなく、三ヶ所の新たに免許された新地芝居にも説教名代が設定されることになった。先の町触で、ともに説教座の興行が想定されていたことと連動していよう。それぞれの説教名代を表4に一覧にした[12]。

**表4**　安政四年赦免の一二ヶ所の名代

各人の「芝居名代免許願書　同名代御額請書写」など（文書四五〇～五三頁／四五九～六〇頁）より作成。上難波社は、十二月には河野滝蔵だった（交替？）

| 芝居興行場所 | 名代の名前 | 名代の居所 | 証人の名前 | 備考 |
|---|---|---|---|---|
| 御霊社 | 清水吉次 | 大坂内平野町二丁目明石屋又三郎貸屋 | 河野竹蔵 | 組同心の次座、定詰衆頭分元締め（卯年以来、手続きで与力らに内談） |

| | | | | |
|---|---|---|---|---|
| 上難波社 | 高橋季吉 | 大坂天満鳴尾町　尾張屋弥兵衛貸屋 | | 清水吉次の弟、寺社政所定詰め |
| 天満天神社 | 日暮三津蔵 | 大坂天満錦屋町<br>升屋治兵衛貸屋　三田屋茂兵衛同居 | 三田屋茂兵衛 | 実は三田屋市兵衛、旅宿名前・取締方 |
| 和光寺 | 小山岩橋 | 大坂京橋五丁目<br>播磨屋権兵衛貸屋　丸屋仙蔵同居 | 丸屋仙蔵 | 丸屋仙蔵弟、清水吉次に入魂、手先・取締方 |
| 法善寺 | 神山亀吉 | 大坂農人橋松屋町<br>大坂屋弥兵衛貸屋 | 丸屋仙蔵 | 故名代人の役果たす（境内に小屋建場なし） |
| 座摩社 | 宮川門之助 | 西成郡川崎村<br>藤屋亀三郎貸屋　京屋常吉同居 | 京屋常吉代市兵衛 | 地方役同心中村氏の嫁の兄弟（頼込み） |
| 高津社 | 岡本芳之助 | 西成郡川崎村<br>播磨屋治助貸屋　三田屋市兵衛同居 | 三田屋市兵衛 | 三田屋市兵衛兄弟、故名代人の役果たす |
| 生玉社 | 松島当舎 | 大坂天満又治郎町<br>升屋治兵衛貸屋　三田屋喜兵衛同居 | 三田屋喜兵衛 | 町目付定借（?）、清水吉次をもって内談 |
| 玉造稲荷社 | 伊藤槌松 | 大坂内淡路町三丁目<br>袴屋八郎兵衛貸屋　中村屋新七同居 | 中村屋新七 | 役所中番、出役度毎取次（芝居に不向の場） |
| 曾根崎新地 | 宮本三吉 | （天満鳴尾町） | 〔町内持の名代を寺門へ獲得＝説教名代とするため、尽力の地方役定供（?）に遣わす〕 | |
| 天満郷 | 嶋村元之進 | 大坂京橋五丁目<br>播磨屋権兵衛貸屋　丸屋仙蔵同居 | 丸屋仙蔵 | 取締役（地面定まるまで彼に預け置く） |
| 堀江 | 松井岩尾<br>（見） | 大坂京橋五丁目<br>播磨屋権兵衛貸屋　丸屋仙蔵同居 | 丸屋仙蔵 | 取締役（地面定まるまで彼に預け置く） |

名代人のうち、御霊社の清水吉次は、組同心の次座とある。これについては、町奉行所の同心の次座という以上の詳細は不明であるが、「定詰衆頭分元締め」とも言われるような立場である。また、「卯年以来」、つまり二年前の安政二年（一八五五）から、寺社境内での宮地芝居の復活に向けて与力に内談をしていたとある。また、上難波社（＝稲荷社）の高橋季吉は、この清水吉次の弟で、寺社政所定詰めとされている。さらに、「証人」の欄に見える丸屋仙蔵は名代四人の証人となっている。和光寺の名代小山岩橘は、丸屋仙蔵の弟で、清水吉次に入魂であって、手先・取締方でもある。手先・取締方は、町奉行所の下で盗賊の捕縛などにも従事する目明し的な存在と考えられようか。座摩社の名代宮川門之助については、地方役同心中村氏の嫁の兄弟であり、中村は〝頼み込まれて難儀した〟と書かれている。

なお、天満天神社の日暮三津蔵は、実は旅宿名前では三田屋市兵衛であり、やはり取締方である。他に、三田屋茂兵衛・同喜兵衛も証人として名前が見える。先の丸屋仙蔵や三田屋らが多くの説教名代の者の居所となっていることも注目される。ここに名前の見える者たちは相互に深い関係を持ち、共通する社会的性格を有していたと思われるのである。

つまり、ここで設定された各所の説教名代は、芸能者とは異質な存在で、町奉行所のさまざまなつてを頼りに宮地芝居の復活に関与した者たちだったのではないか。一方で、彼らは近世大坂の都市下層社会に関わりを持ち、同時に蟬丸神社や三井寺の用達とつながりながら、都市社会の芸能社会に接点を持っていったものと思われる。蟬丸神社（＝三井寺）も、こうした存在に依拠しながら、大坂の都市社会に影響力の浸透を図ったのである。

## おわりに

以上、関蟬丸神社による説教者の編成について簡略に振り返ってきた。地方のささらの編成も、十七世紀から十九世紀に至るまで連続して取り組まれていた。一方で都市大坂では、それとは異なる形で浸透を図っていた。それは、宮地芝居の説教名代として定着を図るものであったが、言うまでもなく宮地芝居を安定的に行おうとする芸能者の利害も存在していた。だが、そこには、芸能者ではない用達や奉行所関係者の共通利害による定着という側面を見てとることができるのではないだろうか。

また、こうした問題を考えるためには、寺社境内の芸能空間としての性格を踏まえることも不可欠であることを確認しておきたい。

以上、雑ぱくな話でしたが、これで話を終わらせていただきます。どうもありがとうございました。

**注**

(1) 本稿での『関蟬丸神社文書』からの引用は、本文中に〔文書n頁〕のように表記する。

(2) 以下、本項(一)の記述は、すべて〔塚田一九九二〕による。

(3) 下伊那のささらに関する吉田ゆり子氏の研究は数多いが、〔吉田二〇一四〕に総括的にまとめられている。本項(二)の記述はすべて〔吉田二〇一四〕による。

(4) 道頓堀の芝居地、新地芝居、宮地芝居の展開と相互関連については、木上由梨佳氏の研究に詳しい。その点については、ほぼ〔木上二〇一五〕に依拠している。なお、宮地芝居についても、木上氏がすでに検討しているが、日常時と非日常時を区別して若干の論点を付加することを試みる。

(5) 大坂に触れられた町触は『大阪市史』三・四(上・下)に編年で収録されている。本稿では、『大阪市史』以外から引用する時のみ注記する。

(6) 実際に大坂で五月六日に触れられたことは、〔青木一九九四〕によって確認される。

(7) 〔青木一九九四〕より引用。近世に天満天神社の神主だった滋岡家に残された「新門通芝居小家主え申渡候証文類」に含まれるとのことである。

(8) この経緯については、〔木上二〇一五〕が詳しい。

(9) 天保改革における芸能統制の動向全体については〔木上二〇一五〕を参照。

(10) 〔青木一九九四〕より引用。注七と同じく滋岡家に残された「公庁諸願幷届断之控」に含まれるとのことである。

(11) 町触において想定されている「芸業」とは異なり、実際の興行において歌舞伎が行われることは当然ありうることである。

(12) 〔神田二〇〇四〕は蟬丸神社と大坂の芸能者の関係を検討し、ここで設定された説教名代についても整理している。また、同論文では、御霊社・和光寺・天満天神社と言った宮地芝居の役者や西横堀小屋・新築地小屋の役者らに蟬丸神社から説教の免許が与えられた状況、さらには祭文の大夫や俄師、さらには太鼓持ちなどまで蟬丸神社の配下として包摂していく動向に注目しており、重要である。

【参考文献】


青木　繁　一九九四「大坂における天保改革令の寺社内芝居への干渉―大阪天満宮の場合を中心に―」『芸能史研究』一二五
神田由築　一九九九「近世大坂の浄瑠璃渡世集団―天保期から幕末にかけて―」『東京大学日本史学研究室紀要』三
神田由築　二〇〇四「都市文化と芸能興行」『都市文化研究』三
木上由梨佳　二〇一五「近世大坂の芸能をめぐる社会構造―芝居地・新地芝居・宮地芝居のあり方に即して―」『道頓堀の社会＝空間構造と芝居』大阪市立大学大学院文学研究科都市文化研究センター
斉藤利彦　二〇〇二「近世後期大坂の宮地芝居と三井寺」『ヒストリア』一七八
武内恵美子　二〇〇二「近世上方演劇文化変容における下層劇団の歴史的役割―関蟬丸神社と説教讃語をめぐって―」『国際日本文化研究センター紀要』二五
塚田　孝　一九九二「芸能者の社会的位置」阪口弘之編『浄瑠璃の世界』世界思想社、のち同著『近世身分制と周縁社会』東京大学出版会、一九九七年所収
塚田　孝　二〇一〇「近世大坂における芝居地の《法と社会》―身分的周縁の比較類型論にむけて―」塚田孝編『身分的周縁の比較史―法と社会の視点から―』清文堂出版、のち同著『都市社会史の視点と構想―法・社会・文化―』清文堂出版、二〇一五年所収
中川　桂　一九九四「天保改革と大坂の芸能統制―『天保御改正録』所収文書をめぐって―」『待兼山論叢』二八、大阪大学文学部
吉田ゆり子　二〇〇三「万歳と春田打ち―近世下伊那の身分的周縁―」『飯田市歴史研究所年報』一
吉田ゆり子　二〇〇五「地域社会と身分的周縁」『部落問題研究』一七四
吉田ゆり子　二〇一〇「信州下伊那地域における身分的周縁―飯田藩牢守・猿牽と諸集団との関係―」塚田孝編『身分的周縁の比較史―法と社会の視点から―』清文堂出版
吉田ゆり子　二〇一四「「簓」―周縁化された芸能者と地域社会―」『思想』一〇八四


【主たる史料】

室木弥太郎・阪口弘之編『関蟬丸神社文書』和泉書院、一九八七年

## 2節　『信太妻』という語り物――狐と文殊が託したもの――

林久美子

### はじめに

「恋しくは尋ね来てみよ和泉なる信太の森のうらみ葛の葉」――しみじみと郷愁をそそるこの歌は、阿倍の童子（のちの晴明）の母が、ひとり森へ帰って行くときの書き置きである。子別れの哀切さの中に、「他の社会の人と結ばれることが許されなかった語り手たちの隷属的境遇から生ずる悲痛な呻きを聞く」[1]といった読み方が、かつて五説経のひとつに数えられたことに支えられて、長く主流になってきた。しかし、この作品には説経として語られたテキストがない。現在伝えられているのは、延宝二年（一六七四）に刊行された『しのたづまつりぎつね付あべノ清明出生物語』[2]（推定伊藤出羽掾正本。以後『信太妻』と記す）と、その流れを汲む浄瑠璃本のみである。この浄瑠璃は題名が示す狂言の『釣狐』や晴明伝説を取り入れ、狐の母から生まれた安倍晴明が世に出るまでを、五段に編集した作品である。本来説経になく、舞曲や浄瑠璃が得意とする戦闘場面がはめこまれていることのほか、狐と女房の変身を見せる手妻からくりや、保名が蘇生する場面での糸操りなどに、浄瑠璃の舞台にかけるための脚色のあとをうかがうことができる。それに対して説経の基本的な構造である本地譚は備えておらず、主人公の流浪漂泊もない。けれども、信太明神が吉備真備でもある晴明の母として力を添え、文殊菩薩は伯道上人の本地として現れるという、二重の本地垂迹的信仰構造が織りなされている。

この作品の成り立ちを考えるのは一筋縄では行きそうもないが、近年の作品論や歴史研究の成果をふまえながら、あらためて作品の構成要素を検証すると、この話を語り広めた人々の信仰や営みとともに、物語に託されたものも見えて来るように思われる。あわせて、この安倍晴明伝説が操り浄瑠璃として上演された契機についても考えてみたい。

## 一　安倍晴明の出生譚

これまでに『信太妻』の主な典拠とされてきたのが、『三国相伝陰陽輨轄簠簋内伝金烏玉兎集』の注釈書として寛永四年（一六二七）古活字版以来多くの版本が刊行された[3]『簠簋抄』と、これをもとにした仮名草子『安倍晴明物語』（寛文二年＝一六五九）である。『簠簋内伝金烏玉兎集』という題名が天円地方と陰陽を象っているように、内容は日月の運行によって吉凶を知る占いの書である。巻頭の「清明序」は、本書が天竺の文殊から大唐の伯道に伝授され、安倍晴明のもとに至るまでの経緯を一人称で記す。その注釈書『簠簋抄』全五巻の巻頭には「三国相伝簠簋金烏玉兎集之由来」（以下「由来」と略す）が置かれ、天竺の文殊菩薩から中国の伯道上人、武帝から吉備真備、日本の阿倍の童子（晴明）へと伝授された経緯のほか、竜王から阿倍の童子、唐における伯道から晴明への伝授、帰朝後の晴明の死と、伯道上人の術による蘇生なども記されている。真下美弥子氏は、東国の伝承を含む数多の口承書承の説話を取り込む晴明説話の集大成とも言える本書の成立には、密教や中世陰陽道文化を基盤とする談義や講釈の場が温床となったことと、そこに接近した人物の手になることは確実であると述べる[4]。

一方、仮名草子『安倍晴明物語』の安倍晴明説話には『簠簋抄』にはみられない部分も処々にあることから、『安倍晴明物語』が『信太妻』に詞藻を提供しているとの見方もあるが[5]、重なる部分に関しても本文の比較対照から見て、両者に先行する祖本の存在を推定するのが妥当なようである[6]。

『簠簋内伝金烏玉兎集』「晴明序」ならびに『簠簋抄』の「由来」から『信太妻』が創作されたという前提に立てば、『信太妻』にあって先行文芸にないところ、すなわち晴明の父・保名を中心にした物語前半に『信太妻』の独自性がみられるはずである。すなわち阿倍野の庄で暮らしていた保名が、たまたま石川悪右衛門の狩り出した狐の子をかくまったために対戦を余儀なくされたあげく父を殺されてしまい、保名自身も命の危機に瀕したとき、助けられた狐が僧侶に化けて命乞いをし、さらに美女に変じて保名の妻となり、晴明が生まれるという内容である。父母の出会いから晴明出生までの経緯が動物報恩譚と異類婚姻譚を組み合わせてきちんと説明されたのである。(この部分には別の意図もあるが、それについては後述する。)

こうして父と母が紹介されるのだが、もちろん重要なのは母の件である。『簠簋抄』「由来」にみる晴明の母は「化来の人」と記され[7]、遊女として諸国を往来していたが、猫島で三年滞留する間に晴明が誕生し、三歳の暮れに「恋しくは尋ね来て見よ…」の歌を残して、かき消すように失せている。その後、晴明が上洛の砌に信太の森を尋ねる場面では、晴明が社壇に伏拝して祈誓すると、老狐が現れて、母であることだけを告げて去る―これすなわち信太の明神であり、それゆえに晴明は占いの上での特別な能力が生来備わっており、天下に名を馳せるのである―と。

『安倍晴明物語』の方は、浄瑠璃にいくらか近い。巻一「晴明出生の事」では、安倍の保名のもとに、いずくともしれず見目良き女房が訪れて求婚し、喜んで迎えた保名との間に安倍の童子(晴明)をもうけ、やがて浄瑠璃と同じように「恋しくは…」の和歌を障子に書き付けて行方知れずになる。しかしながらこの作品においては、母が信太の狐であることは出奔後も田圃の世話に通っていることから推測されているに過ぎない。これ以後夫と子の前には二度と姿を現さないので、『信太妻』のハイライトである信太の森での再会と別れの場面もない。そして別れの哀しみは、別れ行く母狐ではなく、残された夫・保名と子の晴明にもたらされている。

このことからも、『信太妻』は『安倍晴明物語』を直接編集したものではなく、『簠簋抄』を源流とする別の書に拠り、部分的に参照したと見た方が良いだろう。また、信太明神との関係が『簠簋抄』からのものであっても、子とともに暮らすことのできない母狐の切なさや、母を慕う童子のいたいけな姿は、『信太妻』になってはじめて描出されたものである。去り行く母狐の哀愁を中心に据えたドラマは、語り物芸能化した時に生まれたものと考えられる。

しかし、母狐は単なるメロドラマの担い手ではない。晴明の母は信太明神として祀られるだけではなく、吉備真備の生まれ変わりでもある。この二重性が『信太妻』の成り立ちを考えるヒントになる。

## 二　陰陽師の支配権争いと古浄瑠璃の上演

ここで、もし古い説経があったとしたら、それまで上演・刊行されたふしのない『信太妻』が、なぜ延宝期に脚光を浴びたのかという点を考えてみたい。

浄瑠璃正本が刊行された延宝二年、晴明の子孫である土御門泰福が一通の訴状を提出している。この頃、土御門家と幸徳井（賀茂）の家との間で利権を巡る争いがあり、陰陽頭の地位が一時幸徳井家に移ったのを取り戻そうとしていたのであった。遠藤克美氏が「江戸期における陰陽道と歴道―土御門家と幸徳井家―」(8)に記す顛末を簡略に述べると、まず寛文七年、陰陽師安部大黒藤原有清を名乗る者が関八州の陰陽師に免許状を発行したことに対し、土御門泰福側から大黒が安倍氏後胤を名乗り、家業を侵すことを糾弾する訴訟を起こしている。この口上書の中で、諸国の社家に許状を出す吉田家のように、土御門家に諸国陰陽師支配を仰せつけられたなら、大黒のような者は出なくなるであろうとも申し立てている。ついで寛文十年九月、今度は陰陽頭賀茂友傳から訴えがなされる。これは泰福が元服もせず（注：泰福はこの年十一月に十六才で元服している）、上意もなく陰陽師を支配下に置き、南都陰陽師に呼名装束を免許しているのは謂われのないことで、陰陽師は陰陽頭の配下に仰せつけられるか、土御門で出している免状を取り上げてもらいたいというものであった。これに対し土御門側は、旧例・先例に従っているだけであると反駁したうえに、幸徳井はこれまで三代にわたり土御門家に代わって陰陽頭に補せられたが、それは形式的なもので、正統はあくまでも土御門であると主張している。寛文十二年、土御門側の主張は認められ、陰陽家を家礼としてとることを許される。陰陽頭友傳の方は「安家は庶流であり、賀茂は本家でしかも陰陽頭である。陰陽家下知を半々にしていただけたら有難い」との訴状を提出するが認められなかった。

延宝三年に友傳が出した訴状には、寛文十年の南都唱門師への烏帽子浄衣官名等を免許したことについて関白へ訴えたとき、以後理非が決着するまでは行わせないということだったのに、また免許が行われたので関白・両伝奏へ訴えたこと、南都においては、社家や陰陽師は唱門師と同列ではないのに、このような者が烏帽子浄衣で徘徊するのは嘆かわしく、今後免許しないように仰せつけられたいと述べ、最後に陰陽師であれば陰陽頭の支配下にあるべきなのに、近頃安家が勝手に支配しているのは不審であると非難している。両家の争いはこの後、友傳が死去する天和二年十二月まで続くが、同月末に泰福が陰陽頭に任じられ、以後この職は土御門家が独占することになる。(9)

『信太妻』の上演が、泰福の陰陽頭就任前とはいえ、朝廷も幕府も土御門側に立っている状況下で行われていることは確かなようである。浄瑠璃が、蘆屋道満と晴明という陰陽師同士の善悪対決とする際に、『簠簋抄』や『安倍晴明物語』にみられない悪右衛門と道満兄弟、保名と晴明親子という家族の対決図式としているところなど、陰陽頭をめぐる家の確執を当て込んでいると見えなくもない。

上演前年（延宝元年）、道頓堀を開鑿した安井家の出身者・渋川晴海が改暦の上表文を家綱に上呈している。晴海が日食の予想を外したことから、改暦が実施されるのは将軍交代後の貞享に入ってからになったが、その宣下は、霊元天皇から土御門泰福に出されている。泰福は山崎闇斎から垂加神道を学んで天社神道を興し、渋川春海は垂加神道の門弟でありながら泰福の天社神道の門人ともなり、表向きは泰福を立てる形をとって改暦を成し遂げたのであった。この慶事を大きく取り上げたのが上方の浄瑠璃界である。貞享の改暦は竹本義太夫の道頓堀旗揚げの時期とも重なり、竹本座は『賢女の手習幷新暦』という作品を上演、京の宇治加賀掾の『暦』と競演して、八二二年ぶりの改暦の快挙を祝した。(10) 道頓堀の浄瑠璃界は、暦と安倍家をめぐる話題に反応していたのである。のちに近松が『五十年忌歌念仏』を著すことも含め、陰陽家の話題が大いなる関心事だったことをうかがわせて興味深い。

## 三 『信太妻』のふるさと

幸徳井一件の中で、『信太妻』の語り手にかかわる問題として考えたいのが、土御門家による唱門師への免許である。幸徳井はこれを、唱門師と自分達とを同列に扱うものとして抗議している。延宝三年の訴状では、土御門家が南都唱門師のうち、梓巫女を唱門師、釜祓をする者を陰陽師と分けて免許を出しているものの、ともに根本は唱門師であると言っている。この免許は、説経の徒の場合なら、関清水大明神から発行された「御巻物」(11) に相当するものであろう。唱門師や陰陽師の免許が土御門家から発行されて、これがなければ祈禱や芸能が許されない身分証明書のようなものと理解できる。

これは南都の話であるが、『信太妻』のふるさとは、和泉国三ノ宮である聖神社（信太明神社）である。ここを氏神とする信太郷の村々の北に、まさに暦を売る陰陽師や神社で奉納する舞太夫の居住地があった。祭神は素戔嗚尊の御子にして大歳神の子神である聖大神である。「聖」とは「日知」すなわち暦の神であり、渡来民族の陰陽師が信仰していた神であると考えられている。また大歳神は兄弟神の宇迦之御魂神とともに稲の実りを守護する神であるから、歌枕として有名な信太森を背景に、稲荷神とその御子の陰陽道をめぐる物語がこの場所で生まれるのも自然なことであった。

浄瑠璃『信太妻』は、以下のように語り出される。

「それ、天地陰陽の理、吉凶、禍福のことは、人の智と、不智とにあり。これを知るときは、天地日月も、掌のうちにあり。これを知らざるときは、目前、なお明らかならず。」[12]

『さんせう太夫』『かるかや』などの説経が、これから語られる主人公が祀られる神仏の由来譚であることを冒頭に記すのに対し、この作品はまず陰陽道の大切さを述べ、それから「ここに中頃、天文地理の妙術を悟りて、神通人と呼ばれし安部の清明の由来をくわしく尋ぬるに」として、安倍の仲丸（仲麻呂）より七代目保明の子、保名の物語へと続く。この冒頭は、「四位の主計の頭、天文博士と召されて、栄華に栄え、末代までその智恵をあらわす。」という巻末と呼応して、安倍晴明とその家の栄光を語ることに物語の目的があることを示している。

荒木繁氏は、江戸時代には舞村に諸役免除の陰陽師が数人いて、暦を製造して売りさばいたことなどから、原「信太妻」（浄瑠璃の元になった語り物）はこれらの陰陽師によって、聖神社の末社の葛の葉社の由来を語る語り物として生み出されたのではないかと考えたが、晴明の母を葛の葉とするのは元禄以降の演劇によるものである。[13]現在北信太駅近くにある葛葉稲荷神社は、もと中村の庄屋森田（成田とも）邸の祠が江戸時代中期以降に晴明伝説の本場のようになった社なので、伝説の中心はあくまでも聖神社そのものである。また、『信太妻』は信太明神の由来譚としてではなく、そこで受け継がれている陰陽師の由来を語ることを中心に構成された物語であることも強調しておきたい。そこが、特定の寺社の神仏の由来を述べるために主人公の艱難辛苦を綴る説経とは異なる点である。

## 四　聖神社と叡尊

聖神社は、中世の信太郷において、神仏習合の宗教的聖地として多くの人を呼び寄せた。この聖神社を含む信太の森の縁辺部には熊野街道（小栗街道）が通り、他地域とつなぐ脈管の役割を果たしていた。[14]

古い語り物が、こうした街道を往来する芸能者たちによって伝承されたことは、室木弥太郎氏や阪口弘之氏の論によって示されている。阪口氏は、各作品の具体的な検討から、忍性とその師・叡尊、さらに奈良時代の行基へとさかのぼる高僧たちの社会活動が史実伝承として、いくつもの説経や舞曲、古浄瑠璃の淵源となっていることを指摘し、語り物の成立基盤に真言律宗の影響が深く関わっていることを明らかにしている。[15] たとえば説経『しんとく丸』の場合、高安―平野大念仏寺―四天王寺―近木の庄―熊野といった街道要衝と、能勢や瀬田、清水寺といった聖地を結ぶようにして活動した、律宗や融通念仏の人々の間に育まれた伝承が下敷きになっているとし、あるいは出羽掾の浄瑠璃『一心二河白道』についても、有馬湯を開基した行基や温泉を再興した仁西上人の事跡と説話が踏まえられていることなどから、この地方の薬師や地蔵信仰に根を下ろす聖者譚、子安譚に淵源をもつ説経系の語り物であったと推定している。

この読み方は、『信太妻』の場合にもあてはまり、この作品もまた、地方の信仰の場に根を下ろした真言律宗の僧・叡尊の活動が核となって物語を形成したと考えられるのである。

叡尊は西大寺の僧であるが、戒律の復興と貧民救済を各地で実践していた。『感身学正記』[16] によると、建長六年（一二五四）三月、河内の真福寺から和泉の信太神社に布教に入っている。十七日に拝殿において十重禁戒（大乗仏教の戒律の中で、殺生を含む十の重大禁止事項）を与えはじめ、二十日にはいったん中尾寺（聖神社の神宮寺か）へ場所を移し、ここで三二人に菩薩戒（仏法に帰依する在俗の人が遵守すべき戒律）を、翌二十一日には再び聖神社の拝殿において四七三人に菩薩戒を授けた。信太が和泉国内における重要な布教拠点となった様子が、連日の布教活動からうかがえる。その後も、少なくとも十五世紀前半まではこの地域の律宗勢力の中心的存在が聖神社であったと考えられている。

中世の頃から聖神社と密接な関係をもっていたといわれる舞太夫は、慶長九年の時点で舞村に三名確認されている。[17]

元禄七年には、隣接する砥芦須（現高石市）の三昧堂で信太舞村から舞太夫二人が来て勤めている。一方、砥芦須に舞太夫二人が住み、信太明神の祭礼に役儀を勤めたとする元禄九年の記事もあり[18]、そこには続けて「諸役赦免陰陽師四五人あり、暦国中に出す」ともある。これらの記事を併せ読めば、舞村が中世の取石（砥芦須）宿のあった地域で、信太明神に舞を奉納する大夫が居住したことから、熊野街道の東側が分かれて舞村と呼ばれるようになったという見解に従うのが妥当であろう[19]。ただし取石宿の位置は明確ではなく、非人の集住した取石宿に吸引されるように隣接して声聞師の舞村が成立したとする林耕二氏の説もある[20]。

舞太夫については、小谷方明氏が『別本泉州記』の舞村の条に「越前国八郎九郎カウワカ太夫弟子松寿太夫と中舞太夫二人有」とあるのを紹介するが[21]、幸若家と何らかの関係を取り結んでいたにしても、信太の舞太夫の出自を必ずしも越前に求める必要はなく、幸若宗家の権威を利用するための名乗りであったという林氏の見解が妥当であろう。

右に掲げた史料では、舞太夫と陰陽師を区別して記しているが、信太の舞太夫であった藤村家では土御門家からの許状や陰陽師としての活動を示す版木などを保管していたことから、舞太夫はすなわち陰陽師であったと、小谷氏は言う。しかし、当初から両者が一致していたとは思われず、舞太夫が陰陽師を兼ねるようになったのがいつからであったかは、示された資料からは不明とするしかない。

このように、近世の舞太夫と陰陽師の職掌や社会的位相の変化については未解明な点も多いが、『信太妻』の世界に聖神社を拠点とした舞太夫・陰陽師と真言律宗僧がいたことは紛れもない事実である。

そこで改めて本文を読み直してみると、吉備真備を晴明の母とするのも、「昔の恩を報ぜんため」と説明してはいるが、『江談抄』や『吉備大臣入唐絵詞』、『簠簋抄』などが伝える、唐で阿倍仲麻呂が助けてくれたことへの恩返しのためだけではなかったと気付く。史実として、天平七年（七三五）に帰国した真備がもたらした物の中に、『大衍《だいえん》暦経《れききょう》』があったからである。大衍暦はインドの宿曜道を加味した画期的な暦で、天平宝字八年（七六四）から天安元年（八五七）まで用いられた。[22]『簠簋内伝金烏玉兎集』の巻ごとに「天文司郎安倍博士吉備后胤清明朝臣撰」という注記があるのも、天文すなわち暦を司る者、という意味での吉備真備の後継者を指すのであろう。信太明神は単なる稲荷ではなく、この地の陰陽師に暦をもたらした神仏である。暦占書の意図をよく汲んで、信太明神を文殊菩薩と対にしたところに、『信太妻』が暦を受け継ぐ者の物語であることが示されているのであった。

## 五　起源としての文殊信仰

叡尊ら西大寺流律宗僧の貧民救済事業は、文殊菩薩が貧窮・孤独・苦悩の衆生となって行者の前に現れるという『文殊師利涅槃経』に説かれる思想にもとづいて行われた。非人を文殊の化身とみなして施行を行ったわけであるが、その背景には、行基が文殊菩薩の化身とされるなど、南都仏教に貧民救済のための利他行としての文殊信仰があったと考えられている。[23]とりわけ、強い文殊信仰を持っていた忍性は、母の追善供養のために文殊菩薩画像を大和の非人宿に安置し、その開眼供養を執り行ってもらった後、叡尊の弟子になり、文殊信仰と非人施行を推進した。その頃旧地から移転統合した安倍文殊院に参詣しているのも、本朝三文殊のひとつとして名高い快慶作の渡海文殊像があるためである。ここは安倍氏の氏寺であり、吉備の里と指呼の距離でもあることから、近世以降晴明誕生の地として宣伝をしている。忍性が晴明ゆかりの地と認識したかどうかは別にして、晴明伝承と文殊信仰を結合させる場所ではある。

文永六年（一二六八）に叡尊らが般若寺の文殊菩薩騎獅像を安置した記念の無遮大会には二千人もの非人に施行を行っている。その二年前に行われた文殊の開眼供養法要の参加者が、法要の最中に瑞花が乱れ散り、降ってくる奇跡を見たという話が『感身学生記』に書き留められている。細川涼一氏は、このほかにも叡尊の周囲で語られた神がかりや性転換の話を紹介し、「叡尊を讃仰する人々の間から、叡尊をめぐる奇跡が噂され、叡尊らの宗教活動を神秘的に荘厳していった。」と述べる。[24]奇瑞や霊験譚が生み出される場に立ち会うかのような興味深い話である。男性が女性になったり男に戻ったり出来るなら、吉備真備が狐になり、あるいは人間の女になるのも同じ方便で、動物報恩譚や狐女房譚を借りればたやすいことではないだろうか。

『信太妻』第四段では、伯道上人（本地は文殊菩薩）が獅子に乗って晴明の前に来現し、晴明が仲丸（麻呂）の再誕であることを告げて、「陰陽、暦数、天文地理、加持、秘符の深きこと、汝に伝え、天下の宝とすべし」と『金烏玉兎』を与える。（そして母が信太の明神＝いにしえの吉備大臣であることも告げる。）

また、第五段で、晴明が伯道上人から伝えられた生活続命法を行うとき、護摩壇に向かい、「南無大聖文殊菩薩、一度結びし師弟の契約、力を添えてたび給え」と、心中に祈念して神降ろしをする。晴明は文殊に祈願し、力を得ているのである。

『信太妻』の元になった『簠簋抄』の「由来」冒頭には、この書を「文殊結集（編集）し給ふと、意得《こころう》べきものなり。」と記されるし、伯道が彫刻した文殊菩薩を晴明が刈った萱で造った仏閣に安置している。

『簠簋内伝金烏玉兎集』の方でも、最後に「文殊曜宿経」が置かれ、通俗的吉凶書としての性格を濃厚にしている。[25]宿曜経は、空海・円仁・円珍らの入唐渡僧によって日本に伝えられ、密教の弘通とともに修法・造仏等の仏事上の日時の典拠として重んぜられた。空海といえば、『かるかや』には文殊菩薩と空海の出合いの場面がある。それは「大師の物語」として玉屋の与次によって語られるのだが、空海は渡天して大聖文殊（童子）に会い、筆競べをして一歩も引かなかったという。この後、文殊が箒に結んでいた法具を空海が投げた場所が日本の霊場になる。だから、真言宗にとっても、そこに物語基盤をもつ説経にとっても、文殊は特別な位置を占めている。

ともあれ、叡尊師弟が深く信仰し、供養した文殊は、陰陽道書においても最重要の仏であり、すべての根元であったということが、信太明神を舞台とする『信太妻』のもとになる話を生み出したのではないかと推測できる。叡尊がこの地を拠点にしたのは、信太社の神主職が鎌倉幕府御家人によって相伝されている[26]ためかもしれないが、文殊を信仰する陰陽道の地方拠点であったことも、叡尊にこの場所を選ばせた理由のひとつであったとは考えられないだろうか。

## 六　母の役割――系図と『簠簋内伝金烏玉兎集』――

よく知られているように、『さんせう太夫』のつし王には平将門伝説が影響しており、舞曲『信田』（『信太』とも。古浄瑠璃では『しだの小太郎』）とともに、将門の子孫であることを誇りとしてきた人々の伝承が、お互いに影響しつつ形成された跡がうかがえる。

この作品では、自らのアイデンティティーを示す最も大切なものが系図であり、それを伝えるのが母親である。系図は姉の安寿に与えた膚の守りの地蔵菩薩と一対として扱われ、安寿に渡された地蔵菩薩も、弟を逃亡させるときに手渡すのであるから、母が子らに伝えるべき家の宝は二つながら弟つし王の手に渡って、世に栄えることになる。つまり、この説経はつし王の出世の物語であり、母が子に果たすべき最も大きな役割は、嫡子に家の相続権を受け渡すことなのであった。

『信太妻』の場合も、母狐が信太の森で別れる際、ふたつの宝を子に与え、息子を天下一の者とすることを夫に託して去って行く。龍宮世界の秘符が入った四寸四方の黄金の箱と、鳥獣の声を聞き知ることのできる水晶のような玉である。

母狐が信太の明神であり、昔の吉備真備であったことは、晴明が十歳になった時に唐突に現れた伯道上人によって、自身が伯道上人の弟子であった阿倍仲麻呂の再誕であることとともに教えられる。母は「栄ゆる家の守りとな」り、秘符・名玉を伝えるために現れた。そして、伯道上人は晴明に「陰陽、暦数、天文地理、加持、秘符の深きこと」を伝え、「天下の宝」となすべき『金烏玉兎』を手渡しに来たのである。これはすでに家に伝わる天文道の巻物である

『簠簋内伝』とワンセットの巻物になっている。

　母狐の残したふたつの宝物のうち、ひとつは方形の箱に入った「秘符」で、もうひとつが珠である。阪口氏の指摘のように、[27]おそらくこれは「簠簋」すなわち、方形と円形を象っており、黄金の箱は「金烏」（日）に、水晶のように輝く玉は「玉兎」（月）に対応を見せるから、ふたつを合わせると『簠簋内伝金烏玉兎集』と同等ということになるのだろう。（しかし、『簠簋内伝』はすでに家に伝わっており、『金烏玉兎集』は伯道上人から与えられる。）

　先行作をみると、『簠簋抄』では、阿倍童子が母でも伯道上人でもなく、鹿島明神で命を助けた乙姫の教唆によって、竜宮から『金烏玉兎集』を持ち帰る。これは、千金でも入手できない四寸の石匣の中に入っていた。もうひとつ、『信太妻』の玉と同じく、鳥の言葉を聞き分ける超能力を発揮させる宝を得るが、こちらは耳につける塗り薬であった。

　『安倍晴明物語』では、竜宮での接待のあと、竜王が手ずから四方四寸の金の箱を取り出して「竜王の秘符」を晴明に贈り、また七宝の箱から青丸を取り出して耳と目に入れている。家に帰った晴明は、鳥獣の声を聞き分けられるだけでなく、人相まで占えるようになっている。さらに、吉備真備から譲られた『簠簋内伝』を三年間学び、竜宮から持ち帰った「秘符」の術を会得したことによって、才知がいや増して自然智を悟り、ついには天地人のすべてを知ることになっている。「秘符」が『金烏玉兎』であることは『安倍晴明物語』では道満が石櫃を開けた時に判明するが、『信太妻』ではその場面がないため、置き去りにされた感がある。

　このように、先行暦書と物語では、晴明の術修得や学問の栄達に母は何ら関与しない。それに対して『信太妻』は、母狐に安倍家の跡取りを産む役割だけではなく、やや等閑な扱いになったとはいえ、陰陽師としての安倍家を興すために最も大切なものを伝えさせるために、森での別れの場面を創り出している。そして、それは『さんせう太夫』や『信田』における母の役割と同じである。『信太妻』では母狐が信太明神という信仰の対象であり、『さんせう太夫』

では、母代わりの安寿の菩提のために金焼地蔵の御堂が建立される。思い返せば、『さんせう太夫』の発端は、筑紫の流人となっている父に代わり、つし王が都に上って安堵の御判を申し受け、奥州五十郡の主となりたいと言い出したことであった。没落した家の男子の立身出世譚として構想されたつし王の物語は、阿倍仲麻呂から七代にわたって巻物を放置して、それを生かせなかった安倍家の晴明の物語と類似する。

そういえば、さんせう太夫に追われたつし王は、国分寺のお聖の気転で四角い皮籠に入れて天井からつり下げられている。『簠簋抄』には、「ホキの二字連綿して、葛籠皮籠と読むとなり。天竺にては石の匣金烏玉兎集、大唐にては玉の匣金烏玉兎集、日本へ渡る時玉石重き故にツヅラカハコに入て渡る故に、簠簋と云ふなり[28]」とある。それならば、つし王に懐中された系図は『簠簋』であり、『金烏玉兎集』に置き換えて解釈できるものかもしれない。つまり、陰陽師にとっては、これこそが自分達の生業の由緒正しさを示す系図であり、権威ある占いの伝書ということになる。『信太妻』と『さんせう太夫』には、ほかにも神おろしの節事を持つという共通点もあり、関わりの深い語り物のように思われる。神おろしの節事は、修験道や神道と同化した陰陽道から説経・浄瑠璃へと取り込まれた古態のなごりである。

## 七　常陸と和泉をつなぐもの

鹿島明神と竜宮の秘符の件に関して、加賀佳子氏は『信太妻』の成立に常陸信太庄の陰陽師や法師陰陽師が育んだ「(あべの)中丸」の物語があり、それが「あべの童子」となって和泉の信太明神に関係づけられたと推測した[29]。ふたりの童子と伝承基盤を想定する複雑な読み方ではあるが、常陸の信太(志田)から和泉の信太に物語が流入したという推論はすこぶる興味深い。

『簠簋抄』「由来」のこのプロット自体は、すでに指摘があるように[30]、御伽草子『俵藤太』に似た竜の報恩譚である。

そして、俵藤太のムカデ退治の舞台である瀬田の唐橋は、『近江輿地志略』によれば、忍性が架けた橋である。「由来」が記す常陸における竜の報恩譚も、忍性の事跡とかかわりがあったように思われる。

細川氏の研究によれば、(31)聖神社を訪れた叡尊は、後年（弘長二年＝一二六二）関東に下向して北条時頼らに授戒するが、それに先んじて関東での地盤を築いたのが忍性であった。忍性は和泉国家原寺で叡尊から別受の戒を受けた後、建長四年（一二五二）に関東へ布教に赴く。このとき、鹿島社に三日間参籠して法華経を献じ、神宮寺に自刻の十一面観音を安置してもいる。「由来」では、安部童子が鹿島に百日参籠し、「万事死相を見るべからざる由」を誓願しており、ここに神道の死穢を忌む観念と、律宗の不殺生戒とが結び合うさまをみることができるように思われる。以後十年間の極楽寺（筑波山麓三村寺）を拠点とする活動期間中、忍性はたびたび鹿島との間を往還して、密接な関係を築いたようである。

『信太妻』では、童子は秘符とともに母狐からもらった玉のおかげで、都の烏と東の烏の会話を聴き取り、内裏の柱の礎の下に蛇と蛙が埋められていることを知るというくだりがあり、これが出世のきっかけとなるが、これはたとえば、鹿島社の海の玄関である大船津の、忍性が鶏と竈の額を埋めて村里を作ったという伝承や、(33)忍性が江ノ島で行法したとき、後に白蛇となる狐子を感得し、極楽寺の方丈の下に埋めたが、実はそれが建物の守護神であったという話などとのつながりが考えられないだろうか。(34)あるいは、鰐川の悪竜退散のために、忍性が鹿島神宮の神木で作ったという地蔵の由緒なども関係づけられそうなエピソードであり、(35)鹿島での真言律宗の神祇信仰に基づく拠点寺院の拡大と、それにともなう土木事業や呪法などが、さまざまな伝承の形成にあずかったのであろう。(36)

そのほか、潮来近辺古高《ふったか》の名物・簓舞は、雌雄の獅子が腰に鼓を付けて舞い、簓を擦り鳴らす芸能であるが、その獅子は忍性が建長の頃に作ったものという。(37)忍性と説経とを結ぶ糸がありそうにも思われる伝承である。

全国の安倍晴明伝説を調査した高原豊明氏は、『簠簋抄』における晴明の生誕地が常陸猫島、吉生（現茨城県石岡市）であることから、成立には当地の金剛院、西光院、密乗院といった真言宗僧侶の関与が考えられるという。[38] 中世には修験者を中心に、主として真言密教寺院のネットワークで全国に波及した晴明伝説が、近世になって稲荷信仰とかかわる形で、より広く、より娯楽に近い形で、民間陰陽師はもとより、念仏系説経者、芸能者によって全国各地に波及するようになったとの見解を示している。吉生より南の土浦市（かつての常陸国信太荘宍塚村）には、宍塚般若寺という真言宗の寺院がある。寺伝は平将門の次男の娘安寿姫の開基であると伝え、あたかも将門と山椒太夫の伝説が合体したかのようであるが、この寺は建長年間に忍性によって結界され、律院化した所で、叡尊弟子源海が寄進した銅鐘が現存する。

## 八　国分寺の聖とお舎利大師、藤井寺の和尚

つし王の命の親であるお聖がいた丹後国分寺も真言律宗の寺院であった。ここは叡尊の法流に繋がる極楽坊長老栄真の弟子宣基によって、建武元年（一三三四）に金堂上棟がなっている。[39] 網野義彦氏は、このころの国分寺と「清目」（非人）との結びつきが、『さんせう太夫』のつし王が国分寺に駆け入ったことにつながったとみている。[40]

国分寺の聖は、都へ行くというつし王を、先述の皮籠に入れて七条朱雀権現堂まで背負ってゆくが、これは四天王寺の引声堂の下で盲いたしんとく丸を見つけ、町屋まで背負って行く乙姫と同じである。その乙姫の姿には、癩病者を背負って奈良の市の乞庭まで送り迎えしたという忍性の投影が認められている。押し込められたため足腰が立たなくなったつし王は、土車に乗せられるが、忍性が建立した天王寺の石の鳥居に取り付くと腰が立つ。また、つし王に出世の糸口を与える通りがかりの高僧は「太子の守をなさるるおしゃり大師」であるが、叡尊は四天王寺別当職に補任され、舎利信仰を広めたこともよく知られているし、忍性も四天王寺別当となった。それに叡尊の弟子・観心房禅海は、四天王寺薬師院の長老となり、安嘉門女院の舎利を忍性に譲渡している上、叡尊の清水坂における非人施行に

も随行して斎戒を授けるなど、禅海も「太子の守をなさるるお舎利大師」の呼称にふさわしい。

そうした視点から本文を読むと、『さんせう太夫』のお舎利大師がつし王をひきとって茶坊主として寵愛するという話も、叡尊が律院に茶園を設けさせたことや、鎮守八幡宮に献茶した余服を参詣人に振る舞ったことから大茶盛が始まったという史実の投影と解釈できる。

『さんせう太夫』に上記の如き西大寺流律宗僧の面影や救済事業が織り込まれているとしたら、『信太妻』ではどこにそうした事跡が現れているのであろうか。

浄瑠璃の第一段で、信太の森での狐狩りが行われ、追われた子狐を拝殿にいた保名が命がけで匿ったのは、狐の報恩譚に展開させるためとだけと受け止められがちだが、すでに見たように、信太明神（聖神社）という場所そのものが特別な聖地であった。阪口氏は、叡尊の多田庄における殺生禁断が、舞曲『満仲』や説経『しんとく丸』に投影していると指摘するが、『信太妻』のこの場面にもそれをうかがうことができるように思う。殺生を好む敵役の名が石川であるのも、河内の石川が多田満仲の子息頼信が館を構え、頼義以下代々が河内の守に任ぜられて住んだ地である(41)からかもしれない。兄・道満の本国は播磨であり、石川とは本来無縁である。追われる狐の命を保名が助けたのは、まさに不殺生戒の実践である。しかも、狐が逃げ込んだのは信太明神の拝殿、すなわち叡尊が十重禁戒を行った聖域であった。

また、狐を逃がした保名が縄を掛けられ、あやうく首をはねられそうになった時には、悪右衛門の檀那である藤（葛）井寺のらいばん和尚が制止し、保名の身柄をもらいうける。ここで殺生を留めさせた和尚は、命を助けられた子狐が報恩のため姿を変じた偽物だったのだが、なぜそれが藤井寺の和尚だったのだろうか。

実は藤井寺（剛琳寺）も、叡尊が教興寺とともに南河内で中興し、関東御祈願所とした律宗寺院であった(42)。高安の教興寺が『しんとく丸』ゆかりの寺であることは、阪口論文に指摘されるところであり、叡尊は信太明神の四か月後に訪れている。藤井寺が文殊の化身と呼ばれた行基を開山とする観音霊場であることも関係があるのかもしれない。

この場面は狂言『釣狐』のもどきと思わせながら、らいばん和尚に西大寺流律僧を映しているのは間違いないであろう。そのことは、天正狂言本『釣狐』の冒頭に、

「西大寺と名乗つて出る。甥を呼び出し、殺生を示す。総じて狐は神にてまします。(43)」

とあることが裏付けている。狐を捕ろうとする甥を諭す伯父が西大寺の者と名乗ることで、西大寺が殺生戒を広めていたことがこの狂言に表れている。(44)大蔵虎明本狂言では、伯父は「白蔵主」であるが、その所以について、金井清光氏が『狂言不審紙(45)』から興味深い話を引用している。すなわち、和泉国大鳥郡の小林寺中に永徳年中(一三八一〜一三八四)にあった塔頭耕雲庵の僧侶の名が白蔵主であり、信仰する稲荷大明神の感応あって得た白狐が、蔵主の甥の家に行って殺生の罪を語り戒めたというのであるが、(46)やはりこちらは後のもので、南都禰宜流の『釣狐』の方が先んじていたとみる田口和夫氏の説(47)に従いたい。信太の狐の話は、おそらくこの『釣狐』から始まっている。それは叡尊がこの場所で多くの授戒を行い、殺生禁断を根付かせたからである。浄瑠璃『信太妻』の元になったものは、叡尊が種を蒔いた場所から芽を吹き、芸能として成長したものと考えられる。

『信太妻』の舞台になった場所では、一条戻り橋にも中世の一時期(一三三二)に律宗寺院があったことは(48)留意すべきであろう。ここで渡辺綱が鬼女の腕を斬った時に晴明が物忌を指示した話(屋代本『平家物語』)や、晴明の妻が式神の貌を畏れたため、この橋の下に隠していた話『源平盛衰記』はよく知られているが、『信太妻』においては第五段目で、殺害された父・保名を蘇らせる祈禱を戻り橋の上で行っている。蘇生の件は浄蔵が父・三善清行を蘇生させた例(『撰集抄』)を思い起こせば足りるようだが、一条戻橋の橋詰に、橋を管理した律宗の一条戻橋寺(恩徳院)があったことを知るなら、晴明が文殊菩薩に祈願して法力を最大に示す場所として設定されたことに、別の理由を読み取ることができそうである。

## 終わりに

『信太妻』という浄瑠璃は、やはり信太明神（聖神社）という場所が鍵を握る作品であった。そして元来は、従来言われてきたような賤視された人々の悲しい現実を映すといったことがテーマの物語ではなかったように思われる。作品の根底に流れている理念はふたつあって、ひとつは叡尊らの教えの根幹にある殺生禁断思想であり、もうひとつは暦を伝え、智恵の源である陰陽道を伝えることの大切さである。すなわち安倍家の権威を自らのものとすることで信太明神につながって生活する陰陽師たちが守ろうとした核心であろう。文殊信仰で一致する陰陽師と律宗という、ふたつの集団が出会った信仰の地で、それぞれ最も大切なものを狐を介して織り込んだ話が『信太妻』である。

現存する正本の構成でいえば、律宗の殺生戒をわかりやすく芸能化した『釣狐』を第一段に置き、三段目には『日本霊異記』や『木幡狐』などにみられる狐女房譚を利用するといった形で、律宗の救済対象であったかもしれない人々の生業の源である『簠簋』の世界に組み入れたものと考える。

そもそも、『簠簋』自体が、真言僧の創作であるという土御門泰福の言（『秦山集』）に信を置くにせよ、祇園社務の晴算曽孫・晴朝の手に成ったにせよ[49]、『信太妻』がその影響下にあるのは当然とも言える。そうしたことを含めて、『信太妻』のもとになった語り物は叡尊の流れを汲む僧や周辺の人物が関与したとみてよいのではないだろうか。叡尊もまた、醍醐寺で真言密教を学び、律宗を興した僧であったが、醍醐寺をはじめ密教寺院の多くは修験の行場でもある。信太には篠田王子があり、晴明自身が熊野の行者だったという伝説（『古事談』）もあるほどに、修験と陰陽道とは一体化している。熊野街道では舞太夫が放浪する説経者たちと交流することもあったかもしれない[50]。

はじめに述べたように、『簠簋抄』の晴明伝承を舞台向きに脚本化する処理は、『安倍晴明物語』との近似性からみても新しいが、中世以来の狂言と舞、説経の交流が思い描ける作品として、『信太妻』は魅力的である。

語り物の代表作が叡尊や忍性等の宗教的実践と深く関わり合っていることがまたひとつ確認できたわけだが、「信太妻・釣狐」と安倍晴明の出世物語を連結させたのは誰か、そして長い伝承の時間にどのような変容を遂げたのかは、これから解明されるべき課題である。

**注**

（1）盛田嘉徳氏「「しのだづま」の語り手」、『中世賤民と雑芸能の研究』、雄山閣出版、一九九四年。

（2）大阪大学付属図書館赤木文庫本。これに先行する大英図書館本の内題は、「付」が「并」となっているが、本文はほぼ同じである（阪口弘之氏「もう一つの信田妻」、『大阪女子大学上方文化研究センター研究年報』創刊号、二〇〇〇年三月。）

（3）異本である龍門文庫本『簠簋袖裏伝』は、室町末とされるので、写本は室町期に成立していたとされている。（渡辺守邦氏「清明伝承の成立―『簠簋抄』の「由来」の章を中心に―」、『國語と國文学』、一九八四年二月号）。

（4）日本古典偽書叢刊三所収『簠簋抄（序）』解題、現代思潮新社、二〇〇四年。

（5）渡辺守邦氏「晴明伝承の展開―「安倍晴明物語」を軸として」、『國語と國文学』五八―一一、一九八一年一一月。

（6）加賀佳子氏「古浄瑠璃『しのだづま』の成立―なか丸とあべの童子―」、『芸能史研究』一一五、一九九一年一〇月。阪口弘之氏注（2）論文。

（7）晴明を「化生の者」とするのは、『臥雲件日録』文正二年一〇月二七日条に「晴明無父母、蓋化生者也」とあるのが早い。

（8）『陰陽道叢書三　近世』、名著出版、一九九二年。

（9）山本尚友氏「民間陰陽師の発生とその展開」、『陰陽道叢書三　近世』。

（10）阪口弘之氏「竹本義太夫―道頓堀興行界の戦略」、『国文学　解釈と教材の研究』、二〇〇二年五月。

（11）室木弥太郎氏『語り物の研究』三―三、風間書房、一九八一年増訂版。

（12）以下、本文は荒木繁氏編注東洋文庫『説経節』による（平凡社、一九七三年）。

（13）加賀佳子氏「古浄瑠璃『しのだづま』と信太」、『歌舞伎　研究と批評』一八、一九九六年一二月。

（14）『信太山地域の歴史と生活　和泉市の歴史4』、和泉市史編さん委員会編、二〇一五年。

（15）「『しんとく丸』の成立基盤」、『説話論集』一五、清文堂出版、二〇〇六年。

（16）細川涼一氏訳注、東洋文庫『感身学正記』一、平凡社、一九九九年。

（17）「信太郡出作土生村舞村御指出帳」、『日本歴史地名大系』「舞村」の項。

（18）「泉邦四県石高寺社旧跡并地侍伝」、『日本歴史地名大系』。『和泉市史』第一巻、一九六五年。

（19）藤村義彰氏の文章を編集した「暦と陰陽師」、『歴史民俗学』二五、二〇〇六年八月。

（20）「「舞大夫」としての信太陰陽師」、『歴史民俗学』二五。

(21)「和泉暦」、『近畿民俗』一六、一九五五年。
(22) 深沢徹氏「偽書と「兵法」」、日本古典偽書叢刊三解説。『国史大辞典』、吉川弘文館。
(23) 堀池春峰「南都仏教と文殊信仰」。注（16）の細川氏注による。
(24)『漂白の日本中世』第七章〈補論〉、ちくま学芸文庫、筑摩書房、二〇〇二年。
(25) 日本古典偽書叢刊三所収『簠簋内伝金烏玉兎集』、山下克明氏による補注、現代思潮社、二〇〇四年。
(26)『和泉市史』第一巻、一九六五年。細川氏『感身学生記』（二二八）。
(27) 注（2）論文。
(28) 本文引用は、日本古典偽書叢刊三所収本による。
(29)（13）に同じ。
(30)『簠簋抄』脚注、（4）に同じ。
(31)『関東往還記』弘長二年三月条の注三、平凡社、二〇一一年。
(32)『臥雲日件録』（応仁七年十月二十七日）が、「都の烏」を「祇園から来た烏」としているのは、牛頭天皇の縁起を持つ祇園社が民間陰陽師の拠点であったためである。
(33) 高塚菰村『潮来と鹿嶋香取』、東京堂書店、一九一八年。細川氏『中世寺院の風景』、新曜社、一九九七年。
(34)『渓嵐拾葉集』。奈良国立博物館図録『生誕八〇〇年記念特別展忍性』展示解説（八九）による。
(35)(37) 高塚菰村(33)。
(36) 叡尊に関しては、西大寺愛染明王像の厨子に赤童子が描かれるように春日信仰も関係するかも知れない。春日大社は常陸鹿島から武甕雷神を大和春日に勧請したものである。
(38)「安倍晴明伝説—『簠簋抄』における晴明常陸出生説の背景」、『伝承文学研究』四七、一九九八年。
(39) 細川涼一氏「鎌倉仏教の勧進活動—律宗の勧進活動を中心に—」、『論集日本仏教史四　鎌倉時代』、雄山閣、一九八八年。
(40)『中世の非人と遊女』Ⅰ—一、明石書店、一九九四年。
(41)『国史大辞典』、「石川荘」の項。
(42)『河内長野市史』第一巻下、一九九七年。
(43) 本文は金井清光氏『天正狂言本全釈』（風間書房、一九八九年）によるが、漢字と濁点を付している。
(44) 田口和夫氏「天正狂言本雑考」、『能楽研究』六、一九八一年三月。
(45) 大蔵虎光が一六七番の狂言に説明・注解を記した書。
(46) 大蔵流「吼噉《こんかい》」が耕雲庵の伝承から発祥したことは諸書に載るが、多くは殺生戒の話につながっていない。例えば『堺鑑』を引く『猿楽伝記』下や『国花万葉記』五の記すところでは、鎮守稲荷明神の感応により、三足の霊狐を得て養育したところ、よく主に仕えて、賊を退け難を防いだので、これを狂言にしたところ、狐が野狐の所作を伝授したという内容である。唱導から物真似芸への変質がうかがえる。
(47)「〈釣狐〉の形成と展開—鷺流狂言史の一面—」、『藝能史研究』七四、一九八一年七月。
(48) 細川涼一氏『中世寺院の風景』六—三「橋勧進と橋寺—泉橋寺・宇治放生院・一条戻橋寺」、新曜社、一九九七年。
(49) 村山修一氏『日本陰陽道史総説』四六「簠簋内伝の成立と牛頭天皇縁起」、塙書房、一九八一年。
(50) 林耕二氏「「信太妻」と舞大夫の接点—曲舞から説経・浄瑠璃への可能性」、（20）に同じ。なお、麻原美子氏は語り手を舞太夫そのものと推測する（『幸若舞曲考』Ⅲ—一、新典社、一九八〇年）。

## 3節

# 越前大野城下の座頭と瞽女

マーレン・A・エーラス

本稿では、近世の芸能者集団が地域社会においてどのように位置付けられていたかを座頭と瞽女を例に検討する。これまで私は、越前大野藩の城下町・大野について社会史的研究を行ってきたが、本稿でも、大野藩領を対象として、そこに近世を通じて存在した座頭・瞽女仲間を紹介し、彼らを取り巻く社会関係の分析に重点をおきたい。座頭・瞽女に関する研究は、北陸の他地域については存在するが、越前を対象としたものは皆無に近い。しかし、大野においては、彼らの芸能的活動について知りうるところは少ないものの、地域社会における存在形態を窺うことができる町年寄御用留や在方の村入用割帳などの多様な史料が残されている。中世の盲目の琵琶法師の組織に起源をもち、近世前期に「当道座」と呼ばれる盲人芸人の全国組織が編成されたと言われているが、大野の座頭と瞽女は、その「当道座」に包摂された大野城下の座頭仲間、そこに付随する瞽女仲間を形成していた。彼らは、座頭仲間や瞽女仲間に依拠しながら、大野盆地の町々や村々、家臣団などと関係を結び、生活の安定を求めた。加藤康昭氏の一九七四年の労作を踏まえ、近年地域の盲人集団の状況を具体的に明らかにする研究も行われるようになり、三都以外の集団がどのように暮らしていたかが解明されつつある。(1)江戸・京都などの大都市には財力もあり、検校や勾当などの高官の座頭や金貸しに携わる座頭も存在していたが、大野の座頭や瞽女はむしろ町方の下層に属していたように思われる。武士・町人・村人の配当（施し物）にも頼りながら細々と暮らしていたのである。この配当への依存は身分集団としての座頭・瞽女仲間の有り方と不可分であった。

大野藩は四万石の譜代大名で、その城下町は奥越前の大野盆地に所在し、藩領は盆地の一部とそれに隣接する谷筋に広がっており、日本海付近の丹生郡には飛び地も存在していた。大野藩の藩主は天和二年（一六八二）から幕末まで越前土井家であった。奥越前には大野城下町のほかに勝山城下町もあり、領地としては大野藩や勝山藩、郡上藩、鯖江藩、福井藩、幕領などが入り組んでいた。それ故、芸能者の生活圏も藩領を越えていたことは言うまでもないが、居住地はやはり城下町が中心であった。但し、町方居住の者でも、出身は在方という者もいた。十八世紀後半の町年寄御用留には菖蒲池村出身の吉弥、深井村出身の千之市、上黒谷村出身の小野市など、百姓の倅に生まれた座頭が何人か確認されるが、いずれも座頭仲間に入ってから城下町に移り住んだらしい(2)。全体の人数は座頭と瞽女を合わせても十人前後と非常に少なかったが、六〇〇〇人ぐらいの小規模な城下町には相応しい数だったと考えられる。幕末期の人別帳を見ると、例えば安政年間には座頭五人・瞽女二人、文久元年（一八六一）には座頭七人・瞽女二人、明治四年には座頭四人・瞽女四人が記されている(3)。それ以外の年代には人別帳が残っていないが、町年寄御用留の部分的な記載をみるかぎり、十八世紀の人数もそれと大きく変わることはなかったと思われる。なお、大野の町年寄御用留は元文五年（一七四〇）以前のものはほとんど残っていないため、近世前期の座頭や瞽女の状況はよくわからない。

大野の座頭・瞽女は町方社会にどのように位置付けられていたのだろうか。彼らの中には、家持または地名子や店借として一般町人と同様に町内で暮らす者も見られた。その場合、家の売買や家にかかる諸役の面でも一般町人と異なることは全くなかった(4)。しかし四番下町には「座頭屋敷」二軒や「瞽女屋敷」一軒があり、そこに住んでいる者もいた。これらの三つの屋敷は、十九世紀半ばまでには藩によって諸役を免除されており、特定の座頭の子供や親戚に相続されるということはなく、あくまで座頭・瞽女仲間の所有であった。[5] 四番町の下部分は大野町のなかでも日雇いなど下層民衆が集中する一画で、貧人小屋や牢屋も所在していた。家持の座頭が譜代下人を雇う場合も一例だけだが見出され、座頭がすべて下層というわけではなかった。[6] しかし、大野町では座頭以外の家持でも必ずしも豊かだったとは言えなかったが、それは、座頭の場合も同様である。例えば安永六年（一七七七）に座元（座頭仲間の代表）を務めていた小野市は五番町で家を持ち、妻と子供四人と暮らしていたが、発病（「乱心」）した結果、家族が「渇命」（飢え）状態に陥り、親戚や座頭仲間、藩役人などで小野市家の支援方法を相談し、家族を二分して親戚方に受け入れさせることとなった。そのやりとりのなかで小野市の上黒谷村の実家の者は「少分之私共」と自称し、妻の弟も町方で家を持っていながらも小作人で「其日暮之体」であると述べていた。[7] これらは願書での文言であり、文字通り受け取ることはできないが、座頭仲間の座元でも零細な町人や百姓層と変わりなかったことが示唆されているのではなかろうか。ちなみに座頭は町人や百姓の娘を女房とするのが普通であったが、瞽女は一生独身を貫くという仲間規定を持っていたので、大野でも瞽女どうしが擬制的な家を形成し、弟子とともに暮らしていたと思われる。

全国的な当道座の組織においては、女性盲人（瞽女）は埒外であったが、大野の場合には、座頭と瞽女はそれぞれが仲間組織を作っているものの、瞽女仲間は座頭仲間に配下に付属させられていた。但し、その座頭の瞽女に対する支配は「座法」に関わる問題に限られていた。文化十二年（一八一五）に起きた、座頭と瞽女が二人で「狼藉」を働いたことをめぐって座頭仲間と瞽女仲間の間の紛争に発展した一件が注目される。その際、瞽女仲間の座元は座頭の指示に従うことを拒否して、次のような論理を展開した。「尤座法ハ座頭衆より何様ニ被申聞候而も相背不申義ニ而」、すなわち座法に関わる問題ならば座頭の命令に背かないが、「国法」（領主の法）や町方など盲人以外の身分集団の法（例えばこの事件で問題となった人別の管理など）に関わる問題については「座頭衆ニ彼是被申候筋無之」と主張する。[8] つまり、瞽女仲間は、座頭仲間とは一線を画し、座頭の権限はあくまでも座法に限定されていると言うのである。大野の座法は残っていないためにその具体像を摑むのは難しいが、大野の瞽女は武士や町人、百姓などから配当を受け取る面では明らかに座頭組織に依存していた。座頭は領主または家臣、町人、百姓の家などから祝儀・布施を貰っていたが、瞽女の分も一緒に受け取り、そこから配分されていたのである（後述）。瞽女は座頭仲間と結びつくことによって配当を得ることを確実にしていたとも考えられる。しかし、名古屋の事例で、十七世紀後半に当道座の再編にあたって瞽女が地域の盲人組織から排除され、配当の分配の面でも不利な立場に立たされたことが知られており、今後の検討が必要であろう(9)。

## 一　座頭や瞽女の生業と旅

次に、座頭や瞽女の生業について見てみよう。

当道座が平曲を語る琵琶法師の同職者集団として中世に登場したことはよく知られている。十七世紀半ばには平曲の演奏は衰退し、武家などの葬儀で披露される芸に変わりつつあったとされている(10)。それに代わって、座頭は新しい生業として、針や按摩、あるいは三味線、箏曲の演奏や稽古などに携わるようになり、幕府や領主にその保護を求めるようになった。

大野の座頭・瞽女については、近世前期の史料が残されておらず、仲間の形成過程については不明であるが、近世後期には町年寄御用留や地方文書などが残され、その生業については部分的ながら窺うことができる（そのほとんどは座頭についてだが）。それによると、大野の座頭は主として針や按摩に携わっていたが、音曲にも携わっていたと思われる。元文五年（一七四〇）には、大野の第二代藩主・土井利知の〝町方で「針捻」（針と按摩）に従事している座頭がいれば召し抱えたい〟との意向によって、町年寄が当時町方に居住していた四人の座頭を調査した。その結果、藩主はそのうち八代一という座頭を医者に昇格させて召し抱えることを決めた。それに際して、八代一は藩医の面前で試みに「針捻」を施させられたが、その能力は十分に認められたものの、町年寄は藩の役人に対して「座頭共貧窮者故着類無之」と、八代一の見苦しい服装を言い訳している。大野の座頭は針・按摩の技術にもかかわらず、それが多額の収入をもたらしていたとは考えられない(11)。また、天明年間の記述によれば、大野の座頭は医者とともに出産の場に立ち会うことがあったが、それは賀川玄悦流の産科医療が近世後期に人気を博し、按腹が出産を準備または促進する手段として徐々に広がっていたことを傍証していると言えよう(12)。

音曲については、大野の座頭自身が演じている史料は見当たらないが、他所の座頭芸人との交流を示す史料は確認でき、大野の座頭もそうした能力をある程度は有していたと考えるべきであろう。寛政九年（一七九七）の五月に越中の座頭・竜田《たつた》都《いち》が大野を訪れた際、町年寄が彼について「按摩の療治もいたし、三味線・小歌・八人芸之真似」を行っていると表現しており、竜田都は療治とともに音曲にも従事していたことがわかる。竜田都の大野訪問は二回目であり、府中町（武生）の座元からの確かな紹介状も持っており、大野の座頭仲間とは旧知の間柄であったと思われるが、大野藩は「何方も座頭之儀ハ其定法も有之」こととして、大野の座元方での止宿を許可した。そして、芸能を「随分座頭之職分ニ可有之事ニ候」として、竜田都が大野町で音曲などを演ずることを認めた。但し、八人芸だけは「音高敷物」なので、町人に依頼されても町家で演ずることを厳禁し、清滝・笹座・春日など大野町の神社に限定して「慰」として演ずることを認めた。八人芸とは八人分の楽器や声色を同時に聞かせる寄席芸であったが、十七世紀半ばにはすでに盲人芸として史料に登場し、大坂・江戸などでは特に安永・天明期に人気を高め、座敷からだんだん茶屋・見世物小屋でも興行されるようになり、地方にも浸透した(13)。大野では通常は八人芸を見ることができなかったが、竜田都の例から考えると、大野の座頭も町人の座敷に招かれて音曲を聞かせていた可能性もあろう。ともあれ、共通した「定法」で結ばれていた座頭のネットワークが地域を超えて存在し、大野の座頭は越中や府中の座頭などとも交流していたことがわかる。ちなみに大野の瞽女の芸能についてはほとんど知られていないが、大野盆地の上荒井村の庄屋・本多奥右衛門家には「瞽女口説地震身上」という、越後国で文政十一年（一八二八）に起こった地震を物語る瞽女口説の写本が残っている。[14] その写本が瞽女自身によってもたらされたものとはもちろん言えないが、この地域では瞽女がこうした語り芸を行う者と認識されていたことは確実である。北陸の他地域の瞽女芸と類似したものを演じていたことは推測できる。

越前国内の座頭の間にはさらに親密な交流があった。安永五年（一七七六）に起きた窃盗事件の経緯をみよう。大野の座頭・城森ら数人は七月二十日に大野盆地近くの保田村（鯖江領）の宗兵衛方で行われた越前「国中之座頭」の寄合に参加した。毎年二百十日（風祭）の「定日」に、座頭二十〜四十人が「寄歌浄瑠理三味線ニ而寄会さわぎ候」慣例があったのである。城森はその場で札銀を盗んだ疑いをもたれたため、大野の座頭仲間は世間の評判を恐れ「座頭仲間之法式」を以って城森に遠慮を申し付けた。京都の当道座に飛脚を遣わし、大野藩の役人にも城森に対する措置を伝えたが、いずれも大野座頭の判断に委ねる立場をとった。結局、この事件は城森の出奔で結着した。大野仲間の座元二人がその寄合に参加していなかったところから判断すると、仲間総体の公的な寄合というよりも、つながりを持つ座頭たちによる季節的な祝祭行事と見做すことができよう。しかし藩領を越えたこうした交流が生まれる背景には、諸地域の座頭が共有していた座法があり、互いの身元や生業を保証し合う身分集団や、幕府や領主に対して座頭の利害を主張する後ろ盾となった全国組織としての当道座が存在していたことが重要である。窃盗などの犯罪が発生した場合、それに厳しく対処することは、大野の座頭のみならず、旅する座頭全員の評判に関わる重要問題だったと考えられる。また、当道座では、領地が入り組んだ諸国では「仕置役」という一国単位の役職が置かれることがあり、地方小城下町の座頭仲間と京都の「職屋敷」の間を媒介していた。しかし、大野の座頭は、この事件に際して京都に直接飛脚を送っているので、越前国には仕置役は置かれていなかったと思われる。[15]

大野の座頭と瞽女はいずれも定期的に大野盆地やその周辺の在方の村々を廻り、諸芸を演じて百姓たちからの扶養を受けた。大野盆地の南端に位置していた今井村（鯖江藩・文久二年よりは幕領）の山田三郎兵衛家文書には、嘉永四年（一八五一）から明治四年（一八七一）まで、毎年数組の座頭を宿泊させた記録が残っているが、そのほとんどが大野や勝山の仲間に属する者たちだった。稀に大野・勝山の瞽女や福井の座頭を泊めることもあったが、大野や勝山の座頭は二～六人の複数人で、各仲間から毎年春・秋の二回訪れる場合が多かった。この二十一年間、今井村にどこかの座頭または瞽女たちが訪れた回数は一年に二回から五回までが一般的だったが、明治三年には九回も宿泊させている。その際、彼らを泊めるのは山田家だけではなく、今井村の百姓が一家に一人ずつ当番で泊めていたとみられる。(16)

奥越前の在方を廻った芸能者集団は言うまでもなく、座頭や瞽女に限られていたわけではない。大野町の町年寄御用留を見ると、操・人形芝居や「芝居」、浄瑠璃、見世物、居合抜、子供踊、小唄、ものまね、相撲など様々な芸能者が訪れてきたことがわかる。(17)その多くは町方の寺社境内や盆地の村領で興行したと思われるが、金沢のちょんがれや野大坪村の万歳のような門付芸もやって来ていた。(18)ところで大野の非人仲間（いわゆる「古四郎」または「古城」）についての史料は多いにもかかわらず、芸能に関わる記事が見られないため、芸能者としての側面は（あったとしても）非常に弱かったと思われる。

以上のように、大野町には各地から多様多彩な旅芸人が訪れて来ていたが、一方で、在方、とりわけ谷筋の村々においては、地元の座頭・瞽女の来訪が大きな比重を占めていた。川合村（郡上藩）は越前と美濃を結ぶ穴馬谷にあった集落だが、座頭はこの山奥にもしばしば訪れていた。川合村の庄屋が作成した文政十二年（一八二九）の座頭関係の帳面によれば、座頭が川合村で食事を与えられた回数は一年間でのべ七十八人分を数え、百姓（高持も水呑も含む）がそれを当番で負担した。その負担は、百姓一人当り飯五合（座頭・瞽女五人分）以上程であった。この帳面には座頭以外にも食事や宿泊を提供された勧進者も記されているが、そこには浪人六・七人、諏訪社の禰宜、石徹白神社の禰宜、大野の山伏、九州の六部、敦賀の船頭や「どうらく」などが見える。宗教者が多いものの、いずれも少数であり、座頭の人数と比べると、はるかに及ばなかった[19]。この帳面に記されたのは、川合村として食事や宿泊を提供した勧進者に限られ、その他にも物貰いや大道芸人が同村を通過し、施し物を得ていた可能性もあろう。しかし、座頭の人数がやはり際立って多く、山奥のこの村方では娯楽や医療、風説などをもたらす者として歓迎されていたことが容易に想像できよう。

## 二　賄と配当

座頭や瞽女は大野地域の人々に一面で歓迎されていたが、武家（家臣）や百姓、町人などの財政的な負担となっていたことも間違いない。先に紹介した今井村や川合村の場合、百姓が当番で廻村する座頭や瞽女を給養していたが、その費用はそれぞれ独自の方式によって百姓間で分担した。その他の奥越前の村方でも座頭・瞽女の賄代の割賦帳などが残っているが、それによって村入用に組み込まれている場合が多かったことがわかる[20]。大野藩では座頭・瞽女の賄代は郷割の対象となっており、実際に食事や宿泊を提供した回数とは関係なく、少なくとも盆地の村々では共同で分担されていた可能性が高い[21]。このように、座頭や瞽女の巡在の費用を賄う支援体制が村共同体や藩によって保証されていた。奥越前以外にもこれと似た体制が存在していた地域があったが、これとは異なり、四国や中国地方では、座頭や瞽女の巡在を止めたり、または巡在を領内の者に限定し、そのかわりに領内の者に「居扶持」を与えたりすることも見られた。さらに、土佐藩では「地下賄」といって巡在する領内の座頭・瞽女の賄いを藩が管理する体制が近世半ばまでにできていた[22]。奥越前ではそこまで盲人芸人の移動を制限する動きはみられなかったが、領地が錯綜した地域ではそうした制限はそもそも無理があったであろう。村による賄いが座頭・瞽女の諸芸に対する対価だけでなく、一つの生活支援でもあったことを示している。尤も、彼らにとって、巡在の賄が生活上でどれほどの意味を持っていたかは不明である。

次に、勧進権である「配当」について見ていこう。大野藩では、藩主や家臣、あるいは町人、百姓などが冠婚葬祭の際に座頭に祝儀や布施を渡し、座頭はその一部を瞽女にも分配する風習があったが、その施し物を「配当」と呼ぶこともあった。武士（家中）や町方（町人身分）、在方（百姓身分）がそれぞれの格式に基づいて、座頭・瞽女との間でその額を取り決めていた。まずは家臣団の規定を見てみよう。町奉行の前例記録には、享和三年（一八〇三）の座頭仲間の座元が承認した武家の配当額の規定が含まれているが、例えば四百石取りの家老は婚礼にあたり銀十五匁余とされていたのに対し、足軽は一匁五分であった。享和三年以前にも同様の規定が存在していたはずであり、この時は何らかのきっかけで既定の見直し（再交渉）が行われたものと思われる。[23]町人たちが祝儀・不祝儀の際に、座頭・瞽女・「乞食頭」（非人集団＝古四郎）に渡す額を定めた書付も周知されていた。現在まで残っている寛政三年（一七九一）の規定は、近年の火災で規定を焼失している者も多かったため、「先前より町方定」だった内容が再び町人たちに回達・再確認したものであった。[24]それによれば、町人の配当額は下人の数に基づいており、下人のいない家は祝儀の際には銀一匁、下人を八人以上抱えている家は十五匁を期待されていた。「死去」の場合はその半額、法事は死去の半額とされていた。瞽女仲間は座頭が受け取った物から四分の一を分配してもらうとあるので、座頭より不利な立場に置かれていたが、仲間内の人数と無関係に、定額（定率）を受け取っていたと思われる。

村方でも座頭や瞽女は百姓の家格に基づいて配当を受け取っていたが、その具体像を窺うことは難しい。その唯一の手がかりとなるのは、文政元年（一八一八）に座元二人が藩に提出した願書である。藩庁が在方の配当額の根拠となる「慥成証拠」を求めたのに対して、座元は盲目であるため、それを書き留めた書類はないが、前々からの「振合」（前例）をもって受け取り続けてきたとし、その額を列記した別紙を添付した。そこには大野藩や大野藩以外の有力百姓（御目見など）からの配当の前例が記されていたが、そのほかの小前百姓からも受け取っていたことは明らかで、水役・地名子だけは免除されていた。座元によれば家の経済的盛衰によって多少の増減はあるものの、基本的には家柄に応じた前例に従って額はほぼ一定であるという。藩がその前例を廃止し、持高や人別に応じた額に切り替えようとしていることを危惧した座頭は、藩が一律に規定するのではなく、百姓たちと個別に交渉する慣行を維持することを求めて、この願書を出したのである。それが認められないならば百姓だけでなく、水役や地名子まで配当を出すようにしてほしいとも述べていることからすれば、これまでの前例が撤廃されれば従来の配当収入が減少することを予想していたのである。(25)

生業を持っていたにもかかわらず、座頭はなぜそれほどまでに配当の前例を守ろうとしたのだろうか。それに関わって、願書の次の文言が注目される。そこには「元来私共之儀者按摩・針術之働而已ニ而者暮シかたく、世上之扶助を以立行候身分ニ御座候」とあるが、彼らは按摩・針だけでは生活できず、社会の扶助を受ける身分として自分たちを理解していたのである。ちなみにここには音曲への言及はみられず、大野の座頭の生業として療治の方が重要であったことが再確認される。困窮を訴えた座頭の願書はこれ以前にも明和六年(一七六九)のものがあるが、そこでは、大野藩の座頭が他領と違って、「御家督元服之御祝儀」を家中からも町在からも大野では一切貰えないため「困窮之私共」が難儀していると訴えている。(26)この願書の本当の狙いは座頭仲間に加入せず、無断で針・按摩を施す盲人を藩に取り締まってもらうことにあり、必ずしも配当の範囲を広げるためのものではなかったが、困窮者として特別に保護されている身分という自己認識があったことは明らかである。こうした願書を提出するからには、藩にも世間にもそうした身分認識がある程度共有されていたのだと言えよう。

座頭が行う勧進(物貰い)には、配当に加えて、もう一つの形態があった。これを巡在勧化または廻在勧化といい、当道座の官を取得するために必要な「官金」を集めるためのものであった。当道座の秩序は十六階七十三刻と複雑に分かれ、そのランクを上がるには多額の官金を必要とした。例えば、無官から「衆分座頭」という一番下位の官に昇進するのにさえ十一両を必要とした。上納した官金は高官の座頭の間で分配(「配当」)された。(27)資産のない座頭はその官金を確保するために数年間にわたって巡在する場合もあり、場合によっては、官金確保を単なる物貰いの名目とする者も少なくなかった。大野の史料では巡在勧化への言及はみられないが、例えば、大和国では幕末には座頭の巡在勧化による物貰いが問題になっていた。但し、土佐国のように座頭の地下賄が百姓の負担となり、軋轢を生じた地域もあった[28]。奥越前では天保期以降、無宿の横行が目立つようになり、座頭による勧進も改めて問題視され、勝山や大野の座頭仲間が奥越前の村々と新しい証文を交わすようになった。そこでは、正当な座頭であることを証明する印鑑を発行し、村々に無秩序にやって来る座頭を排除する代わりに仕切銀を徴収する傾向がみられた。例えば弘化二年(一八四五)に交わされた証文では、大野や勝山の座頭仲間の者たちは村々を廻りその「御介抱」に預かる者として、偽の座頭の「勧進」と宿泊を防ぐために村々に印鑑を改めさせることを約束している[29]。座頭(や瞽女)の物貰いにはさまざまな形態や名目があり、近世後期、特に幕末には在方では問題となっていた。どういう勧進の形態が問題となったかは、地域によって異なっていたことにも留意しておきたい。

座頭や瞽女は吉凶の物貰いを行う点では大野の非人仲間と共通していた。大野町のいわゆる「古四郎共」も町在の者から(たぶん武家からも)祝儀や布施を受けており、先に見た町人の勧進の規定には、座頭や瞽女とともに「乞食頭」も登場する。ただ、その受取額は座頭や瞽女よりはるかに少なかった。それによれば、瞽女は座頭の祝儀の内から四分の一を配分され、古四郎たちは瞽女の四分の一を施主から直接貰うと規定されていた。藩主の冠婚葬祭の場合も、例えば葬儀や一周忌の際に座頭が受け取った布施銀二十匁の内、一匁だけが古四郎たちに渡された[30]。古四郎たちは吉凶の勧進は少額だった代わりに、お盆・歳暮の年二回、座頭や瞽女が行わなかった季節的な物貰いを行い、生活の糧を得ていた。古四郎たちと座頭・瞽女の間には通常は支配関係は存在していなかったが、吉凶施行の場では座頭が藩に保護された貧民の身分集団のなかで優位に立っていたのである。

大野藩以外の地域でも座頭・瞽女やその他の物貰いが吉凶の際に祝儀・不祝儀を一緒に受け取る風習が近世初期か

ら見られた。地方の城下町などに居住していた座頭や瞽女にとって「配当」が経済的に大きな意味を持っていたことは、以上に見てきた通りである。そのために、座頭は被差別民である非人と混同されないように、非人の物貰いと区別する必要が意識された。江戸では、当道座が賤民を仲間に入れたり賤民から配当を貰ったりすることを避けていた(31)。祝儀・布施を「配当」と名付けたのも物貰いの事実を隠蔽する意図があったかもしれない。大野藩の座頭も古四郎たちと同一視されるのを嫌っていた。元文五年（一七四〇）に、座元が姫様婚礼の御祝儀を受け取るために町年寄の役所に出頭したが、古四郎たちの分を一緒に受け取ることを断った。町奉行はそれを認めず、前格の通りに受取書を出さなければ座頭・瞽女・古四郎たちを一緒に町役所に呼び出し、それぞれに祝儀を渡すことにすると命じたのである。座頭にとって、これではさらに外聞に関わると判断したためか、座元は仕方なく受取書を提出した。その後、町年寄は古四郎たちの分を座頭から受け取り、町年寄から古四郎たちに渡すという方式を内々で考案していた(32)。大野の座頭は古四郎たちと同じように、勧進権を中心に組織された仲間という側面をもっていたが、当道座の力や盲人集団としての独自性を主張することによって賤民としての取扱いを辛うじて免れたものと言えよう。

## 結び

大野藩の座頭や瞽女は城下町大野に住み、藩権力から特権を認められた身分集団として他の多様な集団と社会的関係を形成していた。座頭仲間と瞽女仲間の関係は地域レベルでの、座法に基づく上下関係であって、瞽女が全国組織としての当道座に組み込まれていたわけではない。座頭仲間と当道座の関係をみれば、大野の座頭は当道座の全国秩序に官を通して位置付けられ、官金などを上納し、座法に基づく窃盗犯などの裁許に際しては了解を求めるなど、座法の面では当道座に包摂されていた。他所の同職集団との交流・ネットワーク形成がスムーズにできたのも当道座の傘下にあったことが前提となっている。しかし、大野藩領では独自の座法を持つ仲間として存在し、他集団との関係を固有な形で構築していた。座頭や瞽女は配当の受取りや巡在への応対について、武家（家中）や町、大野藩内外の村々との間に前例に基づく基準を設定し、仲間として対応していた。同時に、彼らは家持または店借として町で暮らし、座頭・瞽女屋敷を除けば町人と同様に役を負担し、村に親戚を持つ者もいた。座頭や瞽女はこうした町での立場を守るために、同じ勧進者である古四郎たちとの同等な交流を避けようとした。大野の座頭は針や按摩、瞽女は瞽女唄を主な生業としており、その職分を特権として守ろうとしたが、同時には「世上之扶助を以立行候身分」として勧進権も重視し、その勧進権が集団の結束や秩序に大きな影響を及ぼしており、そこに盲人芸人の身分集団としての特徴を見出すことができよう。

**注**

（1）加藤康昭『日本盲人社会史研究』（未来社、一九七四年）。三都以外の状況については例えば朝尾直弘「生駒家と座頭・瞽女仲間」（『京都橘女子大学研究紀要』二八号、二〇〇二年、六七〜一〇一頁）、ジェラルド・グローマー『瞽女と瞽女唄の研究』研究編・史料編（名古屋大学出版会、二〇〇七年）、山田耕太「松代藩領の盲人—弘化三午年東寺尾村飴屋兵助女子一件—」（渡辺尚志編『藩地域の構造と変容—信濃国松代藩地域の研究—』、岩田書院、二〇〇五年、一七九〜二四〇頁）、中川みゆき「地域社会と巡在人—天保期大和国の巡在座頭取り締まりをめぐって—」（『奈良県立同和問題関係史料センター研究紀要』三号、一九九六年、七九〜一〇六頁）などを参照。

（2）町年寄「御用留」安永六年四月二十六日、同八月一日（「齊藤寿々子家文書」）。「天明八《マヽ》年他行・指宿・商人・普請・婚礼留記」天明三年三月六日（「安達博通家文書」）。

（3）「惣人別寄帳」安政二〜四年、文久元年、明治四年（「齊藤寿々子家文書」）。

（4）町年寄「御用留」安永六年八月一日（「齊藤寿々子家文書」）。

（5）「午御物成皆済目録」弘化四年（「滝波与六家文書」、『大野市史』諸家文書編二、五二三〜五三一頁）。

（6）町年寄「御用留」安永六年三月、四月二十一日（「齊藤寿々子家文書」）。

（7）町年寄「御用留」安永六年八月一日（「齊藤寿々子家文書」）。

（8）「瞽女の縁起」天保十四年、「駿国雑志」、巻之七より（前掲『瞽女と瞽女唄の研究』史料編所収、九〇九〜九一〇頁、同『瞽女と瞽女唄の研究』研究編、一〇〜一八頁）。

（9）前掲『瞽女と瞽女唄の研究』研究編、一四〜一六頁。前掲「生駒家と座頭・瞽女仲間」、八八〜九一頁。

（10）前掲『日本盲人社会史研究』、一〇二頁。

（11）町年寄「御用留」元文五年二月十日、三月十五日など（『大野市史』用留編、四頁、「齊藤寿々子家文書」）。

（12）町年寄「御用留」天明七年四月十六日（「齊藤寿々子家文書」）。WeiYu Wayne Tan, *The Careers of the Blind in Tokugawa Japan,*

*1603-1868* (Ph.D. diss., Harvard University, 2015), pp. 221–224.

(13) 前掲『日本盲人社会史研究』三五四～三六〇頁。町年寄「御用留」寛政九年五月十日（『大野市史』用留編、三一四～三一五頁）。

(14) 「瞽女口説地震身上」天保十年の写（「本多奥右衛門家」）。

(15) 前掲『日本盲人社会史研究』、二一五頁。

(16) 「祭礼釜番并座頭瞽女泊り宿覚帳」嘉永四年～明治四年（「山田三郎兵衛家文書」）。町年寄「御用留」天保五年四月十六日（「齊藤寿々子家文書」）には大野を訪れた福井の座頭弟子が登場する。

(17) 例えば町年寄「御用留」安永七年二月（人形芝居）、天保八年九月七日等（相撲）、天保九年六月一日等（浄瑠璃）（『大野市史』用留編、一〇八頁、「齊藤寿々子家文書」）。

(18) 町年寄「御用留」天明七年二月七日、安政二年三月九～十日（『大野市史』用留編、二一九～二二〇、七八二頁）。

(19) 「座頭飯番并用留帳」文政十二年（「平野治右衛門家文書」）。

(20) 「御年貢指引帳」など、正徳四年～明治四年（「古世賀男家文書」）。「御公儀より掛り物其外一切割帳」天明二年（『大野市史』諸家文書編二、九九二～九九六頁）。「相渡申証文之事」明和八年（「松村利章家文書」）。「村相談相極申条目之事」（『福井県史』資料編七、一八九～一九〇頁）。「文化十三年八月村方倹約之儀定覚」文化十三年（『平泉寺史要』三〇四頁）。

(21) 「午之年村差引米牒」安永三年、「村差引帳」安永四年、「申　村指引帳」安永五年（「野尻喜平治家文書」）。「郷中諸色割方覚」享保十年（「安川與左衛門家文書」）。

(22) 前掲『日本盲人社会史研究』四二九～四三六頁。前掲『瞽女と瞽女唄の研究』研究編、九二～一二三頁。

(23) 「勤方覚書」文化七年（「田村鋼三郎家文書」）。

(24) 「座頭瞽女乞食頭江祝儀布施之覚」寛政三年（「麦屋文書」）。

(25) 町年寄「御用留」文政元年七月二六日（『大野市史』用留編、四三八頁）。町年寄「諸願留」断簡（「齊藤寿々子家文書」）。

(26) 町年寄「御用留」明和六年二月十六日（「齊藤寿々子家文書」）。

(27) 前掲『日本盲人社会史研究』、一七九～一八八頁。

(28) 前掲「地域社会と巡在人」。中川みゆき「幕末・明治初期の巡在座頭に関するノート」（『奈良県立同和問題関係史料センター研究紀要』七号、二〇〇〇年、一二九～一三一頁）。

(29) 『平泉寺文書』下巻、三五六～三五七頁。「座頭仕切銀割賦帳」安政三、五～六年、万延元年、文久元～三年、元治元年、慶応元、三年、明治元～二年（「岡文雄家文書」）。

(30) 松本瑛子「近世社会における座頭・瞽女の考察―土佐・阿波を中心に―」（『鳴門史学』六号、一九九二年、五三～七〇頁）。廣江清「近世瞽女座頭考」（『土佐史談』一五七号、一九八一年、一～七頁）。

(31) Gerald Groemer, "The Guild of the Blind in Tokugawa Japan," *Monumenta Nipponica* 56/3 (2001), pp. 354-355. 但し、グローマー氏などが引用している寛文七年の、当道座と弾左衛門との支配権をめぐる争論は事実と異なる（塚田孝『近世身分制と周縁社会』（東京大学出版会、一九九七年、二一一～二二二頁）を参照）。

(32) 町年寄「御用留」元文五年一月二十八日、安政二年六月十二日（「齊藤寿々子家文書」）。

# 4節　真宗寺院における教化の諸相
## ―「絵解」の成立―

沙加戸弘

四幅御絵伝　絵相大略

初幅

| | | |
|---|---|---|
| 四、蓮位夢想 | ⑨蓮位夢想 | |
| 東方岳山 | ⑧旨趣宣説 | ⑦六角夢想 |
| 三、六角夢想 | | |
| 二、吉水入室 | ⑤吉水訪問 | ⑥真心決定 |
| | ④得度剃髪 | ③青蓮院客殿 |
| 一、出家学道 | ①青蓮院御門 | ②青蓮院門内 |

### 二幅

八、入西房鑑察
- ⑥入西房鑑察
- ⑦定禅夢想

七、信心諍論
- ⑤信心諍論

六、信行両座
- ③両座言上
- ④信行両座

五、選択付属
- ①選択付属
- ②真影銘文

### 三幅

三、弁円済度
- ⑨板敷山待伏
- ⑩板敷山下山
- ⑪害心消滅
- ⑫弁円済度

- ⑧巡錫教化

二、稲田興法
- ⑦稲田興法

- ⑤岡崎出立
- ⑥聖人配流

- ④法然上人配流

- ③九卿僉議

一、師資遷謫
- ①念仏停止
- ②親経卿

### 四幅

七、廟堂創立
- ⑪廟堂創立

- ⑨鳥辺野
- ⑩葬送荼毘

六、洛陽遷化
- ⑥病床教化
- ⑦洛陽遷化
- ⑧洛陽葬送

- ③熊野権現
- ④平太郎参籠
- ⑤熊野霊告

四、箱根霊告
- ①箱根霊告

五、熊野霊告
- ②洛陽訪問

四幅御絵伝事物概略
「出家学道」・「吉水入室」

柳
仕丁
吉水御門
輿
侍僧
童
侍僧
聖人範宴
柳
聖人範宴
法然上人
鴛
池
善恵房証空
鴦
浄土三部経

---

日野範綱卿
侍僧
紙燭
側人
権智房阿闍梨正範
桜
聖人松若丸
側人
侍僧
紙燭
燭台
慈圓大僧正
楨
聖人松若丸
日野範綱卿
青蓮院客殿
慈圓大僧正
壁画
鳳凰
側人
杜若
池

---

馬
連銭葦毛
馬丁
若狭輔
御所車
松
桜
牛
牛飼童
築
朱傘
仕丁
地
縫之助
塀
供人
青蓮院御門
従者
日野源十郎
仕丁
供人
青蓮院玄関
松
柴垣

## 一　『親鸞伝絵』における「絵説」の発生

本願寺系真宗寺院における教化の素材としての親鸞伝は、三代宗主覚如宗昭の手になる『本願寺聖人　親／鸞　伝絵』（康永本）である。（以下、『伝絵』と略称する。）

言うまでもなく『伝絵』原初の形態は巻子本絵詞であるが、これは形式上、多人数が披見するに著しい不便を生じ、かつまた、一人で披見するにしてさえ、詞書と画図が交互に出来するため、詞書を読みながら画図に対する、ということができない。恐らくは宗祖親鸞の命日法要「報恩講」に集う門徒からの要請で『伝絵』はかなり早い時期（覚如宗昭の在世時代）から、詞書と画図とが別行されるようになった。

すなわち、絵をまとめて掛幅とし、詞書は二巻の伝文とする、という形式である。一般に、掛幅は『絵伝』あるいは『御絵伝』と称し、伝文は『御伝鈔』と称して区別する。（以下、一般的な四幅のものに限って『御絵伝』の略称を用い、伝文のみの場合は『御伝鈔』と略称する。）

この形式は、限られた者が許しを得て巻子本の『伝絵』を拝見する、というかたちから一挙に、『御絵伝』を拝見しながら、拝読される『御伝鈔』を聴聞し、多くの門徒が同時に祖師伝を享受する、ということを可能にした。が、同時にこの形式は、巻子本絵詞の段階（享受者も含めて）にはなかった画図と伝文との間隙を生む可能性を孕んでいる。

巻子本絵詞の段階で拝見を許された者は、予備知識等を含めてその資格を認定された筈である。恐らく拝見に際して、伝文以外の言葉は必要でなかったであろう。しかし、詞書と画図とが別行した結果成立した『御絵伝』には、拝見する者の理解に資するためと思しく、多く「札銘」が付されている。「札銘」は、絵相の中に胡粉・紙片等で小さく短冊を作り人物名等を墨書したものであるが、絵相の中の多くの「札銘」は、絵と文との間隙を窺わせる。

ところが、この「札銘」が近世中期に至って消える。消えたのは必要ではなくなったからであろう。なぜ必要でなくなったか。「札銘」が補っていた『御絵伝』と『御伝鈔』との間隙を、別のものが埋めるようになったからである。すわなち近世中期以後、『御絵伝』の説明「絵説《えせつ》」が真宗の道場で行われるようになった、と考えられるのである。正徳・享保期に成立した「絵説」は、五十年の時を経て紛れもなく「絵解《えとき》」と呼べるものに変化する。本稿では、絵解台本の嚆矢『御絵伝教授鈔』を検証し、以て安永・天明期における絵解の成立を証したいと考える。

## 二　『親鸞聖人御伝絵解』と『図解親鸞聖人御一代記』

### （一）『親鸞聖人御伝絵解』

『親鸞聖人御伝絵解』は正徳六年（一七一六）三月に刊行された、『御絵伝』刊行絵説台本の嚆矢とも言うべき一部である。この書を刊行絵説台本の嚆矢とする所以は、本書の中、第五巻の第十六丁裏、『御絵伝』の第三幅第六図を解する文に、

㊓コレナルハ筑波山ナリ

絵ノウヘノ右ノ角ニフタツノ峯ヲカキタルハコレ筑波山ナリ　コノフタツノミネヲ西ヲ男体トイヒ東ヲ女体トイフ　イヅレモ権現ノヤシロアリ　シカルニ当世ノ絵説《エセチ》ニ　禅坊ノウシロノヤマヲツクバヤマトイフ　コレオホキナルアヤマリナリ禅坊ノウシロノヤマハ稲田山ナリ　コノ稲田山ノミナミノソハニ禅坊ヲタテ、マシ〱ケリ　イマノ西念寺ノ地コレナリ

とあり、正徳期に、「絵説」の語が使われていたこと、また「絵説」による『御絵伝』の享受が一般化していたこと、さらに多くの「絵説」が統一されることなく行われていたことが判明し、かつ筆者にそれらを統合して正しき絵説を

唱導せんとする意識が読めるところにある。

付言するにこの書名、『シンランショウニンゴデンエトキ』と訓じたいところであるが、書名に振仮名がない。「エトキ」あるいは「トク」という語も、書中には見えない。巻二の冒頭、御俗姓の注釈から絵相の解説に移る条に、

○上来御俗姓　又御発心ノオモムキヲアラアラ述シオハンヌ　已下ハ画図ノ次第ヲ大既申シ解《ゲ》スベシ

とあるによって、『シンランショウニンゴデンエゲ』もしくは『シンランショウニンゴデンネノゲ』と訓むべきものか、と思われる。（以下、小稿では『御伝絵解』と略称する。）

全八巻八冊。第一巻は題簽を失しているため、第二巻によれば、縦二十五・五糎、横十八・一糎。表紙左肩の題簽は子持枠で、縦十六・八糎、横三・八糎。上部五分の一程に円囲みで「親鸞／聖人」と二行に印し、下に「御伝絵解（巻数）」とある。本文漢字片仮名、半丁九行。

著者は、八巻本文末に、

正徳二壬辰一陽来復日

信州松本隠遁七十野僧謹誌

とあるだけで、詳細は明らかでない。書肆は同じく巻末に、「皇都書林　仏光寺通　堀川西へ入町　鎰屋井上七郎兵衛／醒井通五条上ル町　金屋小佐治半七郎／油小路通五条下ル二町目　白粉屋藤江武兵衛」とある。

内容は、多く先行の『御伝鈔』の注解に依拠しながら伝文を注釈することに意を注ぎ、次いで伝文に絵相を相当させる、という方法をとっている。

絵相の解の例として『御絵伝』初幅の冒頭を示す。

㊣聖人九才ノ御年ノ春　コレナル御所車ニ駕シタマヒテ　青蓮院慈鎮和尚へマイリ玉フナリ

㊣コノ牛ハ御所車ヲヒクナリ

㊁此ノ馬ハ連銭葦毛ト云フ名馬ナリ　前若狭守範綱卿コノ名馬ニメサレテ聖人ト御同道アリテ慈鎮和尚ヘマイリタマフ　コノ従三位範綱ハ御白河院ノ近臣ニテスナハチ有範卿ノ昆ニテオハシマセバ　聖人ノ御タメニハ阿伯ナリ　マタ養父ナリ　シカレバ天台宗ノ流儀ハ　弟子ヲトルニ養子親ヲトル作法ナリ　コレニヨツテ聖人範綱卿ノ御養子トナリタマヒテ登山シタマフナリ　オリフシ養和元年三月ナレバ　霞ミワタレル春色　遊糸繚乱タル碧羅ノ天ノ日景　悠々トノドヤカナルニ　トキヲ得ガホニサキミダレタルサクラノ木陰ニ　㊁御車ヲヨセタレバ　車トゞメノ桜ト申ス　㊁コレナル松樹ニ牛ヲツナギタレバ牛ツナギノ松ト云フ　一説ニハ駒ツナギノ松トモイヘリ

㊁コノ数人ハ　ミナく御共ノ人々ナリ　㊁コレニ見エタルハ御門ノ体相ナリ　㊁此ノ禅坊ノ体ハ　洛東粟田口青蓮院御門跡也　コノ青蓮院ト云フハ覚快法親王ノ御草創ナリ　此ノ覚快ト申スハ　鳥羽院第七ノ皇子ニテ　慈鎮和尚ハ覚快ノ御弟子ナルニヨリテコノ青蓮院ニオハシマスナリ　㊁コレニ御座ナサル、ハ慈鎮和尚ナリ　慈鎮ト申スハオクリナナリ　法性寺関白太政大臣忠通公ノ御息ニテ　月ノ輪禅定殿下兼実公ノ長兄ニテマシマス　山門六十二代ノ座主　前大僧正慈円道快ト申ス　今ノ御ン年二十七歳ナリ　御入滅ノ春秋ハ七十一歳ナリ　入滅ノノチ十三年忌ニ慈鎮和尚ト謚セラル　此ノ和尚ハ歌道ヲメデタマヒテ　ツ子ニ和歌ヲ詠ジタマヘリ　ソノ時代ノ集ニコノ僧正ノ名歌アマタ見エハンベリ

㊁コレニオハシマスハ聖人ノ御阿伯サキノ若狭ノカミ範綱卿ナリ

この中にある「㊁」の表示は、絵相の一々を指していること明らかであるが、加えてこの書を依用して法座へ出る者へは、「ここでこの絵相を指し示せ」という、非常に具体的な指示となっている。

しかしながら、この絵相の解説は一見してわかるとおり、ほとんどが一文、多くが一行ですまされている。内容も、

㊁聖人九才ノ御年ノ春　コレナル御所車ニ駕シタマヒテ青蓮院慈鎮和尚ヘマイリ玉フナリ

㊁コレニ御座ナサル、ハ慈鎮和尚ナリ

と、名称を付すのみ、と言ってよいほど簡略である。字数を費しているのは、絵の解説ではなく、描かれている人物の説明、あるいは描かれている事物の来由である。

従ってここでとられている方法は、絵そのものを中心として親鸞伝を構成する、というものではなく、前述したように『御伝鈔』を中心とした親鸞伝に『御絵伝』を相当させる、というものであると考えられる。

『御絵伝』の解説、という面から見れば、

イ、人物名

ロ、事物名

ハ、人物・事物の状況・来由

を指摘するにとどまることになる。総じてこの書における方法は、『御伝鈔』を主とし『御絵伝』を従とする絵の説明、筆者の標榜する通り「絵説」である、と言ってよいかと思われる。

## (二)『図╱解　親鸞聖人御一代記』

前記『御伝絵解』から三年、享保四年三月に『図╱解　親鸞聖人御一代記』(以下、「御一代記」と略称する)が刊行された。大谷大学図書館にも所蔵があるが、当該本は後印本で刊記を欠く。龍谷大学図書館所蔵本によれば、全八巻八冊。原題簽の残る第二巻第二冊は、縦二十五・三糎、横十八・三糎。縹色の表紙の左肩に題簽を貼付する。題簽は子持枠で、縦十八・二糎、横三・九糎。上部六分の一程に内枠をとり「図╱解」と二行に書し、下六分の五に「親鸞聖人御一代記」の書名と巻数を記す。本文漢字片仮名、半丁十一行、総丁数百三十九。出版規模は『御伝絵解』と同程度と言ってよい。八巻末に、

享保己亥歳三月吉旦

五條橋通高倉東江入ル町　開板
北村四郎兵衛

親鸞聖人御一代記巻之八
大尾

とあるが、序跋はなく、著者も詳かでない。

その内容の大略を記せば、各巻のはじめに『御伝鈔』の注釈をおき、その後に『御伝鈔』注釈の約半分の紙数を費して絵相の解を記す。

この『一代記』は多くの紙数を『御絵伝』の絵相の解にあて、『御伝絵解』よりも熱心に絵を解そうとしている。そのことは、書名に冠された「図／解」の文字が示すとおりである。しかしながら、その熱意が報われているとは到底言い難い。その最大の原因は構成にある。

『一代記』における絵の解説は、各巻の後部に独立して置かれ、『御伝鈔』の注解との有機的な連繋が計られていない。形としては、『御伝鈔』の注解と「御絵伝」の説明との二部の書が、『御伝紗』の二段分ずつ（巻五のみが例外で、下巻の第一段だけを注する）、交互に合綴されている、というものである。親鸞の一代記の中に『御絵伝』を組み込んでゆく、という『御伝絵解』の方法が継承されているわけでもなく、さりとて『御絵伝』を中心とする新しい親鸞伝の方向が示されているわけでもない。

この構成によってこの書は、必然的に『御絵伝』を中心とした法座には依用しにくい、さらに言えば実用的ではない、という特性を持つことになる。

さらに、『御絵伝』の絵相について、段毎に総じる場合には、

聖人御剃髪マシ〳〵テ御名ヲ改テ範宴少納言公ト申シ奉ル　ソレヨリ叡山ニ御登嶺有テ東塔無動寺ノ大乗院ニ御

入院アリ登壇授戒マシ〳〵ケリ

と、文章になっているが、絵の中の事物については、略図の中に直接書き込まれていて、文にはなっていない。一々の絵の説明が文章でない、ということは、法座に依用するという面から見て、極めて不十分である。台本の形になっていないからである。

つまりこの書は、絵相の一々を注しながらも、中軸が『御絵伝』におかれておらず、『御伝鈔』と『御絵伝』の連繫も計られておらず、加えて法座に供するという意識も薄い。となれば、この『一代記』の一々の絵相の注は、新しい試みとしてなされたものではなく、それまでに存在した「札銘」という考えの延長上に出来したもの、と考えざるを得ないのである。

ただ、この『一代記』で注目しておかなければならない点が一つある。それは、「絵相を読み解く」という視点が、極めて限られた部分にではあるが出現したことである。

図絵二対シテ前後ヲワカツトキハ下ヲ前トシ後ヲ上トス
因果ヲワカツトキハ後ハ感果ノ位ナリ前ハ修因ノ位ナリ

と説明し、さらにこれを受けて、初幅の第一図について、

表曰　桜ハ感果ノ義ナリ　白色ハ西方ノ色ナリ　コノ故二後ニアリ　法身ノ方ナリ二本並ベルコトハ自行化他ナリ　青松二本　前ニアルハ修因ノ故二葉青シ　東方ノ色ナレバナリ　二本アルハ信行ナリ

と注する。「桜は花であり、果であるから後である。白は西方の色である。報土であり、法身である。従って後にある。桜を二本描いてあるのは自行化他を表するのである。これに対するのは松二本。前に描いてあるのは因を表する。東方であるから青である。二本描いてあるのは信と行を表するのである。」と解釈している。

ここにあるのは、一々の絵相を何の表示として読みとるか、という視点である。桜と松を感果と修因、西と東、白

と青、後と前、自行化他と信行、というように、絵と教義とを関連させて把える視点が出て来たのである。全体としては矛盾もないわけではなく、またこの方法が全体に及んでいるわけでもない。『一代記』一部として見れば、わずか数例散見するだけである。にもかかわらず、この方法の出現が持つ意味は小さくない。まぎれもなく「絵解」に発展してゆく視点だからである。

以上、述べ来ったように、総じて見れば、正徳・享保期の『御絵伝』に対する注は、まさしく『御伝鈔』と別行した『御絵伝』理解のための、「札銘」の役割を代行するものであった、と言えよう。

## 三 『御絵伝教授鈔』

安永二年正月、『御絵伝教授鈔』前編五巻五冊が、洛陽七書肆の相板で刊行された。安永四年正月刊行の後編五巻五冊と併せて、都合十巻十冊となる。大谷大学図書館には、前編五巻五冊を蔵し、龍谷大学図書館写字台文庫には前後編十巻二冊を蔵する。今、大谷大学本によって概略を記す。

第一巻第一冊は縦二十五・五糎、横十八・四糎。第一巻は題簽が改められているため、第二巻第二冊によれば、表紙は縹色、題簽は左肩、単郭、縦十七・五糎、横三・七糎。上半分中央に「御絵伝教授鈔」と書名を大書し、その下や丶右に寄せて「前編」と記し、下部に巻数を記す。本文漢字片仮名、半丁十行。

著者は巻一内題下に、「越中沙門霊譚述」とあって、越中明光寺の霊譚である。

第一巻冒頭には、粟津義圭の序が二丁あり、続いて五巻の目録を付す。後編第六巻冒頭にも、第六巻から第十巻までの目録がある。

この『御絵伝教授鈔』(以下、『教授鈔』と略称する)は、前述の如く前後綴合して十巻十冊、序と目録を除いて本文紙数百六十丁半、『御伝絵解』や『御一代記』に比して一割強の増加を見る。『御絵伝』との対応は、第三巻の第七までが初幅、第三巻の第八から第五巻の末第十五までが二幅、第六巻最初から第八巻の第廿一までが三幅、第八巻の第廿二から大尾第廿九までが四幅である。全二十九章で、一幅について六章乃至八章という妥当なところにおさまっている。

一読、まず気付くのは、『御絵伝』が中軸に据えられていることである。終始一貫、『御絵伝』を軸としながら、『御伝鈔』を援用して親鸞伝を展開する。『御絵伝』と『御伝鈔』との関係が、『御伝絵解』の場合と逆転したのである。

さらに、この『教授鈔』が、前記『御伝絵解』・『御一代記』と大きく異なる点、何よりも注目すべきは、その絵相の解である。まさしくここに、「絵解」の成立を見ることができる。それは『教授鈔』第一巻の末尾に、

覚如上人　草木マテモ気ヲツケ給ヒ　浄賀ニ四幅ノ御影ヲ画シメ給フ

—中略—

一木一草皆安心ニ入ラシムル表示也　依テ安心ノ曼陀羅也　猶其ノ子細追テ

と記されていることでも明らかである。ただ原則が述べてあるだけで、それが全体に及んでいない『御一代記』と異り、『教授鈔』はこの方法を以て、四幅を語ることに成功している。初幅の第一図から第五図までの絵相の解を例として掲げる。（かなり長くなるため特に絵相の解に強く関わる部分を抄出する。）

（第一巻、第三、小童登山の抄出。）

御坊ニ至レハ伯父先僧正ニ逢ヒ奉り　小童出家ノ願望ヲ演玉フ　然レトモ伯父ナヲ惜ミ玉フニヤ僧正公ニ御異見ヲモ加ヘラレ止リ候フヤウニ　ナト仰セケレハ　十八公障子ノコナタニテ聞玉ヒ　即御前ニ出玉ヒ　師弟ノ約束ヲアソバサル体是也　慈円モ発心ノ深キ色ヲ見テ　然レハ明日落飾ナサシメントノ玉ヘハ　十八公ノ言フ　生死無常ノ習ニハ明日期シ難シ　若今宵ノ内ニ無常ニ移サレナハ出家ノ望空シクナリナン　明日ト云人ノ心ハアタ桜

夜ノ嵐ハ吹ヌモノカハ　唯今宵ノ内ニトノ玉ヘハ　無常迅速ノ理　頓テ其儘御落飾ノ体是也　左右ノ灯ハ是無漏ノ恵灯ヲカヽケテ遠ク濁世ノ迷闇ヲ照シ玉フ表示也　誠ニ棺ヲヒサクモノハ民ノ疫疾ヲ思フトテ　眼前ノ無常モ身ノ上ニハシラサルニ　早ク無常ヲサトリ玉フ　一山ノ磧徳トモナルヘキ器量ソト感シ玉ヘリ爰ニ伯父　十八公ノ御クシヲソリコホシ玉フアリサマヲ御覧シテ　涙ヲ流シ漸々トシ仰ケルハ　ソノカミヲヒロヒアケカキナテ、転変ノ世ノ中ヤ無曲　月モ光ヲ隠シ　鮮ナル花モ色ヲ失ヒ　少年ノ御姿ナレトモ　無常ノ風ニウツサレテ　又モヤシル事モナシ　父ノ有範ハ男子ナレハ世ニアラハ今此ニモ来テ此姿ヲ見モヤセン　母ハ此世ニ在セトモ五障女人ハキラハレタリ　山ニモ登ルヘキ人ハ居ス居ル人ハ登ル事ヲエスアラヲカシノ世ノ中ヤ　父ハ天眼ヨリ見モヤシナン　母ノ心ハサソヤラント　束帯ノ御袂ヲ双眼ニヲシアテ、　落涙シ玉ヘハ　各々涙ニ袖ヲシホリ　僧正モ落涙シ玉フトキニ御名範宴少納言ノ公トツケ玉ヘリ　抑此ノ公名ヲツクル事　器量系図ニ依ル一山ノ磧徳トナリ玉フヘキ器量ナレハ公名ヲ付玉フ　僧正ノ御寵愛カキリナシ　ソレヨリコノカタ　シバ〳〵南岳天台ノ玄風　楞厳横川ノ余流ヲ汲　聚蛍映雪ノ学匠マシ〳〵ニ三観仏乗ノ理四教円融ノ義明ニ通達シ玉フ　今ニ五百余年ノ末ニ生レテ登山落飾ノ御姿ヲ拝シ奉ル事　是覚如上人ノ恩沢ニアラスヤ　是當段　一往ノ義也　再往言之依正ニ報真仮等ノ義アリ

―後略―

（第二巻　第四　安心曼陀羅の抄出。）

御絵伝教授鈔巻二

第一段　第四安心曼陀羅

登山落髪ノ義如先　又覚如上人心ヲ労シテ四幅ノ曼陀羅ヲ画シメ玉フ　草木一葉タニモ皆安心ニ入シムル示誨也故ニ安心曼陀羅ト云　是今ノ要也　抑曼陀羅ハ輪円具足ト翻ス　事理ノ二ツ有ヘシ　理ハ一心所具ノ依止　凡聖

一如ノ体也　事ハ色形異像是也　抑今家上人世ニ出テ、自利々他弥陀ノ本願ヲ以　兎ニ角ニツケ信順ヲ縁トシ疑謗ヲ因トシテ　遂ニ利益ヲヱサル事ナシ　ソレヲ末代ニ告シラシムル御影ナレハ　安心ノ曼陀羅也　夫曼陀羅ヲ以テ安心ヲ勧ル事　今家ニカキラス　或ハ密家ニハ金胎両部ノ曼陀羅ヲ示ス　夫南天ニ涌出スル鉄塔ハ　釈尊モ未開玉〔佛在世ニモ龍樹七日／思惟シテ開キタマフ〕此ニ龍樹大士七粒ノ白芥子ヲ持　鉄塔七回シテ扉ニ打付玉ヘハ鉄塔ノ扉ヲ開ケテ塔ノ内ニ入リ　生身ノ大日如来金剛薩　ニ逢テ金剛界ノ七百余尊胎蔵界ノ五百余尊ヲ伝フ　是ヲ金胎両部ノ曼陀羅ト云　禅ニハ梵天王金波羅花ヲ以テ仏ニ擎ク　仏一捻之大衆ニ示ス　皆其心ヲ得ス摩訶迦葉悟仏心　微笑シ玉フ所ヲ以心伝心　教外ノ法門ト云　是ヲ一円喝ノ曼陀羅ト云　或ハ釈迦入涅槃ノ像〔双林栄枯四枯ハ小乗斉棄ノ機見／四栄ハ大乗斉栄ノ機見〕大小二乗ノ機見ヲ表ス　或ハ浄家ノ曼陀羅　当麻ノ藕糸ノ曼陀羅也　夜々観音示現シテ浄土九品ノ相ヲ織ル　古今此例不少　皆是何ニシテモ真実ニ入ラシメン方便也　蓮師ノ曰　皆人ノマコトノ心ナキユヘニロト心ヲ尽シコソスレト　然レハ　今所拝ノ御影ニ松桜柴垣ノ体アリ　松二本アリ一本ハ第十八願ニカタドル　一本ハ衆生ノ機ニ象ル　初ニ本願ニ象ルトハ　聖人ハ第十八願ノ法王　弥陀仏ノ応現　濁世末代ノ導師也　然ハ本願ノ松ハ像末法滅ノ世ヲ潤テ常盤ノ色替ル事ナシ　諸経ノ衆木ハ末法万年ノ末ニハ　利益ノ枝葉ハカルレトモ利物偏増ノ本願ノ松ハ　末法万年ノ霜雪ニモ転セラレス　三宝滅尽ノ機マテヨク利益シ給ヘリ　今一本ハ衆生ノ機トハ　松ハ是常盤木也　古歌ニ　常盤ナル松ノミトリモ春クレハ今一入ノ色マサリケリ　トハ読タレトモ　元来不転ノ形ニテ　夏ノ炎天ニ青色ノ再ヒ入モナク　秋ノ嵐ノ洲ニモ松独リ青々タリ　冬ノ至リ寒ニ当ラルレトモ松梢シケクシテ　松樹ノ影ニハ春秋ヲ忘タリ　今衆生モ爾也　光明ノ陽気ノ春ニモ流転ノ松ハ青々タリ　摂取ノ夏ノ炎天ニモ信心徹倒ノ色マサス　落葉ノ秋ノ無常ニモ松ハ驚ク姿モナシ　白頭ノ冬ノ霜雪ニモ心ノ松ハカレモセヌ　多百千劫　此心今ニ不動有様ヲ松ノ常磐ニタトフ　カヽル不改ノ悪衆生ヲ第十八願ノ対機トスル事ヲ顕シテ松二本画給ヘリ　問　超世ノ本願ハ極悪不改　何只松一種ニ機法

ヲ象ルヤ　答　迷悟ニ也猶氷水　又松ハ貞木ニシテ衆木ニ勝ル　念仏ノ機法モ又爾也　柴垣ハ高壁築地モ不用給ハ　柴垣ト云ハ　枝互ニ入違ヒテ　此方ノ枝ハ彼方へ結レ　彼方ノ枝ハ此方ニイハル　互ニ悪口両舌ス　是ハ口業ヲ顕ス　亦其形ノ左右ニ乱レタル形ハ　身業ノワサニ象ル　又入乱レテスキモナキハ心ノ散乱ニ似タリ〔一口両ノ柴垣ト云人我／ヲ云ヘハ我亦人ヲ云〕カヽルツタナキ衆生ヲ弥陀ノ本願ノ対機トシ給ヘハ　散乱ノ柴垣ワレミタレシテ願力ノ縄節ニタニモタレテ散乱ナカラ往生スル事ヲ表ス〔アルシナキ駒引カヘス涙ヨ／リ袖モ袂モクチハテニケリ〕是ニアルヲ御車ト云　天子ノ召スヲ鑾輿ト云臣下ノ乗ヲ御車ト云ハ也　馬ハ伯父ノ乗給フ　牛ハ御車ヲ引タ牛也　各々手綱ヲ引タル体ハ　衆生ノ心ノ散乱セル事馬ノコトシ　愚痴ナル事牛ノ如シ

―中略―　心ノ師トハナレ心ヲ師トセサレ　○引レテハ悪キ道ニモ入ヌヘシ心ノ駒ニ手綱ユルスナ　自力執情ノ心ヲ師トセハ　何レノ時ニカ他力ヲシラン　他力ノ心ノ御車トシテ自力ノ曠野ニ放ツ事ナカレ　扨桜咲タル体ハ養和元年三月ノ比ナレハナリ　爰ニ遠近ノ表示アリ　遠トハ末世ノ我等マテ仏智回向ノ信心ハ木ノ中ニ花ノ性アル如ク　其形ハナケレトモ　雨露ノ因縁熟スレハ鮮カニ咲乱ル　仏モ形ハナケレトモ仏智広恵ノ雨露ニ往生ノ花開ケタリ　叉近ト云ハ　親御歳九歳ノ春　弘法ノ花ノ因利生ノ露ノ縁ニ依テ　青蓮院ノ庭上ニ出家得度シ奉ル心地ニテ　○剃ハヤナ心ノ底ノ乱レ髪頭ノ髪ハ兎ニモ角ニモ　雑行雑修乱レ髪ヲ剃リコホシテ一心一向専修専念ノ道心者ナルヲヤ　猶吉水入室次テ

第二段　第五吉水入室

聖人九歳ノ春登山落飾ノコトハリ　安心曼陀羅ノ子細理リ上ノ如シ　今隠遁ノ志ニヒカレテ源空聖人ノ吉水ノ禅室ニ到テ出離ノ要道ヲ問答シ玉フ義ナリ

―中略―

依之　吉水へ御案内ノ体相　供奉ノ面々御着坐御対面ノ体相是也　広縁ニ居スルハ西山ノ善恵坊　小池ノアルハ

是吉水也〔感応院ノ東北斗堂ノ北／今ノ丸山安養寺是也鴛鴦対アリ〕　雄ハ岩上ニアリ　是陽ヲ表ス　雌ハ水中ニアリ　今弥陀ノ悲智ノ二門ニ分テハ　勢至ハ空師已ニ信水ニ入リタマヒケリ　悲門ハ今師　吉水ニ望ミ飛入ラントス　是今師今日吉水入室ノ義ヲ表ス　就夫　鴛ヲ画ク事ハ鴛ノ志昵事他ニ異也　師資ノ親昵他ニ異ナル事ヲ顕ス　古ヘ下野ノ国阿曾沼ト云里ニ猟師アリ〔一説ニ夢ニナ／シテ沙汰ス〕　鴛ヲ一羽取テ来リヌ　雌跡ヨリニ八計ナル女房ト現シテ来テ曰ク　我カ夫ヲクレヨト云　猟師不知ト答タリ　女房一首詠シテ曰　○朝夕ハイサヤトサソウアソ沼ノマコモカクレノヒトリネヤセン　トヨミテ　カヘルカトミレハヤカテ鴛トナリテ飛サル〔嘴合テ雌雄／共ニ死スト〕　猟師アヤシク思テ　髪ヲ切リ高野ニ登リ　一期念仏シテ往生スト云云　両師ノ御内證ハ鴛ノ志ナリト弁セヨ　又柳アルハ楊柳ノ春風ニナヒク表示也　是レハ善導空師ニテ　イハゞ善導ハ春風空師ハ楊柳　若今師ニ約セハ空師ハ春風今師ハ楊柳也　化ニ順シテ無逆　亦他力ニ帰シテ私ノ計ナシトナリ〔能々／可弁〕　然シテ御名ヲ綽空ト名ケ給フ　綽空涙ヲ流シ給ヒテ　他力ノ領解開ケ平成業成シ給フ事ヲ喜給ヘハ　空師ノ曰　善恵モ居給フホトニ領解ヲ出言シテ喜ハゞヤト仰ケレハ　善恵モ古参ノ御弟子ナレハ一首詠ス　○乗得テモ心ユルスナ海士小舟高瀬ノ浪ノ立ニ付テモ　トアソハシケリ　○乗スキシ海士ノ小舟ノ何ニナラン弥陀ノ御国ニスムト思ハゞト綽空御詠　空師評曰　善恵坊ノ詠ハ他力ノ中ノ自力也〔弁アル／ヘシ〕　我歌ハ只他力ノ意ヲ詠セリ　綽空ノ歌ハ他力ノ中ノ他力　娑婆ノ外ノ浄土ノウチナリ　トノ給ヘリ　猶救世菩薩ノ告命ニ依テ宗風建立ノ事追テ

如上の引用で明らかな通り、この『教授鈔』はまさに「絵解台本」と呼ぶにふさわしい内容を持っている。終始一貫した語り口で親鸞伝を叙しながら、折にふれて、

無漏ノ恵灯ヲカ、ケテ遠ク濁世ノ迷闇ヲ

と『御伝鈔』をとりこみ、また時にふれて、

約束ヲアソバサル、体是也
御落飾ノ体是也
左右ノ灯ハ……照シ給フ表示也

と『御絵伝』を指し示す。恰も実際の絵解を眼前にするが如き臨場感がある。恐らくはこの書、『御絵伝』をかけてその前で絵解をする、という実際の経験の上に成立したもの、と思われる。

では、その「絵解」の具体的な内容はどのようなものであるか。次に略述することとしたい。

「青蓮院御門」において『教授鈔』は「松」と「柴垣」とを解く。

松は二本あって、一本は十八願即ち弥陀如来の本願を表し、今一本は衆生の機即ち本願によって救われる人を表すのである。なぜ松の木で本願を表すのかというと、幼名を十八公麿と申し上げる親鸞聖人は、十八願の主である弥陀如来の化現である。親鸞聖人の明らかにせられた真実の教えは、古今を貫いて変わることがない。松も常盤木として、いつまでもその色を変ずることがない。浄土三部経以外の経典はそれぞれ時機というものがあって、いつでも、誰でもというわけにはゆかない。しかし、弥陀如来の本願だけは、どのような時期においても変わることなく、全ての衆生を利益する。松もまた、激しい風雪の中にその姿を変えることがない。従って真実の法を松の木にたとえるのである。今一本の松の木は衆生の機を表す。なぜならば松は常緑樹である。夏の暑さ、秋の嵐、冬の寒さにも色を変えず、その姿は春秋を知らぬもののようである。衆生もまた同じことで、法に遇ってもその生き方が変わらず、仏に遇ってもその心を変えず、無常に気付くこともなく、老に至っても煩悩がなくなることがない。このような、自らの真の姿に気付くこともなく、心の動くこともない有様を、松の常緑にたとえるのである。この悪衆生の救済こそが十八願建立の本来の目的であることを表わすために、二本の松を描いておられるのである。

同じ常緑の松であるが、一本は法の常住を表わし、今一本は衆生の心の愚かさを表わすと受けとり、弥陀の本願の目的がどのような状況に至っても眼を覚ますことのない衆生の救済にあることを表わすために二本描いてある、と解く。絵相の一々を比喩とし、さらにそれを教義で釈する、というまぎれもない「絵解」がここにある。

次に柴垣についての解を見ることにする。柴垣についても、柴垣が何のたとえであるか、というところから解を進める。

柴垣というものは枝が互いに入違って、こちらの枝の先はあちらに結われ、あちらに結われている枝の元はこちらにある。お互いに知らぬところで悪口や嘘を言い（結い）合っているようなもので、これは人間の話すという行為を表わしているのである。その乱れた有様は、人間の身体の動きを表している。また枝が隙間もなく入り乱れているのは、心の散乱を表わしているのである。その乱れた枝が縄でしっかりとつなぎとめられている様は、このような散乱の衆生を弥陀如来が救済の対象として、散乱のまま本願でしっかりとつなぎとめ、往生を定められることを表したものである、と解く。

描かれてあるものの状態を説明し、それをたとえとして説き、さらにそれを教義で解釈するのである。

その絵の解き方に加えて、この『教授鈔』は、全体が同じ語り口で統一された文章となり、中に「ト弁セヨ」、「能々可弁」、「弁アルヘシ」と、法座に出る者への懇切な注記がある。彼此相俟って、実用性の高い絵解台本となっていると言えよう。

付言すれば、この『教授鈔』は、前編安永二年、後編安永四年の刊行である。前編に序を書いた粟津義圭は（実際に筆を執ったのは前年、明和九年）、南溟・智洞と並ぶ真宗唱導の大成者であり、安永二年から四年にかけては、その著作出版活動が最も旺盛であった時期である。義圭の著作の大半は、法座へ出る説教僧に説教を教え、その台本を提供することを以てその眼目とする。安永二年から四年、義圭は毎年三部の書を世に送っている。蓋し、三十部百十冊に余る義圭全著作のうち、実に九部二十一冊がこの三年間に刊行されていることになる。この数字に、この時期、真宗の法座に出る僧侶の、多さと熱意を見ることは、あながち見当外れではなかろう。

今一つ、安永期は、江戸を中心とする一般の出版界においても、黒本・青本から黄表紙が生まれようかという時期に中る。即ち、文章と絵画との有機的結合を以て表現の媒体とする黄表紙が、文芸の第一線に躍り出る機運と、絵解という営為の成立は、無縁ではない、と考えるものである。

## 結

煩雑な引用を繰返したが、以上で刊本における「絵解」という概念に相当する営為の成立は、大略明らかになったかと思われる。

即ち、『御絵伝』の「絵解」は、刊本という面から見る限り、安永期、具体的には『教授鈔』において成立した、と考え得ることになる。

以後「絵解」は進展し、詳細を極め、娯楽性を高め、明治十年五月、明治十三年六月の東西両本願寺の絵解禁令に至る。

蓮如の三百回忌（寛政十年）から三百五十回忌（嘉永元年）にかけて、多くの蓮如絵伝が、近江・尾張・三河を中心として製作されるが、この蓮如絵伝成立の一つの機縁となったものが、絵解説教の隆盛ではなかったかと、筆者は秘かに考えている。

今後、蓮如絵伝をも視野に入れながら、真宗における「絵解」消長の全貌を明らかにしなければならないと考えている。

併せて、この小稿には不備・未熟な点が多い。諸師の御教示が賜われれば幸いである。尚、この論考を進めるにあたり、龍谷大学図書館を始め、多くの図書館・寺院の御好意をいただいた。記して篤く御礼申し上げる。

# 付録（翻刻紹介）

# ドイツ・フランクフルト市立工芸美術館蔵フォーレッチ・コレクションの奈良絵本群について

ベルント・イォハン・イェッセ

一九二〇年代末から一九三〇年代初めにかけて当時のドイツ大使エルンスト・アウグスト・フォーレッチ博士は東南アジアで蒐集した東亜コレクションと共に関西の古本屋で小さな絵入り写本文庫も買い集めた。フランクフルト市政府が一九五九年、フォーレッチ博士の東亜コレクションを買い取った折、博士が東亜コレクションに付して寄付したのが、マイン川畔に到着したフォーレッチ・コレクションの奈良絵本群である。

その奈良絵本群は日本以外では殆どお目にかかれないような、挿絵を施した作品で、四角の茶または黒の漆器箱に保存されたまま、美術館旧館の最上階の本棚に長い間眠っていた。その当時、そのコレクションを観賞した人々は「夢を見た」ような印象深い経験を記憶していると言う。

美術館を訪れる人々、友の会の人々の楽しみをより一層高めようと、いわゆる「奈良絵本」の挿絵を展示するだけでなく、物語の内容も理解しようという希望が鑑賞者の間で持ち上った。

カタログを作成するに当たって、そのコレクションの膨大な文書数からも、カタログに収める作品の範囲や量を考慮する必要があった。そこで各本の「書き出し」文という、冒頭から最初の挿絵までの簡単な翻刻文で、先ず本物を紹介することにした。ドイツ語のカタログでは、その次に簡単な内容説明（あらすじ）を入れて外国の人々に挿絵の内容を理解しやすいように配慮し、最後の挿絵から末尾までの「結び」文を掲載した。書き出し文と結び文を読みながら、他所の物語と比べたり、同じ系譜の奈良絵本との違いや類似した言葉の使い方等を確認できるようにした。

なお、古典芸能研究センター研究資料集の『説経稀本集』に掲載する『〔くまの、本地〕』と『ほうめうとうし』の書き出し文と結び文を本稿末尾に掲げる。全文については同書を参照されたい。

## 奈良絵本の形

フォーレッチ・コレクションは、奈良絵巻子本という絵巻物だけではない。挿絵無しの写本もあり、それも草子本である。フォーレッチの草子本には二種類あり、いわゆる「袋綴じ本」と「列帖装本・綴葉装」がそれに当たる。袋綴じ本の中にもまた縦本（四本）と横本（十三本）の二種類がある。残りの八本は（縦型）「列帖装本・綴葉装」（四つ穴綴じ）で、その用紙は上質雁皮紙、三椏などを合わせた紙の両面に墨付けし、薄い紙上の挿絵を糊り付けしている。

## 奈良絵本の表紙

縦本の列帖装本は奈良絵本の中でも高級本と言える。横本はより古いものである。袋綴じの縦本の歴史をみれば、天正頃の堀池宗叱本の折本謡本群がある。紺地の表紙に金銀泥で植物か謡曲に因んだ絵が描かれ、左肩に赤地金銀泥下絵の題簽が貼られている。縦本だけではなくて、横本奈良絵本の紺地表紙にはよく金銀泥の唐草、植物、海辺などが描かれ、格上の謡本を模倣したようだ（12798 a–c『した物語』参照）。

列帖装本の表紙に錦を使った例はフォーレッチ本の中に比較的多い。錦表紙本は「棚飾り本」と言われたが、12785 a–c『しゆてん童子』、12783 a、b『さかみ川』を「嫁入り本」と呼ぶことは考えられない。

12782（a、b）『〔くまの、本地〕』の表紙が修理された時に、他の縦本の表紙と交換して使った。12806 aは12806 b「しん

きよく　下」と同じ表紙、題簽（「しんきよく　上」）を持つが、文章、挿絵を調べたところ、内容は「文章草子」であることが分かった。

## 奈良絵本の分類

フォーレッチ・コレクションを市古貞次博士の六分類によって示すと、以下の通りである。

「公家物」

12791 a、b　『横ふえ　上（下）』

12794 a-f　『秋月　第一（～六）』

12799 a-c　『太しよくわん　中』

12801 a　『小町　上』

12805 a-c　『今宵少将物語。一名　雨やとり　上（中・下）』

「宗教物」

12795 b　『第貳〔釋迦の本地〕』

12800 b　『はうさうひく　下』

「武家物」

12783 a、b　『さかみ川　上（下）』

12785 a-c　『しゆてん童子　上（中・下）』

12797 a、b　『から糸　上（下）』

12798 a–c 『した物語　上〈中・下〉』
12802 b 『しつか　中』
12803 b 『ひてさと物語』
12806 a、b 『しんきよく　上〈下〉』

「庶民物」

12784 a–c 『さよひめ　上〈中・下〉』
12788 a、b 『ひおけ』
12789 a、b 『〈文章草子〉』
12790 a、b 『ふんしやうの上』：『にゐとの御草し』
12792 a–c 『ふんしやう　上〈中・下〉』
12793 a–c 『〈文章草子〉』
12796 a、b 『文正艸帋　中〈下〉』
12804 a、b 『〈文章草子〉』

「外国物」

12782 （a、b） 『〈くまの丶本地〉』
12787 a–c 『ほうめうとうし　一〈二・三〉』
12795 b 『第貳〈釋迦の本地〉』
12800 b 『はうさうひく　下』

『〔くまのゝ本地〕』

書き出し文

むかしまかたこくの大わうおはします、御名をはせんけんわうとそ申たてまつる、その御代つきせんさいわう、し
ゆ〳〵のしゆつほう、むりやうのたからあきみち、とうさいなんほく七里をかいこめ、四はうをくろかねのついちに
つきまはし、そのうちにむねをならへて、くらをたて、きん〳〵をもつてちりはめ、たまのいさこ、金のまなこをし
き、しゝんてん、せいりやうてんをはしめて、かす〳〵の御てん、たまをみかき、四方にかんもんをあけ」1オ
られける、一まんにんのくけ大しん、あしたに参り、夕に帰り給ふ、誠にことはもつきぬ御ありさまなり
しかれとも、此君に御代をつかせ給ふへきわうし一人もましまさす、后あまた御さある中に、とりわき七人をてうあ
いなされ、なゝのはかせをめして、ちよくてうありけるは、いつれの后にか王子わたらせ給ふへき、うらなひ申上へ
きとなり、なゝのはかせ、かしこまつて申上けるは、御后千人すゑまいらせられ（ママ）は、其中に一人わうし御たんしやう
有へきと、口をそろへうらなひ奉る」1ウ

結び文

其後、きさきたちまうれい、あかむしとなり、くにへなりとも帰らんとて、いたどりといふ草の葉にのり給ふなり、
これにより、いたとりをしよくすれは、七日のけかれと申なり、今の世にいたるまて、くまのへ参るもの、いたとり
にさはらぬなり
そうして神の御めくみ、いつれの神もをろかはましまね（ママ）と、くまのゝ御神はへつして、しんしん申人には御めくみか
きりなし、まかたこくより数多のたからを日のもとへ渡し給ふ、信心《しんしん》ふかき衆生《しゆしやう》に御さつけましますなり、此ほん地
をよみ」47ウ

たらんものには、まくらの夢にたちよりて、しそんはんしやうにまほるへしとの御ちかひなり、ゆめ〳〵うたかふ事
なかれ、このさうしきくともからは、一とさんけいとおなし、書うつしたるともからは、二たひさんけいとおなし、
されは、こんけんの御哥に、
　あなかちにわかまへまてはきたらねと　こゝろをはこふ人そうれしき
くまのしんかうの人は、うはなりまゝ子をにくへ《む》からす、御ほん地のはしめ、このゆへなり、よく〳〵これをたもた
ん人は、こんしやう」48オ
ごしやうよく仏にならん事も、うたかひなし、よく心得へし、南無きみやうちやうらい、日本第一りやうしよこんけ
ん、にやく一わうしと、三度となふへし、こんけんの御よろこひなり

土佐守光元筆」48ウ

## 『ほうめうとうし』

書き出し文

むかし、五てんちくのうち、はらないこくに、一人の大わうおわします、よろつあくわうにて、わたらせ給ふなり、
ことにねんふつを、きらひたまひて、こくちうへせんしをくたし、ねんふつを申ものあらは、すなはちいのちをとる
へしと、ふれ給ふ、さらぬたに、かいこのまんほ（ママ）にて、ほとけをねかふ事なし、いわんや、せんしくたるうへ、ふつ
とも、ほうとも申もの」1オ
まれなり
こゝにちやうしや一人あり、なをは、たんひりちやうしやと申けり、五てんちくに三人のちやうしやあり、一人はく
わつかいちやうしや、一人はしゆたつちやうしやとそ申ける、中にも、しつちんまんを（ママ）すくれたるは、かのたんひり

ちやうしやなり
さるほとに、ほう四十りに、たかさ十てうに、ついちをつかせ、其内に、たまのいらかをならへ、しやこう、めなふをしき、けまんやうらくをさけ、せんたんの」1ウの（ママ）にほひは、よもにくんし、くうてん、むねをならへ、ろうかく、のきをかさね、こくらくしやうと、申とも、これにはまさしとみえける
しかれとも、御子とては、わかきみ一人そおわします、ちゝは、いとをしみ、中〱申はかりなし、三人のめのとをあいそへ、おなしほとのをさあひもの、かすをしらすあひそへ、いねうかつかうかきりなし、おとなしくならせ給ふにしたかいて、みめかたち、人にすくれ、りこんさい」2オかくにして、つねの人にかわりける
とし月をふるほとに、八さいになり給ふ、せいしんにしたかいて、いよ〱ひかりおわします、いつくしき事たくひなし
されとも、こゝに一つのふしきあり、そのくにのかたはらに、りやうあんのしうたきかつかといふ所に、一つのいはやあり、かのいはやへ、一ねんに一人のいけ人をそなふるならいあり、しかるに、そのとしの正月十六日に、上下をきらわす、とるへきものには、ひたい」2ウにゑしきといふもしすはる、めくひ、けつれとも、うせすして、おなしとしの六月十六日に、いけ人にそなへまいらせらるゝ
しかるに、たんひりちやうしやのひとりの、しやうねん八さいになり給ふわか君のひたいに、かのもしすわれり、ちゝはゝ、おとろき給ふ事かきりなし
あまりのおもひに、ちやうしやふうふは、かのいはやにまいり、きねん申やう、いかなる神ほとけ、又はきしんなり

とも、此いけに人を」3オ
ゆるし給へと、しんみやうをなけすてゝ、天にあふき、ちにふして、なけき給ふ
その外の人々、したしも、うときも、をよふも、およはぬも、おしまぬ人はなかりけり、かやうに、ちゝはゝなけか
るゝこと、ねき、かんぬしも、あはれみをなししかは、みこ、かんなき、へいはくをさゝけ、かんたんをくたき、の
つとを、一七日のうち、まいらせ、ちやうしやふうふもろとに（ママ）、さんろう申さるへしとて、一七日いのれとも、
しる」3ウ
しなし、ねき、かんぬしも、せきめんして、かんたんをくたき、こゝをせんと、きねんす」4オ

結び文
はゝは、しんわうの御そてをはなさす、とりつき、おほせけるは、此とし月、かみほとけにいのり申せししるしにや、
かやうにゆめに見へ給ふやらん、さめてののちは、いかゝせん、たゝ此まゝにゆめのうちに、かひなきいのちとり給
へと、りうていこかれ給へは、しんわう、御なみたをとゝめ、われはちやうしやのもとへかひとられ、いけにへにそ
なへられしを、ふつしん三」22オ
ほうの御あわれみにより、おもわさるいのちなからへて、二たひまみへ申事のありかたさよと、かんるいをもよほし
給ふ、かやうにの給へとも、はゝはもうもくの事なれは、御すかたを見給ふ事こそ、そのおもかけをもしろしめせ、い
なをもふしんにおほしめして、さらは、御すかたをさくりてみんとて、御かたより御くしの上まてさくり給へは、い
たゝきにはこかねのほう」22ウ
くわん、やうらくをさけ給ふ、くらゐ（ママ）くわんたゝしく、有かたき御すかたなり
はゝ、おほせけるやうは、されはこそゆめなれ、我子のとうしならは、何ゆへにかゝるすかたにてあるへし、このゆ

めさむることなかれ、はなれましのとうしとて、御きぬのそてにひし〳〵ととりつき給ふ
しんわう、もつともにて候、さりなから、ちやうしやのなさ」23オ
けふかふして、よきにいたわり給ひて、あまつさへ、てんしのくらゐにのほりて候事、ひとへには丶の御おんなり、
さのみうたかい給ふへからす
さて〳〵、ちこくをうつし給ふましきなり、いそき大りへくそくしたてまつらんとて、めしたるたまの御こしに、い
たきのせんとし給ふ、は丶、此よしきこしめして、おもひよらす、いやしきをんなの身」23ウ
として、てんしのめさる丶たまのこしにのらん事、中〳〵みやうかもおそろしや、のりたまわす
しんわう、かさねておほせけるは、かやうのくらゐにのほる事も、ひとへには丶の御おんなり、何しにさやうにおほ
せらる丶そとて、御こしにのせたてまつり、みつからかよちやうにのり給ふ、御ともの人々も、御こしのなかへにと
りつき」24オ
給ふそありかたし、ほとなくみやこへつき給ふ、たかきいやしきをしなへて、こにすきたるたからはなしと、見る人
きくもの、かんるいをなかしけり
さて、しはらくは大りにおきたてまつり、さま〳〵いたわり給ふ、その丶ち、御くしをおろさせ給ひて、御てらをた
て、ねんふつさんまいのたうちやうにとて、いまにこんきやう、を」24ウ
こたらすとそ申ける
三けん四めんのひかりたうを、ゑんぶたんこんにてたて給ふ、これは、は丶のねんふつ申させ給ふへきしふつたうの
ため、くやうには、ふるなそんしやをしやうし給ふ、ちやうもんの人々、かすをしらす、三人ちやうしやをはしめて、
かうへをかたふけ、ひさをくみ給ふ、色々さま〳〵の御せつほうをはつてのち、しやうとの」25オ
三ふきやうをとき給ふ、みたによらひのこくらくに、九つのしなありといへとも、六しのみやうかうに、すきたるき

やうなしと見えたり、さて又、ふもおんしゆきやうのめいもんともをとき給ふゑ（ママ）は、ほんてんたいしやく、あまくたり給ひて、しんわうらいし給ふ

そのとき、しんわう、身を大ちになけ、ねかはくは、しよてん三ほうの」**25ウ**御あわれみをたれ給ひて、久しきは、のすう（ママ）もくを、たちまちひらく事をゑさしめ給へと、かんたんをくたき、きせいあれは、まことに、ふつしんもあはれにやおほしけん、ほんそんのひかり、いたゝきにさすと見へしかは、しゐて久しきりやうかん、たちまちひらき給ひけり、ありかたしとも中〳〵申はかりなし

御くやうけつくわんしやうしゆしたまへは、ちやうもんの人〳〵、くわん」**26オ**きのなみたそてをひたし、をの〳〵かへりたまひけり、しんわうの御かこましまます事、ありかたさ申はかりなし、これと申も、おやかう〳〵をむねとし、御こゝろ、しやうしきに、しひの御心さしふかきよりて、おもはさる御くらゐにのほりたまひて、御はゝをもけんせこしやう、ともにたすかり給ふも、この」**26ウ**ものかたりをきく人は、おやにかう〳〵をもつはらとして、しひのこゝろをもちたまふへし、しからは、げんせにては、何事ものそみまんそくし、こしやうにては、かならすこくらくにゐたらん事、うたかいあるへからす、なむあみたふつ」**27オ**

# 1 フォーレッチ本「さよひめ」

カティア・トリプレット

目録番号、12784 a–c。

装訂、三冊。二三・五×一七・五。

表紙、あさぎ色の布に金の錦織で花の咲いたつる草が描かれ、そこには二つの異なる花のモチーフが使われている（唐草模様）。見返しは、ひし形の浮き彫りがされた金紙。

題簽、「さよひめ　上」（中下）と墨書して表紙の中央上部に貼る。

丁数、上二十九丁、中三十丁、下二十五丁。各巻の巻頭・巻末に遊紙がそれぞれ二丁、一丁ある。翻刻本文の丁数は墨付き丁および挿絵丁にのみ付した。

行数、十行。字数、一行十五字から十八字。

挿絵、十七頁分（すべて片面図）

上、3オ、5ウ、9ウ、14オ、18オ、25オ。

中、11オ、15オ、18ウ、22ウ、28ウ。

下、3ウ、8オ、12オ、16ウ、21オ、23ウ。

もとは各巻に六図あったと思われるが、中巻の五ウの図が欠けている。

挿絵の上下の部分に金箔で雲が描かれ、それが丁の約半分を占めている。人物は着物のリアルな表現とともに念入りに描かれ、着物の模様や襖もきめ細かく描かれている。その表現は類型的ではあるが、力強い筆致と鮮やかな色使いで描かれている。特に劇的な場面は、くっきりした輪郭で生き生きと描かれ、躍動感を生み出している。

備考、上質の鳥の子紙が使用されている。赤い糸で綴じられているが、中巻と下巻に綴じ直しの跡がある。十七世紀後半、おそらく寛文期の制作だと思われる。

上巻4オ、中巻1オ、下巻5ウ、10ウには行間に修正が加えられている部分がある。翻刻ではその箇所をアステリスクで示した。

アーサー・フォーレッチが誰から本書を購入したのかは定かではない。島津久基は京都帝国大学文学部蔵奈良絵本『さよひめ』とよく似た三巻の奈良絵本が一九二八年に東京の霞亭文庫で発見されたと述べている（『近古小説新纂』）。この奈良絵本は、その後のすべての出版物において、失われたものとされている。島津は渡辺霞亭宅で、ごく簡単にではあるが、この三巻本を実見する機会を得たという（『近古小説新纂』五三〇〜五三一頁）。そして、彼はその冒頭の部分を翻刻している。それは本書と二箇所を除いて同一であり、その違いは誤写によるものと思われる。

本書は、島津が渡辺霞亭宅で調査したものと同一のものと推測される。フォーレッチはおそらく一九三〇年代に本人から直接、あるいは業者をとおして、霞亭文庫の一部としての渡辺のコレクションを購入したものと思われるが、それに関わる書類は戦争で失われたか、行方不明になっている。

諸本、これまでに知られている「松浦さよひめ」の諸本は、中世後期のものを例外として、他はすべて近世期のものである。東北地方で語られた奥浄瑠璃は、十七世紀から二十世紀初頭にかけて、とても人気があったものである。

すべての諸本は、およそ次のような四つの物語構造をもっている。
1、ある娘が、父親の菩提を弔う費用をまかなうために、人買い商人に身売りする。
2、その娘は、遠く離れた安達で大蛇の人身御供になることを指示される。
3、法華経の力によって大蛇は、その蛇の姿から救われ、成仏する。
4、最後に大蛇は、竹生島弁財天の実の娘である壺坂観音として、その姿をあらわす。
四点目はそれぞれの諸本によって違いがあるが、それ以外の部分は驚くほど一定である。

絵巻だけでなく、写本、版本ともに絵入本がある。現存する三十三の諸本（記録によれば三十四とも）のうち六本（消失本を含めれば七本）は奈良絵本とみなすことができる。そのうち、本書と同系統である唯一の丹緑本は「竹生島の本地」と題され、複製本が刊行されている。

「まつら長者」と題された説経正本には二本がある。そのうちの一本は寛文元年の版本で、本書に近い。横山重『説経正本集』第一解題によれば、寛文元年版には古い説経の演じ方の特徴が見られるので、その語りの枠組みは十五世紀か十六世紀に形成されたものに違いない。木版本はその技術の高まりとともに一種の標準となり、後の作品のモデルとしてしばしば使用された。したがって、寛文元年版が絵入写本である本書に何らかの影響を与えた可能性は十分に考えられる。

「松浦さよ姫」諸本と考えられる御伽草子や説経のテキストは多く存在するが、その言語的特徴および本文のあり方によって二つのグループに分類することができる。佐藤りつは、それらを「広本」（詳細なテキスト）と「略本」に分類し、その後発見されたテキストもこの二つに分類された（「「壺坂の草子」諸本の考察」、「文学論叢」33号）。多くの諸本間の系統関係は極めて複雑なので、どちらのグループがより古いのかという問いには満足に答えることができない。そのうえ、東北地方で盲目の語り手によって語られた奥浄瑠璃の数多くの写本は、御伽草子および説経節の両者と本文上の類似が見られるだけではなく、系統としてもつながりをもっている。これらの関係はさらに複雑さを増している（真下真弥子「奥浄瑠璃「竹生島の本地」論」、「伝承文学研究」33号。『松浦佐夜姫一代記』解題、阪口弘之編『奥浄瑠璃集』）。

## 翻刻

【凡例】

一、翻刻の行取り、用字は原本通りとした。各丁の移り変わりは」1オで表記した。

一、反復記号「〳〵」「ゝ」はそのまま表記した。

一、文字の位置は原態をとどめるよう努めた。

一、挿絵（稿末に全図掲載）には通し番号を付した。

一、誤記、誤写と思われる箇所には（ママ）を付した。

【本文】

上

あふみのくにちくふしまのへんさいてん
のゆらいをくはしくたつぬるにこれも
ひとたひはほんふにておはしける
くにを申せはやまとのくにつほさかと
いふ所にまつら長しやとてくわほう
の人にておはしますなを京こくとの
と申てこまもろこしまてきこえ給ふ
四方にこかねのついちをつきよもの
かこめしゆほくのはやしかとをかさね
いらかをならへ花はさうもくのかす」1オ
をつくしておのかいろ〳〵さきみたれみ
きはのまさこ七ほうをちりはめ八ま
んほうのたからにあきみちてこくらく

しやうともかくやらんかゝるゑいくわ
のめてたきになんしにてもによ
しにても御子一人もましまさね
はきたのかたをちかつけてくとき
ことこそあはれなれいかにきき
給へ御身とそれかしいく春あきを
おくりても子といふことのなきこそよも」1ウ
のきこえもはつかしやいさや御身とそれ
かしははせのくはんせをんにまいりかす
のたからをまいらせてなけいてみはや
とおほせけるきたの御かたきこし
めしなのめならすにおほしめし
それこそのそみの事なれとて
ふうふもろともうちつれていつか
一もんひきくしてはせやままふてと
きこえけるほとなくはせにもなれは
御まへにまいりわにくちちやうとうち」2オ
ならし三十三とのらいはいあるなむ
や大ひのくはんせをんかれたる木に

もはなのさくへき
との
御ちかひ
たかはすは
女子　なんしにても
にても
子たねを
さつけてたひ給へ」2ウ

〔挿絵1〕」3オ

此くはんしやうしゆするならは花のと
ちやうこかねにて月に三十三まいつゝ
三年はかけてまいらすへきそれもふ
そくにましまさはまんとうを御めい日
ことに三年とほしてまいらすへし
これもふそくにましまさはにしき
のとちやうをならへつつ三とせかけ
てまいらすへしそれもふそくにまし

まさは千ふのきやうをまい日三年
よませてまいらすへしなんしなり」3ウ
によしなりとも子たねを一人たひ
給へと十八くはんの大くはんたてその
夜はそこにこもらる丶夜はんはかり
の事なるにくはんをん《っ》*はまくら
ふうふのまくらかみにたち給ひやあい
かにふうふの人〳〵なんちらかあまり
になけくふひんさに子たねを一人
とらするとてこかねのさいをひとつ給は
りてかきけすやうにうせ給ふふうふ
の人〳〵はゆめさめかつはとおきあら」4オ
ありかたの御りしやうやと又らいはいを
たてまつりそれよりけかうまし〳〵
て御よろこひはかきりなしさるほと
にほとけのちかひのありかたやみたい
ところは御くはいにんまし〳〵て九月の
わつらひにあたる十月と申には御さ
んのひほをとき給ふなんしかによし
かとみ給へはたまをみかきなりをのへ
たることくなるひめきみにておはし
ますきやうこくふうふは御よろこひ何」4ウ
にたとへんかたもなしすなはち
御なをは御むさうをかたとりて
さよひめ御せんとそつけ給ふ
あまたもりめのとをあひそへ
ていにようかつかう申は
かりはなかりけり」5オ

〔挿絵2〕」5ウ

か丶るめてたきおりふしにさため
なきとはこれとかやひめきみ四さい
の御ときにいたはしやきやうこくとのかる
き身におもきやまふをひきうけてか
せのこ丶ちとなり給ひていまをかきり
と見えしときみたい所をちかつけて
くときことこそあはれなりいかに申さん

きゝ給へ一人のあのひめをよきにそた
て給はれこゝろにかゝるなりみたい此よし
きこしめし心やすくおほしめせ御身は」6オ
かりのにてましまさすみつからかために
も子にてありきやうこくとのとの給へは
きやうこくとのきこしめしさもうれし
けなるふせいにてほけきやう一ふとりい
たしそれかしむなしくなるならはこれ
をかたみにみせてたへなこりをしやと
の給へて是をさいこのことはとしおし
むへきはとしのほと三十六を一ことし
てあしたの露ときえ給ふみたいところ
御一もんの人〳〵もゆんてめてにすかり」6ウ
つき是はゆめかやうつゝかやとてんに
あこかれちにふしてりうていこかれて
なき給ふ此人〳〵の心のうちあはれ
といふもおろかなりされともかなは
ぬことなれはちからをよはすのへに
おくりむしやうのけふりとなし給ひ

かくて七日〳〵四十九日百かにちに
いたるまて御とふらひはかきりなし
はや百ケ日もすきけれはちゝ一代の
たからなれはくらのたからはくらにて」7オ
うせにはのたからはにはにてうせ八まんほう
のたからものみつのあはときえうせて
ひんしやの家となり給ふさるほとに
一もんしたしき人〳〵もおもひ〳〵に
ちりはてゝやかたのうちにはみたい所と
ひめきみとたゝ二人ましますかいた
はしやみたいところはあまりの事の
さひしさにひめきみをいたきまいらせ
御くしをかきなててくときことこそあは
れなりくはほうすくなき御身かなかくやう」7ウ
せうにてちゝこにはなれ何となるへき
かなしやとさめ〳〵となき給ふされともかな
はぬことなれは月日をおくり給ひける
きのふけふとは申せともはやひめきみ七さ
いになり給ふ此ひめきみと申はひとつ

きゝては十をさとり給へはいろ〳〵のきとく
をひきいたさせ給ひけるそのうへ天にんも
やうかうあるほさつもあまくたり給ふ
かとみな人ふしんをなしにけるさるほとに
まつらちやうしやさよひめと申つゝよ
にかくれあらされはくきやうてん上人に　」8オ
いたるまてふみ玉つさをかよはさぬ人は
なかりけりいたはしやみたいところは身は
ひんたうにおちゆくいまははやなにとも
せうする（ママ）やうもなきまゝにはるにも
なれはさはへゐ出て

ねせり
をつみ
秋にも
なれは
さと
たへ
出て
おち　」8ウ

露　ほを
の　ひろひ
いのち　て
を
おくられ
ける　」9オ

〔挿絵3〕　」9ウ

はやひめきみは十六さいになり給ふはゝ
うへひめきみをちかつけてくときことこそ
あはれなりけにやまことにわすれたりこと
しははや御身のちゝの十三年にあたりた
りほたひはといたくありけれともとふらふ
へきやうのなきそとてたもとをかほに
をしあててさめ〳〵となき給ふおつ
るなみたをおしとゝめこなたへいらへさよひめ
とてちふつたうにまいり給ひかのほけきやう
をとり出し給ひやあいかにさよひめこれ　」10オ

はちゝこのかたみなりおかみ申せとの給へはさ
よひめ此よし御らんしてこれはゆめ
かやうつゝかやさていまゝては何のこゝろも
ましまさすかいなきわか身をはいたつら
にもちたることのかなしやとかたみの御
きやうかほにをしあててたゝさめ〳〵とな
き給ふおつるなみたのひまよりも心に
おほしけるやうはけにやまことによの中
のおやのほたいと申せしは身をうりしろかへ
てもとふらふときいてありさてみつからも」10ウ
わしくまたかの为になりとも身をうり
しろかへてほたいをとふらはんとおほしめし
はゝこのもとをたち出てかすかのみやうし
んへそまいらるゝほとなくつきしかはわにくち
ちやうとうちならしなむやかすかの大明神
はやみやうにちはみつからかちゝの十三年
にておはしますほたいはとひたしとふへき
やうはなしあはれみつからをかふへき人
のあるならはひきあはせてたひ給へと
ふかくきせいを申つゝまつたにさしてかへ」11オ
らるゝこれはさておきそのころあふし
うむつのくにゝてあたちのこほり八かう八む
らのさとには大きなるいけありそのいけに
大しやかすみけるすなはちそのところのうち
かみにておはしけるしかるに一年に
一とつゝみめよき女をとつてふくする
か国中の人〳〵はんにかはりて一年
に一人つゝ大しやの为にそなへける
さるほとにこゝにこんかの太夫とてう
とくなるあき人ありことしはこんか」11ウ
の太夫のたうはんにてありけれは太夫
女はうをちかつけさてもたう年はそ
れかしか为のはんにあたりたりたゝ一
人のあのひめを大しやの为にそなへん
ことのかなしさよみたい此よしきこし
めしなふいかに太夫とのわらはおもひ
出しておはしますわか子をはいけにそ
なへんこと何よりもつてふひんなり

これよりみやこのかたの人〳〵は心かやさしきとうけたまはる御身はみやこにのほり給ひうらふといふ人のあるならは一人かいとりくたり給へとありけれは太夫けにもとおもひそれよりもみやこをさしてのほりける日かすつもつて三十五日と申には花のみやこにつきにける一てう小川にやとをかり京らくちうのつち〳〵にたかふたかきてたておきおつとはたをふれさるひめのあらはあたいをよくかふへしとしのひ〳〵にめくりけるみやこ」12オ

ひろしと申せとも身をうらんといふ人こそなかりけり太夫ちからおよはすそれよりもならのみやこにまいりつゝとある所にやととりてつち〳〵にたかふたかいてたてにけりこゝに物のあはれをとゝめしはさよひめにてとゝめたりさるほとにさよひめちゝのほたいのた」12ウ

めにとてまい日かうふくしのせつほうにまいられしか五かうのてんもあけけれはまつたにをたち出てかう

ふく
しへ
そ
まいら
れ
ける」13オ

〔挿絵4〕」13ウ

さるほとにほうたんもすきけれはさよひめけかうあるもんのわきをみ給へはたかふたかいてたてありおとこにはたをふれぬひめあらはあたいをかきらすよくかふへしとかきて所はつるや五郎太夫とかきとゝめけるさよひめ此よしみ給ひてさてもうれしの御ことやかみや」14オ

ほとけのをしへかやこれよりすくに
まいりつゝ身をうらんとおもへともいま
一と母うへにいとまをこひさてそのゝちに」14ウ
あき人のやとにたつねゆかんとまつたに
さしてかへらるゝこれはさよひめの物かたり
さておきぬこんかの太夫こゝろにおもひ
けるやうはふたをたてて三日すきゆけ
ともたてたるかいもあらされはいつかた
へもゆき一人かいてくたらはややとをたち
出るところにあらありかたやなかす
かの明神これをふひんにおほし
めし八十はかりのきやくそうと御身
をへんしいかに申さん太夫との」15オ
これよりあなたに見えたるまつ
たにといふ所に松らちやうしや
とて世にはかくれなき人ありしか
此ちやうしやしやけんなる人にてけ
んとんたゝりかつかまつりまんのた
からもみつのあはときへはてその身
はむなしくなられしかいまははやみ
うちのものもちり〳〵になりゆきひ
んしやのいへとなりやかたのうちには
みたい所とひめきみと二人ならては」15ウ
人もなしことしは又かのちやうしやの十三
年にて候へともほたいをはとふへきやう
のなきまゝにあけくれなみたにく
れて候しかもしもや此人の身をう
り給ふこともありやせんとはせ給へと
かきけすやうにうせ給ふ太夫此よしき
くよりもさてもうれしの御ことや是は
うちかみのをしへそとよろこひそれ
よりまつたにさしてまいりつゝ大
手のもんをすんといりもの申さん」16オ
といひけれはおりふしさよひめはをく
よりもはしり出たそとこたへ給へは太
夫うけたまはりいやくるしうも候はす
みやこあたりのものなるかおとこにはた
をふれさるひめあらはあたひをよき

にかはんとおもひつゝ是まてまいり
て候とのたまへはさよひめ此よし
きこしめしさてもうれしの御こと
や是はかすかの御ひきあはせと
おほしめしなふ〳〵いかにあき人
みつからをかいとり給へうり申さんとあり 」16ウ
けれは太夫此よしきくよりもあらいた
はしのひめきみやそのきにてあるな
らはあたいはいかほとまいらせんとそ申
けるさよひめきこしめしさん候みつ
からはおやのほたいをとはんそのため
に身をうり候へはとてもけうやうのた
めなれはあたいのことは太夫のまゝよと
のたまへは太夫此よしきくよりもさて
も御身はやさしくもおさなきひと 」17オ
にてましますかほたいとあらはあたひ
をこきり申まじとしやきん五十両
取出しひめきみにわたしけるあ
はれなるかなさよひめはこかね五十

りやうゝけとりてあまりの事の物
うさに
いかに
申さん
あき
人との 」17ウ
この
かね
うけ
とり
候へは
まゝ
御身
か《(ママ)》と
の
の給ひて
さめ〳〵と
そなき給ふ 」18オ

〔挿絵5〕 」18ウ

太夫此よしきくよりも此かねわたし申うへはいつくへつれてまいらふとも太夫かま丶よとそなさけのふこそ申けるさよひめきこしめしそのきにて候は丶みつからに五日のひまを給はれやち丶うへのほたひをよくとふらひ申つ丶五日と申八つのころ御身の御とも申さんとありけれは太夫此よしきくよりもやすきあひたの事なりとて五日のひまをまいらするそれかししゆくしよはつるやの五郎太夫と申ものにて候そかならす五日の八つちふんに御出候へと太夫はしゆくしよへかへりけるこ丶に物のあはれをと丶めしは母うへにてと丶めたりそれをいかにと申に此ことゆめにもしり給はてちふつたうに御まいりありかねうちならしねんふつ申ておはしますいたはし」19オ

やさよひめはは丶のあたりにちかつきていかに母うへさまこれ〳〵御覧候へやさてもこのかねと申せしは天からふりけるかやまたはちからもわきたるかおもてのもんくはひにてひろい中て御さあるなりち丶うへの御ほたいをねんころに御とふらひあれとの給へはなのめにおほしめしさて〳〵御身はをんなの子なれともち丶のほたいをかなしみてとふらひたくおもひけることひとへにてんのあたへなりこ丶ろさしのふかきゆへこかねを申そやとあすのなけきをしらすしてけふよろこひ給ひけるはかなかりけるさあらは御とふらひを申さんとて米銭にしろかへて御そうたちあまたくやうして千ふのきやうをよみ給ひほたいをよきにとい給ふこそやさしけれやう〳〵」19ウ

」20オ

御とふらひもすきゆけはさよ姫
は、うへにちかつきてのふいかに」20ウ
は、うへさまち、うへのほたいをねん
ころにといまいらせてかへす〳〵
もうれしけれいまは何をかつ、
むへきみつからはうりて候そやあき
人の手にわたりいつくともしら
ぬくにへまいるなりさりなからみ
つからち、このために身をうり
て候へはいつくのうらはにあるとて
もいのちなからへあるならはこなたへ
ひんきを申へしかへす〳〵もあとにて」21オ
は、うへのなけき給はんことのなに
よりもつてかなしやとりうて
いこかれてなき給ふ母うへこのよ
しきこしめしこれはゆめか
やうつ、かやさても御身はさき
たち給ひしち、のちやうしや
のゆいこんにも身をうりてなり
ともほたいをとへとの御ちやうかの
ち、のあとをとふろふとては、
におもひをかけ、れはいつれのお」21ウ
もひはおなし事にてあるまひか
あらなさけなのしたいとて御なけ
きはかきりなしさよひめなみ
たをおさへつ、のふ〳〵いかには、う
へさま御なけきはさる御事に
てありけれともせんせのこと、おほ
しめせいかなる所に候ともやかて
をとつれを申へしはやあき人か
もんくはいにまちて候へは御いとま申
てさらは〳〵とてなこりをしく」22オ
もおもてをさして出て給ふ母うへ
あまりのかなしさにこはいかなるし
たいそや御身のち、うへにはなる、
さへ世になきことくなけきし
にこんしやうにましします御身に
もわかれまいらせなはさて

みつからはな
にとならふ
そかなし
やなしゝた」22ウ
るおや
のほ
た
ひ
を
とふらふ
とて
い
き
たる
はゝ
に」23オ
おもひ
を
かく
る
事

の
うら
めし
や
な」23ウ
みつ
から
も
ともに
つれ
て
ゆかせ
給へ
とて
りう
てい
こかれ」24オ
くるひ
〱
そ

出て
給ふ
也
」24ウ
〔挿絵6〕
」25オ
かゝるあはれのおりふしに太夫
はもんくわいにまいりつゝ大をん
あけていふやうはいかに申さん
ひめきみ何とておそくはいてさせ
給ふそやはや〱出させ給へとたか
らかによはゝりけるされとも人をと
さらにせさりけり太夫大きに
はらをたておくをさしてすん
といりのふいかにひめきみ何とて
おそくは出てさせ給ふそやはや〱
」25ウ
出させ給へとてひめきみのこかいなとつ
てひつたておもてをさして出に
けるいたはしや母うへは御らんして
なさけなしとよ太夫とのたとへ
あのひめあしくともはゝにめん
してゆるし給へとすかりつきてそ
なけかるゝ太夫此よしみるよりも
おろかなりとよ母うへ此ひめはそれ
かしかしやきん五十両にてかいとつ
てさふらふそやなにほとなけかせ
」26オ
給ふともかなふましきとひつたつる
ひめきみはもとよりもかくこのみち
なれは母うへのそてをなみたとと
もにふりわかれあき人の手に
わたり給へはあまりの事のかなし
さにあらなさけなのしたひかな
みつからあとにのこりてあけくれ
ものをおもはんよりもあとをしたふ
ていつくまてもいのちあらんかき
りにゆかんとかちやはたしにて
」26ウ
はしり出てかなしみ給へはあき人
は大きにはらをたてていかに

申さん母うへあとよりしたい給はゝ
ひめをあらけなくうち申さんはや
とく〳〵かへらせ給へと大のまなこに
かとをたてゝそ申けるみたい此よし
きゝ給ひなさけなしとよ太夫との
おやと子のいきわかれにて候へはさやう
にあらくなの給ひそあとをし
たふかいやならはくにはいつくいかなる」27オ
所にて候そやなのり給へとありけれは
あき人此よしうけたまはりくに所
を申さはやとはおもへともいやまてし
はしわか心くには申ともいけにゐに
そなへ申といふ事をきこしめさは
なをもなけかせ給ふへきたゝいつ
はりたはからはやとおもひすまし
ていかに上らうさまそれかしはお
くかたのものなるかあのひめをやう
しにしていかならん大みやうのきた」27ウ
のかたにもなしまいらせなはやかてやかて

御身さまへも御むかいのこしをまいらせ
申へしはや〳〵御かへり候へとそ申ひめ
きみをさきにたてみやこのかたへのほ
りけるはゝうへこのよしきこしめし
なふ〳〵いかにあき人とのいまなけき
てもかいもなしそのきにてさふら
はゝおさなきものゝことなれはよきに
めかけてたひ給へ太夫きいていま
ははやおもひのまゝにいつはらはや」28オ
とおもひいかに上らうさま御心やすく
おはしめせさいせんより申せしこと
くそれかしは子といふものをもたされ
はすゐのやうしたのまんためな
れは
ろしの
ほとは
とをく
とも
心に」28ウ

かけ
させ
給ふ
なと
なさけ
かほにそ
たは
かり
ける」29オ

中

いたはしやは、うへこれをまこと、おほ
しめしやあ〳〵いかにさよひめよ
いつくのうらはにありけるとも
母かかたへひんきをし給へし
た、一人は、にやれあけくれ物
をおもはせて給はるなそれのみ
まつとの給ひけるさて又御みかかけ

たるその御きやうと申はち、うへ
のかたみなりしか《や》*によらいの八か年
かそのあひたとかせ給ひしその」1オ
中にほけきやうと申せしはたつ
とき御きやうなりことに女人はつみ
ふかきものなれはほけきやうならては
うかまぬそやよく〳〵しんし申てかけ
給へかへす〳〵もなこりをしやとなみた
と、もになこりのたもとふりきつて
たかひにわかれ給ひけるいたはしや
は、うへはやかたへかへらせ給ひちふつ
たうにたふれふしりうていこか
れなき給ふあらなさけなき」1ウ
したひかなけふは（ママ）よりしてはたれ
やのひとをたのみつ、さよひめと
なをつけてなくさまんそやとて
またさめ〳〵となき給ふさるほとに
た、よのつねの事ならはこ、ろきや
うきとなり給ひやかたのうちにもたま

らすしてさゝのはにしてをつけ
くるひ〳〵そ出給ふあらさよひめこ
ひしやとてつゐに両かんなきつ
ふしうつら〳〵とならのみやこに
まよひ出きやうわらんへになふられ
てそてこひしてこそおはしまし
けるあはれとも中〳〵申もたとへ
かたかりけりこれはさておきさよ
ひめこんかの太夫とうちつれてみやこ
をさしてのほられしかこひしきまつ
たにをあとにみてかすかの山をふし
おかみならのみやこをはやすきては
んにやしの大しやうもんしゆにきせい
かけよあけかねもしよきやうむしやうと
ひゝくなりきつ川をあとにみてけにや
まことにやましろのいてのさともみえ
わたるたまみつはやくうちすきて
あはれなるかなさよひめはすそは
つゆそてはなみたにうちしほれ十

」2オ

」2ウ

六のしはにつき給ふならはぬたひの
つかれかや又はやまとにおはします
母うへこひしくおほしめし一しゆは
かうそゑいし給ふ

とかや

あととふらふたら

ちねの

うき身

とて

わか身

うり

かふ

なみた

なり

けり

かやうにゑいしてゆき給ふいのちめて
たきなかいけやさきはいつくとといけ
れはおくらつゝみの野辺をすきてふ
しみのさとはこれとかやこなたなるは

」3オ

」3ウ

ほうしやうしいなりの明神ふしおかみや
う〱ゆけはほともなくひかし山にき
こえたるせいすいしにそつかせ給ふを
とはのたきにおりくたりてうつうかいて
身をきよめわにくちちやうとうちならし
なむや大ひのくはんせをんねかはくはこき」4オ
やうにおはします母うへをあんをん
にまもらせ給へとふかくきせいを申つゝ
さてさいもんにいて給ひみなみをはる
かになかむれはこきやうこひしきくも（ママ）
なみたとともにうちなかめたとろ〱
と太夫とうちつれ一条小川のやと
につき給ふ夜もすからなひてそあ
かし給ひけるよあけのかねもなり
わたりはやあけたりととりもなく
太夫此よしきくよりもさよひめを」4ウ
ちかつけていかにひめきみたひのいて
たちし給へとてひめ君にわたし給
へるものとてはすけのこかさに竹
のつえわらんすはきをまいらするさる
ほとにさよ姫はたひのしやうそくし
給ひてあさのころもを身にまとひこ
んかの太夫とうちつれて花のみやこを
なみたと共にいて給ひむつの
くにえ
くたり
給ふ」5オ

〔挿絵無し〕」5ウ

とをらせ給ふはとこ〱そきをんはや
しのむらからすうかれ心かあゝうはた
まのあきかせふけはしら川やみつから
かはしめてたひのかといてになを
うきことあはたくちとよかなしやなひ
のおかとうけをはやすきさきをいつ
くととひゆけは人にあはねとおひ

わけややましなにきこえたるしのみ
やかはらをたとり〳〵といそかせ給へは
ゆくもかへるもあふさかの此明神のいに
しへはゑんきのみかとの御子にせみ」6オ
まるとのにて御さあるよしをうけた
まはるりやうかんあしきそのゆへに
すへられ給ひせきの明神とはやら
せ給ふありかたやそのいにしへをおほ
しめしやつれはてたるみつか
らをよきにまもらせ給へとふし
おかみ母にはやかてあふみとは国なを
きくもこのもしや大つうらのはま千
とりともよふこゑにゆめさめて」6ウ
うきみのたひはしかのうらなみよせか
くるあまをふねしかからさきのひと
つまつたくひなき身をおふにそ
うきみの事かおもはれていとゝなみ
たはせきあへすいそく心のほともなく
いし山てらのかねのこゑみゝにふれて
しゆしやうなりなをもおもひはせたの
はしたとろ〳〵とうちわたりさきは
ゆきかふ人にあふみちやしくれもいた
くもり山やこの下つゆみちにそてぬ
れてかせに露しのはらやのをわけ」7オ
みちをゆくほとにくもりもやらて
かゝみ山なみたとくれてみもわかすまふち
なはてをはやすきさきをいつくととひ
ゆけはこれたかのうきよの中をいとひて
たておかせ給ひけるむしやうてらよとふし
おかみまいれはひさしき五しやうしゆくさき
をいつくといそき給へはいまたとしはよ
らねともおひそのもりときくときは
いとゝものうきわかこゝろゑち川わたれ」7ウ
は千とりたつをのゝほそみちふみ分て
すりはりとうけにさしかゝり又たち
かへり見給へはこきやう大和はとを
さかるたひねのゆめはさめかいをうち
すきてゆくほとにならのみやこに

おはしますこひしゆかしの母うへに
ねものかたりとうちすきてたとろ〳〵
とゆくほとに山中しゆくにつきに
けるいたはしやさよひめはおさなき
人の事なれはおもひもよらぬなか」8オ
たひにたもともそてもうちしほれ
いそくけしきはなかりけりあまり
の事のものうさにのふいかに太夫
とのうきなかたひのことなれは
いそくとすれとあゆまれすすへ
のみちをはいそくへし此ところに
二三日とうりうありてたひ給へ太夫
とのとの給へは太夫此よしきくより
もなにと申そならのみやこよりあふ
しうまては百廿日ちのなかたひ」8ウ
にいまよりさやうになけくともかなふ
ましつえにおちぬ事あらしとつい
たるつえをおつとりなをしひめき
みのゆきのはたへをはなれてゆけと
うちにけりひめきみうたるゝつえ
のしたよりもくときことこそあはれ
なれなさけなしとよ太夫とのうつ
ともうたるゝともさいなむとも太夫の
つえとおもはゝこそしんのうらみも
ありぬへしめいとにましますちゝ」9オ
うへのをしへのつえとそんすれはみつ
から露のいのちはをしからす太夫
とのとの給ひきえいるやうになき
給ふ太夫此よしみるよりもとうり
うはせさすましきとはおもへともあまり
いたはしくおもひけるあひたち
からおよはす三日のとうりうをそ
したりけりあはれなるかなさよひ
めは太夫とうちつれて山中
しゆくをたち出てさきをいつ」9ウ
くとひゆけはあらしこからし
ふはのせき月のやとるにそてぬれ
てあれたるやとのいたまより露

もたるいときくなれはしほりかね
たるたもとかな
夜は
ほの〳〵
とあか
さかや
みの」10オ
ならは
はなも
さきなん
くんせ川
にも
つき
給ひ
け
る」10ウ
〔挿絵7〕」11オ

大くまかはらのまつかせにきんの
ねをやしらむらんあらむつかし
のしゆくのなやものうき事にお
はりなるあつたのみやをふし
おかみかほとにさむきみやたち
をたれかあつたとはいつわりや
さきをいつくとといゆけはみかは
のくにあすけの山もちかきやら
つまこひかぬるしかそなくさよ
ひめきこしめしあのなくしかは
ならのかすかのみやのしかやらんとな」11ウ
つかしや太夫これをきゝあらやさ
しのひめきみやしかはかすかに
かきらすなふいつくにもおゝきも
のこなたへとてゆくほとにやはき
のしゆくをうちすきてかの八はし
につきにけり太夫はひめきみの
心をなくさめんかために申やう

いかにひめおやのために身をうる
ものは御身はかりとおほすなよむか」12オ
しもさるためしありそも〳〵この
八はしと申せしは六つ子と八つ子と身
をうりておやのほたいのためにとて此
はしをかけたるによつて八つ子
をかたとりさてこそはしのそうみや
うを八つはしとは申なり御身も心を
とりなをしみちをいそひて給はれひ
めきみいかにと申けるさよ姫此よし
きこしめしみつからはかりとおもひし
にむかしもさるためしありけるかみつ《（ママ）》」12ウ
もちゝのほたひのためなれはさのみなけ
くまいそとの給ひておいそきあれは
とう〳〵みはまなのはしのいるしほに
さゝねとのほるあまをふねこかれても
のやおもふらんみなみをはるかになかむれ
はかいまん〳〵たるたいかいにあまたのふ
ねそうかへけりあらおもしろやとうちなか

めきたには又こすいありしんかきしにつら
なりてまつふくかせやなみのをといつれか
のりた《（ママ）》くひそと心ほそくもうちなかめあ」13オ
らおもしろのしゆくのなやあすのいのち
はしらねともいけたのしゆくときけは
たのもしやふくろいなはてはる〳〵とに
つさかすくれはをとにきくさよの中山
これとかやいそく心のほともめいしよきう
せきはやすきていかたなかるゝおほゐ川
おかへのまへはすこしあれものさひしけなる
夕くれに神にいのりはかなやとかやよもに
うみはなけれともしまたときけはそてさむ
やきひてやさしきみてはうや《（ママ）》うつの山へに」13ウ
つきにけるまりこ川やてちこ《（ママ）》のさとしつは
た山をめてにみてみをのいりうみはけし
くてものをおもふはわれひとりこゝはするかの
めいしよとはいかなる人かゆいのしゆくかんはら
とうちなかめこゝろほそさはかきりなし
ふしのおやまをみあくれはこそのゆきの

むらきえにことしのゆきのかさなりてたゆるまもなきありさまはみつからかおもひにかはらしとないてゆくほとにみなみはかいしやうたこのうらよせくるなみのおとあ」14オらおもしろやとうちなかめきたにはせいさんか丶としてすその丶あらしは身にそしむ

いと丶
おもひは
うきし
ま
か
はら
とは」14ウ
これと
かや

〔挿絵8〕」15オ

太夫か申けるやうはふもとにみえたるはとうさんゐんなかくみえわたりたるはぬまにてありあしわけ舟にさほさしたるをなかめてとをるさよひめよむれゐるかもめの心のとかにかなたこなたへとひまはるうらやましくもおもはれていと丶なみたはせきあへすはらにはしほやのゆふけふりへん〱とゆくゑもしらすまよひけるいつ」15ウの（ママ）しまをうちなかめみちゆきなやむあしからはこねにつきにけるあはれなるかなさよひめはならはぬたひのつかれかやすそはつゆそてはなみたにうちしほれ御あしよりもいつるちはみちのまさこもそめわたる今ははやひとあしもひかれぬなりのふ〱いかに太夫とのすこしのひまをたまはれやあしをやすめくたりたきとてくち木のもとをまくらと

してうちふしておはしますあ」16オ
き人このよしみるよりも四かくなる
まなこを五かくにくわつとみいた
して何とてさやうになけくそや
ゆきゝのたひ人のゆひをさしわた
しわらふはしらさるかとうりうせ
んとおもへともこれよりさきへは日を
さためたるみちなれはたゝ一とき
もかなふましといふまゝにいたはし
やひめきみのこかいなとつてひつ
たてくたりけるさきをいつくと」16ウ
たつぬれはさかみの国とかやかいなき
うきなをさかみときけははつかし
やおほいそこいそうちすきてめて
たき事をきくかはやかまくら山は
あれとかやなみたなからもうちな
かめさきはいつくそゆくゑもし
らぬむさしのをうつら〳〵とゆくほと
にすみた川につきにけるけにや

まことにおとにきくむめわかま
るのいにしへはよしたとやらん」17オ
におはしけるかひとあき人に
たはかられはる〳〵これまてくた
りつゝむなしくならせ給ふとかや
これも又よそのことゝはおもはれ
す我身のうへにあはすれはさて
みつからか身となりて是まてくた
りたりとなみたと共にやう〳〵
たとりゆくほとにいそくこゝろの
ほともなくしのゝめはやくしら
川や二しよのせきにつきに」17ウ
けりめて人をはとむれとも我を
はとめぬかせきもりよこひしき人
にあい津のしゆくとはこれとかや
のをわけ山ははる〳〵とみちの
こすゑもみもわかすおいそきあれ
はほともなくはるかの
あふしうむつの

くに〻きこえたる
あたちのこほり
につきにける
」18オ
」18ウ
〔挿絵9〕
」19オ
さるほとに太夫は女はうをちか
つけそれかしみやこへのほりいろ〳〵
しんろうをしてひしんを一人か
いとりてくたりてありよきに
もてなし給へとありけれはみた
いなのめによろこひていそき
ひめきみにたいめんありあらうつ
くしのひめきみやなか〳〵のたひに
てさそやくたひれさせ給ふへしこな
たへいらせ給へとておくのまにし
やうしいれよきにいたはり申さ
る〻みたい太夫にちかつきてなふ
〳〵いかに太夫とのあのひめきみ
のすかたをはよく〳〵みてあれは
た〻ひとにてましまさすみやこ
の人とみ申たりかとはかしても
御さあらぬかぬすみたしてもまし
まさぬかさてもふしきのひめのありさ
まや御いたはしのしたいやとことくは
しくもたつぬれは太夫大きに
」19ウ
はらをたてやあいかにきたのかたかと
はかいてもぬすみたいてまいらぬそ
やとにらみつけてそ申さる〻其時
太夫さふらいともをちかつけてあのさし
きていをかされとありけれはとのはら
たちはうけたまはりさしきをこそは
かさりけるまつ一はんにきよきものに
はそくりはらあらこもこそはしかれた
りしめを七ゑにはりまはし十二の
へいをきり七十二へいをたてひめきみ
の御さしきとそかさられたり太夫此よし
み給ひてなのめならすにおもひつ〻
」20オ

ひめの身をきよめさせんとにやうはう
たちのかいしやくにてゆとのへおろし
ゆこり七としほこり七とみつこり七と
三七廿一とのこりとらせ身をきよめ御ま
へにこそいられけるあらいたはしやな
さよひめはみこくのことはゆめにもし
り給はて此よしを御らんし女はう
たちをちかつけてなふ〳〵いかに女は
うたちそれおくかたのつほねにはかやう
にせねはならぬかとなみたと丶もに
とい給ふ女はうたちはきくよりもあら
いたはしのひめきみやこの事しろしめ
されぬか今はかたり申へし明日になるな
らはこれよりきたへ八町ゆきそのを
くにさくらいかふちと申てまはれは
三里のいけの候かその池に三かい
のたなをかさりうへなるたなにはこかねに
てかさり中なるたなにはしろかねにて
かさりみつめのたなはあか丶ねにてかさ
りかの三かいのたなのそのうへにしめを
はりまはしいたはしやひめきみを大
しやのゑにそなへんためにてかやう
にあらこもをしき身をきよめさせ
申なりとかたりけるさよひめ此よし
きこしめしこれはゆめかやうつ丶かと御
そてをかほにあてさめ〳〵となき給ふ
おつるなみたのひまよりもくときことこそ
とうりかなさてみつからをかはせ給ふその
おりはすゑの
やうしとなし
申さんとてたい
もつをわたさせ
給ひたるか人みこく(ママ)
にそなへんため
かなしさよとて
りうていこか
れてなき
給ひ

ける」22オ

〔挿絵10〕」22ウ

さるほとに太夫はいそきむまやには
しりおりこまにうちのりて八かう
八むらをふる、やうこそおもしろや
こんかの太夫かいけにえのたうはんに
あたりて御さあれはみやこへ上りひしん
なるひめを一人かいとりてくたりつ、
うちかみのみこくにそなへ申なり
みな〳〵御出《ママ》、てけんふつあれと
いち〳〵したひにふれにけりあひ
た所のひと〳〵は此ふれをきくよ」23オ
りもかのいけのほとりにさんしきを
うたせつ、きせん上下さん〳〵めかいて
御やういとそきこえけるこれはさておき
いたはしや太夫との、みたい所はによう
はうたちをちかつけてあはれなるか
なさよひめいとまこひのさかもりをそ
なされけるみたいさかつきとりあけて
ひめきみにさし給ふひめきみはさか
つきとりあけ給ひてた、さめ〳〵
となき給ふみたいは此よし御らんして
なふ〳〵いかにひめきみ御なけきはことはり」23ウ
なりさりなからふるさとへのかたみのふみ
はとはるれはいたはしやさよ姫けに
もとす、りに手をかけ御ふみかき給ふ
さきたつものはなみたにてふての
たてともあらはこそふてをかしこに
なけすて、りうていこかれ給ひける
みたいところをさきとして女はうたち
にいたるまて一とにとつとなき
給ふ太夫此よしみ給ひてはやみ
やう〳〵にちにきはまりたりあまり」24オ
みるもふひんなりくはしくかたつて
きかせ申さんいかにさよ姫御身これ
まて御とも申事よのきにてさらに

なしあの山のおくにいけありしに
としに一とつゝみこくをそなへ申せ
しかことしはそれかしかたうはんに
て候ゆへ御身をそなへ申なり御かく
こ候へとありけれはあらいたはしや
ひめきみは此よしをきこしめし」24ウ
あまりなけきたりとてかなふにても
あらはやとおほしめしすこしこゝろ
をとりなをしおとなしやかにの
たまふやういかに太夫とのかねてより
もいかなるうきめにもあふへしとかく
こにては候へともかゝるうきめとは
おもひもよらぬなりよしそれとて
もちからなしちゝこのためにて
候へはいのちはつゆちりほともおし
からすさりなからなきあとにて」25オ
母うへのなけかせ給はん事こそなに
よりもつてかなしけれとありけれ
は太夫此よしきくよりもおとなしき

ひめきみやとなのめならすよろこひ
けるさて
その
日にも
なり
ぬれは
さよ姫」25ウ
には
十二ひとへ
の
御こ
そ
て
はな
ことく　を
いて　かさ
たゝ　り
せ　し
ゑ」26オ

ほ
し
上
下
を
のせ　きせ
ま　あし
いら　ろ
せ　の
こし
に」26ウ
太夫
うち　か
のり　一か
さつ〳〵　一もん
さ　こしや
め　くる
かし　ま
て　に

か
の」27オ
いけ
を
さし
て
いそ
さる　き
ほと　ける
に
大みやう
小みやう」27ウ
ちとう
まん
所
むま
きせん　やこしに
くん　うちのり
しゆ　て

かきりは
なかり
けり」28オ

〔挿絵11〕」28ウ

あらいたはしやさよ姫は御いそきあれは
ほともなくはまちにもなれはいけのほと
りをみ給へは御さふね三そうかさりたて
五しきのいとにてつなかれたり一そうのふ
ねには所のちたうまん所のり給ふ又一
そうの御さには太夫一か一もんのられた
りいま一そうにはかんぬしをはしめこん
かの太夫のり給ふかくていけの中なるつきし
まに三たんたなをかさらせ四方にしめ
をはらせつゝうへなるたなを(ママ)さよ姫をそ」29オ
なへ中のたなにかんぬしさて三はんの
そのたなにこんかの太夫のり給ふやゝ
あつてかんぬしのたまひけるはあらあり
かたやこれはこんかの太夫の所はんしやうの
ためにそなへ申にゑにてありこれなに
事もなきやうに国所にわさわひもまし
まさぬやうにすゑはんしやうに御まもり
ありてたひ給へとかんたんくたきていの
りける太夫ももろともにさま〳〵きせ
いを申つゝ御まへをふかくふしおかみ二人」29ウ
もろともにいそきたなをおり御さふ
ねにうちのりいまは大しやも出るか
おそろしやと
ろかい
を
はや
めて
くかを
さし
て
かへり
ける」30オ

下

さるほとに太夫かんぬしもわにのくちをのかれたる心ちしてくかにそつきにけるかくてわれも〳〵となみゐつゝいまや〳〵とめもはなさすみてあれはあはれなるかなさよひめは三かいのたなにたゝひとりなみたにくれておはしますあらふしきのしたいかな一時までとも見えす二時までともみえさりけり人〳〵は此よしを御らんしてあらなさけなきしたいかなかんぬしのいはれさるとなへことを申されて御きけんをそこないていまたまいり給はぬかあらおそろしのしたいやいまははやわれ〳〵か身のうへの大事なりこゝをはひけといふまゝに上下の人〳〵にいたるまでみなやかた〳〵にかへりつゝもんやまとをかためわれさきにとたなをあ」1オ

けしとみをさし所にたゝるはちてうなりわれ〳〵かさいこも今なりとなけきさけふことかきりなしこれはさておきことにあはれをとゝめしはさよ姫にてとゝめたり一人すこ〳〵と大しやのゑにそなへられなみたにくれておはしけるかゝる所にあらおそろしのしたいやなてりにてつたるにちりんにはかにかきくもりあめかせはたゝかみなりしきりにしていけのいぬいのすみよりも十ちやうはかりの大しや出一まん四千のうろくす九まん九千のさかけにてみつをまきあけのこるをにてはみつをたゝけはひとへにたゝゆきの山のことくなり三しやくはかりのくれなゐのしたをふりたてゝさよひめのおはします三かいのたなのまんなかにかうへをもたせ下たんにこしをすゑさよひめをふくせんとていきをとつ」1ウ

」2オ

とふきかくる身のけもよたつはかりさよひめ此よし御らんしてすこしもさはくけしきもましまさすいかに大しやたしかにきけなんしもいにしへはしやうあるものにてあれはこそみこくをしりて出つらんそのきにてあるならはみつからはちゝうへのかたみにほけきやうはたのまもりかけてありいつもめいにちことに御きやうをよみ」2ウ

申せしかけふはいまた
よみもせすほたいも
とはす候へは心にこれ
のみかゝり申也」3オ

〔挿絵12〕」3ウ

いて〳〵かの御きやうをよみそのゝちにゑかうを申へしすこしのひまをたひ給へなんしもしやうあるものなれはそれにてよくちやうもんあれとおほせける大しやも此ことはりをきくよりも又は心ありけるかしたをいれてなつきをさけてきゝゐたりさよ姫なのめにおほしめしかのほけきやうをとり出したからかによみ給ふ一のまきはめいとにましますちゝうへの御ためとゑかうある二のまきはならのみやこにおはしますはゝうへの御あんをんそくさいのためなり三のまきはみつからか御一もんためなり四のまきをよみ給ひ是はこんかの太夫ふうふのためみつからをかいとり給へはこそちゝのほたいをといまいらせしうれしさよこんしやうこしやうよく〳〵御うけとり候へ五のまきをとりいたしこれはまたみつからかほたいのため」4オ

たいはほんをとり出し一しやふとくさほんてん二しや大しやく三しやまわ」4ウ

う四しやてんりんしやうわう五し
やふつしんうんかによしんそくとく
しやうふつとゑかうありそも〳〵
此五のまき大はほんと申せしは八さい
のりうによそくしんしやうふつ
の御きやうなれはなんちも大しや
のくけんをのかれつゝ此御きやう
のくりきによつてしやうふつ」5オ
し給へとてかのほけきやうをくる〳〵と
ひんまいて大しやも御きやういたゝき
候へとてかうへになけかけさせ給へはあ
らありかたや十二のつのは十八に
くたけ一とにはらりとおちに
けりひめきみ此よし御らんして
なをも御きやういたゝきてふつくわ
あれとてかみから下へなてさせ
給へは一まん四千のく《う》*ろくつは
一とにはらりとおちにけり」5ウ
ものによく〳〵たとふれはころは三月
のそのかせにさくらのはなのちるかこ
とくなりみなちり〳〵におちに
けり大しやなのめによろこひあ
らありかたやたゝいまの御きやう
の御ふせもつに何かさゝけ申さん
とてそのまゝいけへいるかと見えし
かしはらくありて十七八の上らうと
さまをかへさよ姫にちかつきてた
しかにものをいふやうはのふいかに」6オ
ひめきみさまそれかしはさるしさいにて
此いけにすむ事九百九十九年
にまかりなるそのとし月かそのあ
ひたに人みこくをふくする事も
九百九十九人也いま一人ふくすれ
は千人になるへきかゝるめてた
きおりふしに御身のやうなるたつ
ときひめ君にあふ事はためし
なきしたい也大しやてありしそ
のときは九万九千のうろこのしたに」6ウ

九万九千のむしかすみてせめけれは
そのくるしみはなんほうものこくお
もひしに御きやうのくりきによつ
てみつからもたちまちに大しや
のくけんをのかれつゝしやうふつの
そくわいをとけるとてによりほう（ママ）
し（ママ）の玉とこかね千りやういたゝき
あけのふいかに姫きみそも此玉と
申せしはおもふしよくはんの玉にて候そ
やはらのあしきそのときはこれに
てなてさせ給ふへし両かんあしき
ものならはたちまちへいゆうある
へし
とて
さよ姫にまいらせて
かうへを
かた
むけ
なき
」7オ
ゐたり
」7ウ
〔挿絵13〕
」8オ
さよ姫ゆめともわきまへすやあ〳〵
いかに大しやさのみ心なためし給
ひそよみつからはちゝのために
身をうりてなんちかゐにそなはる
なれはみつからかうきいのちとら
れまいらせさふらふとてもつゆちり
ほともをしからすはや〳〵ふくし候
へとて身をなけかけさせ給へは大しや
ひめきくよりも御たうり也ことは
り也そのきにても候はすみつからも
せんそをかたり申すへしさてみつ
からは此いけにすまゐてかなはぬも
のとやおほすかや国を申せはいせの
くににてふたみかうらのものなるか
けいほのはゝのにくみによりゆくゐ
」8ウ

もしらすまよひ出人あき人に
たはかられかなたこなたとうられき
て此ところにかくれなきくりから(ママ)の
十郎さへもんかいとりてうきのおもひ
をつかまつるそのころ又此いけは 」9オ
わつかの小川にて候ひしかさいしよ
の人のあつまりてはしをかけんとて
一とせに一とつゝはしをかくれとも
何としても此はししやうしゆせさり
けりひとつところにあつまりて
いかゝせんととり〳〵に申けるその中
にもとしおひたるものゝ申やう
はかせをめしよせうらなはせん
とありしかはもつとも然るへしとて
やかてはかせをめしよせてうらなは 」9ウ
せしにはかせ申けるやうはあらおもしろ
のうらないやこれはみめよき女はうを人
はしらにしつめらるゝものならはしや
うしゆなるへしとうらなふたりそれこそ

やすきしたいとてみくしをこしらへとり
みれはみつからをかいとりし十郎さへもん
かはんにそあたりつゝみつからを人はしら
にしつめんとて此川はたにまいる也
みつからあまりのかなしさにあらなさ
けなきしたいかな八かう八むらのさと人 」10オ
おほきその中にみつからをしつめに
かくるかなしさにみつからむなしくなるな
らはたけ十ちやうの大しやとしやうかは
りこの川のぬしとなり此所の人〳〵
をとつてはふくし又はなやますもの
ならは七うらのさとをあらさんとかやう
にあつかう申せしかさのみこゝろのうち
にはしやたいにならんとは今《も》*のやうなる
おそろしき大しやとなり今たうたいま
てもをんなならてはしやにならぬ申せ 」10ウ
しもそのときよりも申なりきのふけふと
はおもへとも九百九十九年すまゐをし
としに一人つゝの人をとりしよ人のなけ

きを身うくるそのむくひにやうろこのし
たは九万九千のむしかすみみつからをせむ
るくるしみこそはかなしけれけれ（ママ）なんほ
うものうきことそかしかやうなるおりふしに
御身のやうなるたつとき姫きみにあい申
ほけきやうのありかたや大しやのくけん
をのかれつゝかやうなるすかたとなり侯とて」11オ

ひめ
きみに
いたき
つき
きえ入
やうに
そなき
ゐ
たり」11ウ

〔挿絵14〕」12オ

さよひめ此よし御らんしてなふ〳〵いか
に大しやとのそのきにてあるならは
みつからはやまとのくにのものなるかこひ
しきかたはやまと也ならのみやこにはゝ
を一人もちたるか母この御めにかゝらねは
いのちいきてもそのかいさらになしとて
もむなしくなるならは御身かゑもつに
せよとさめ〳〵となき給ふ大しや姫は
きくよりもさてはやまとの御人にて
ましますかおくりとゝけまいらせんこゝろ
やすくおほしめせひめきみいかにと
申けるさよ姫はきこしめしさても」12ウ
うれしの御ことやそのきにてましまさ
はみつからをかいとりしこんかの太夫
にいとまこひ申へししはらくまた
せ給へといそきこ（ママ）かにあかりつゝ太夫
のやとにまいり給ひける太夫をはし
めみたいもいそきたち出てこれは
ゆめかやいまはいのちもなきやらん

いかゝならせ給ふそとこれのみはかり
おもひしに御身はさていかなる神ほと
けにて御さあれはいのちたすかり
給ふかやとすそやたもとにすかりつ
きうれしなきにそなきにけり
さよひめこのよしきこしめし
はしめおはりをかたらせ給へはみた
い所も太夫のひめもよろこひ給ふは
かきりなしみたい申されしはいかに
申さんひめきみさまこのところ
にとゝまり給ふへしいかなる大みよ
うのえんたよりともなし申へしいかに
〳〵とありけれはさよ姫はきこしめし
こはありかたきしたいかな御身のなさけ
いつのよにかはわするへしみつからは
やまとのものにてありやまとへまい
りはゝこにあふてあるならは御身も
むかいのこしをまいらせんいとま申て
さらはとてうかりし太夫かいゐを

」13オ

」13ウ

はうつら〳〵といて給ひはまをさして
いそき給ふ太夫のみたいもかとおくりして
いてにける所の人〳〵此よしをきくより
もさてもうれしきしたいかなとわれも
〳〵とたちいててひめきみをおか
み申けるそれよりしてむつのくにあ
んをんにしつまりける太夫もみた
いもめをはなさす見てあれはいたは
しやひめきみははまちにつき
給ひていかに大しや姫とよひ給
へは大しやこのよしきくよりもそ
のきにても御さあらはならのみ
やこへおくりとゝけまいらせんとさよ姫
をたつかしらにうちのせていけの
そこへいるかとみえしかしんつうはう
へんのことなれはすこしのあひたに
やまとのくににきこえしならのみ
やこのさるさはのいけへかつきあけ
いけのほとりにひめきみをおろし

」14オ

」14ウ

をきいとま申て
さらは
とて 」15オ
それ
より
りう　しや
たつと　しんは
なつて
てんに
あかり
ける
あとへ 」15ウ
かへらん
事
なれは
さる
さは
の池とは
その時より

申也 」16オ
〔挿絵15〕 」16ウ
あらいたはしやさよひめは此よしを御
らんしてときよにしたかふならひ大
しやになこりをしまれててんに
あかり給ふかやいのちのおやにてあ
りけれはあとへおかへり候へとりうて
いこかれてなき給ふされともかなは
ぬことなれはついのおはりには
大しやしんたいならはつほさかのくわ
んをんといは丶せ給ひてしゆしや
うさいとし給ひけるさてその丶ち 」17オ
にさよ姫はならのみやこをたと
り〱と出給ひまつたにたち
こえていにしへのやかたへいり
給ひかなたこなたとみ給へはつい
ちものきもこほれおちは丶うへさま

はましまさてこたまのひゝくはかり
なりひめきみ此よし御らんして
あらなさけなのしたいやとやかた
のうちを出給ひところのひと〳〵
ちかつけてはゝうへさまの御ゆくゑ 」17ウ
をたつね給へはさいしよのもの申
やうなふいかにひめきみさま母うへ
さまはひめきみさまのうせさせ給ひ
てのちあはれなるかなはゝうへさま
あくれはさよ姫こひしやな〳〵とな
けき給ひしか両かんひしとなき
つふしいつくともましまさすそて
こひに出給ふとそかたりけるさよ
ひめ此よしきこしめしこれは
ゆめかやうつゝかとかなたこなたを 」18オ
たつね給へともそのゆきかたはなかり
けりおやとこのきえんかやならのみや
こにてあい給ふいたはしやはゝうへは
そてこひをなさるゝか京わらんへの
くち〳〵にまつらものくるひこ
なたへきたれあなたへまいれとて
子ともになふられてこそおはし
ますひめきみ此よし御らんし
てなのめならすにおほしめし
する〳〵とはしりよりはゝうへさま 」18ウ
にいたきつきなふ〳〵いかにはゝうへ
さまひめかまいりて候とてなみたと
ともにのたまへはみたいこのよしきこ
しめしさよ姫とは御そんしな
くやあ〳〵いかに子ともやれみつか
らかいにしへまつたにありしとき
さよ姫とて姫を一人もちたる
か人あき人にかとはされかいとりて
ゆくゑもしらすなりけるそやさて
こそかやうの身とはなりなけきかな
しみけるさのみなふりたまふなよもうも
くにうたれみつからうらみ給ふなよとそ 」19オ
はなるたけのつえをとりなをしあ

たりをはらはせ給ひけるさよ姫この
よし御らんしてこほるゝなみたをお
しとゝめかの大しやひめかまいらせた
るによりほ（ママ）し（ママ）のたまをとり出し母
うへのりやうかんにおしあててせ
んさいなれやあきらかにへいゆうな
れやあきらかにと二三度四五度なて」19ウ
させ給へは両かんはつしとあき給ふおや
と子のたいめんをなされておやこもろ
ともにいたきつきこれはゆめかやう
つゝかとよろこひなみたはかきりなし
みやこの人〳〵これをみてけにやま
ことにいにしへはまつらとのとておはせ
しかその人〳〵のなれのはてかや
いたはしやとそてをぬらさぬ人はなし
さてそのゝちにさよ姫は今はなけき
てせんなしとてはゝうへさまの御てを」20オ
ひき
おやこ

もろ
とも
うち
つれて
松たに
さし
て
かへり
給ひける」20ウ

〔挿絵16〕」21オ

さるほとにまつたにかへり給へは母
うへになさけをかけし人〳〵を
めし出しかすのたからをくさ（ママ）れて
よろこひいさみてそかへりけるかくて
おふしうへも御つかひをたて給ひこんか
の太夫一もんをめしのほせられけり
人〳〵はちしつうつさすのほりけり

さよ姫の御らんしてあらめつらし
の人〳〵や御身たちの御をんのほと
わすれかたく候とて太夫一もん女はう
たちにもかすのたからをくたされてけれは
かたしけなきしたいとてよろこひいさみて
あふしうへくたりけるさてこんかの太夫は
御家のしんかとあひさためすなはち
太夫か姫をは御こしもとにこそなされ
ける又太夫の女はうはさよひめの御ちの
人とあかめ給ひけるかくてさよ姫には
ならのみやこより御むこをとりまいらせ
いにしへのまつらちやうしやさよ姫こそ
よに出てあるとたかふたかきてなら」22オ
のみやこにたて給へはいにしへのとのはら
たちや女はうたちにいたるまてわれ
も〳〵とまいりつゝいつきかしつきたてま
つるさるほとにによりほしのたまよりも
かすのたからをふきわきてふつきはん
しやうかきりもなし」21ウ

ちゝのやかたの
あとにかすの
やかたを
たて
ならへ
ふたゝ
ひ
まつ
ら
ちやう
しや
さかへ
と
させ
給ひ
けり」22ウ

〔挿絵17〕」23オ

やう〳〵とし月すきゆけは八十五さいと申」23ウ

にはさよひめむなしくなり給ふにしに
しうんたなひきてこくうにはなふり
をんかくきこえつゝさんせのしよふつ
の御ともにてにしのかたへとゆき給ふみな
人〳〵は御らんしてかやうの事はためし
すくなきしたいとてあふみのくにちく
ふしまのへんさいてんといわゐ給
ひけるかのしまにてたいしやにゑん
にゑんをむすはせ給ひてありし」24オ
ゆへさてこそ御かうへにたいしやをいたゝき
給ふ也このしまと申せしは四はうはかけ
たるしまなれはしつはうさんとも申
なり夜のうちに出たりししまなれは
あけすかしまともつたへたり竹三ほん
おひいてたるしまなれはさてこそ今
のたうたいまても
ちくふしま
とも
申

なり
むかしも
今も
おやに
かう〳〵
なる人〳〵は
この
こと
ゆめ〳〵
うたかひ
あるまし
き
もの也めてたく
かしこ」24ウ」25オ

挿絵 1

挿絵 2

挿絵 3

挿絵 4

挿絵 5

挿絵 6

挿絵 7

挿絵 8

挿絵 9

挿絵10

挿絵11

挿絵12

挿絵13

挿絵14

挿絵15

挿絵16

挿絵17

## 2 『しゅつせ物語』解題・翻刻

粂　汐里

### 解題

はじめに

ここに紹介する『しゅつせ物語』は、説経『さんせう太夫』の一伝本である。本書に関し、筆者は以前、慶應義塾大学附属図書館斯道文庫に所蔵されるマイクロフィルムによって本文と挿絵の特徴を報告しているが[1]、その後、所蔵者（個人）の許可を得て原本を調査する機会に恵まれた。ここでは、前稿で述べた内容について概説しながら、調査で得られた事柄、および、挿絵の特徴について述べてゆきたい。

## 一　書誌

まずは個人蔵本の書誌を記す。
【整理番号】二・四・123
【外題】表紙左肩に、草木の下絵が描かれた金泥霞引き題簽を貼り、「しゆつせ物語　上（中下）」と墨書
【内題】なし
【残存状況】完本
【保存】良好
【印記】上巻、一丁オ右下に朱方印（縦一・九糎×横一・九糎）で「太宰氏／精賞」とあり。
【表紙】紺色地に金泥で秋草、霞文様（原装）
【装訂】列帖装
【見返し】鳥の子紙に金銀切箔散
【巻数】三巻（上中下巻）
【料紙】鳥の子紙（料紙全てに金泥下絵文様あり）
【数量】三冊
【寸法】縦二三・二糎×横一七・〇糎
【字高】一八・〇糎
【丁数】上巻一八丁（遊紙前一丁）、中巻二四丁（遊紙前一丁、後一丁）、下巻一八丁（遊紙前一丁、後一丁）
【一面行数】一〇行（一行二〇字内外）

【絵】上巻五図、中巻六図、下巻三図　合計一四図（見開きなし）
【書入】なし
【用字】漢字、平仮名
【箱】あり（縦二五・五糎×横一九・三糎×高二・五糎）。箱蓋表中央に「しゆつせ物語　合本一冊」と墨書。箱書は外題と同じ筆跡だが、これらと本文の筆跡とは別。
【備考】錯簡あり（下巻一〇丁目と一一丁目、一六丁目と一七丁目がそれぞれ前後逆になる）
印記「太宰氏／精賞」とは、明治・大正期にかけて阪神電鉄の取締役などを歴任した太宰政夫氏の蔵書印である。その旧蔵書は、現在、京都府立総合資料館に収められており、『太宰文庫目録』（京都府立総合資料館、一九六九年）が刊行されている。その序によれば、「故太宰政夫氏は、明治十一年五月一日生まれ、明治三十七年阪神電鉄に入社、支配人・取締役を歴任される一方、大正十一年から丸太商会を設立して代表となられるなど棋界で活躍」し、その間に仏典・国書・漢籍などを収集し、百九十一点九百五十一冊からなる太宰文庫として愛蔵したという。太宰文庫所蔵の国書に限定すると、『伊勢物語』室町中期写本一冊（目録番号二五）、『源氏こかゞみ』江戸中期写本三冊（目録番号二七）、『つれぐ草』江戸中期写本二冊（目録番号二八）、『風雅和歌集』室町期写本一冊（目録番号二九）に個人蔵本と全く同じ形状の「太宰氏／精賞」印が確認できる。錯簡は下巻に一箇所見受けられるが、これについては後述する。
以上の書誌事項の中でも、三冊形態という豪華本の装訂であることが注意されよう。初期説経正本は、上中下巻、三冊の形態をそなえるというのが定説だが、(2) これに該当する伝本は、端本も含めて次の五点が知られている。(3)
・天理大学附属天理図書館蔵「さんせう太夫」上中下三冊　中本　天下一説経与七郎正本　寛永末年頃刊
・天理大学附属天理図書館蔵「せつきやうかるかや」上中下三冊　中本　寛永八年刊
・天理大学附属天理図書館蔵「せつきやうしんとく丸」上中下三冊　中本　佐渡七太夫正本　正保五年刊

・天理大学附属天理図書館蔵「せつきやうさんせう太夫」上中下三冊　中本　佐渡七太夫正本　明暦二年刊
・信多純一氏蔵「せつきやうをくり」中巻の一部零葉二枚半　半紙本
また、厳密には正本ではないが、絵入り写本や、挿絵をふんだんに盛り込んだ草子としても、三冊本は伝わる。(4)
・神宮文庫蔵「〔をくり〕」下巻のみ（上中巻欠）　半紙本　古活字版丹緑本
・天理大学附属天理図書館蔵「おくり」横型絵入り写本　上中下三冊
・赤木文庫旧蔵「おぐり物語」中下巻（上巻欠）　大本　鶴屋喜右衛門版　寛文期刊
　　※国立国会図書館に同版あり（下巻のみ）
・大阪大学附属図書館赤木文庫蔵「さんせう太夫物語」中下巻　大本　鶴屋右衛門版　寛文期刊
　　※上巻、阪口弘之氏蔵

これら三冊本は、荒木繁氏によって説経本来の用語や語り口を備えた「古説経」のテキストとみなされ、詞章には次の様な特徴があると指摘されている。(5)

古説経には一読してそれとわかる文体上の特徴がある。卑俗な口語的言いまわし、敬語の過剰なまでの使用、「旅装束をなされてに」というように、「に」という間投詞を入れる独特の語法、道行の「先をいづくとお問いある」という挿入句、どれをとっても同時代の浄瑠璃には見られないし、また後の説経からは失われた、古説経独特のものである。

明暦期を過ぎると、右のような文体上の特徴は急速に消えていく。本文にみえる古説経特有の表現については後述するが、個人蔵本の三冊本という形態は、初期説経の伝本を思わせる重要な特徴である。

また列帖装という、豪華本によく見られる装訂である点も注意される。説経を題材にした豪華本は、宮内庁三の丸尚蔵館所蔵『をくり』十五軸、サントリー美術館所蔵の絵入り写本『かるかや』二冊（元一冊）、先述した横型絵入り写本『おくり』三冊などが知られている。いずれも初期説経の本文系統を有する伝本として、重視されてきたテキストである。個人蔵本もまた、これらの豪華本と同じように、古いテキストと同時代の本文系統をもっている。古浄瑠璃の豪華本に目を配れば、よく知られている岩佐又兵衛風古浄瑠璃絵巻群や、学習院大学日本語日本文学科研究室所蔵『よしうじ』五軸や、慶應義塾大学附属図書館所蔵『ともなが』二軸など、大部、かつ、正本（版本）よりも長い詞章を持つ伝本が多い。かような豪華本の作例からは、正本が刊行される以前に、絵巻や絵入り写本のかたちで説経、古浄瑠璃作品が読まれていた状況をうかがうことができる。[6] なお、列帖装の形として伝わる説経のテキストは、現在、個人蔵『しゅつせ物語』しか知られていない。

## 二　本文の特徴

初期の「さんせう太夫」としては、個人蔵本を含む、次の五点があげられる（以下、□枠内の略称を用いる）。《　》に引用本文の出典を明記した。

**版本**

・天理大学附属天理図書館蔵「さんせう太夫」上中下三冊（巻頭、巻末など一部欠）、中本、寛永末年頃刊、天下一説経与七郎正本　与七郎本　《説経正本集一》

・天理大学附属天理図書館蔵「さんせう太夫」上中下三冊（合綴）、中本、明暦二年（一六五六）刊、さうしや九兵衛版（京都）、佐渡七太夫正本　明暦本　《説経正本集一》

・阪口弘之氏・大阪大学図書館赤木文庫蔵「さんせう太夫物語」上中下三冊（上巻のみ阪口氏蔵）、大本、寛文後期刊、鶴屋喜右衛門版、太夫未詳　草子本　《説経正本集一》[7]

**写本**

・横山重旧蔵「出世物語」縦型奈良絵本　現在所在不明　横山本

・個人蔵「しゆつせ物語」上中下三冊、縦型半紙本　個人蔵本

版本のうち、現存最古とされる与七郎本は、巻末その他に欠丁や破損があり完全ではない。それらの欠損箇所は、与七郎本ときわめて近い本文をもつ草子本によって補うことができる。(8) 明暦本は、与七郎本を部分的に切り取るようにして省略された本文であるとされている。(9)

一方、写本は所在未詳ながら横山本が確認されている。この本は、かつて横山氏が「説経正本に準ずる諸本」(『中世文学　研究と資料』国文学論叢第二輯、一九五八年)の中で言及した「さんせう太夫」の絵入り写本のことである。横山本の冊数は不明だが、その本文、及び、挿絵は、明暦本の忠実な写しであったという。その根拠として、横山氏は木の葉で水盃をする場面が、明暦本・横山本ともに本文になく、挿絵に描かれる点をあげている。個人蔵本は、横山本と同じ書名を持つ縦型の奈良絵本であるが、木の葉で水盃をする場面は挿絵に描かれていないため、横山本と個人蔵本は全くの別本ということができる。別本の根拠としては他にも個人蔵本が明暦本とは異なる本文をもつ点があげられる。つまり、『出世(しゆつせ)物語』と題された『さんせう太夫』の絵入り写本が複数制作され、流布していたのである。このことは、『さんせう太夫』の享受史を考える上で興味深い現象といえよう。

右の諸本中、個人蔵本はどこに位置づけられるのだろうか。まず伝本間の上中下巻の巻立てを【表1】で整理した。与七郎本と明暦本は同じ巻立てであり、草子本の下巻と、個人蔵本の中巻の始まりが、与七郎本と明暦本のそれよりも少し後ろにずれ込んでいる。

個人蔵本の本文は、語りはじめと語りおさめの表現を除き、明暦本の上巻の詞章と重なりをみせる。しかし、【表1】の④中巻に入ったあたりから、明暦本とは一致しなくなり、それ以降は与七郎本に近い本文や独自の本文が混在

した、複雑な本文を展開してゆく。下巻に入ると、再び明暦本の詞章と一致しはじめるが、部分的に与七郎本の詞章と一致する箇所もある。⑪の天王寺の場面になると、与七郎本、明暦本、および与七郎と同系統の本文である草子本のいずれにも見られない北野を舞台とする独自本文を展開する。⑫の本領安堵の場面になると、再び明暦本の詞章と一致しはじめる。

**【表1】**

| 本文内容 | 与七郎本 | 明暦本 | 草子本 | 個人蔵本 |
|---|---|---|---|---|
| ①岩城判官正氏の一家は讒訴により流罪。母、安寿、つし王、乳母は都へ向かう。 | 上巻 | 上巻 | 上巻 | 上巻 |
| ②直江の浦で山岡の太夫にかどかわされ、母、安寿、つし王、乳母は離散する。 | | | | |
| ③さんせう太夫に買い取られ、姉弟は忍、忘れ草という名で、潮汲と芝刈をして暮らす。 | | | | |
| ④安寿、つし王は別屋に押し込められ、脱走を企む。 | 中巻 | 中巻 | 中巻 | |
| ⑤三郎に露見し、焼き金を当てられる。 | | | | 中巻 |
| ⑤安寿、つし王は松の木湯舟の下で干し殺されそうになる。 | | | | |
| ⑥山へ働きに出た姉弟は、地蔵菩薩の霊験により焼き金の疵跡が消える。 | | | | |
| ⑦安寿は、つし王を逃がし、身代わりに拷問を受けて死ぬ。 | | | | |
| ⑧つし王は国分寺の聖の元に逃げ込む。聖は追及をかわすため大誓文を唱える。 | | | | |
| ⑨三郎が皮籠を開けると、光り輝く地蔵菩薩があらわれる。 | 下巻 | 下巻 | | 下巻 |
| ⑩聖はつし王を背負い、都に到着するが、皮籠から出たつし王は足腰が立たない。 | | | 下巻 | |
| ⑪つし王は土車で天王寺まで運ばれる。 | | | | |
| ⑫つし王は梅津院に見いだされ、本領安堵される。 | | | | |
| ⑬つし王は丹後国に赴き、さんせう太夫親子に報復し、母を尋ね出す。丹後の国に地蔵菩薩を安置し、奥州に下り、栄えた。 | | | | |

『さんせう太夫』の初期の伝本は、与七郎本の省略型である明暦本、同系統の本文である草子本、明暦本の忠実な写しである横山本と、いずれも与七郎本系統の本文であった。しかし個人蔵本は、⑪の場面において天王寺の代わりに北野を舞台とするなど、与七郎本系統とは異なる独自の本文を展開している。具体的な独自本文の箇所については、前稿で取り上げたので、ここでは最も大きな異同である下巻の土車の場面のみをとりあげておこう。

まずは場面の梗概を確認しておく。さんせう太夫の元から逃げたつし王は、国分寺の聖に背負われて都七条朱雀権現堂にやって来る。すると、足腰が立たなくなっている。土車に乗せられて子ども等に天王寺まで運ばれ、袖乞いをして暮らす。天王寺の石の鳥居にとりつくと足腰が立ったので、やがて天王寺の「おしやり大師」のもとで奉公していた。一方で都の梅津の院は、子を求めて清水寺に申し子祈願をする。夢告の通りに天王寺へ向かうと、「おしやり大師」に仕えるつし王に目がとまり、養子にする。

天王寺は、鳥居でのつし王の復活と、その後の出世につながる重要な場面で、与七郎本、明暦本の挿絵にも、「天王寺」と額をうった鳥居と、つし王と「おしやり大師」の対面が描かれている。先行研究において、この天王寺をめぐる話が物語の形成に重要な意味をもつことがたびたび指摘されてきた。

つし王を乗せた土車の道程と梅津の院の足取りを確認すると、つし王が都の七条朱雀権現堂を出発して天王寺を過ぎ、梅津の院に見いだされるまで、与七郎本、明暦本、草子本の与七郎本系統では、（a）～（e）の計五つの地名を数えることが出来る。明暦本と草子本の本文は与七郎本とほぼ同じ内容であるので、与七郎本本文のみを個人蔵本と比較してみたい。

【与七郎本】あらいたはしや、つしわう殿は、（a）**しゆしやかごんげたう**に御ざあるが、しゆしやか七むらのわらんべともはあつまりて、いさやはごくみ申さんと、一日二日ははごくむか、かさねてはこくむ物もなけれは、いさやつちくるまをつくつて、みやこのしやうへ、ひいてとらせんとて、（b）**みやこのじやうへぞひいたりけ**

る、都はひろいと申せ共、五日十日ははごくむか、かさねてはこくむ物もなし、いさやこれより、なんほく天わうしへ、ひいてとらせんとて、しゆくをくりむらおくりして、**（c）なんほく天わうしへぞひいたりけり**、あらいたはしやつしわう殿は、いしのとり井にとりついて、ゐいやつといふておたちあれは、御だいじの御はからいやら、又つしわう殿の御くわほうやら、こしがた〻せたまひける、（▼中略：おしやり大師にのもとで奉公する）

花のみやこにおはします、三十六人のしんか大しんの御なかに、むめずのゐんと申は、なんしにもによしにも、すゑのよつきが御さなふて、**（d）きよ水のくわんをんへまいり**、申こめさる〻が、きよ水のくわんをんは、ないしんよりもゆるきいてさせ給ひて、まくらかみにそたち給ふ、むめずのゐんのやうしは、これよりも**（e）なんぼく天わうし**へ、おまいりあれとの佛ちよく也、あらありかたの御事やと、むめすの御しよに、御けかうありて、御よろこびはかきりなし

【個人蔵本】あらいたはしや、つしわう殿、いのちのおやのひしり、たんこのくにへかへり給ふ、ちからなくして、**（a）しゆしやか**におはしけるか、わらんへともあつまりて、いさやはこくみ申さんとて、一日二日ははこくみ給へとも、かさねてはこくむ物もなけれは、さと人かくるまをつくり、みやこへ引て、とらせんとて、**（b）みやこきたのへ引つけける**、さてつしわう殿、そこにてまいり、けこうのはなからこふて、露のいのちをつらねてそ、おはしける、

ここにまた、みやこに三十六人の、しんか大しんの御中、むめすのゐんと申は、なんしにてもによしにても、すゑのよつきのあらされは、**（d）北のへしやさんなされつ〻**、申こをそなされける、まんずるよの御つけに、（e）これよりけこう申なは、つちくるまにのりたる、せうしん一にんあるへきそ、それこそなんぢがよつきよ、とあらたなる御じげんやとかうむりて、有かたきしたいとて、（e）あたりを御らんすれは、つちくるまにのり

たる、こつじき一人あり

まずつし王の土車の道程である（a）～（c）の箇所をみると、与七郎本系統では朱雀権現堂から天王寺へむかっている。個人蔵本も朱雀を出発地とするが、その後は北野へと流れ着くことになっている。

次に、梅津院の（d）（e）の梅津の院の申し子祈願の箇所をみると、与七郎本系統は、清水寺で夢告を受けて天王寺へ向かうことになっているのに対し、個人蔵本は、北野で夢告をうけている。個人蔵本の、天王寺に代わる対面の場は「（e）これよりけこう申なは」「（e）あたりを御らんすれは」のような形で示され、特定の地名は書かれていない。つまり個人蔵本は、与七郎本系統の天王寺に代わり、北野（北野社）を、つし王の出世につながる場所に据えようとしているのである。

北野社を中心とすることで、与七郎本系統にみえる波線部〰〰の天王寺を舞台とする奇瑞譚や、その後の「おしやり大師」との邂逅の話は個人蔵本には書かれていない。

北野社頭は中世末期から近世期にかけて芸能者の一大興行地として知られ、宗政五十緒氏による北野社門跡の目代宛ての記録資料をめぐる論や[10]、徳田和夫氏による室町末期から近世への芸能者の動態、特に清水寺鉢叩きや説経説きについての論がある[11]。徳田氏によれば、参詣者の行きかう経王堂の傍近くは、芸能興行の禁制札が掲げられるほど、芸能者のメッカであったとされる。『北野社家日記』慶長四年（一五九九）正月二十四日条には、「甚四郎をセつきやうとき頼、明日経王堂のわきニてとき度由申、甚四郎当坊へ被申候間、諸くわんちん禁制と御札うち申候間、中々同心不申候也、」という、説経説きの初出記事が確認でき、早くから北野社経王堂周辺が説経説きの拠点となっていたことも徳田氏は指摘している。

北野は、古い説経の本文をとどめたテキストである天理大学附属図書館蔵「おぐり」絵入り写本三冊の本地にもなっている[12]。

いまにいたるまて、ためしすくなき事なりとて、**をくり殿を、あいせんみやうわう**とおいはひある、**てるてのひめをは、むすふのかみ**とおいはひあつて、**みやこのきたのにみたうをたて**給ふて、いまの世にいたるまて、するはんしやうと、いつきかしつき、おかみ申はかりなり

小栗判官を愛染堂（法華堂の通称）に、照天姫を結神として祀り、北野に御堂を建てたと本地を結んでいる。『小栗判官』の諸本の本地は、御物絵巻に「美濃国安八郡墨俣正八幡」、正徳年間の豊孝正本に「常陸国鳥羽田」とあり、一定していない。このような様々な本地結びは、徳田和夫氏によれば、説経説きの語りの技術の一つで、「語る際の時空間の状況と関係し、社寺の場所や縁日等で、説経説きが巧みに少しずつ改編し、聴聞の人々に一層の現実感を持たせ」るためであるという。[13] 個人蔵本が同時代の芸能興行地である清水寺や四条河原ではなく、北野を土車の場面としたこと、絵入り写本『おくり』が北野を本地としたことは、当時の北野社をめぐる芸能興行の隆盛をうけてのことではないだろうか。このことは、『さんせう太夫』の天王寺における奇瑞譚や、おしやり大師との邂逅の話が、取り外しの可能な、入籠型の物語であったことをも示唆しているのである。

ここまで個人蔵本の独自本文について述べてきたが、明暦本と重なる部分にも、個人蔵本の特徴を確認することができる。伊東龍平氏によれば、古来の日本の文芸が用いてきた「給ふ」は、初期説経において「お―ある」という独特の敬語法で現れるという。[14] 明暦本と個人蔵本とが重なっている範囲（上巻と、天王寺の場面を除いた下巻）に限定して、明暦本にみえる「お―ある」の箇所を個人蔵本で確認すると、明暦本の六十三箇所にあった「お―ある」のうち、四十一箇所が、個人蔵本では「給ふ」や、他の表現になっている。明暦本の写しであった横山本のごとく、個人蔵本もまた、何かのテキストを手本に制作された可能性が考えられるが、右のごとく説経独特の語法の箇所（荒木繁氏のいう「敬語の過剰なまでの使用」）に集中して異同が生じているのは、制作段階において絵入り写本という形態にふさわしいように、この箇所を書き改めたからではないだろうか。[15] このような説経特有の表現を回避する傾向は、本文だ

けでなく挿絵においても確認することができる。

## 三　挿絵の特徴

次に、与七郎本、明暦本、草子本と比較しながら個人蔵本の挿絵の特徴に言及したい。個人蔵本の挿絵は上巻五図、中巻六図、下巻三図の、計十四図である。諸本との関係を整理すると、次の【表2】のようになる。(16)

【表2】　（　）内に、個人蔵本にない挿絵の内容、及び異なる点を略記した。

| 個人蔵本 | 与七郎本 | 明暦本 | 草子本 |
|---|---|---|---|
| （1）屋敷内で話をする四人 | 欠 | 絵1（燕をみて父の不在を嘆く） | 絵1上（燕をみて父の不在を嘆く）絵1下（直江浦に到着する一行） |
| （2）山岡太夫の宿で太夫と対面する四人 | 欠 | 絵2（あふぎの橋で対面） | 絵2（あふぎの橋で対面） |
| （3）別方向に漕ぎ出す二艘の舟 | 絵1 | 絵3 | 絵3 |
| （4）さんせう太夫に告げ口をする三郎 | | | |
| | | | 絵4、5、6（さんせう太夫の下で働く） |
| （5）姉弟の話を立ち聞きする三郎」上巻 | 絵2上段 | | 絵7 |
| （6）安寿に焼き金をあてる三郎 | 絵2下段 | 絵4 | 絵8 |
| | | | 絵9上段（食物を与えられずに過ごす） |

| | | | |
|---|---|---|---|
| （7）山路をゆく姉弟 | | | |
| （8）地蔵菩薩に合掌する姉弟 | | | 絵9下段 |
| | 絵3上段（木の葉で水盃） | 絵5（木の葉で水盃） | |
| （9）拷問にかけられる安寿 | 絵3下段 | | 絵10 |
| | | | 絵11（国分寺に逃げ込むつし王） |
| （10）護摩の壇を飾り誓文をたてる聖 | 絵4 | 絵6 | 絵12 |
| （11）鉦鼓で誓文をたてる聖」中巻 | | | |
| | 絵5（皮籠を下ろす三郎） | | 絵13（皮籠を下ろす三郎） |
| | | | 絵14（都までつし王を背負う聖） |
| （12）屋内で向かい合う聖とつし王 | 絵6上段（聖との別れ） | 絵7下段（聖との別れ） | 絵15裏丁（聖との別れ） |
| | 絵6下段（天王寺で大師にあう） | 絵7上段（天王寺で大師にあう） | 絵15表丁（天王寺で大師にあう） |
| （13）輿の中からつし王をみる梅津院 | 絵7（座敷で梅津院と対面） | 絵8（座敷で梅津院と対面） | 絵16（座敷で梅津院と対面） |
| | | | 絵17（帝から本領安堵を賜る） |
| | | | 絵18（聖と再会を果たす） |
| （14）出世したつし王と対面するさんせう太夫一家」下巻 | 欠 | 絵9（首挽き） | 絵19（首挽き） |

| | | | |
|---|---|---|---|
| 絵20（母親との再会） | | | |
| 絵21（陸奥に帰還） | | | |

前稿において、個人蔵本は他の諸本と異なる独自の挿絵を持っていることを述べた。ここでは、個人蔵本の特徴を確認する前に、まず伝本の挿絵関係について整理しておこう。明暦本や草子本には、与七郎本の影響を受けた挿絵が数図確認できる。例えば、与七郎本の絵3上段と明暦本の絵5を比較してみると、木の葉で水盃をする構図が、両本で一致している。その他、与七郎本の絵6下段と明暦本の絵7上段は、人物の配置は異なるものの、「天王寺」と書かれた鳥居の額が同じである。与七郎本の絵7と明暦本の絵8では、梅津院と稚児たちの配置や仕草が全く同じである。

最も多くの挿絵を有する草子本も、与七郎本や明暦本の挿絵を一部踏襲している。草子本の絵2、絵8、絵13は、明暦本の絵2、絵4、絵6とそれぞれ同じ構図である。また、与七郎本・明暦本の共通点である「天王寺」の額の描き方や、梅津院とつし王の対面における構図が草子本の絵16丁表、絵17にも確認できる。以上のことから、明暦本は与七郎本を、草子本は明暦本を参照しつつ、一部を改編したり、挿絵を増やしたりして、刊行されてきたといえよう。つまり、与七郎本、明暦本、草子本は、本文に限らず、挿絵も互いに影響関係にあると判断できる。

与七郎本・明暦本・草子本が互いに共通する挿絵を有するのに対し、個人蔵本はきわめて独自の挿絵を持っている（稿末図版参照）。まず（1）屋敷内で話をする四人の挿絵は、明暦本・草子本で庭の木につばめの夫婦が巣をつくるのをみたつし王が、父の不在を嘆く挿絵にあたる。諸本では庭の木につばめがやってくる様子が描かれるが、個人蔵本では屋敷内に四人が座すのみで、庭の松の木につばめは描かれていない。

（2）山岡太夫の宿で太夫と対面する四人の場面では、与七郎本・明暦本があふぎの橋で山岡太夫におどされる様子であるのに対し、個人蔵本では太夫に連れられて宿に到着した様子を描く。このように、個人蔵本は野外よりも、屋敷内の景観を好んで絵画化する傾向がある。

(3)別方向に漕ぎ出す二艘の舟の場面は、諸本全てが絵画化している。それぞれの挿絵は細かい点では異なるため同構図とはいえないが、個人蔵本以外はいずれも乳母である「うわたき」が描かれている。与七郎本・草子本は売られた後のうわたきが入水するところ、明暦本は売られる前の山岡太夫が値段の交渉をしているところを絵画化する。一方、個人蔵本では、これらの一連の出来事の後の、二艘の舟が離れてゆくところである。諸本が入水や人買いといった陰惨な場面を選択するのに対し、個人蔵本は母子の別れの悲哀を描こうとする傾向がみてとれる。

(4)さんせう太夫に告げ口をする三郎の場面では、さんせう太夫と、その息子の三郎が登場する。「さんせう太夫」は、諸本で髭を蓄えた老人であるのに対し、個人蔵本では色白の侍烏帽子を被った中年の男性に描かれている。

(5)姉弟の話を立ち聞きする三郎の場面は、個人蔵本には珍しく、明暦本に類似する挿絵が見いだせる。明暦本を参照した可能性も考えられるが、全体の中で類似する挿絵はこれのみであるため、影響関係にある可能性は低い。なお(5)は、挿絵のあとに、該当本文が展開しており、本文と挿絵が通常とは逆の順番になっている。

(6)安寿に焼き金をあてる三郎の場面では、諸本が弓矢の先を当てようとしているのに対し、個人蔵本は安寿の額に丸い円筒状のものを押し当てている。本文をみると、一部本文のない明暦本以外は、いずれも「尻籠《しこ》の丸根《まるね》」という、鏃の先の丸まった矢を火であぶり、それを「真赤いに焼き立て」て安寿にあてたとする。(17)

【与】天しやうよりからこの　すみをとりいだし、　おふにわにずつはとうつし、　しこのまるねをとりいたし、
　大うちわをもつてあふきたて、

【個】　すみ火をおこし、　あをきたて、　しこのやのまるねをくべ

【明】〈本文なし〉

【草】天じやうよりもからこのすみをとり出し、　ひろにはにうつしつゝ、　しころのまかねをひとて取出し、大うちわをもつてあふぎたて、
【与】三郎此由きくよりも、なんのめんめんにあてゝこそは、しるしには成べけれと、かねまつかいにやきたて、
【個】三郎きゝて、なにをのことてもゆるさはこそ　それにて見よやといふ、よしやのねをあかくやきたて、
【明】三郎此由きくよりも、かねまつかいにやきたて、
【草】三郎此由きくよりも、なにのめん〳〵にあてゝこそ、しるしにもなるべけれと、かねまつかいに、やきたて、

このように、諸本では本文内容と挿絵が合致する。一方で、個人蔵本は、本文では「尻籠の矢の丸矢」と説明しつつ、挿絵はそれとは異なる形状のものを描いている。なお、「よしやのね」という固有名詞は確認の限り、不明である。

（7）山路をゆく姉弟の場面は、つし王が髪を切られた安寿を先にたて、「つく〳〵とあとより見たまひ」、嘆くところを描いている。諸本に、この場面の挿絵はみえない。

（8）地蔵菩薩に合掌する姉弟の場面では、地蔵菩薩が一際大きく描かれ、その額には十文字の疵がみえる。姉弟の焼き金を額に受けた地蔵菩薩の白毫から、「ひかりのたゝせ給ひければはつとかんし手をあはせすいきのなみたをなかさるゝ」場面で、他本では草子本にのみ類似の挿絵が確認できる。だが、草子本は岩に地蔵菩薩を据え水盃をする場面であり、個人蔵本と絵の内容が異なる。

（9）拷問にかけられる安寿の場面は、弟を逃がした安寿が絶命する著名な場面である。諸本の本文をみると、与

七郎本・草子本ではのぼり梯子に絡みつけての湯責め水責め、三ツ目錐の責め、火あぶりの拷問が並べ立てられる。明暦本はこれらをほとんど省略し、湯責め水責めにのみ言及する。最も詳しい与七郎本の本文をみてみよう。

【与】ツメじやけんなる三郎が、うけたまはり候とて、十二ごの、のぼりはしにからみつけて、ゆぜめみづぜめにてとふ、それにもさらにをちされば、みつめきりをとりいだし、ひざの□らを、かりくともうでとふ、（中略）ツメしやけんなる三郎か、てんしやうよりも、からこのすみをとりいだし、おふにはにすつばとうつし、大うちわをもつて、あふきたて丶、いたはしやひめきみの、たぶさをとつて、あなたへひいてはあつくばをちよ、おちよくとせめければ、せめてはつよし身はよわし、なにかはもつてたらうべきと、正月十六日ひごろ四つのおはりと申には、十六さいを、いちごとなされ、あねをはそこにてせめころす

個人蔵本はこれらと異なり、縄で古木につり上げて上下にゆさぶる拷問である。

【個】うけたまはるとてすいくわのせめをそあてにける、これにもさらにおちされは、こぼくのうへにつりあぐる、あぐるときにはいきたゆる、おろせはすこしよみがへる、

与七郎本・草子本の挿絵には、安寿が湯責め水責め、火あぶりにされる様子が描かれている。一方、個人蔵本には、さんせう太夫と三郎の視線の先に、古木を見上げる二人の男が描かれ、古木の下には手水鉢と柄杓が描かれている。しかし、拷問される安寿が描かれていない。これは少女の拷問という残虐な描写の代わりに道具である古木や柄杓、人物の視線などを用い、拷問の様子を象徴的に表そうとしたためであろう。

（10）護摩の壇を飾り誓文をたてる聖の場面と（11）鉦鼓で誓文をたてる聖の場面は、諸本では一図で表されているが、個人蔵本では二図に分けて描いている。（11）は個人蔵本のみに見える挿絵で、聖が神おろしの誓文を唱える様子が描かれるが、手元にある鉦鼓について本文には説明がない。なお、（10）は（5）と同じく挿絵のあとに該当本文がくる。

（12）屋内で向かい合う聖とつし王の場面は、諸本では、聖とつし王が野外で向かい合い、形見の衣の袖と鬢の髪を交換する様子を描く。個人蔵本では屋内で対面する二人を描いており、傍に空の皮籠が置かれている。直前の本文には「ひしりは御らんして、それかしみやこへまいり、御はんを申うけまいらせたく候とも、御いとま申さらはとて、ひしりはくにへそかへりたまふ」とあり、聖とつし王が都に到着したところで終わっている。本文との関係を考慮すれば、（12）の挿絵は、まず別れの場面である可能性が考えられる。しかし、個人蔵本に形見が描かれていない点を考えると、別れの場面の少し前の本文にあたる、つし王が聖に奥州五十四郡の主であることを打ち明ける場面を描いているとも考えられる。

（13）輿の中からつし王をみる梅津院の場面は、個人蔵本のみにみえる挿絵である。諸本では、つし王が天王寺での奉公の折りに梅津院の養子となる。一方、個人蔵本は北野で土車に乗っているところを梅津院に見いだされるため、諸本のような座敷での対面ではなく、梅津院が輿からつし王を見つめる様子を描いている。

（14）出世したつし王と対面するさんせう太夫一家の場面では、明暦本・草子本に太夫の首を鋸で引く残虐な様子が描かれるのに対し、個人蔵本では太夫一家との対面のみである。個人蔵本の本文に「こくふんじのひろにはに五尺にあなをほりてかたより下をうつみ竹のこきりにて子ともにひかせとの御てうなり」とみえるが、挿絵には描かれていない。

以上、諸本と個人蔵本の挿絵の相違について述べてきた。個人蔵本の最も大きな特徴としては、（3）の入水や人身売買、（9）の拷問、（14）の処刑などの残虐な様子を絵画化しない点があげられる。これらは豪華な装訂にふさわしくないとして意図的に描かれなかったと思われるが、これと同じ例が、版本を粉本として制作された軍記や舞の本の絵入り写本にも見られる。

一つは、國學院大学図書館蔵『平家物語』十二帖があげられよう。本書は弘前藩津軽家旧蔵の豪華本であり、本文・挿絵ともに寛文十二年版・天和二年版系統を典拠に制作されたことが、山本岳史氏により報告されている[18]。山本氏は國學院本と寛文版の挿絵を比較し、巻十二「紺掻の沙汰の事」の、頼朝が文覚から父・義朝の首を受け取る場面が、寛文版では描かれるのに対し、國學院本では「全体の構図は寛文版に依りながらも、文覚は義朝の首を持っていない。この國學院本の絵では、話の中心となるべきものが欠けていることになり、もはや何の場面かわからない。國學院本が義朝の首を描かなかった背景には、残酷な場面を絵画化することを避けるといった意図があったと考えられる」ことを述べている。

いま一つは、海の見える杜美術館所蔵『奈良絵本　舞の本』である。本書は寛永年間に上梓された絵入り整版本三十六番を元に、四十七冊の豪華な特大本の絵入り写本として制作されたものである。星瑞穂氏によれば、寛永整版の『大織冠』『浜出』『那須与一』に代わって『鞍馬出』『九穴貝』『張良』が備わるほかは、各作品の「挿絵の枚数・場面・構図のほとんどが、寛永整版と共通」するという[19]。このような版本に忠実な絵入り写本群であるが、版本と相違する箇所があり、それらの傾向として斬首の場面が避けられている点を指摘する。具体的には『入鹿』『景清』の斬首の場面で、版本ではそれが描かれるが、絵入り写本にはそれが直前の様子になっている点をあげている。

これら二つの事例以外にも、残虐な場面を避ける絵入り写本の作例はいくつか確認できる[20]。特に、本文・挿絵ともに版本に忠実な絵入り写本である場合、残虐な場面に生じた版本と写本の異同は、意図的に改編された結果とみなすべきであろう。個人蔵本が依拠した版本などは見つかっていないが、『平家物語』や舞曲を題材とした絵入り写本制作と同じ発想のもと、特徴的な挿絵を有することとなったのである。

また、個人蔵本の挿絵は全十四図であるが、錯簡を正すことで挿絵がもう一図存在した可能性がある。下巻一〇丁目は、本文の流れから本来一一丁目に位置づけられるべきものである。ただし、個人蔵本は列帖装という、「料紙を数枚から一〇枚程度、重ね合わせて中央から内側へ向けて二つ折りとし、数折重ねて、表と裏に表紙を加え、各折の折り目に綴じ穴を開け、両端に針を付けた二本の糸を用いて綴じ合わせたもの」であるので、(21)一〇丁と一一丁の料紙の左半分の丁にあたる一六丁目と一七丁目にも前後の入れ替えが必要となる。そこで、一六丁と一七丁を入れ替えてみる。一六丁は表・裏白紙のため、入れ替えても本文に乱れは生じず、むしろ不自然に離れていた最後の本文の半丁が前にきて、最後の二丁分の遊紙を残し、本文と挿絵の収まりがよくなる。しかし、錯簡を正してもなお一六丁表の位置に、半丁の白紙がある。直前の本文は散らし書きとなっており、この一六丁表の位置に挿絵があった可能性が高い。だとすれば、その挿絵には〈ゑぞが島での母との対面〉〈山岡太夫への報復〉〈うわたきの菩提寺の建立〉のいずれかが描いていただろう。

## おわりに

以上、個人蔵本の本文と、挿絵の特徴について述べてきた。これまで与七郎本系統のみが初期の本文とされてきたが、個人蔵本の出現で、天王寺に代わり北野を物語の一舞台とする、別の系統が存在することが分かった。また明暦本本文との比較によって、説経独特の敬語法が、個人蔵本では通常の表現に改められていることも判明した。

挿絵には残虐な場面を省略する方法がとられているが、これらは絵入り写本という媒体を意識した制作側が意図的に行った創意工夫であると考えられる。『しゆつせ物語』は、『さんせう太夫』を下敷きにしつつ、主人公の富貴繁盛を軸にした豪華本に仕立てようとし、その結果、説経に特有の卑俗な表現・艱難辛苦の表現を回避するに至ったといえよう。

今回は検討できなかったが、個人蔵本の独自本文の一部は、後出のテキストである寛文七年版や、佐渡七太夫豊孝正本の正徳三年版に継承されている。今後は、個人蔵本系統と判断できるテキストを把握し、与七郎本系統との系統図を描く必要があろう。さらには、『しゆつせ物語』以外の語り物の絵巻や絵入り写本の享受についても、引き続き調査していきたいと考えている。今後の課題としたい。

**注**

（1）拙稿「説経・古浄瑠璃を題材とした絵巻・絵入り写本制作の一様相—個人蔵『しゆつせ物』（さんせう太夫）を例に—」（『総研大文化科学研究』一一号、二〇一五年三月）

（2）・荒木繁「説経の盛衰」（岩波講座　歌舞伎・文楽『浄瑠璃の誕生と古浄瑠璃』第七巻、一九九八年）
・信多純一「解説」（新日本古典文学大系『古浄瑠璃　説経集』岩波書店、一九九九年）

（3）諸本については、以下の論考を参照した。
・佐野みどり「浄瑠璃さんせう太夫物の系譜」（『伝承文学研究』第二八号、一九八三年一月）
・中田久美子・信多純一「森鷗外『山椒大夫』依拠本翻刻と解説」（『神女大国文』第一二号、二〇〇一年三月）
・阪口弘之「さんせう太夫」の解説（新日本古典文学大系『古浄瑠璃　説経集』岩波書店、一九九九年）

（4）このほか、阪口弘之氏蔵「あいご物語」中下巻（上巻欠）鶴屋喜右衛門版がある。阪口弘之氏「語り物としての説経—栄華循環の神仏利生譚」（平成二七年一一月二八日（土）公開研究会、於神戸女子大学古典芸能研究センターでのご講演）による。

（5）荒木繁「説経の盛衰」（岩波講座　歌舞伎・文楽『浄瑠璃の誕生と古浄瑠璃』第七巻、一九九八年）

（6）この点については、別稿を用意している。

（7）上巻のみ、林真人「草子本『さんせう太夫物』に見る寛文期草子屋の活動」（『国文学研究資料館紀要（文学研究篇）』第三八号、二〇一二年三月）の翻刻本文を参照した。

（8）新日本古典文学大系『古浄瑠璃・説経集』（岩波書店、一九九九年）の阪口弘之氏の解題による。

（9）林真人「明暦二年刊『せつきやうさんせう太夫』の特徴—詞章省略の方法—」（『伝承文学研究』六〇号、二〇一一年八月）。

（10）宗政五十緒「明暦京都歌舞伎」（『国語と国文学』第五一巻第十号、一九七四年一〇月）、「近世後期の北野天満宮境内における芸能とその興行」（『龍谷大学仏教文化研究所紀要』一四号、一九七五年一〇月）、「江戸時代中期の北野天満宮目代日記に見えたる芸能興行史料」（『芸能史研究』五八号、一九七七年七月）、「享保十四年の北野天満宮境内における芸能興行」（『龍谷大学論集』四一五号、一九七九年一〇月）。

（11）徳田和夫「北野社頭の芸能—中世後期・近世初期」（『芸能文化史』四号、一九八一年一二月）、「説経説きと初期説経節の構造」（『国文学研究資料館紀要』二号、一九七六年三月）、「室町期の参詣風景—特に北野社をめぐって（報告資料稿）」（『巡礼記研究』四号、二〇〇七年九月）。

（12）『説経正本集』二の本書解題に、「この奈良絵本には、低級な口語や諺語などが多くつかつてあり、その言葉のいひまはしや、又は、比喩のあげやうなどは、むしろ、古い説経に近いといへる。（中略）又、舊版校了の直後に見ることのできた、古活字版丹緑本の「をくり」の零本や、戦後になつて拝見した、御物絵巻の「をくり」とも、連関するところが多い。」とある。

（13）徳田和夫「説経説きと初期説経節の構造」（『国文学研究資料館紀要』二号、一九七六年三月）。

（14）伊東龍平「さきをいつくとおといある—説経正本における常套句

について―」（『国語国文』三八巻七号、一九六九年七月）

(15) そのほか、「間投詞を入れる独特の語法」である「身をも投げんと思ふたに」「その職がならいてに」も、それぞれ「思ふに」「ならひで」となっている。

(16) 草子本の挿絵は、前掲の林真人氏の論を参照した。

(17) 草子本にみえる「しころのまかね」とは「錏の真金」であろう。錏は冑の部分名称であるが、熱したものが冑であるはずはないので、ここでは与七郎本、明暦本の方が正しい表記である。

(18) 山本岳史「國學院大學図書館所蔵奈良絵本『平家物語』考」（『國學院大學　校史・学術資産研究』第五号、二〇一三年三月）

(19) 石川透・星瑞穂編『舞の本をよむ　武将が愛した舞の世界の物語　海の見える杜美術館蔵』（三弥井書店、二〇一四年）の解説による。

(20) 出口久徳「描かれた『保元物語』『平治物語』の世界―二松本を中心に―」（『源平の時代を視る　二松學舍大学附属図書館所蔵　奈良絵本『保元物語』『平治物語』を中心に』思文閣出版、二〇一四年）で、二松學舍大学附属図書館所蔵の縦型奈良絵本（列帖装）の特徴として、メトロポリタン美術館蔵屏風、海の見える杜美術館蔵絵巻、寛永三年版といった保元・平治物語絵にみえる残酷な場面が、二松本では回避される傾向があることが指摘されている。

(21) 『日本古典籍書誌学事典』（岩波書店、一九九九年）による。

【付記】貴重な資料の調査・閲覧・紹介をご快諾くださったご所蔵者に心より御礼申し上げます。

## 翻刻

【凡例】

一、翻刻の行取り、用字は原本通りとした。各丁の移り変わりは」1オで表記した。

一、反復記号「〱」「ゝ」「ゞ」「々」はそのまま表記した。

一、文字の位置は原態をとどめるよう努めた。

一、挿絵（稿末に全図掲載）には通し番号を付し、簡単な説明を《　》内に記した。

一、誤記、誤写と思われる箇所には（ママ）を付した。

一、詞書、挿絵のない丁については、半丁ごとに〈白紙〉と表記した。

【本文】

（題簽）しゆつせ物語　上

〈白紙〉

〈白紙〉

さるあいたたんこの国かなやきぢざうの御ほ
んぢをあら〳〵あらはしひろめ申にこれも一た 」1オ
ひは人けんにておはしますにんけんにての御ほ 」1ウ
んちをたつね申に国はあふしうひのもとのしや
うくんいわきのはんくはんまさうち殿にてし
よじのあはれをとゝめたりこのまさうち殿と
申は大あくにんたるによりつくしあんらくしへ
なかされ給ひうきおもひをめされておはし
ますあらいたはしやみたいところはひめとわかと
たてのこほりしのふのしやうへ御らう人をな 」2オ
され御なけきはことはりなりある日のこと
なるにいつくともしらすしてつはめふうふき
たつて御にはのちりをふくみとりなけしの
うへにすをかけて十二のかいごをうみあたゝめ
てちゝ鳥たかひにようゐくつかまつるつしわう
丸は御らんしてなふはゝこさまあの鳥の名は何
と申そはゝこきこしめしあれはときはの国よ
りきたる鳥なれはつはめと申なりなんばうや
さしき鳥そかしつしわう丸はきこしめしあ
のやうに天をかくるつはめさへちゝはゝとておや 」2ウ
をふたりもつにあねこやそれかしはちゝといふ
じはなきそとのたまへははゝこきこしめし御
身かちゝのいわき殿は一とせみかとの大ばんと
とのへさせ給はぬ御さいくわにつくしあんらくじ
へなかされてうきおもひしておはしますつし
わう丸はきこしめしちゝはうき世になきかとおも
へはうき世にましまさはあねこやそれかしに
ひまをたまはり候てみやこへのほり御かとにて
あんとの御はんを申うけあふしう五十四くんの
ぬしとならふよはゝこさまはゝこは此よしきこ 」3オ
しめし国を三月十七日にことかりそめにた
ちいてゝ後のこうくわひとそきこえける卅日
はかりのろしのすゑ
ゑちこのくに
なをいの
うらに

つき
たまふ」3ウ

《絵1　屋敷内で話をする四人》」4オ

日もくれかたになりぬれはやととりたまへ
うだきうけたまはりなをい千けんのところを
一や〳〵とかるほとに九百九十《（ママ）》けんほとかれと
かすものさらになしいたはしや四人のひと〳〵は
とあるところにこしをかけなけかせ給ふところ
にはまちよりもとる女ほうこのよしをきゝ
これはなをいのうらと申てわるひものか三人《（ママ）》
あるによりゑちこのくになをいのうらこそ人
うりかあるよとのふうふんなりこの事ぢとう
きこしめししよせんやとかすものならはとなり」4ウ
三けんざいくわにをこなふへきとあるにより
かすものさらにあるましきあれに見えたる
あふきのはしへ御出あり一やあかさせ給ひて
とをらせ給へと申けるみたいきこしめし四人
つれて大きのはしにつき給ふ御こそてをし
きをの〳〵一所にふし給ふこの人〳〵の御心の
うちあはれといふもをろかなりかゝりけると
ころに山をかの大夫と申人うり有此たゆふ
申けるはひるの上らうたちをたはかりうら
はやとておつかけける四人の人々大きのはし
にぜんごをもしらすふして有大夫これをみ
てひとをどしおどさはやとおもひはしたう」5オ
〳〵とつきならし此はしと申は山からうわ
ばみかまいさがり川より大じやかあかりてよ
な〳〵あふてちきりをこめあかつきかたにわかる
るによつてあふきのはしと申なり七つさがれ
ば人をとるゆきかたなきといひすてゝさらぬて
いにてとをりけるみたい此よしきこしめしなふ
いかにたゆふ殿われらはかりのことならはこらう」5ウ
へんけの物ともとらるとてもちからなし
あれにふしたるわつはこそあふしう五十四くんの
ぬしとならふする物なるかみやこへのほりみか
とにてあんとの御はんを申うけにのほるものに

て候なりほんちに帰る物ならは大夫殿になに
のたからのおしかるへき一やのやとをかしたまへ
大夫比よしをきこしめしなふいかに上らふ
さま御やとまいらせたくは候へとも御そんしのこ
とく上のせいたうつよけれは御やとをゐかし
まいらすましきとそ申けるみたい此よしき
こしめしいかにたゆふ殿これはたとへにてはなけれ」6オ
とももりかあれは鳥かすむみなとかあれはふねも
よる是もたしやうのゐんときくひらに一やを御
かしあれとのたまへは大夫此よしうけたまはり
あまりに御いのちかけれはさらはおやとをまいらせん
ろしにて人にあふたりとも大夫はかりに物いはせ
しのひあれと申て御とも申ける此人〳〵のうんの
つきばのかなしさは

ろしにて人にも

あはさりける大夫か

やとにつき給ふ」6ウ

《絵2　山岡太夫の宿で太夫と対面する四人》」7オ

大夫は女はうをちかつけていかにうはひるの
上らうたちに御やとを申てあるそ女はうき
いてあの上らうに御やとを御申あらはみつからに
はあかぬいとまをたまはれと申ける大夫はつた
とにらんてさてわとのはなま道心ふつたる事を
申物かなことしはおやの十三ねんにあたつてぢ
ひの御やとを申かそれもおしいかねうはうこの
よしき丶てさていま丶てはうろふためかと思ひ
申てありつれはぢひの御やと丶あるなれはこな
たへと申中のていへ入申もてなしける女ばう
はやはんはかりの事なるにいかになふ上らうさま」7ウ
御物かたりにまいりたりさてもひる御やとを
まいらすましきと申つるはあの大夫と申は
七ツの時よりも人うりのめいしんなりもし上
らうさまをもうり申なさけなの大夫やなう
らめしのうばやと御うらみかかなしさにさて御
やと申ましきと申て候なり大夫ぢひの御
やと丶申あいた五日十日も御あしをやすめ御

とをりあれそれとてもゆたんめされずもし
大夫がうるとしるならはみつからしらせ申へし
大夫はたちきゝを仕いかに上らうさまに申へし」8オ
やとのたゆふか御物かたりにまいりたりもとも
京へ御上り候かととひけれは今はしめと御申
ある大夫此よしきくよりも今かはしめ事なら
はふなぢをうるともこがをうるともしすまし
けりとおもひふなぢをめされうかこがをめされ
うかととひけれはみたいきこしめしふなぢな
りともみちになんしよのなきかたをおしへ給はれ
とおほせける大夫此よしきくよりもたゝ舟
ちをめされ候へやはや夜かあけかたになり候」8ウ
夜かあけはなれははつと大事になるほとに
はや〳〵御しのひありて御いてあれとそたば
かりけるいたはしや四人の人〳〵はうるともかふ
ともしらすしてたゆふのうちをしのひていで
はまちにもつきしかは大夫ふねにとりてのせ
夜のまに三りをしいだすおきを見てあれは
ふね二そう見ゆるれうせんかあきないふねかと

とひかくる一そうはゑとの二郎がふね一そうはみ
やさきの三郎がふねと申おことかふねはたかふね
そ是は山をかの大夫がふねなりあらめつらしの」9オ
大夫殿やあきない物はあるかととふそれこそ
あれとてふねをさしよするまつ二郎かかたへはゝ
うへうたき二人かいとりふねたすにのれといふ
みたい此よしきこしめしなさけなの大夫やたと
へうるとも一つにうりてはくれすしてたほうへ
うりわけたりしかなしやとりうていこかれ給ひ
けるなふいかに舟人殿舟こきもどひてこんじやう
にてのたいめんを今一とさせて給はれと舟人
にすかりつきてそなき給ふふな人このよし
きくよりも一どいたしたるふねをあとへはも」9ウ
とさぬはうそかしうだきは此よしをきくよりも
ねんふつを十へんはかりとなへつゝなをいのうら
へそ身をなけけるみだい此よし御らんしてり
うていこかれてなき給ふおつるなみたのし
たよりも御こそでとりいたしいかにふな人殿
これはけさのしろものなりみつからにひまを

給はれ身をなぎやうとの給へはふな人此よしきくよりももつたるかいにて

さん〳〵に打ふせける有様

哀とも中〳〵申斗はなかりけり」10オ

《絵3　別方向に漕ぎ出す二艘の舟》」10ウ

こゝにまたことにあはれをとゝめしはみやさきの三郎かきやうたいの人〳〵を二くはん五百にかいとりて又うるほとにたんごのくにのさんせう大夫か十三くはんにかひつゝきやうだいを御まへにめされつゝ御身かなをは何と申ととひ給ふさん候それかしきやうたいはだてのこほりしのふのしやうのものなり大夫此よしきこしめしさあらはだてのこほりしのふのせうをかたとりてしのふにつくはわすれ草思ひをわすれて大夫をよきにはこくめと仰けるきやうたい」11オはかまとばうとおけとひしやくをうけとりて山とはまとに出給ふいたはしやあねこはとあるところにおけとひしやくをからりとすて山のほうをうちなかめてなけかせ給ふあはれなり又をとゝのつしわうとのもはまのかたをうちなかめてなきくらし給ふかゝりけるところにさとのやまうどたちよりしば（ママ）をかつてもどるとて是なるわつははさんせう大夫のみうちなる今まいりのわつはにて有かしばをからいでもどるならはじやけんなる大夫かせめころすは一ぢやうなり人をたすくるはほさつのぎやうときくいさやしばくわんじんをしてとらせんとてしばを三がほとかりよせてとらせけるつし王殿はきこしめしさん候それかしはかつたる事かなければもつたる事も候はすとかたりくとき給へは」11ウ山人たちはきくよりもけにもとおもひてめん〳〵のをもきにのはなにつけてはままてになひとらせける上代よりおもにゝこつけとは申なりつしわう殿は三がのしはをはこひ給ふ三郎かこれをみてしばをかたてにひつさけ太夫殿にまいりいかに申へしわつはかしはを見」12オ

たまへとさしだすたいふとの御らんしてこれ
ほとしばの上ずならは十かつ〻もからせよもし
もゑからぬものならはいのちをとるとおほせける
いたはしやつしわうとのはあねこをまちかね給ふ
ところにあねこはおけをかづいてもとり給ふ
いかにあねこさまそれかししばをゑからいてやま
人のなさけにかつて給はりけるあすをは何と
いたすへしとの給へは三郎かきくよりもなふいか
に大夫殿きのふのしはをわつはかかつたると思 」12ウ
ひしに山人かかつてとらせたるよしうけた
まはるとあらはふれ申さんとてうちら（ママ）千けん
をふる〻やうはさんせう大夫のみうちの今まいり
のわつはとひめとに山にてしはかつてとらせ
たるものまたはまにてしほをくんてとらせ
たるものあるならは
ざいくわに
をこなふへきと
ふれたり
ける 」13オ

《絵4　さんせう太夫に告げ口をする三郎》

いたはしやつしわう殿は山へゆきたちやすらふ 」13ウ
ておはします山人はこれをみてしばをおしみ
けるものはなけれとも大夫かふれをきゝかつて
やるものはさらになしかりやうみなをしへてそとを
りけるいたはしやつしわう殿は心よはふてかなはし
とじがいとげんあねこさまあねこ此よしきこし
めしさても御身はおと〻なれともなんしとて
じがいせうと申かやみつからも身をもなけんと
おもふにまつてまちゑてうれしやないさ〻ら
はこい身をなげうとてたもとに小いしを入 」14オ
いわばなにあかり給ふやあ〱いかにつし王丸
みつからをは〻うへおかむとおもひおかみたまへ
又みつからは御身をち〻いわき殿をおかむと思ふ
てをかむへしとの給ふところおなしうちにつか
はれしいせのこはきか是をみてのふ〱いかに
きやうたいよいのちすつるな兄弟よいのちか

あれはほうらい山にもあふときく又もよには出
まいかみつからかせんぞをもかたりてきかすへし
やまとのくにうたのものにてありけるかけいほの
中のざんそうによりいせのくにふた見かうらより」14ウ
うられきてみつからあまりの物うさについたる
つえにきざをしてかずをとりて見てあれは
四十二てにうられたりことし三とせほうこう
つかまつるはしめからはならはぬそならへはなる丶
ならひありしばゑからぬものならはしばをかつ
てまいらすへししほをゑくまぬものならは
しほをもくんてまいらすへしいのちをたばへ
と申けるあねこ此よしきこしめしおふそのし
よくがならひでいのちをすてうとの申事
なれそのしよくたにもなるならはなにしに」15オ
いのちすてたかるへきそのきならはけふよりも
大夫のうちにあねをもつたとおもふへしお
と丶をもつたとおほしめせとておと丶いのけいや
くめされつ丶きやうだいつれたち大夫のうち
へもとり給ふいたはしとも中〳〵申はかりはな
かりけりさるほとにころは十二月三十日の事
なるに大夫三郎をちかつけさてもあのしのふ
わすれくさきやうだいははるかおく山がのものな
れはいはふ月日もしらすして正月のはしめに
りうれいかほをするならはあら物ふのわるひ事」15ウ
てはあるましきかとてかれらきやうだいをは
このそとのわきにわらやをつくりてとしをと
らせよ三郎うけたまはるとてはるかのもんぐ
わいにわらやをつくらせこ丶にてとしをとれと
いふむさんといふもあまりありいたはしやき
やうたいくときことこそあはれなれこはあ
さましのこと丶もやわれらか国のならひには
いみいまる丶ものをこそべつけにをくとはき
いてあれいみもいまれぬものをへつけをつ
くりてをひ出すこれはたんこのならひかやと
かく此やかたにはとけてほうこうなるまし
きぞこのところの山はしめか此十六日と聞」16オ
て有はつ山にゆくならはあねにいとまをこは
ずとも山よりすくに

おち給へもしも
世に出めてたくは
あねかむかひ
をたま
はれよ」16ウ

《絵5　姉弟の話を立ち聞きする三郎》」17オ

つし王殿は聞しめしなふいかにあねこさま今のよと申は
かべにみゝいわのものいふよの中なりこの
ことたゆふへきこえなはおもはぬうきめに
あふへきそやおちいあねこおち給へそれかしはお
ちましきそいやさないふそつし王丸みつからおち
やうはやすけれともわらはゝ女の事なれはおちのひ
てものそみなしおことは又なんしといひことにい
ゐのけいづのあれはつゐには世に出給ふへし
あねかいふにしたかひかねておつるかくごをせよいや
たゝあねこおち給へいやおとゝにおちよとてた」17ウ
がひにあらそひ給ふにもなみたのみそすゝみける」18オ

〈白紙〉」18ウ

〈題簽〉しゆつせ物語　中

〈白紙〉」1オ

〈白紙〉」1ウ

かゝる所を三郎かたちきゝしておとろきや
かてちゝかもとにゆきなふ大夫との三のきり
どのきやうだいかあねにおちよをとゝおちよと
ろんをいたすかう申まにはやおちたるもぞん
せぬといふたいふきゝておとろきそれこなたへ
めせといふうけたまはるとて三郎はやかておも
てにはしり出やあいかにきやうたいのもののとも
大夫とのよりめさるゝそいそきまいれとこかい
なとつてひつたて大夫かまへにそ出らるゝたゆ
ふまなこを見いたしはたとにらんてさても
なんちらをは十七くはんにかひとりていまた十
七もんかあいたをもつかはぬにおちしたくをする」2オ
となにくきやつかなそれ〳〵いつくのうらにあり
てもまかひのなきやうにきやうだいかひたいに

やきしるしをせようけたまはるとて三郎かすみ
火をおこしあをきたてしこのやのまるねをく
べいたはしやひめきみのたけとひとしきくろ
かみを手にくる〳〵とひんまひてひさのした
にひつらきけるつしわうとの御らんしてなふい
かに三郎殿それはまことかざきやうかやおとし」2ウ
のためにしるふかそのやきがねをあてたまはゝ
そもやいのちのあるへきかあてゞかなはぬもの
ならはそのやきかねをそれかしに二つも三つ
もあて給ひあねこはゆるしてたまはれとす
かりつひてそなかれける三郎きゝてなにをの
ことてもゆるさはこそそれにて見よやと
いふよしやのねをあかくやきたていたはしやあね
ごぜんのひたいにをしあて十もんしにやき
たるはみのけもよだつはかりなりいたはしや
つしわう殿此やきかねにもおそれたまはす」3オ
こはなさけなのしわさやなうらめしの三郎
とのやとたをれふしてそなかれける三郎これ
を見てやあすいさんなるいひことやをのれと
てもゆるすましとていたはしやつしわう殿
のたぶさを取て引よせあねこはきずを手
にて候へなふいかに三郎殿はばちもりしやう
もなき人やわらはこそをとゝおちよとすゝめ
てあれをとゝはあねをもすゝめねはましてお
ちんともいはすそのうへおつとのおもてに
きずはかふてももつとは申せともきりき」3ウ
すをこそもとめもせめ是はちりやくのき
ずなれはふたつなりとも三つなりともみつ
からにあて給ひおとゝをゆるして給はれと
いたきつひてそくとかるゝ三郎聞てあのめん
〳〵にあてゝこそはしるしともなるへけれい
たはしやつしわう殿にも又十もんしにあてた
りけりたゆふか見てやあなんちは是ゆへあつ
いめをしたるよなあのやうなるくちのこはきや
つはらはいのちのはつることもいはぬものそな
をもんくわいなるわらやにひき入しよくじを」4オ
とめからどしとらせよと申ける三郎うけたま
はるとてきやうだいをもとのわらやにもとし

そしてゆき〻のかよひをとめさてまたもん
なるきやうたいになさけをかくる物ならはたち
まちざいくわたるへしと
一〱ふれて
まはりしは
しやけんといふも
あまり
あり」4ウ

《絵6　安寿に焼き金をあてる三郎》」5オ

いたはしやきやうたいはわらやのうちにましますか
うらめしやつしわうはわかくにのならひには正月
とたにいへは三か日の五か日のあるひはなつみなん
として上下ともにうちよりあそひことをも
とらするこの国のならひにてしよくをもあたへ
すゆき〻の人をとめほしころさんとするこれ
かたんこのくにのならひかとあねはおと〻にすかり
つきおと〻はあねにいたきつきりうていこ
かれてなき給ふかころよきかたもなけれはあ
けぬくれぬとし給ひける心の内こそあはれ
なれすてにはや正月十六日の事なるに大夫
三郎をちかつけそれ人のいのちはもろひやうにて
又つよきものそ三のきどのわきにあるき」5ウ
やうたいのものともかもしもしないてあるならは
つれてまいれうけたまはるとて三郎わらや
に入て見てあれはいたはしやきやうたいはた〻
つちいろになりてましますをやあなんちら
を大夫殿よりめさる〻そいそきまいれとひつ
たて大夫がもとにそまいりける大夫か見て
あふ命めてたい物ともやもはやけふより山へ
ゆけはまへさかれといひつくるあねこきこし
めしてなふ山へならは山へはまへならははまへと
きやうたい一所につかふてたまはれあふそれ人
の中にはわらひくさといふて一人はなふてか」6オ
なはぬものそあねたに山へゆかふといは〻一所に
やれさりなから大夫か内には女一人をつかひかね
おとこのわさをさするといは〻たにきこえても

よかるました丶かみをきり大わらはになして
山へつかへうけたまはるとて三郎かいたはしや
あねこせんのたけとひとしきくろかみを」6ウ
てにくる〳〵とひんまひてもとゆひきわより
ふつつときり大わらはになしかまとばうと
をなけわたしきやうたい一所に山へゆけとて
をひ出すいたはしやきやうたいはうちつれ山ち
にかゝらるゝつしわうとのあねこをさきにたて
つく〳〵とあとより見たまひそれ女人は三十
二さうの中に一かみかたちと申かあねごさま
のかみかなけれはそれかしかあとより見てた
にもたよりちからのあらされはさそやあね
このちからなく物うくやおほすらん思ゐやられか」7オ
なしやとたをれふしてそなき給ふあねこ此よし
きこしめしやれよがよの時のかみかたちそかくな
りゆけはみつからはかみもかたちもなにならす今
よりきやうたいもろともに山にゆくこそうれし
けれ心よはく思はすともいさやあゆませつし王
とてをとりくみなく〳〵うちつれ山ちをさし
てのほらるゝ
　きやうたいの心のうち
　　あはれとも中〳〵申
　　　はかりはなかりけり」7ウ
《絵7　山路をゆく姉弟》」8オ
さるあいたきやうたいは山にもなれはとある
いわのはなにたちよりはだのまもりのぢ
ぞうほさつをとりいたしいわのうへにをきま
いらせ給ふつしわう丸はゝうへのおほせにはき
やうだいか身のうへしぜんだいじのあるときは
身かはりにもたち給ふへき御ほそんそと
のたまひしかかくなりゆけはよにしたかひか
みやほとけもゆうりきもつき見すてた
まふかかなしやとうらみかこち給ふつし王
なみたのしたよりもあねごのかほをうち
なかめなふいかにあねこさま御身ひたいにあ」8ウ

らはれたるやきかねのあとの見えぬはやれ
おことかしるしも見えさるはこはいかにとて
きやうだいかほと〳〵見あわせさてぢぞうほ
さつにむかはせ給へはありかたや御ほそんは
きやうたいのやきかねをたちまちひたいに
うけびやくごうよりひかりのたゝせ給ひけ
れははつとかんし手をあはせすいきの
なみたをなかさるゝやゝありてつしわう殿
あねこせんにうちむかひかくてわれらかやき
かねをほとけのうけさせ給ふとてもじやけん
なる大夫や三郎が又もやあてゞはをくへきか
いかゝせんとおほせけるあねこせんはきこしめ
しまことにおことかいふことくかさねてう
きめにあはんよりいさやなけきを申さ
んとてまた御ほそんにうちむかひ御ぢひ
はありかたけれともしやけんなたゆふや
三郎かやきかねのうせたるかくせことと
てわれ〳〵をけつくさいなみ申さんにたゝ
もとのことくにかへしてたへと手を
」9オ
さしあわせわひ
たまふ
うちこそ
こころの
いた
はし
けれ
」9ウ
《絵8　地蔵菩薩に合掌する姉弟》
」10オ
あねこつく〳〵と御しあん有ていかにつし
わうほとけの御ぢひふかきゆへわれらの
きずをうけたまふそもとし給ふほとなら
ばなにしにうけさせ給ふへきこれをよき
ついでにしておことはこれよりおち給へ
もしも世にいてめてたくはあねかむかひに
きたり給へよつしわう殿きゝ給ひて一と
にこりす二とにしにをすると申はあねこの
事にて候そやおちやう〳〵のろんゆへにこそ
」10ウ

やきかねをもあてられしにはやくもわすれ
給ふかやおちたくはあねこはかりおち給へ
とそ申さる丶なにとこんどのやきかねをは
あねこのくちゆへあてられたとうらみことは
を申かやわらはがおちよといふときにあふと
うけあふ物ならはなにしにしるしをつけるへ
きおちよといふにおちすはけふよりも大夫
の内にあねをもつたとおもふなわらはもおと
とかあるともおもはしうらめしやのちの世ま
てもふつ〳〵と中たかいかねをうつそつし王」11オ
とてかまと〳〵とをとりちかへちやう〳〵と
うちあはせたにそこさしてくたるれは
つしわう殿見たまひてさてもたんきなあね
こやなおちよならはおちやうに御もとりあれ
のあねこさまなにおちやうと申か中〳〵やお
ちやうとたにもいふならはなにしにふきやうと
いふへきそこれもおことをおもふゆへかんたう
とは申てありかまひて〳〵みつからかはらあし
いとおもはれそとともにひれふしたまひける」11ウ

あねこなみたをおさへいまさらはいとまこひの
さかつきせんとの給ひかしはをたうさのさか
つきとさためゆきをわりてさけとなつけ
おもふしさいのあるあいたおことのふてさし
給へともかくもとてつしわう殿とりあけて
さし給へはあねこさかつきをしいた丶きやか
てもとさせ給ひつ丶わらはあねなれともあり
かいなしおことはおと丶なれともなんしなれは
やかて家をおさむるやうにそのさかつきをも
おさめまた此ぢざうほさつをも御身はた」12オ
にかけ給へかまひてたんきをさきたて給ふ
なたんきはみれんのそうといふそもし又
みちにてまよひたりともあるひはおつて
のか丶るともたにそふてこ川にのそめかなら
す大川にいつへきそ大河に出はみなとかある
へしさむらい身をふかくたのめよさいしよに
出はてらをたつねて出家にあふてたのむへし
侍と出家とはたのみかいのあるとこそきけ
いまははやこれまてなりなこりはいつもつき」12ウ

ましもはやおちよはやおちよさらは御いとま
申へしなこりおしのあねこさまたかひにいのち
めてたくはもしもめくりあふへしといひすて丶」13オ
こそわかられけれあらいたはしやあんじゆのひ
め心ほそくもた丶一人大夫とのにそかへらる丶
大夫はおもてのろうもんにゐたりしかあんじゆ
のひめをみるよりもおと丶はととひけれはあんじ
ゆきこしめしかみをきられたぐちなあねとつ
れたちて何かせんとてさきへかへりしかしぜ
んみちにてふみまよひいまたかへらぬかふし
きやとさめ〳〵とそなき給ふ大夫きいてあふ
それなみたにもしなか有めんるいおんるいかん
るいしうたんとて御身かなみたのこほれや」13ウ
うはおと丶を山からおとしくびよりそらのよ
ろこひなきと見てあるそいかに三郎せめて
とへとの御ぢやうなりうけたまはるとてすい
くわのせめをそあてにけるこれにもさらに
おちされはこぼくのうへにつりあぐるあぐる
ときにはいきたゆるおろせはすこしよみ
がへるあらくるしやいまははやおと丶かゆくゑ
申へし物のふきいでなはをしつめていたり
しかあんじゆこのよしきこしめしいかにや
大夫三郎殿今にもおと丶が山からかへりて候」14オ
は丶あねはおと丶ゆへせめころされたと御申
有て御めをかけて給はれといふたゆふきい
てとはすかたりをするをんなめをなをもせ
めてとへといふうけたまはると申てあらけな
ふこそしたりけるいたはしやあんじゆの
ひめおちはやなと丶おもはれしかおちて
かいなのわかいのちしなはやとおほしめし
おしまるへきはとしのほと十六さいを
一ごとし正月十六にちのよつのをはり
と申すにしたをふつつとくひきり」14ウ
つゐにむなしく
なりたまふは
あはれなり
けるし
たい

かな」15オ

《絵9　拷問にかけられる安寿》」15ウ

大夫これを見てつしわうめはおさないも
の、事なれはいまたとをくはおちまいそ
おつかけいといふまゝに八十五人てのもの
を四つにわかつておつかくるつしわうとの
御かたへは大夫こともおつかけやるましき
とてこへ〳〵に申けるいたはしやつしわう殿
はあとを見たまひておちらるゝがさと人に
はたとあひこのさきにてらはなきかととひ
給へはこくぶんじとて候ほぞんはなんぞと
とひ給ふびしやもんとこたへけるあら有かた」16オ
やちからをそへて給はれとおちらるゝかの寺
へ御つきありなふいかにひしりさまあとよ
りおつてのかゝりて大じのみにて候かけを
かくしてたまはれとひしり此よしきこし
めしめんぞうよりもふるきかわごをとり
いたし此なかへどうどいれむねのたるきに
つつてをきさらぬていにておはします正
月十六日の事なれはゆきみちのあとをしと
ふててらへそおつかけたりあはれとも中
〳〵なに、たとゑんかたもなしさるあいた太
夫はひしりにまいりたゝいまこゝへわつはか」16ウ
一にんはいり候いたされ候へとそ申けるひしり
此よしきこしめしみゝはとをふなけれとも何
とかやはるの日のとせんなに時のたんなにまい
れと申あるか三郎きいてわつはをいたしあ
れといふひしり今そきいてわつはとやら
すつはとやらばんはせぬとの御でうなりに
くいひしりのいひやうかなさあらは寺中
さがさんと申けれは中〳〵とそ申されける
みのかるへき三郎かたつぬれとわつはがすかた」17オ
は見えさりけりあらふしんやなわつはをい
たしなきものならはみにもおよはぬ大せい
もんをたてられよゆらのみなとへもどらふとの
御でうなりひしりはわつはとてはしらすせい

もんをたていならはたて申へし此ほつしと
申は此国のものてもなし国を申さはやまと
のくにうたのこほりのものなるか七さいのと
きにはりまのしよしやへのほり十さいにてかみ
をそり廿にてかうざへあかりたりたゝ御きやう
をたゝいませいもんにたて申へしそも〳〵じやう」17ウ
どの三ぶか三十くはん天だいか六十くはん大はん
にやか六百くはんそれほつけきやうか一ふ八くはん
廿八ほんもんじのなかれか六まん九せん三百八
十四のもじにしるされたり此しんばつとあつう
ふかうかうふるへしわつはにおひてはしらぬ
なり大夫此よしきくよりもいかに〳〵ひしり
さまそれせいもんなと〻いふものは日ほんこくの
大じん小じんをくわんじやう申おとろかし
てこそはせいもんなりおさないおりより
ならひをひたるだんなたらしのきやうつ」18オ
くしといふものなり
たゝせいもんを
たてさせとそ
せめに
ける」18ウ

《絵10　護摩の壇を飾り誓文をたてる聖》」19オ

いたはしやひしりさまは今たてたるせいもん
たにもなんほうものうくおもひしにまたた
ていとはきよくもなや今はわつはをだぞ
うかよ又せいもんをたてうかよ今わつはをだ
せはせつしやうかいをやふるなりまたせいも
んをたつれはまうごうかいをやふるなりや
ふらばやふれまうかうかいにせつしやうかいを
やふるまひとおほしめしなふいかにせいもん
をたていならはたてへきそたゆふ殿ひしり
はごまのだんをぞかさられたりこんがうせい」19ウ
たかくりからふどうみやうわうのけんをのふた
るところをはまつさかさまにかけられたりさ
てめんざうよりもかみを一でうとりいたし
十二ほんの御へいきつてこまのだんに立

られたはたゝせいもんてはなふてたゆふをて
うぶくするとそ見えたりけるうやまつて申
とつこにきつてれいをふりいらたかのじゆず
をさら〳〵とおしまふできんじやうさん〳〵
さいはい上にほん天たいしやくしもに四大てん
わうゑんまほうわうごたうのみやうくわげ」20オ
かいのぢにはいせはしんめい天しやうだい
じんげくうか四十まつしやないくうか八十
まつしやりやうくうあはせて百二十まつし
やの御かみたゝいまくはんじやう申たてまつ
るくまのにはしんくうなちにひろうごんげ
んかんのくうにはぢうざうこんけんやまと
にかゝみつくりふゑふきの大みやうじんな
らは七だう大がらんかすがは四しやの大みやう
じんてんがいごづてんわうわかみや八まん大ほ
さつしもつかはらかもつかはらたちうちへつ」20ウ
ついいわしみつやわたは正八まんにしのをかに
むかふのみやうじんいなりは五しやの大みやう
しんぎをんにごづてんわうよし田は四しやの大

みやうじんこれう八しやいまみや三しやの御か
みきたのとのはなむてんまんてんじんむめのみ
やまつのを七しやの大みやうしんたかきお山に
ぢざうごんげんふもとに三ごく一のしやかに
よらいくらまのびしやもんきふねのみやうじん
賀茂のみやうじんひえいさんにでんぎやう大
しふもとにさんわう二十一しやうちおろし」21オ
にしらひけの大みやうじんみのゝくにゝながへ
のてんわうおはりにつしまあつたの大みやうじ
んゑつちうにたてやまかゞにしらやましぢき（ママ）
の天じんいつもの大やしろ神のちゝはさだの
みや神のはゝはたなかのごせん山の神か廿五わう
いはんやほんでんきみこたまやの内にぢじんこ
うじん三ほうこうじん八大かう神へつつい七
十二しやのやけの御神にいたるまてこと〳〵く
せいもんにたて申かたじけなくも神のかす
九まん八せん七しやの御神ほとけのかすは」21ウ
一まん三ぜんふつこのしんばつあつうふかう
かうむるへしその身のことはをんでもなし

一かいちもん六しんけんそくにいたるまでだざいのくるまにちうせられしゆら三あくだうへ引おとされうかふよさらにあるましわつはとやらんにおひてはしらんなりとそ申されける」22オ

〈白紙〉」22ウ

《絵11　鉦鼓で誓文をたてる聖》」23オ

〈白紙〉」23ウ

〈白紙〉」24オ

〈白紙〉」24ウ

（題簽）しゆつせ物語　下

〈白紙〉」1オ

〈白紙〉」1ウ

たゆふこのよしきこしめししゆしやうなりやひしり帰るよりもときのたんなにならふとの御でうなり三郎かいふやうなふいかに大夫とのふしきなる事をひとつ見いたして御座たよあれにつつたるかわこふるけれともなわかあたらしくまたはかぜもふかぬにうこひたがふしきに候御もとりあれと申けるあにの太郎はこれをき、いかに三郎よ此やうなるてらにはふるぎやうほうぐのいらぬをはつつてある物なりこのたひはもとれとそ申ける三郎此よしきくよりも太郎殿の御いけんきく事もあらふまたきかぬ事も御さ候そやこのぎゐきくましきとつつたるなわをきつておとしちうにてあけて見れははだのまもりのぢざうほさつのひかりがはなつて三郎がりやうがんきりふりゐんからしたへこけおつる太郎此よしをみてもとのことくつり三郎はきやうだいのかたにか、りおもないていとそ見えたりけるいたはしやひしりさまはかはごをおろすものならはわつはつれてゆかふは一でうなりまた」2オ

ひしりにもなわをかけうはぢじやうとおほしめしかみやほとけのほうへんとありかたく」2ウ

てさてかわこのしたへたちよりてわつは丶あ
るかととひ給へはつしわう殿はよはりたこゑを
してもはや大夫の一もんはあたりには御さない
かひしりはきこしめし心やすくおほしめせと
てかわこをおろし見給へはあらありかたやぢ
ざうほさつはひかりをはなつておはしますが
かわごの中よりとんで出なふいかにひしり
さまそれかしはあふしう五十四ぐんのぬしいわ」3オ
きのはんぐわんまさうぢとの丶そうりやうに
つしわう丸と申はわかことなりふしきなる
ろんによりみやこへのほりみかとにてあんと
の御はん申うけにのほるとてゑちこのくにな
をいのうらよりうられてのちあの大夫にかひ
とられかりもならはぬしばをかりそのしよく
ならひでおちて御さ候かそれかしはみやこへお
ちたく候なりおとしてたへとそ申されける
ひしりこのよしきこしめしまことおちたう
御さあらはをくりとゝけてまいらせんとて」3ウ
もとのかわこへいれせなかにおいみやこのに
ししゆしやかにつき給ひてかわごをおろし
見たまへはこしかぬけてそおはしけるひしり
は御らんしてそれかしみやこへまいり御はんを
申うけまいらせたく候へとも御いとま申さ
らはとてひしりはくにへそかへりたまふつ
しわうとの丶ありさま

あはれとも中〱
申はかりは
なかりけり」4オ

《絵12　屋内で向かい合う聖とつし王》」4ウ

あらいたはしやつしわう殿いのちのおやのひ
しりたんこのくにへかへり給ふちからなくし
てしゆしやかにおはしけるかわらんへともあつ
まりていさやはこくみ申さんとて一日二日は
はこくみ給へともかさねてはこくむ物もなけ
れはさと人かくるまをつくりみやこへ引てと
らせんとてみやこきたのへ引つけけるさて

つしわう殿そこにてまいりけこうのはなから
こふて露のいのちをつらねてそおはしけるこ
こにまたみやこに三十六人のしんか大しんの
御中むめすのゐんと申はなんしにてもによ
しにてもすゑのよつきのあらされは北の
へしやさんなされつゝ申こをそなされける
まんずるよの御つけにこれよりけこう申
なはつちくるまにのりたるせうしん一にん
あるへきそそれこそなんぢがよつきよと
あらたなる御じげんやとかうむりて有かた
きしたいとてあたりを御らんすれはつち
くるまにのりたるこつじき一人ありこれ
をきつと見給へはひたいにはよねといふじが
すはりりやうがんにひとみが二たいあるを御
らんしてこれこそくはんをんの御むさうの
やうしとて御こしに
のせまいらせ
御所を
さして御けかふ
」5オ

」5ウ

あり
」6オ

《絵13　輿の中からつし王をみる梅津院》
」6ウ

ゆとのにおろし御みきよめさせはたににし
きをめされからまきのひたゝれにかりやす
いろのすいかんにひのかふりをめされ一たん
たかふむめすのゐんのひたりさしきになを
り給へはさすかあふしう五十四くんのあるし
とむまれ給ふつしわう殿なれはたくひすく
なき御すかたなりむめすのゐんの御よろこ
ひはかきりなしさてむめすのゐん御たいくわ
ん御門の大はんにつし王殿をなをし給ふ卅
六人のしんか御らんしていかにむめすのゐんの
ようしてあらふとまゝよいやしききのふけ
ふまてつちくるまにのつたるこつじきたい
ざにはかなふまいとておつたつるいたはしやつ
し王とのは今はなのり申さふか今なのれはちゝ
いわきとのゝ御めんほく又なのり申さねは
」7オ

ようしのおやの御めんほくち、のめんほくはおつ
ての事なりとおほしめししたたまつくりの
けいずのまき物とりいたしはるかの上人もつて
あかりそのみしらすにとんてをりかうへをち
につけておはしける中にも二条大なこん」7ウ
このまきものをとりあけたからかによみ給ふ
そも〳〵あふしうのひのもとのいわきのはん
くわんまさうちのそうりやうつしわうとそよ
ふたりけり御かとゑいらん有てつしわうがな
が〳〵のらうにんなによりもつてふひんなり
あふしう五十四くんはもとのほんちにかへし
をくひうかの国は馬のかいれうまいらすると
うすすみの御りんしをそくたされけるつし
わう殿はきこしめしぞんずるしさいの候へは
たんご五ぐんにかへて給はれと仰けるみかと」8オ
ゑいらん有てたんこも馬のかいれうにくたさ
るとの御はんいた、きつしわうとのはむめす
の御所に御かへり
　　ありて御よろこひ
はかきり
なかり
けり」8ウ
〈白紙〉」9オ
か、る御よろこひの中にもつしわうとの、
くときことこそあはれなれそれかしは今一
たひたんこのくにへゆきあねこさまのしほ
をくんておはします御たもとにすかりつきよ
に出たよしをかたりたやゑそかしまへもゆき
は、うへさまにたつねあひまたはあんらくしへも
ゆきち、にもたつねあひ世にでたよし申
たやとかさねてみかとへこのよしそうもんあ
るみかとゑいらんありてあんとの御はんをくた
されけるさてあんらくしへも御むかひをたて」9ウ
ていかにひしりさまよに出めてたいになに
をなけかせたまふそやあふ御そんしなき
こそたうりなり御身さまをみやこへをくり
しあとにてあねこをはしやけんなるものと
もかせめころひて御さあるつし王殿き

こしめしこれはゆめかうつゝかやなふいかにひし
りさまその大夫か一めみたふ御さ有ほとにつ
かいをたてゝたまはれうけたまはるとてつ
かひをたてられけれは大夫五人の子ともに
てをひかれいそきまいりけるつしわう御らん 」10オ
していかに大夫めつらしやそれかしを見しつた
るかなか〳〵みやこのこくしとあかまへ申と
申けるなんちか内に下のみづしをもつたとき
いて有それかしぢうざむこにとりふつきのい
ゑとさかへかし大夫は三郎かかたをみてまこと
にたてのこほりしのふの庄のものにてあねに
しのふおとゝにわすれくさとてきやうたい有た
るかあねのしのふは見めもかたちもよかりた物
をころさいてをくならはみやこのこくしをぢ
うざむこにとりてさかよふものをとそ申 」10ウ
そのゝちたんこのくにへにうぶをせんとて三
日さきのやとふだこくふんしの中のもんに
うち給ふひしりこのよし御らんしてみやこの
こくしこのふるてらに御やとふだうち給ふは
ひしりか身のうへの大じとてこくうをさい
ておちられたりつしわうとのこくふんしに
つき給ひてさと人をちかつけて此てらに
はしゆつけはないかさん候此二三日いせんま
て御さあり候かやとふたうち給ふはひしり
のみのうへ大しとてこくうをさいておちら 」11オ
れて候と申つしわう殿はきこしめしたつ
ねよとの御でうなりうけたまはると申よりひ
しりになわをかけつれてまいりたりつし
わう殿は御らんしていのちのおやのひしりに
何とてなわをかけたるとて人のとくまがを
そひとて手つからとき給ふそれかしはかわごの
中のわつはなり七条しゆしやかまてをくり
とゝけて給はりてかたみのものもこれに有
ひしりはきこしめしよにいて給ふめてたや
なとなみたをなかし給ふつしわうは御らんし 」11ウ

【注】右の11オ・11ウは錯簡。9ウのあとにくるべきである。

けるつしわう殿はきこしめしつゝむとすれと
つゝまれすやあいかにも大夫なんちかうちにつ

かふたるわすれくさとはそれかしなりあねこか
やせ《（ママ）》よ大夫やれあねこかやさい三郎となん
ちはかくいふことをむりとかさらにおもふかよ
あたんをじひてほうずへきうへ大こくがほし
いか小こくがほしひか此大夫三郎いかにとの御
てうなり大夫にことわらふて大こくをた
まはれと申けるつしわうとのはきこしめし
さてもよくこのんだりとてこくふんじの　」12オ
ひろにはに五尺にあなをほりてかたより下
をうつみ竹のこきりにて子ともにひかせと
の御てうなり二郎のこきりうけとりくとき
事こそあはれなれげにまこと次郎にも
おもふしさい有とてゆるされけるさて三郎
にそわたすじやけんなる三郎かのこきり取
てひけうなりやかた〳〵ぬしとがをは御申
なふてわれらかとがとあるからはいかに大夫殿
一ど申ねんぶついつのやうにか立給ふとて
くびをはまへにぞひきおとすさてその丶　」12ウ
ちつしわうとの御てうにはたんこ八百八丁
のところを四百四丁をしわけてあにの太
郎にまいらする又四百四丁をは次郎とのに
一しきそうまん
ところに
まいらする
との御てう
なり　」13オ
《絵14　出世したつし王と対面するさんせう太夫一家》」13ウ
これはさてをきつしわう殿はゐぞかしま
へ御くたりあつては丶うへのゆくゐをたつね
給へはあわのとりをあふておはしますつし王
殿は御らんしてなふいかには丶うへさまつし王
丸にて御さあるか世に出てこれまてま
いりたりは丶はこのよしきこしめしあふその
事みつからはあねにあんじゆおと丶につしわ
う丸とて子をきやうたいもちたるかこれよ
りおくかたへうられて御さないそよさやうに

めも見えぬものをたらさぬものよめくらのう」14オ
つつえにはとかもないとてあたりをはらひ
たまふつしわう殿はきこしめしけにもだ
うりやとてはたのまもりのぢざうほさつを
とりいたしはゝこのがんにあて給へはりやうがん
はつしとあいてすゞをはつたることくなり
はゝここのよし御らんして御身はつし王かあん
しゆのひめはととひ給ふつしわうとのはきこし
めしあふその御ことにて御さ候よたんこのくに
ゆらのみなとのさんせう大夫にかいとられくみ
もならはぬしほをくみそのしよくがならひてひ」14ウ
めをせめころひて御さあり候かそれかしがこ
のたひそのかたきをとつてこれまてまいりた
りとかたり給へははゝここのよしきこしめし
御身はよに出めてたいかさてみつからはわかい
ものをさきにたてておいたるわかみのあとに
のこり候よかなしやなよしそれとてもちから
なしとてつし王御ともめされたるのこしに
のせまいらせ御国さしてそかへりたまふがゐ

ちごの国なをいのうらにつきしかはうりそ」15オ
めたる山をかの大夫をはあらすにまいてふし
つけにそめされけるさて女はうのゆくゐ
をたつね給へは女ばうははてたるよし申せは
よしそれとてもちからなしとてかしはざき
につき給ひて
なかのたうしやと
寺をたて
うわたきの女はうの
ほたいもよきに
とふらひ
たまふ」15ウ
〈白紙〉」16オ
〈白紙〉」16ウ
〈白紙〉」17オ
また山をかのたゆふか女はうのほたいもよき
にとふらひけりさてそれよりもあふしう
さしてにうぶいりし給ふとそきこえける
さてまたひうがのくにをちゝのいんきよどこ

ろとさため給ひてみねにみねをたてならへ
ふつきばんぶくとさかへ給ふこれはなにゆへな
れはおやかう〳〵のゆへなりとかのぢぞうの御
ほんぢを上下はんみんをしなへてみなかんせ
ぬものとてなかりけり　」17ウ

【注】右の17オ・17ウは錯簡。15ウのあとにくるべきである。

〈白紙〉　」18オ

〈白紙〉　」18ウ

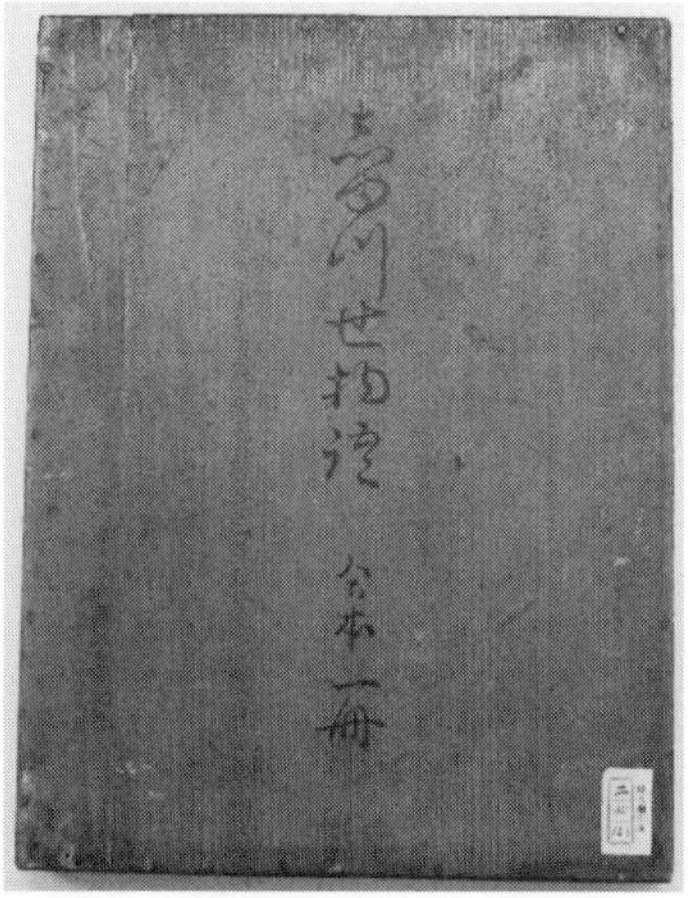

箱書き

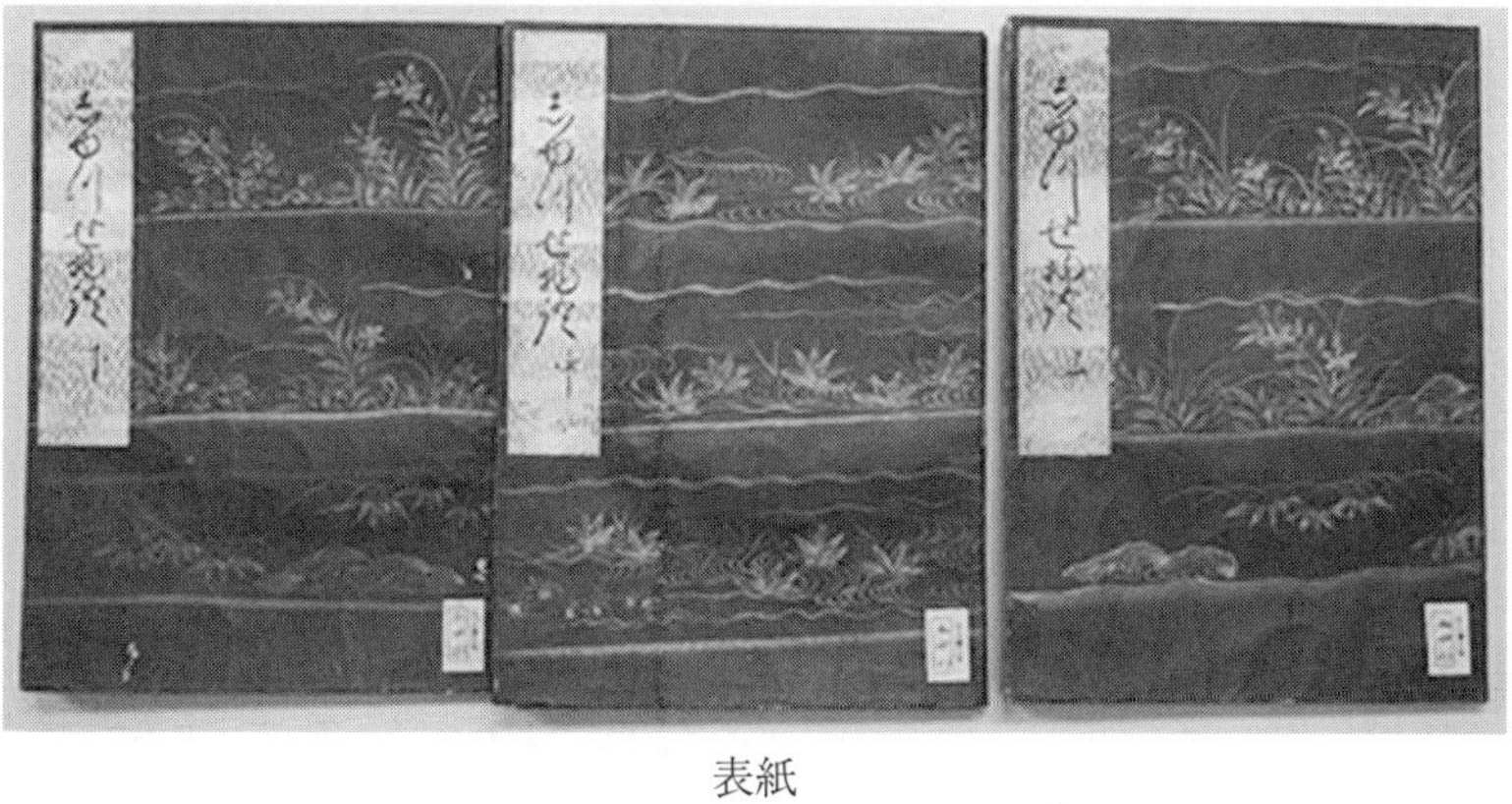

表紙

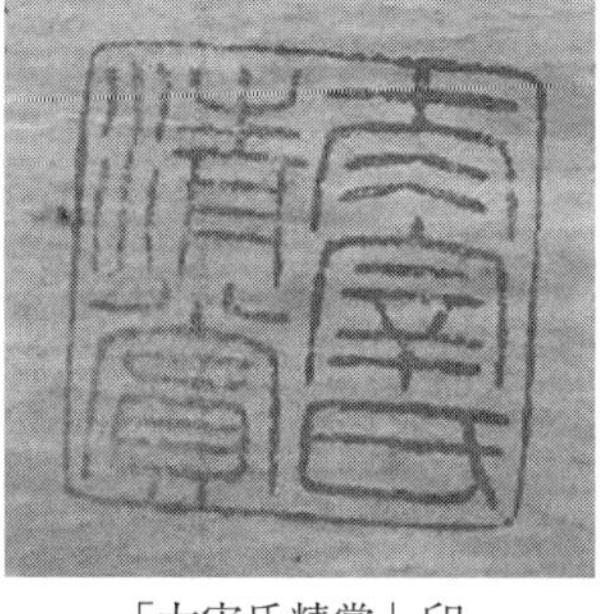

「太宰氏精賞」印

**絵1**　屋敷内で話をする四人

**絵2**　山岡太夫の宿で太夫と対面する四人

**絵3**　別方向に漕ぎ出す二艘の舟

**絵4**　さんせう太夫に告げ口をする三郎

**絵5**　姉弟の話を立ち聞きする三郎

**絵6**　安寿に焼き金をあてる三郎

**絵7**　山路をゆく姉弟

**絵8**　地蔵菩薩に合掌する姉弟

**絵 9**　拷問にかけられる安寿

**絵10**　護摩の壇を飾り誓文をたてる聖

**絵11**　鉦鼓で誓文をたてる聖

**絵12**　屋内で向かい合う聖とつし王

**絵13**　輿の中からつし王をみる
梅津院

**絵14**　出世したつし王と対面する
さんせう太夫一家

# 結語

神戸女子大学古典芸能研究センターは、中世芸能・近世芸能・民俗芸能を三つの柱として総合的に研究し、その成果を公開して現代の社会に活かしていくことを目ざして、活動を続けている。平成二五年度からは私立大学戦略的研究基盤形成支援事業に採択され「日本古典芸能の横断的総合的研究拠点の形成」のプロジェクトを推進している（平成二九年度まで）。本書はその成果刊行物の第二弾である。

説経は中世後期から近世にかけての語り物であるが、そこには日本の芸能の原形的なものが秘められているように感じられる。本書においては、説経の作品そのものの分析、そして、その語りの成立過程や語り手を取り巻く歴史的・社会的な状況の考察をとおして、その背後にある情念の世界に肉迫する道が開かれている。その道の先にあるのは、日本の古典芸能を横断的総合的に考察していく際の核になる何かであるといっていいだろう。付録の本邦初出の翻刻とあわせて、後に人形浄瑠璃や歌舞伎などに展開していった物語の発生の現場に触れる感動を読者と共有できれば、と願っている。

表紙の装訂に使った「さよひめ」の挿絵はドイツのフランクフルト市立工芸美術館所蔵のフォーレッチ・コレクションから掲載許可をいただいたものである。このフォーレッチ本の紹介については、ハンブルク大学の故シュナイダー先生、フランクフルト大学のマイ先生、同大学のイェッセ先生、フランクフルト市立工芸美術館のシュウレンブルク先生（アジアコレクション担当）、ゲッティンゲン大学のトリプレット先生、京都大学大学院の金光桂子先生の各氏にさまざまな側面でお世話になった。フォーレッチ本を活用することによって新たな研究の展望が開けることは、第二章の「説経正本「松浦長者」の成立」（阪口弘之）によって具体的に示されているが、今後のさらなるグローバルな研究の展開が期待されるところである。表紙の装訂には、そのような海を越えた共同研究のイメージも託している。

学校法人行吉学園の全面的な支援のもと、神戸女子大学古典芸能研究センターは研究プロジェクトの推進に全力を上げて取り組んでいる。一人ひとりの名前を記すことはできないがスタッフの力の結集の結果として本書がある。開かれた研究交流を推進する一助となることを願って、本書を世に送り出したい。

二〇一七年三月

神戸女子大学古典芸能研究センター長　川森博司

# 執筆者一覧

阪口《さかぐち》　弘之《ひろゆき》　大阪市立大学・神戸女子大学各名誉教授、神戸女子大学古典芸能研究センター特別客員研究員

小林《こばやし》　直樹《なおき》　大阪市立大学教授

小林《こばやし》　健二《けんじ》　国文学研究資料館教授、神戸女子大学古典芸能研究センター客員研究員

加納《かのう》　克己《かつみ》　人形芸能史研究所所長

川崎《かわさき》　剛志《つよし》　就実大学教授、神戸女子大学古典芸能研究センター客員研究員

武田《たけだ》　和昭《かずあき》　円明院・住職

井上《いのうえ》　勝志《かつし》　神戸女子大学教授、神戸女子大学古典芸能研究センター兼任研究員

川端《かわばた》　咲子《さきこ》　神戸女子大学古典芸能研究センター非常勤研究員

塚田《つかだ》　孝《たかし》　大阪市立大学教授

林《はやし》　久美子《くみこ》　京都橘大学教授、神戸女子大学古典芸能研究センター客員研究員

マーレン・A・エーラス　ノースカロライナ大学シャーロット校助教授

沙加戸《さかど》　弘《ひろむ》　大谷大学名誉教授

ベルント・イォハン・イェッセ　フランクフルト大学講師

カティア・トリプレット　ゲッティンゲン大学　近代東アジア研究センター非常勤講師

粂《くめ》　汐里《しおり》　国文学研究資料館博士研究員

## 神戸女子大学古典芸能研究センター叢書　刊行のことば

電子メディア全盛の時代のなかで、心の落ち着ける時間・空間が求められている。心を躍らせるときめきの後に深い落ち着きを味わわせてくれる古典芸能が現代人の静かな注目を集めているのも、ゆえなきことではない。古典芸能の横断的・総合的研究拠点を目ざす神戸女子大学古典芸能研究センターが求めているのも、究極的にはそのような落ち着きをもたらす「しなやかで優雅な力」であるといってよい。そして、それは女子大学が掲げるにふさわしい理想であるとも考えている。

本センターは、中世芸能・近世芸能・民俗芸能を三つの研究の柱として、実証的な資料研究に軸を置きながら、開港地神戸にふさわしい開かれた発想にもとづく研究を展開していくべく活動を続けている。この叢書は、その成果をもとに、広い視野から古典芸能を考え、それを生活に活かしていくための材料を提供することを目ざして刊行するものである。そこから読者との間に開かれた対話が導かれ、新たな発想を生みだす場がつくりだされていくことを願っている。

二〇一六年五月

神戸女子大学古典芸能研究センター

神戸女子大学古典芸能研究センター叢書3

# 説経　人は神仏に何を託そうとするのか

二〇一七年三月二五日　初版第一刷発行

編　者　神戸女子大学古典芸能研究センター
代表者　川森博司
発行者　廣橋研三
発行所　和泉書院
〒五四三—〇〇三七　大阪市天王寺区上之宮町七—六
電話〇六—六七七一—一四六七
振替〇〇九七〇—八—一五〇四三
印刷・製本　亜細亜印刷　装訂　森本良成

ISBN978-4-7576-0831-3 C1395　定価はカバーに表示

## 神戸女子大学古典芸能研究センター叢書

1
### 近松再発見　華やぎと哀しみ

■Ａ５上製・口絵カラー八頁・三六〇頁・三五〇〇円

「金子一高日記」を初めとする近年相次いだ重要資料の出現に伴い、作者近松のイメージは遥かに豊かなものになりつつある。本書では、『浄瑠璃御前物語』から今日の文楽・歌舞伎までを視座に収めて、近松の人となりと作品の魅力を今一度、問い直す。

2
### 食《け》満《ま》南《なん》北《ぼく》著『大阪藝談』

■四六上製・口絵カラー四頁・四〇二頁・三二〇〇円

本書の著者は、上方きっての劇通であり楽屋通であった食満南北。未刊であった世紀の稀書が七十年ぶりに出現、なつかしい大阪の文化芸談を伝える。著者が語る名優、名人、一徹者らの逸話録は、七十年の時空を超えて私どもを虜にする。

※価格は税別

和泉書院